有爱的青春陪伴者

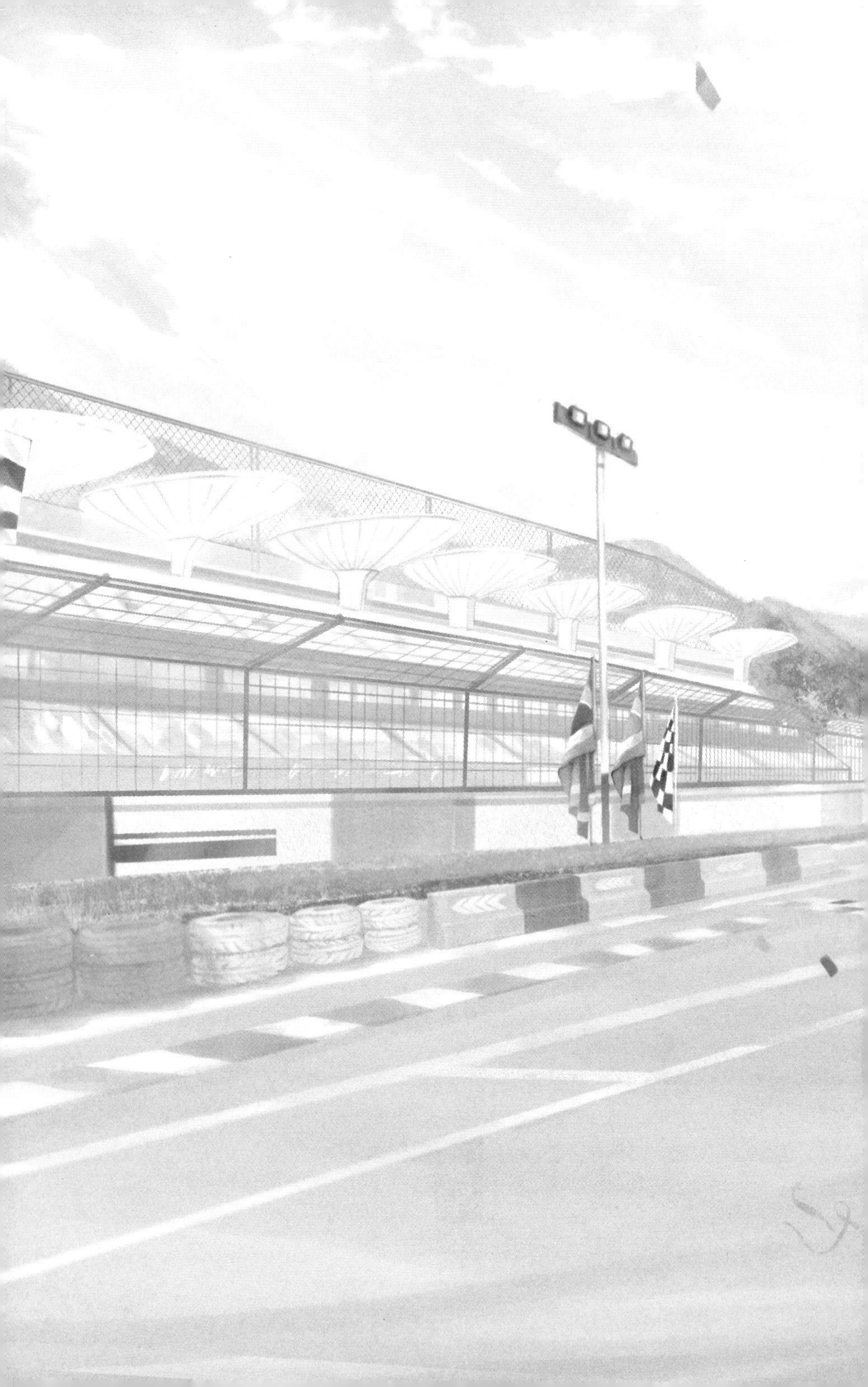

御风在野

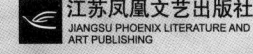

苏一姗 著

江苏凤凰文艺出版社
JIANGSU PHOENIX LITERATURE AND ART PUBLISHING

图书在版编目（CIP）数据

有风在野 / 苏一姗著. －－ 南京：江苏凤凰文艺出版社，2023.12
　ISBN 978-7-5594-7951-8

Ⅰ.①有… Ⅱ.①苏… Ⅲ.①长篇小说－中国－当代 Ⅳ.①I247.5

中国国家版本馆CIP数据核字(2023)第158575号

有风在野

苏一姗 著

责任编辑	王昕宁
特约编辑	张　磊
责任校对	言　一
出版发行	江苏凤凰文艺出版社
	南京市中央路165号，邮编：210009
网　　址	http://www.jswenyi.com
印　　刷	长沙鸿发印务实业有限公司
开　　本	880mm×1230mm　1/32
印　　张	11
字　　数	431千字
版　　次	2023年12月第1版
印　　次	2023年12月第1次印刷
书　　号	ISBN 978-7-5594-7951-8
定　　价	45.00元

江苏凤凰文艺版图书凡印刷、装订错误，可向出版社调换，联系电话025-83280257

目录

Contents

001/ **第一章**
巨星陨落

031/ **第二章**
不是冤家不聚头

058/ **第三章**
不开窍的直男

075/ **第四章**
我就是 Can

099/ **第五章**
车神归来

124/ **第六章**
喜欢你，我也是

147/ **第七章**
重回赛场

175/ **第八章**
魔鬼训练

目录
Contents

195 / 第九章
你就宠她吧

219 / 第十章
谁才是真正的车王

242 / 第十一章
首战告捷

267 / 第十二章
他的软肋

291 / 第十三章
勇敢者游戏

310 / 第十四章
无畏

328 / 第十五章
因爱而生

340 / 番外
幸福在延续

第一章
巨星陨落

WRC 底特律分赛站。

自从 1973 年首场世界越野锦标赛开赛以来,WRC 就以它路段的复杂性、不确定性,吸引着无数越野高手来此挑战。

而这场分赛站更具话题性的原因是,年轻的天才车手 Can 神将参与这次比赛。

他既是业内近年来最瞩目的车王,也是有史以来最神秘的赛车手。

自出道以来,在公开镜头下,Can 神一直都以黑色面罩蒙面,从无例外。

传言是因为他面上有一道儿时留下的伤疤。不过,他从未露过真容,真相到底如何,也无人知晓。

这样神秘的 Can 神自然是舆论好奇的对象,但真正吸引人的是他独一无二的车技。

起始枪响时,几乎所有观众都从座位上站了起来,激动地望着始发位上的赛车,一辆辆如离弦的箭一般冲了出去。

冲在最前端的,自然是 Can 神与他的那辆红色战车。

在长直赛道上,Can 神一路遥遥领先。

谁知,比赛进行到半程时,万里无云的晴空忽降滂沱大雨。

豆大的雨点,不止把车玻璃砸得"砰砰"响,也把各赛车团队给砸蒙了。

"告诉领航员,让他们赶紧换上雨胎!"

"可是,现在已经是最后十公里冲刺了!"

"那也得换上雨胎!"

雨天路滑泥泞，不换雨胎的话，将极难行驶。很快，绝大部分车手选择暂停，下车换胎。

"嗖！"

瓢泼大雨中，最当先的那辆红色赛车，不但丝毫没有减速迹象，还猛踩油门，以前所未有的高速，越过了最后的赛段标志。

"Can 神！"

红色赛车驶过赛段标志时，观众席上亦爆发出了一阵激动的欢呼。

欢呼过后，却隐隐有些担忧声："Can 神他……不用换雨胎吗？"

一分钟前，他的领航员也给出过相同的建议，不过很快，就被一道冷冷的男声给驳了回去："不需要，雷阵雨而已，很快会停。"

"你确定？如果不换上雨胎，路滑泥泞，发生事故的可能性……"领航员魏启皱了皱眉头，试图说服他。

谁知未等到身边人的回答，就遇上了路况突变。

魏启吓得不禁大声惊叫起来："前方两百米的道路，因大雨变窄，大转弯也变成了——急、转、弯！"

不同于魏启的大惊失色，Can 的神情依旧泰然自若，声音亦然。他只轻轻应了一句："嗯，我看见了。"

就在他话音落下的同时，左脚已猛踩下离合。

随后不过三秒的时间，降挡、刹车、提速，一连串的高难度动作瞬间完成。

在观众眼中，红色赛车以一道不可思议的弧度，飞速过了这个急转弯。

速度快到他们的眼睛几乎都跟不上。

等观众们眨眼后再回神时，原地只剩下了一抹被溅起的浅黄色水花。

那抹红色的车影，已在雨幕中又前进了百米有余。

"不愧是 Can 神，不用换雨胎都能在泥泞道路上将高速急转完成得这么完美！"

而 Can 神的神话，显然不止于此。

当其他车手换好雨胎，在赛场上继续行驶了约莫五分钟后，大雨竟奇迹般地停了。

望着散去的乌云，魏启简直不敢相信自己的眼睛。

"雨……竟然真的停了？"

震惊过后，则是狂喜。

"Can 神，你可真是神了！你是怎么猜准这场雨下不久的？"

回答他的男声依旧冰冷冷的，毫无半点波澜："直觉而已。而且，我相信我们可以闯过去。"

乌云散去后，夏日灼热的阳光再次洒满大地，很快就将先前的雨水蒸腾干净。

其他车手换上的雨胎，不过十分钟，就再无用武之地。

大雨落下之前，排在第二位的车手与排在第一位的 Can 神只有百米之差——眼看着猛踩一脚油门就能追上的距离。

然而现在，不说他浪费在换胎上的时间，早已被 Can 神远远甩在了身后，便是有心缩短距离，但用着这摩擦力极大的雨胎，也是不可能了。

只能眼看着那抹亮红色车影一骑绝尘，将所有对手统统甩在身后。

当红色车影冲破终点之时，观众席上的粉丝们忍不住齐齐起身欢呼："Can 神威武！"

而另一头，为了庆祝苏教授的科研团队在业内比赛中夺得头奖，底特律大学机械系举办了一场盛大的晚宴。

梁雪作为苏教授团队的核心成员，自然也收到了不少祝贺。

最开始，她举着酒杯，跟在苏教授身后，礼貌地寒暄。等到一瓶红酒下肚，梁雪就再不记得什么科研奖项、什么端庄淑女了。

当手中的酒杯再一次被斟满时，她忍不住举杯高呼：

"这一杯，我要敬我的 Can 神！"

"祝贺 Can 神夺得今日底特律分站的胜利！"

在场的几位同学面色大震，这可是庆功宴，她在这里胡说八道什么呀？

Can 神是何人，这些只知道搞科研的哪里会知道。他们只觉得梁雪说着奇怪的话，做着同样奇怪的动作。

"梁雪这是喝醉了吧？"

"唔……我没醉……"梁雪还想逞能，奈何身体却已不受控制，视线也有些模糊。

耳边传来的声音，也越来越不清晰，她只依稀听见身边的人似是反复提到她的名字，这其中，还有苏教授的声音。

"梁雪喝醉了，麻烦你送她回家吧。车开慢一点。"

"好。"

直到一道清冷的男声传来，如炎炎夏日里的空调风，拂过梁雪微热的耳垂，沁凉又舒服，醉醺醺的梁雪才不自觉地睁眼朝声音来源处看去。

沉重的眼皮下，视线迷蒙，她隐约看见一道修长身影。

黑衣、黑裤、黑帽，面容更是模糊不清，仅有一双眼睛亮得惊人，眼睛之下，似乎蒙着一层黑色的面罩，完全隔绝了他人的视线。

黑色面罩？那不是她家 Can 神的特征之一吗？

刹那间，似有一道极重要的念头自梁雪脑海中闪过。

可惜她这会儿实在是醉得厉害，没来得及抓住，就已再度陷入了醉酒的混沌中。

她耷拉下脑袋，跟跄前行，全无方向，仅是下意识跟着身前之人。

很快，她被领到了一辆超跑前，此车仿佛和 Can 神的车一模一样。

鲜亮的红色，在夜幕中依旧耀眼，闪得喝醉的梁雪都醒了一瞬。

仅是一瞬，她的脑袋再度耷拉下来，迷迷糊糊地坐进了车后座。

她打开车窗感受底特律的夏天。

这座城市的夏天不热，凉风袭来，梁雪呼了口酒气，清醒了几分。

恍惚中她看见一辆自行车轻而易举地超在了他们的前面。

"不是吧，居然有人把跑车开得比自行车还慢。"

梁雪忍不住嘀咕。

随后，她不自觉地看了看坐在驾驶位的男人，因着那层面罩，看不清他的脸，只隐约见到他的喉结动了一下，仿佛在轻笑。

竟是莫名的性感。

梁雪轻咳了一声，怎么说他也是苏教授派来送她回家的学长，这么说好似不够礼貌。

她轻轻启唇："那个，学长，刚刚我不是骂你——"

后面的话她还没说出口，只听到驾驶位的男人简短道："坐稳了。"

清冷声音传来之时，发动机"隆隆"骤响。

火红的超跑如离弦的箭，在夜间道路上瞬间起飞。

刹那间，仿佛空气中的声音都被这极快的速度给割裂开来。

梁雪目瞪口呆，听着轰鸣的马达，心跳如鼓。

急速超跑，除了最初的加速，其余路程开得极稳，不知何时，梁雪竟又睡了过去。等她再度醒来时，车已经稳稳停在了她家门口。

下车时，她下意识地要同那位司机道谢。

说到一半，她才猛然想起自己坐了一路车，也不知道该怎么称呼对方。

梁雪这会儿不止脑子不清楚，手脚也有些不听话，在平地走着，都能跟跄摔倒。

就在她以为自己的脸将要与地面来个亲密接触的时候，忽而手臂一紧。

身旁的男人将她整个人提了起来。

"再见。"

清凉的男声，伴着雪松般好闻的味道，她下意识转头，想要看清他的模样。

可惜，男人已经转身离开。

月色下，他本就高大的身形被勾得越发修长笔挺。

当云层涌动，缓缓遮蔽住月光时，那个熟悉的黑色面罩亦很快与夜色融为一体，神秘且俊美。

恍惚间，好似与她魂牵梦绕的身影一度重合。

梁雪看得不禁有些失神，直到轰鸣的马达声消失在道路尽头，她才喃喃开口："谢谢你……学长。"

因为宿醉，梁雪第二日到实验室的时间难免有些迟。

师兄师姐们已经开了仪器，开始记录数据了。

"我来吧。"梁雪赶忙换好实验服，接过师兄手里的实验本。

"这个实验数据是苏教授急要的，你记录好后，就给他送去。"

"好的。"

这个实验不算复杂，不过数据记录的细致度要求比较高。

宿醉后的脑袋依旧有些不适，记录了几组数据后，梁雪不自觉地停下笔，抹了点清凉油后，又揉了揉太阳穴。

"还头痛？"一旁的师姐看见她的小动作，体贴问道。

头只有一点点不舒服，不算严重，反倒是想起昨晚送她回家的人，梁雪有些在意。

"我还好，多亏了昨天送我回家的学长车开得稳。师姐，那位学长你认识吗？"

"那是苏教授亲自邀请来的，我之前也没见过。"

"不过，我今天倒是在苏教授办公室见过他，你要感谢的话，可以去苏教授那里碰碰运气。"

"是吗？那多谢师姐了。"

梁雪向师姐感谢一笑，不自觉加快了记录数据的速度。

可惜，等她去的时候，依旧扑了个空。

"数据记录得不错，继续努力。"

数据很好，没有问题，不过小姑娘今天站在他身边眼神飘忽的样子，倒是有些反常。

苏教授不由得多问了一句："梁雪，你还有什么事吗？"

"苏教授，我就想问问昨天送我回家的学长是谁？往后见了，我好对他说一声谢谢。"

"你说 Can 啊……"

说起昨晚那个男人，梁雪莫名有些脸热。

可当她从苏教授嘴里听到那个名字的时候，则是彻底震惊了。

"您说……您说他叫什么？Can？"

Can 神的那个 Can？

这一声名字，好似被按下的开关，昨晚醉酒后零碎的记忆接连不断地在梁雪眼前闪现。

黑色面罩，红色超跑，还有他飙车时那不可置信的神技……

所以，昨晚送她回家的男人竟然是 Can 神？

梁雪如遭雷击，大脑完全空白。

她甚至都不记得自己后来是怎么从苏教授办公室走出来的。

恍恍惚惚地跟游魂一样在学校里晃荡了许久,她才猛地惊醒,然后悲喜交加地仰天大呼道:"天哪!我昨晚到底都干了什么蠢事!"

她居然敢嫌Can神开车开得慢。

再次回想起昨晚的事情,梁雪差点没以头戗地。

当晚放学回家,她根据苏教授提供的线索,使出了吃奶的劲,将隔壁系的论坛翻了个底朝天,这才总算是找到了有关Can神的事迹。

原来Can神真是她的隔壁系学长。

不过,因为他常年忙于WRC赛事,学业方面选择的是远程授课模式,很少在学校露面。身兼两职,Can神依旧只花了两年就攻读完了本科学位,如今已是研究生二年级在读。

不愧是Can神,在哪里都是大写的厉害!

就算是远程授课,一周后的学期结业典礼他总该要露面的吧。

梁雪当即在自己的日历簿上,将那一天的日期给重点圈了出来。

她打定了主意,要去隔壁系的结业典礼上堵Can神。

结业典礼那日,天公作美,晴空万里。

昨日已搭建好的室外授奖台沐浴在金色阳光之下,越发庄严夺目。

梁雪混在观礼人群之中,一想到不久后Can神亦会站上授奖台领奖,不禁无比雀跃。

雀跃过后,她又稍稍有些忐忑。

手指在崭新的浅黄连衣裙上绞了又绞,直到授奖仪式开始,她都仍没处理好心情。

原以为等见到Can神后,自然就好了。谁知,她等了又等,直到整个仪式结束,都未能见到Can神的身影,也没听到台上的主持人报出Can神的名字。

"这是怎么回事?"

眼看授奖仪式结束,观礼的人群即将散去,梁雪忍不住拦了一位学长,焦急地问道:"之前论坛上不是说这学期的优秀学生奖要发给Can神的吗?怎么没了?"

"是有过。"

谈起这件事,那位陌生学长的脸上不禁扬起了一抹嘲讽的笑:"不过前提是,学校要Can神把他最新论文的第一作者署名让给他的导师。"

"怎么可以这样!Can神他……同意了吗?"

结果显而易见,如果Can神同意,今天的优秀学生奖就不会没有他的名字了。

"他当然没同意。"

这位学长以前与Can并不相熟。不过经过这次的事情,说起Can,他亦有了几分发自内心的崇拜与敬意。

"所以他退学了。"

"又或者说，是 Can 自己开除了他的导师。"

学术界里类似的不公平事情屡见不鲜，大多学生作为弱势的一方，只能选择忍气吞声。

也只有像 Can 这样的天才能有这样的底气，半步不退，最后还反将了一军。

以自己退学的代价，将那位老师的无耻剽窃行为彻底公之于众，震动了整个学术界。

"你就这样退学了？"

连魏启听说了这件事后，都不免感到有些玄幻与担心。

"据说学术界的水很深啊，你这么做会不会对你以后的事业发展有影响啊？"

可惜他说了这么多，Can 神严迦南却没有给予任何回应。

回应魏启的，只有越来越快的车速，以及马达如雷的轰鸣声。

"嘀！"

车头一越过终点，计时器上就跳出了一个极漂亮的成绩。

"单赛程不到三十分钟！破纪录了！"

看到这个成绩，全车队不由得发出一声惊叹。

唯有严迦南脸上没有半点高兴的神色，想到五分钟前最后急转弯的操作，他反倒冷冷地皱起了眉头。

他长臂一伸，就把魏启给重新拽回了车里。

引擎再次启动之后，才听到他冷然地说了一句话——

"刚才不够好，再练一圈。"

梁雪那一边，之后再没有从学校里打听到与 Can 神有关的消息。

Can 神在校期间实在是太低调了，就算是与他同级的学长，也仅知道他是华裔学霸而已，连他的中文真名都没能打听出来。

对此，梁雪不禁有些沮丧。

好在赛车圈内，Can 神总是最耀眼的存在。

退学之后，他和他的车队依旧占据着头条新闻。

△底特律分站赛三场，Can 一路遥遥领先，三场全胜！

△比利时分站赛，Can 胜！

△西班牙分站赛，分赛站奖杯得主，依旧是 Can！

一个月的时间连赢三场，积分已遥遥领先第二名。

虽还有两个分赛站未比，但以 Can 目前的积分计算，只要他能夺得下一站意大利分站赛的胜利,那便等于提前结束比赛,板上钉钉地将本届 WRC 世界拉力锦标赛的冠军奖杯收入囊中。

所以对于广大 Can 粉来说,下一站意大利分站赛既是 Can 的赛点,也是他们的朝圣地。

各地飞往意大利的机票一度被买爆。

意大利的夏天,晴空碧海与意大利独有的古建筑交叠在一起,极具浪漫。

然而在梁雪眼中,再美的碧海晴空都抵不过她眼前扬起的一抹黄沙。

"嗖!"

与黄沙一道染进她眼中的,还有一道红色的车影。因为速度极快,掠过的一瞬,车影被拉长,倒映在梁雪眼中,好似萨丁岛上忽而燃起的一条火舌。以极致的速度,吞噬着周围所有的光与影。

而后,它则成为她眼中唯一的光。

与生俱来的趋光性,令她下意识地朝着光源的终点跑去。

当梁雪顶着一顶柳枝编成的帽子,偷偷接近终点的时候,恰好听到车队经理兴高采烈地说:"Can,你也太厉害了吧!比上一次又快了五秒!"

听得梁雪与有荣焉。

她下意识地挺胸直身,握拳感叹道:"我 Can 神!能不厉害!"

一时激动,忘了隐蔽。

只听见车道旁的一丛灌木簌簌作响,忽而就乍现了一道顶着柳枝帽的明黄倩影。

这一幕,刚巧映入了严迦南眼中。

"那是个什么东西?"

梁雪这一通又是加油,又是疯狂拍照的阵仗太过明显,很快就被车队里不少人注意到了。

"偷跑进来的粉丝吗?"车队经理很快皱起了眉头。

"今日训练不允许外部人员进入,快把她请出去。

"还有她的照相机,也得暂时收缴。"

经理下完命令后,很快就有几位工作人员向梁雪走去。

梁雪眼见形势不妙,当即扭头就跑。

她一边跑,一边还不忘拿出一张证件晃荡,企图洗白自己。

"你们是不是对我有什么误会?我不是偷拍粉丝,我是 S 杂志社的特约记者!"

奈何 Can 神车队的工作人员个个亦是精英,轻而易举地就戳破了梁雪的谎言。

"没有误会,我们车队从未与 S 杂志社有过联系。

"小姐,还请你配合交出相机,我们删除有关照片后,便会归还。"

"你们说什么?"士可抓,Can 神的照片绝对不能删!

听到"删照片"三个字，刚准备伏法的梁雪再度暴起。

她如一只发狂的小兔子般，一蹦三尺高，硬生生跳过了那几人的包围圈，直冲向赛道另一边的山间小路。

"哎呀！"

就当她要成功逃脱的时候，只顾着看身后追兵的她却一个失神，跑偏了路，硬生生撞在了路边的树桩上。

虽然她很快又坚强地爬了起来，但眼冒金星时，终究还是一时疏忽，忘记把掉在地上的相机捡起带上了。

眼见目标物相机落地，那几位工作人员自然也不去追她了，放慢了脚步，只等着走到树桩的位置，取得相机。

未想到，有一只修长的手臂快他们一步，将那台相机从地上挑进了手里。

顺着背绳，随意摊开一只手掌，Can神就将先前梁雪需要两只手才能捧住的相机给稳稳托住了。

黑眸微垂，Can神看了眼相机，黑色面罩下的喉结轻动，而后才抬眼道："相机，我拿走了。"

Can神开口，其他人哪有不应的，立刻点头称好。

之后，他们才后知后觉地露出了一个疑惑的表情。

Can神拿小粉丝的相机干什么？

他什么时候竟也会对赛车以外的外物上心了？

严迦南何止是上心。

越过众人后，他就立刻点开了相机的内存。看着那满满一相机的自己，他面罩下的薄唇不自觉地轻轻勾起。

破天荒的暖色微笑下，似有冰雪消融。

相较于严迦南的心情大好，梁雪的心情却相当郁闷。

虽然成功逃过了车队工作人员的追捕，但失去相机的她，好似失去了灵魂，做什么都提不起干劲。

即使是她最爱的Can神论坛，都治愈不了她了。

特别是当她在论坛上看到一位吧友贴上的实地勘探照片时，更是忍不住在留言处叹气：唉，其实我今天也去了，拍到的照片甚至比你更多，谁知我的相机竟然在最后关头被我弄丢了！

很快，梁雪的留言就得到了不少论坛用户的关注。

△你相机丢哪儿了？请说出准确地址，万一有吧友帮你找回来了呢？

△没错，最近有好多吧友都会去实地赛场，说不定你真有失而复得的机会。

△如果找回来了,可要记得独乐乐不如众乐乐呀!

那是一定!

梁雪很快就被热情的吧友们说服。

随后她另起一帖,发布了一则寻物启事:本人今日下午在萨丁岛赛场终点附近遗失一台 A 牌相机,如有吧友寻得,全论坛将喜获一百张 Can 神清晰大图!

发布这条寻物启事帖的时候,梁雪仅是抱着试试看的心情。

没想到当天晚上,她就收到了一条私信。

C:想要相机?

极简洁的四个字,看得梁雪莫名呼吸一窒。

明明这位名为 C 的人,梁雪在论坛里是第一次见,可信度未知。

梁雪却莫名觉得,她的相机,就该在他手上。

再加上那可是装满 Can 神照片的珍贵相机呀!

只为这点,就该闭眼冲。

梁雪几乎立刻回道:是!请问我如何才能取回相机?我可以提供我的邮寄地址,如果你需要报酬的话,我们也可以谈。

谁知,她回复完后,那位 C 像是突然失联了般,一个晚上都再没有消息。

直到第二日梁雪醒来,她才在私信里见到了两条凌晨才发来的回复。

C:不必,面交。

C:意大利萨丁岛第一日比赛终点处。

看到这两句,梁雪已然相信这位 C 必定和她一样是 Can 神的忠粉了。

也庆幸意大利站赛出票那晚自己没有白努力,总算是被她抢到了一张终点的看台票。

等她亲眼见证 Can 神第一个冲过终点,再去终点处拿回相机,顺便自拍打个卡,简直是最佳仪式感。

梁雪不过是躺在床上想着,都不禁快乐到笑出声来。

等待时间一闪而逝,眨眼就到了 WRC 意大利站赛的当日。

萨丁岛的车道是环形车道,终点也是起始点。

比赛开始前一个小时,观众看台上便已座无虚席。

各车队的粉丝都有,数量最多的必然是 Can 神粉。

Can 神人还未到,他们就已挥起 Can 神车队的旗帜,齐齐呐喊:

"Can 神,Can 神,永远的车神!"

梁雪自然也是其中一员。

她今日不止拿着车队的旗帜、戴着车队的帽子,就连身上的衣服,都是 Can 神同款。

火红的赛车服，映着朝阳，衬得她那张清丽笑脸都格外靓丽了几分。

在一旁临时营地做赛前准备的严迦南本不过是无意间向看台方向瞥了一眼，就对上了那张可爱又明媚的小脸。

像是一团突然跃进他心中的火苗，蓦地升起了一股从未有过的炽热情绪。

因而，当车队的后勤人员最后询问他还有什么要带上车的时候，他的手鬼使神差地就落到了那台相机上。

他修长的手指勾上相机的肩带，轻轻一晃，就把那台相机晃进了急救包内，然后才将之交到那位后勤人员的手中。

"这个包，放我后备箱。"

WRC 比赛既然是以速度论英雄，车子的重量控制自然也是重要的环节之一。

车的重量越轻，越有利于加速。

为此，其他车手的急救箱物品都是精简到最精简。

唯有严迦南，不但未精简，竟还多带了一台无用的相机上车。

好在 Can 神终归是 Can 神。

这多出的 1.02kg 重量，根本就影响不了他的速度。

比赛刚一开始，他就如红色闪电般，冲出了赛道。

三个完美的漂移过弯后，他便已与第二名拉开了两个车位的差距，遥遥领先。

又一次直道加速后，他的车速已然快到连沿路的摄像头都捕捉不了了。

观众看台的直播大屏幕亦在此刻切换成了直升机航拍的镜头。

整个萨丁岛，都被缩在了屏幕之中。

原是宁静郁葱的绿，可当那道红色车影划过，郁郁葱葱的树影都好似有一瞬被染成了 Can 神独有的红。

"哇！Can 神帅呆了！"

见到如此盛景，梁雪忍不住惊叫连连。

就在她惊叫的这一会儿工夫，大屏幕中的那道红色闪电已经越过了第一段赛道，即将抵达萨丁岛第二赛道上那个最经典的发卡弯。

"马上就是发卡弯了啊！"

想当年，Can 神一战成名的那场比赛，最令人惊艳的便是他过那道发卡弯时所展示的技艺。

全程不止一次碰擦都没有，竟是连中心线都未偏移过。好似这个发卡弯，就如引线穿过发卡一般，轻松得仿如信手拈来。

事后，粉丝们便将 Can 神的这一神级过弯技巧称为"引线穿发卡"。

可惜，拥有发卡弯的赛道并不多。

WRC年度赛程之中，粉丝们能够有幸大饱眼福的次数，也是屈指可数。

今日，便是其中的一次。

如何让梁雪能不激动？

眼看着发卡弯近在眼前，梁雪激动得连挥旗的手都开始抖了，声音更是颤到破音："穿针引线！

"竟然能让我看到现场版的穿针引线！啊啊啊！"

赛场中，领航员魏启也在同时开口道："Can，两公里后，发卡弯。"

严迦南点头，神色微凝。

"路况如何？有碎石吗？"

"昨天我有实地考察过，会有小碎石，但对我们车胎的影响应该不大。"

"好。"

绝对信任，是两人多年的默契。

魏启话音刚落，油门的轰鸣声便再一次陡增。

赛车残影化作一条火红的缎带，看得观众们热血沸腾，欢呼阵阵。

"快看！Can神又加速了！"

也就严迦南敢在这时候加速了。

眨眼间，发卡弯到了，红色车影也同时加速到了力学极值。

这个速度，当真是太疯狂。

就在观众以为下一秒车尾就会碰上弯道边缘的时候，红影忽而轻灵地闪烁，宛若一根蹁跹引线，划出了一道漂亮的弧度，眨眼间就完成了发卡弯的第一道弯卡。

"哇哦！穿针引线！"

瞬间的屏息紧绷后，梁雪激动得小脸通红。

"我竟然看到了现场版的穿针引线！"

这一幕实在是太珍贵了，珍贵到她不舍得仅用眼睛去看。

欢呼过后，梁雪赶忙掏出手机，争分夺秒地盯着手机屏幕对焦，期待拍下一次完美的穿针引线。

"赶上了！"

她今日的运气不错，对焦完毕时，红色车影刚好疾驰过弯道间的长直线，到达了第二道弯卡的起始点。

梁雪举起轻颤的指尖，赶忙点下了录制键。

很快，光影奇迹再次在她的眼中展现。

梁雪的目光紧紧追随着那道优美的红色光影，全程连眼睛都不敢眨一下。直到最后一道弯卡过完大半，她才终于撑不住地稍稍眨了一下眼。

谁知，她眨眼的刹那，意外突然降临。

意外发生得实在太快太突然，肉眼根本看不清。

梁雪只知道，等她再定睛看去时，Can 神的红车已失控冲出了赛道，而后，重重撞上了赛道旁的坚硬山体。

"轰！"

漂亮的红影缎带就此断裂，耳边只剩下了一声惨烈的巨响。

"怎么会……"梁雪不可置信地捂住嘴，脸上的血色亦在这声巨响中褪了个干净，只剩下惨白。

"那可是 Can 神啊！Can 神怎么会失控？"

不！她不相信！

严迦南也没想到，碎石路的尽头竟然会横生出一块大山石，这绝对是勘测时没有的。

按理说，这样大的山石，主办方赛前清障的时候，应该会清理掉才是。

意外掉落，还是有人故意为之？

看到山石的瞬间，有无数的念头在严迦南脑海中闪现。

然而不论是哪一个，都来不及了。

他们发现山石的时候，车子与山石仅有五米的距离。

在这样的车速下，五米不过瞬息。

瞬息间，想要避开山石，就算是严迦南，也做不到。

他虽被粉丝称为 Can 神，但终究不是神。

"山石卡进底盘了！我们躲不过了！"

魏启出声惊呼时，车子已失控飞起。触不到地面，所有的操作都成了枉然。

唯有方向盘，严迦南还能稍微操控一二，让最后的撞击点改变稍许。

如果最后撞在他这一侧，那他身边的朋友应该可以幸存吧。

这是严迦南心中闪过的最后一个念头。

可他忘了，魏启对他的友谊，也是一样的。

就在严迦南准备以自尽的方式转动方向盘的时候，一旁忽而斜插出一只手来，牢牢定住了方向盘。

"迦南，活下去……"

这是他的好友对他说的最后一句话。

可惜还未说完，撞击已至。

巨响声中，严迦南的整个世界都与那句未能说完的话一道支离破碎。

"Can 神还好吗？"

"Can 神怎么样了？"

事故之后，看台上的粉丝们亦如失了蜂后的蜂窝，彻底乱了。

焦急、呆滞、不可置信、失控尖叫……种种负面情绪不断交错、蔓延。

吓得主办方只能暂时关闭了大屏幕上的比赛直播。约莫十分钟后，才在切换镜头后重新开启。

切换过画面的大屏幕内，比赛仍在继续，只是再没了Can神的踪迹。

其他赛车手的表现自然也有精彩之处，梁雪却再没有心思看了。

她只迫切地想知道，Can神如何了？

可惜，直到比赛结束，主办方都未公布最新进展。只说车祸之后，他们两位已第一时间被送去了医院。

Can神生死未卜，她却什么也做不了。

观众台上的其他观众悉数离场，梁雪依旧失魂落魄地蜷缩在原地，可怜得像一只无家可归的流浪猫。

这个时候，如果有谁能走到她身边，安慰她一下就好了。

最无助的时候，她心中也生出过希冀，还莫名想到了，那个与她约好，要还她相机的C。

奈何现实总是残酷的，直到天黑，那个C也始终没有出现。

"骗子！

"该死的骗子！你还我相机！还我Can神！"

夜幕之下，梁雪忍不住哭了。

她不知道的是，此刻她的相机与她离得并不远，就被埋在那一片她始终不敢去看的车体残骸之下。

几天之后，经过详细的调查，主办方才终于公布了事故的缘由，是因为山体落石，导致意外发生。轻描淡写的描述下，却是极惨痛的代价。

领航员魏启当场死亡，严迦南重伤昏迷，无法再参加WRC本赛季的比赛。

听到这个消息，赛车界一片哗然。

Can神的粉丝论坛更是当场炸了。无数粉丝不断祈愿，祈愿Can神能尽快醒来，继续驰骋赛场。

可惜，一个月后，严迦南虽然醒了过来，但对外公布的依旧不是好消息，而是单方面退出赛事申明。

自此，巨星陨落。

赛车界，再无Can神。

随着时间的流逝，连Can神的粉丝论坛都越发冷清了。

唯有梁雪，依旧雷打不动地日日在置顶祈愿帖上留言。

△5月26日，相信Can神会战胜伤痛，我在这里等你回来！

△12月11日，入冬了，但我相信Can神不惧冰雪，一定会回来的！

…………

△6月30日，Can神，我要离开美国了，但我的心依旧在原地，等你回来！

论坛祈愿帖上，昔日的火红车影尤在，却再无曾经的众志成城。毕竟，自萨丁岛事故至今，已经过去了五年的时间。

五年，实在是令大多数粉丝都等得有些累了。

到如今，整个祈愿帖上更是只孤零零剩下了梁雪一人的痕迹。

虽然她也理解其他粉丝等待到逐渐失望的心情，但她更加坚信，他们的祈愿绝非徒劳，一定会完整地传到Can神那里，激励Can神重返赛场。

所以，梁雪在发完自己的那份后，很快把她的论坛好友C也给游说了起来，勒令他也去给Can神的祈愿帖留一条祝福话语。

毕竟这个C至今还欠着她的那台相机未还。

作为债主，梁雪自认收这么点利息乃是天经地义。

不过说起她这位朋友C，着实是有些奇怪。

萨丁岛比赛那天，莫名放了她鸽子不说，此后更是失联了好长一段时间才出现，抱歉地告诉她，他不小心把她的相机弄丢了。

一台相机而已，梁雪并未放在心上。

对于这个C，梁雪不知怎的，就是想同他多聊上几句。

梁雪：为了一台相机，躲了我这么久，不至于吧？

哪怕C的回答大都是惜字如金、寡言少语，梁雪也依旧乐此不疲。两人聊的次数多了，梁雪竟也渐渐习惯了，甚至还能从那寥寥几字的回答里读出些许温情。

比如此刻他这个"嗯"，就有些许放任的味道。

她提出的要求，C基本不会拒绝。

于是梁雪趁机得寸进尺道：这五年来，我一直很好奇你的样子，方便出来见上一面吗？

可惜，这条发出之后，她迟迟未能等来对方的回答。

也不知是不想见她，还是下线了，没有看见。

当晚，梁雪戳着键盘，仍有些不死心。

她回国的机票就订在后天，明天若是还见不到他，那他们就彻底没有相见的机会了。

戳了半天键盘后，梁雪忍不住又补了两条过去。

梁雪：喂！难得有美女约见面，你就是这个态度吗？

梁雪：我明天就要离开底特律回中国了，错过这次，你便是后悔都没机会了！

网线的那一端，严迦南坐在书桌前，刚完成巨量计算工作的他，按压着眼角，本已有些倦意。可当他看到梁雪发来的这条私信时，眼角忽而就含着笑，轻扬了起来。

"哪有女孩张口就称自己是美女的？"

低沉好听的声音里似有几分质疑，亦有些许的无奈。

"算了，她也不是什么乖女孩。"

做了五年的网友，梁雪早已自曝得差不多了。

高考时，她因不满父亲的专断独裁，只身来到美国，选的还是全专业只有两个女生的新能源汽车专业。

本硕博七年，她既是学校的风云人物，亦是出了名的刺头。

本科时就敢公开发帖抨击教授剽窃，读研时为了祖国名誉与出言不逊的老外大打出手，读博时做实验干坏了苏教授一台百万美金的仪器……

这般特立独行的姑娘，严迦南还真想去见见。

不过，却不是现在。

第二日，梁雪终于还是等到了 C 的回复。难得他这一次，竟是打了整整两句话。

C：明天就暂时不见了，我也不会后悔。

C：因为，我也一样会回国。

回国？

看到这两个字，梁雪不止胸腔内有热血涌动，小脸上亦不自觉地微微发烫。

她几乎是条件反射地在对话框内回道：这么巧？难道你也和我一样，追随 Can 神回国的吗？

追随他回国？

他退出车坛五年了，早已是人走茶凉。

爆出他车祸后回国疗养的，也不过是一个小报记者而已。后来眼见他的名头已再无当年的号召效应，就再没提过他了。

这五年来，严迦南也以为自己已经习惯了这般的世态炎凉。

直到看见梁雪的这句话，感受到胸口猛然澎湃的情绪，他才终于发现所谓的习惯，不过是自欺欺人的借口罢了。

作为一名赛车手，他心中的热血，从未褪尽！

梁雪的这一条私信，严迦南看了许久。

最终，他没有再回复她，而是合起笔记本，拿起电话，拨给了他的主治医生史密斯博士。

之前的新闻报道没错，那场车祸不但带走了魏启的生命，也给严迦南的脑部造成了极严重的创伤后遗症。

他的脑部右侧顶叶神经出现了异常，导致他出现不断忽视偏侧现象。

虽然这个问题不会给他的日常生活带来太大的影响，但对于他的赛车生涯来说，却是致命的。

这也是当年，严迦南不得不宣布退圈的理由。

好在经过五年的持续治疗，他的病情终于有了突破性进展。

不过风险有些大，失败的话，他也许会彻底失明。

当然，做不做手术，最后的选择权，在他。在生理性疾病面前，他也只是个凡人。

说没有顾虑，没有害怕，自然是骗人的。

从医院回来，严迦南整整思考了两天，一直未能有答案。

直到此刻，看到了梁雪发来的这条私信，他皱了两日的眉才终于舒展了些许，伴着一声自嘲式的轻笑：

"严迦南，你什么时候变得这么胆小了？"

赛车手的生命，便是不断与极限、与时间抗争的过程。所谓不可预测的手术风险，若换一种解释，不也正是挑战极限的另一种诠释吗？

如若如此，他便不该再踟蹰。

很快，严迦南拨通了史密斯博士的电话，平静的声音中是从未有过的坚定。

"史密斯博士，我选择接受您的手术建议。"

史密斯博士很快给他安排了手术。

历时二十八个小时，手术成功完成。

这场手术也被史密斯博士称为他近五年来做过的最高难度的手术。

摘下纱布的当日，严迦南终于重新回到了那个属于他的世界。

不止如此，他面上那道疤，也在手术中被一道修复了。

从今以后，他不必再以面罩示人。

在严迦南接受手术的一个月后，梁雪也坐上了回国的飞机。

回国旅途很顺利，飞机在俄罗斯籍机长的战斗机飞行模式下，甚至还提前了两个小时抵达。

于是梁雪也提前两小时，与她的独裁老爸完成了历史性的重逢。

七年未见，梁父依旧是中气十足，精气神不减当年。

一见到梁雪，他就立刻开启了咆哮模式。

"梁雪，你不是觉得国外比国内好的吗？怎么这就回来了？"

多年前，在新能源汽车领域，国外的实验室自是比国内领先许多。这也是梁雪当年坚持出国求学的原因。

可如今学成了，她自然是要回来的。

报效祖国，是每一位中华儿女理应做的事情。为此，她甚至拒绝了导师推荐她去最尖端实验室工作的机会。

不过这些心里话,她却是打死也不会说的。

刺头父女俩相见,依旧是谁都不肯先认输。

她爸抢了先手,梁雪就立刻搬出她妈来压她爸。

"我妈让你来这么接我的吗?既然你这么不想见我,那我就再买张机票回去好了。"

梁雪作势转身,自然被梁父一把扯了回来。

"梁雪!你既然回来了,就别妄想再出去了!"

车子一路从机场开到了她家的小区门口,突然停了下来。

"怎么不进去?"梁雪有点儿奇怪。

"咳咳……车间出了点事情,我得先回车间去处理下。"

梁雪的父亲梁程远是国内汽车大厂乔迦的发动机车间主任。

在车间主任的位置工作了几十年,梁父几乎是亲眼看着乔迦从一个国营小厂成长为国内汽车行业龙头的。那感情,比之他女儿梁雪都不遑多让。

车间的事情,不论大小,梁父都会放在第一位。

出国之前,梁雪从不过问父亲的工作,不过今日,她突然有了兴趣。

"我能一起去看看吗?作为家属参观的那种。"

梁父嘴上说着小孩子瞎凑什么热闹,身体却是无比诚实。他很快就重新启动了汽车,把梁雪带入了乔迦的大门。

恢宏的厂房、穿梭忙碌的工人,还有空气中传来的为某个技术问题而争论不休的声音……

这般蓬勃发展的乔迦,倒也不愧对它行业龙头的称谓。

梁雪饶有兴致地跟在梁程远身后,冲压、油漆、总装这些传统制造工艺她了解不多,只作参观,不过在发动机方面,她倒是能说上几句。

比如她爸今天遇上的试验问题,她一眼就看出是积炭过多导致的。听到梁雪一句话就道破了真相,梁程远不禁狠狠抖了下眉毛,色厉内荏地叫梁雪不要随便插嘴。

奈何他女儿从来都不是听话的乖乖女,她爸越是不让,她就越要说。

"只要汽车一日还使用着传统能源,积炭问题就会永远存在。就算你们再如何提高能源利用率,也是治标不治本。

"我觉得乔迦作为我国的汽车龙头,下一步发展的目标就该和国外一样,致力于以新能源替代传统能源才对。"

"梁雪!"

听了梁雪这一番话,梁程远的眉头皱得越发紧了。

刚想呵斥她这是车间重地,容不得她这个小丫头片子乱说话。

未承想，他终究还是晚了一步。梁雪刚才说的那番话，已被他的顶头上司，乔迦的总工程师陈楠山给听见了。

"小丫头，你说的话是有几分道理。不过你那一口一个国外好的口气，我却不爱听。"

"你怎么就这么武断地觉得，我们乔迦没有在新能源方面努力呢？"

陈楠山是个个子不高的小老头，站在梁程身边，比梁程远要足足矮上一个头。可正是这个其貌不扬的小老头，却带着令人无法忽视的气场。

他的眼神仿若幽远的深海，即便未起波澜，亦是不怒自威。

他不过稍稍向梁雪扫了一眼，就已让梁雪莫名语塞。

"乔迦……也有新能源电池实验室吗？"

"有，而且是国内目前为止最大的新能源实验室，名为乔源实验室。小丫头，有兴趣跟我去参观一下吗？"

被陈楠山带去参观之前，梁雪内心还隐隐有些不服气。什么最大的新能源实验室，难道比她待过的全球最尖端实验室还要厉害不成？

梁雪一开始有些不信。

所谓眼见为实，耳听为虚。

等梁雪真正见识过乔源实验室后，则彻底服气了。这里，确实一点也不比国外差。在新能源电池的研究方面，乔源实验室甚至比国外的研究还要超前几分。

看得梁雪眼中不自觉生出了几分炽热。

"陈总工程师，你们乔源实验室还招人吗？"

"怎么，你想来？"

陈楠山笑了，笑容里有科研人独有的自信与锐利。

"我们实验室永远欢迎新鲜血液的加入。"

"不过我们乔源的门槛，可没有你想象的那么简单。小丫头，你准备好接受考验了吗？"

虽然梁雪目前并不知道陈楠山所谓的考验是什么，但她很清楚自己此刻的想法。

那就是——她一定要进入乔迦的新能源实验室！

短短休息了一周，梁雪就投递了简历。

之后经过一轮笔试、三轮面试，历时一个月，梁雪终于重新站在了乔迦厂区内，成为一名新员工。

"爸，进了厂区你就别送我了，乔源实验室和你的车间不在一个方向。"

这是当天早上，梁雪刚对她爸说过的话。

谁知秒打脸。

两个小时后,梁雪就拿着新员工入职指引单,灰溜溜地回到了梁程远的面前。

"爸,我被安排来车间轮岗了,要不你先让我进你的车间实验室呗?"

"在这里,我不是你爸爸,是梁主任。"梁程远面上一本正经,内心贼爽。

"区区新员工,就想进我们车间实验室。先去入职培训的规矩不懂?"

一周的入职培训后,梁雪依旧没能进车间实验室,而是被梁程远发配去了测试部。

美其名曰,新人就该在最基层的岗位锻炼一下。

测试部,部如其名,就是负责试车检测的部门。

哪里需要,就测哪里。

因为需要测的零部件多又杂,测试部的环境自然也有些杂乱。梁雪刚踏进门,就差点被一块长铁皮绊倒。

听到她惊险避过的动静,卧在车底的同事才终于露出脸来。

"我是测试部的经理。"

"经理好。"梁雪立刻态度乖巧地同他打招呼。

她眼睛睁得大大的,试图与这位经理好好认识一下。可惜经理此刻脸上尽是斑驳的汽油,根本看不清他真实的面容,只能听见他粗声粗气的声音。

"新来的,你是工程师还是试车员?"

听到梁雪说自己是工程师,粗沉的声音突然就变了。

语气语调明显上扬了不说,嘴角更是瞬间咧了开来,就连他脸上的斑驳汽油,都仿佛染上了热情的味道。

"工程师啊!那敢情好,你来了,小严就不用落单了。"

梁雪是新员工,但不是小白。这么热情又狰狞的笑容,总让她有一种不祥的预感。

"经理好,请问小严……是哪一位?"

"他为什么会……落单呢?"

当然是被落单的。

在测试部,工程师需要与试车员配合工作。大部分情况下,试车员需要听从工程师的指挥。这位小严,却是个刺头另类。

他试车的时候,从来不听工程师的指挥,只按自己的节奏来,才来半个月,就已经气走三位和他配合的工程师了。

如此恶名流传之后,测试部就再没工程师愿意和他配合了。

奈何他后台极硬,便是经理也拿他没有任何办法。

他在测试间的时候,测试间完全就是他一个人的天下。若是没有工程师自愿配合,他就会直接点名开虐。

短短半个月,测试工程师们对他已是怨声载道。经理正为此发愁之际,梁雪就来了。

简直是雪中送炭,解决了经理的心头大患啊!

不止经理笑得意味深长,附近几位同事皆偷偷向梁雪致以了同情又充满敬意的目光。

看得梁雪只觉得后背发毛,本能地自救:"经理,我今天是第一天来测试部,为了能更好地适应工作,您不应该安排一位有经验的试车员来带带我吗?"

好不容易送上门来的小白,经理怎么可能放过她。新人的直觉不错,但终究不是老油条们的对手。

经理一个眼神示意,立刻就有另一道助攻的声音传了过来。

"你想找有经验的试车员?那不就是我们小严吗?"

"走,我刚好有空,带你过去认识一下小严。"

"真的吗?"测试部的同事,都是这么热情的吗?

事出反常必有妖,梁雪依旧表示质疑。

从核心的乔源实验室到测试部,这差距,已经让她有落差感的了。

难道在测试部,她也依旧逃不过被持续边缘化的命运吗?

对这给落单人员凑数的安排,梁雪不大满意,还想与经理再聊聊。谁知那位同事的力道极大,一下就把她给拽走了,根本不给她再开口的机会。

无法,梁雪只能跟着他走。

她低着脑袋,垂着眼,坠着嘴角,沮丧地准备认命。

几步路的工夫,梁雪脑海中已经勾勒出了一个落单刺头的模样。身高一米七,傲骨高两米。嘴比扳手还硬,若是你敢质疑他一下下,他的刘海估计都要被瞪得飞起。

梁雪脑补完毕时,带路同事也刚好停下了脚步,出声介绍道:"这位就是小严。"

现实中的小严与梁雪脑补的那个,似乎有不小的出入。

首先他很高,梁雪不抬头的话,视线只见到他的肩膀处。看到他穿着蓝色工作服,但一点也不脏,仔细闻的话,甚至还能闻到些许雪松般好闻的味道。

雪松的味道?

梁雪吸了吸鼻子,有些出神。

她下意识觉得这个味道有些熟悉,却愣是没想起来到底在哪里闻过。

由不得她细想,下一秒,她就被带路同事给拽到了小严面前。

"小严,这位是新来的工程师,从今天起,就由她来配合你的工作了。"

果然,她终究还是没能逃过被强制分配的命运。事情都到这个份上了,她还能有问题吗?

梁雪苦着脸,心里窝火,没法发泄在前辈们的身上,便只能拿这位小严出气了。

他不就是个试车员吗?

再刺头又如何,论职级,总不可能爬到她这个工程师的头上来。

梁雪已经打定了主意,要给小严一个下马威了。

她小脸瞬间紧绷,嘴角撇着,就等着大开嘲讽。

可真当她与小严四目相对时,似乎与设定的有些不一样。这位小严,并不是她想象中那样,相反,他很干净,而且很帅。扶着车门的指尖修长,浅蓝色工装下的身材结实匀称。

最让梁雪惊艳的,则是他的脸。

完美的下颌线,宛若上帝的作品,单单一个垂眸轻笑的动作,便有汹涌的荷尔蒙溢出。

只一眼,梁雪就看呆了,愣在原地,半晌都没能回神。

最后,还是这位小严先叫的她。

"你就是新来的工程师?叫什么名字?"

他的声音一如颜值,如雪山巅淌下的雪水,清冷动听。

听得梁雪莫名脸红。

"梁……梁雪。

"小严你好,我是——"

报完名字之后,出于新同事间的尊重,本应该是双方自我介绍环节。

可惜,这位小严的行事风格显然与普通同事不一样。他径直将她拽上了测试车,粗暴地打断了她的自我介绍。

"你这是干什么?"这人怎么这么粗鲁?

梁雪摸着被拽疼的手臂,才因颜值生出的那些好感,瞬间"唰唰唰"掉了个精光。她皱着眉头,刚准备发作,谁知竟再次被小严呛了声。

"我这里,只接受实际行动的自我介绍。"

说完,他也不管梁雪答不答应,就单方面给梁雪塞了一沓测试单。

而后,他的声音伴着发动机的轰鸣声再次响起,无情得宛若来自地狱的恶魔。

"测试开始,拿出点本事来,不然,可没资格上我的车。"

测试车疾驰而出的刹那,被惊到的不止梁雪的心脏,还有她的三观。

这个小严到底是什么人?

他怎么能自大、臭屁到这个样子?

"啊——"

随后,全测试部都听见了一声尖叫,也都看见新来的工程师小姑娘被小严一把拉上了车。在轰鸣的马达声中,小姑娘很快被吹得发丝乱飞,连小脸都看不清了。

小严果然还是那个小严,几百米的检测跑道,车子硬是被他开出了F1的感觉。

这哪是正常人能受得了的速度。

"作孽啊!"同事们皆不忍地摇了摇头。

之前那位前辈更是再受不住良心的折磨，闭眼遁了。

小严这车非一般工程师能受得住的，但此刻，梁雪却坐得极稳。

大约是化愤怒为动力的缘故，她甚至还拿出了一个随身笔记本，全程奋笔疾书。

只为最精确地记录下测试数据，得出最优的测试结论，好好展现一下自己的专业技术，再不给这个讨人厌的小严半点嚣张的机会。

谁知，他压根不按常理出牌，也根本没有丝毫沟通意识。

一单测试之后，他便紧接着开始了第二单，完全不给梁雪半点喘息与数据分析的时间。

"你这样连续测试，是违反车间工作守则的。"工作节奏被莫名打乱的梁雪忍不住转头控诉。

奈何控诉全然无用，她身边的这位试车员从头至尾都我行我素。

本应用一天时间测试完的单子，在严迦南疯子一般的连续作业下，只用了一个小时，就全部完成了。

做完最后一单测试后，严迦南这才稍稍放慢了车速，开出一个摆尾漂移，直接入库。

长腿随后跨出车门，未等梁雪反应，他已径直走出了试车车间。

"喂！你就这么走了？那这些测试单怎么办？"

"填写测试单是工程师的事情，与我无关。"

"哦，对了，我叫严迦南，工作内容仅限于试车。至于其他的，勿扰。"

梁雪一路追到车间门口，才勉强追上了他，气还没喘匀呢，就又被这臭屁且不负责任的话砸了一头。

"严、迦、南！"

下一秒，梁雪几乎是咬牙切齿地叫出这三个字，恨不得当场将那个讨人厌的浑蛋暴揍一通。

奈何，讨人厌的浑蛋仗着身高腿长，已然消失在了车间通道的尽头，再追不上了。

失了对象，梁雪的脾气，只能选择在沉默中爆发。

"这世界上怎么会有这么讨厌的人！"

梁雪出离愤怒，迫切地想找个朋友吐槽。

奈何她刚回国，还未建立起国内的朋友圈。

最后，她只能退而求其次，登录粉丝论坛，点开了C的对话框，发泄般地给树洞留言。

梁雪：C，你知道吗？我今天遇到了一个超级超级极品的同事！我长这么大，还没见过这么臭屁、这么无耻的人！

梁雪：他叫严迦南！是我这辈子最讨厌的人！

梁雪：是与我最爱 Can 神完全反面的存在！

此刻，梁雪大约做梦也想不到，她的最爱与最恨，会是同一个人。

乔源主楼办公室，邢伟进来的时候，严迦南刚换下测试部的工作服。

邢伟是陈老委派给严迦南当助理的，说是助理，倒更像是秘书。

严迦南的工作行程排得满满当当，但从未有过怨言，倒是作为秘书的他屡次想要撤退，但碍于陈老的威慑，他只能全权配合严迦南。

"严工，陈总工程师来电话，请您去乔源实验室开会。

"还有，刚才您换衣服的时候，您的私人手机一直在不断振动，好像是某论坛的私信消息，您需要处理一下吗？"

"拿过来吧。"

严迦南发话，邢伟立刻双手递来了手机。

他抬眸看向神色平静的男人，有那么一点疑惑。

这位新晋的副总工程师不是工作狂吗？

严迦南进公司不久就被陈楠山总工程师破格提拔成了副手，进入了公司最核心的乔源实验室。不到一个月的时间，他所负责的核心项目就在技术上有了重大突破。

同时，他每日还得在测试部待上一两个小时，兼顾术后康复训练。

平常严迦南从测试部回来，都会第一时间赶去乔源实验室，恨不得一分钟掰成两分钟用，怎么今天还有空看论坛私信？

他想了想，没想通。

他们说话的工夫，乔源那边的催促电话又来了。

邢伟接完电话，赶紧拿起会议文件，争分夺秒地向严迦南汇报。

"严工，乔源今天的会议定在十分钟后。

"会上主要讨论的内容有……"

邢伟尽责地汇报之时，严迦南第一次听得有些心不在焉，眼睛一直被他那部私人手机勾着，蓦地，他忽而扬唇笑了一下，低语道："竟然是她！"

自家领导低语了什么，邢伟自然是不敢偷听的。

可严工竟然会笑？

邢伟看得惊悚，连汇报的声音都不知不觉中卡了壳。

后来还是严迦南冷声提醒了他。

"怎么不继续？有关 WS1818 项目第一次小试失败，陈总工程师是怎么说的？"

"啊……"邢伟这才回神，擦了一下额头的冷汗，赶紧接着道，"陈总工说失败的原因很复杂，还需在会上进一步分析讨论。"

WS1818 项目，是有关新能源电池研发的重点项目，也是乔迦未来五年的研发核心。事关 WS1818，便无小事。

听到这里，严迦南立刻起身，快步向乔源实验室走去。

"好，转告陈总工程师，就按他说的做，我也会准时参会！"

此刻严迦南俨然已恢复了副总工程师的身份，大步流星，走去了乔源实验室。

测试部，自然就暂无小严了。

等梁雪从卫生间出来，属于小严的工作间，依然是人去楼空的状态。找树洞发泄过后，梁雪的情绪虽好了一些，但只要一想到那个小严，内心依旧全是不满。

他这是在公然旷工吗？

这么多测试单，他就这样甩手不管了？

别的测试组，试车员可都是配合工程师一起完成的。还有，就算其他地方她都可以独立自主完成，但在试车员那一栏，也该有他的签名吧。

梁雪越想心里越不平衡，忍不住向经理发牢骚："经理，小严怎么不见了？现在不还是上班时间吗？"

上班时间，人不在工位，当然是不对的。

可谁让他是上头空降过来的，对此经理也很无奈。

"他就是这样，每天试完车就立刻不见人影，你再想找，是找不到他的。

"小梁啊，我这么说虽然可能有些不公平，但你既已离开校门进入职场，有些时候，就该学会迁就和忍耐。"

梁雪不是傻子，经理把话讲到这个地步，意思已很明确了，就差把严迦南后台硬这几个字贴脑门上了。

梁雪也知道经理说得没毛病，是在提点她，为她好。

可一想到要她迁就与忍耐的人是严迦南，她就莫名心头冒出火气，怎么也咽不下这口气。

为了知己知彼，她随后还向另外几名同事打听了严迦南的事情。

得到的答案，可谓是惊人的一致。

"严迦南？你没事找严迦南干吗？"

"他不在，就没人找你麻烦，这不是挺好的吗？"

"严迦南啊，他这人确实是不大好相处。"

听完这些回答，梁雪不禁暗暗给同事们点赞。果然，群众的眼睛是雪亮的。

臭屁、无耻的自大狂就该被全世界讨厌！

梁雪不知道的是，无耻自大狂不仅被全世界讨厌，还被全世界害怕。

她拿着测试报告去问前辈，前辈一听是严迦南的单子，解决的方式不是答疑，而是一把抢过报告，说要替她完成。

快下班的时候，测试部突然接到了不少加急单，她踊跃报名想帮忙，经理却跟听不到她的加班申请似的，一定要让她按时下班。临下班前，他还语重心长地对她说什么，她今天已经够辛苦了，需要回家多休息。

第二天早上，梁雪不过是先被人事部叫去补个资料，稍微晚了一些到测试部，测试部的氛围就完全变了样。

一推开大门，就有一股丧气扑面而来。

梁雪刚走到测试跑道，就见一道车影疾驰而来，骤停在她面前。副驾驶的车门刚打开，就有一位工程师同事惨白着脸，径直跌了下来。

不等梁雪去扶，他就紧捂着嘴，面色极痛苦地往卫生间方向冲去。

"这是……怎么回事呀？"梁雪忍不住询问。

可看周围同事们麻木的神情与下意识远离的站位，似是对类似惨烈的状况，他们早已司空见惯。

好半天，才终于有一位同事偷偷凑过来，小声地在她耳边道："你不知道？昨天你不是也……"

谁知他的话刚说到一半，严迦南就从测试车里走了下来，吓得他赶忙撇下梁雪跑了。

最后这个问题，是严迦南替他回答的。

"没怎么回事，就是这群工程师不够格罢了。"

严迦南神色寡淡地扫了眼周围众人，冰冷冷的声音，充满着嫌弃的味道。

当他的视线落到梁雪身上的时候，倒是稍稍缓和了些，眉梢微挑，似是很浅地笑了下。可惜时间很短，梁雪并未注意到。

她只看见严迦南突然伸出一根手指，向着她点了一下，幅度不大，却气势十足，像是将军在点兵。

"既然他们都不行，那今天就继续由你来配我的工作吧。"

"我？"

严迦南这是什么意思？阴魂不散吗？

梁雪本能地想要拒绝。

"怎么，不敢？"

可被严迦南一激，她不服输的性子便腾地升了起来，瞬间压过生理上的不适，坚决迎难而上。

"不敢？怎么可能！"

说这话的时候，她的刘海轻颤，像极了炸毛的小猫咪，有点可爱。看得严迦南的眸色都不禁软了几分，声音亦是不自觉地放缓，难得多了些许善意。

"那就上车吧。"

走到测试车旁时,他甚至还头一回向后伸出了手,想要扶梁雪一把。

只可惜,他的手终究还是错付了。

梁雪一把就拍开了他的手,而后自己"噜"地一蹬腿,战意熊熊,瞬间爬上了车。

看得围观同事们不禁纷纷倒抽了一口凉气。

这新来的小姑娘,真乃勇士。

可惜看戏时间总是短暂的,特别是看严迦南的戏,还有着不小的风险。

一个不察,测试车已然启动,在测试跑道上划出了一道惊险的掉头弧度。

可就在大家以为要被撞到的时候,测试车忽然扭出了一个几乎令人不可思议的角度,完美避开了下一秒的碰撞。

瞬息之后,已然扬长而去。

经理吓到腿软之时,梁雪却不禁惊呼出声:

"这是蝴蝶掉头!你竟然会蝴蝶掉头?"

"蝴蝶掉头",是 Can 神粉丝专门给 Can 神取的动作名词。

意指 Can 神的漂移掉头就如飞舞的蝴蝶一般,极速中也不失蹁跹美感。

这本是用来赞美 Can 神的词汇,此刻用在讨厌的严迦南身上,实在是违和。

偏偏,严迦南刚才使出的,还真是"蝴蝶掉头"。

她家 Can 神的神技,什么时候变得这么烂大街了?

还有,她怎么可以夸他?

说完之后,梁雪就后悔了,赶忙以手捂嘴。

可惜,为时已晚。

清冷的男音,如一兜凉水直浇梁雪的脑门。

"你知道蝴蝶掉头?"

"什么……蝴蝶掉头呀?你听错了吧。"

她才不承认她夸他呢,岂不是长他人志气,灭自己威风?

梁雪决定装傻。

"是吗?"

轰鸣的马达声中,回应她的男声依旧清冷淡然,但他身体的肌肉线条却绷得很紧。升挡、降挡、踩离合,每一个动作都做得精准、有力。

即便这只是一辆普通的测试车,也不妨严迦南对它的认真、专业还有喜爱。作为车圈粉丝,这一系列完美的动作,很快征服了梁雪的眼睛。

这是什么情况?

这操作,这手速,简直就像是 Can 神附体!

看到最后，梁雪几乎要推翻昨天的定论，对严迦南崇拜得冒星星眼了。

好在，星星眼最终还是被严迦南递来的一沓测试单给阻止住了。捧着手里那厚厚一沓，比昨日还多出一倍的测试单，梁雪立马收了崇拜，光速翻脸。

"你又要把填测试单的工作全部推给我？"

梁雪试图分点测试单给严迦南，可惜，他不止不接，还回答得振振有词："不说这本就该是你的工作，作为新人，你也该多锻炼锻炼吧。

"还有，新人就该好好听前辈的话。"

说到"前辈"二字，严迦南微微凝神挑眉。

虽然他只比梁雪早一个月入职乔迦，但那也是早，当得起这一声前辈吧？

思及此，严迦南面上不禁露出了受用的表情，心情亦多了几分难得的愉悦。然而他此刻的愉悦，透过厚厚的滤镜到梁雪眼中的时候，则完全被曲解成了嘲讽。

呵，前辈？

天天旷工偷懒的人也好意思称自己为前辈，哪儿来的脸？

怒气当即直冲梁雪脑门，她想也不想地直接大开嘲讽："前辈？我怎么觉得真正该锻炼的，是一张测试单都不写的人呢？你是觉得我不会写？"

"难道不是吗？"

"你敢跟我打赌吗？我随机抽三张测试单，你要是能准确口述出来，我就承包以后你所有的测试单。"

最后，梁雪直接向严迦南下了战帖。

看到严迦南颔首的时候，她心中狂喜。

原以为终于等到了能将严迦南这个自大狂斩于马下的机会，殊不知，最后跪下的，却是她自己。

对于她抽出的那三张测试单，严迦南看完后，竟是立刻就给出了完美答案。

"第一张，应该是超负荷工作后，大量积炭致使燃烧不充分导致的发动机过热，测试结论就写这款发动机只适合平稳的市内道路，不推荐用在越野SUV上。

"第二张，是扭矩的问题，扭矩没有达标，说明承载能力不行，在维持轴承不变的情况下，考虑减轻一定的车重。

"这第三张，显而易见，是那款车胎不行，测试结论，应该不需要我多说了吧。"

"这……这么快？"饶是高才生如梁雪，此刻都不禁露出不可思议的表情。这效率，也太快了吧！

严迦南说完，梁雪就知道自己又输了。

但本着科学的严谨性，她还是进行了详细的检查与实际论证。当然，最后得出的答案，自是皆与严迦南说的并无二致。

这样的结果，除了令梁雪泄气沮丧，她的心里也升起了一点点不可遏制的崇拜与欣赏。她忍不住问道："你是如何做到的？"

可惜，回答她的不是前辈的解惑，而是一大沓差点把她脑门砸扁的测试单。

许久后，才从远处传来一声讨人厌的轻笑。

"不尊敬前辈，还想让前辈教你？想什么呢？"

怎么会有这么讨厌的人！

在双重打击下，梁雪再次炸到出离愤怒。愤怒过后，面对需要写一整天测试报告的残酷现实，到下班时，她更是身心受挫。

虽说最后交报告的时候，梁雪的工作效率与质量相较其他普通同事，还是有明显优势的。

为此，经理还特地在周会上公开表扬了她。

说她作为新人的可塑性很强，自身在研发方面的钻研精神也很足，继续努力下去，有很大可能会在轮岗结束后，被推荐进乔源。

同样的话，梁雪她爸，梁主任过来问起的时候，经理也说过。

女儿给自己长脸，梁主任自然是面上有光。

这一整天，他都心情大好。谁知晚上回家见到女儿，却是一副闷闷不乐的反常模样。

晚饭时，连她最爱的柠檬凤爪都没能治愈她。她垂着小脸，依旧是一副丧丧的样子。

看得梁程远忍不住伸出筷子，敲了敲她的碗边。

"能被同事和领导认可，推荐去乔源实验室，梁雪，你不该高兴吗？说明你确实足够优秀！"

梁雪抬头，沉默了片刻，忽而答非所问道："爸，要是我并没有那么优秀呢？"

甚至今天，她还惨败在了一个试车员的手里。

她的困惑与迷惘，于过来人来说，根本不算什么。

梁程远很快就给出了不错的答案。

"那就继续努力，认清方向，一直努力到你满意为止，最重要的从来不是过程，而是结果。"

是了，她好歹也是个只用了七年时间就念完本硕博的小学霸。那么难的毕业论文她都搞定了，还搞不定乔源和一个男人吗？

当晚，梁雪就给自己定下了一个小目标：

乔源和严迦南，她两手都要抓，两手都要硬！

有朝一日，她一定要让那个讨厌鬼彻底跪在她脚下！

029

迎难而上，就是她如今的座右铭。他越是高冷臭屁，她就越要狠狠撕下他讨人厌的面具。

于是第二日，梁雪一进测试部，就立刻目标明确地向测试跑道方向奔去，手里还提了一个热腾腾、香喷喷的早餐盒。

第二章
不是冤家不聚头

严迦南是极精准的时间管理者,每日早上八点必定准时到达测试部。

这也是梁雪连夜做好的功课之一。

到达试车车间后,严迦南如常走到测试车旁,准备先热一下测试车,再开始今日的工作,未承想今日他的车前却多出了一个小姑娘。

穿着公司标配的蓝色工作服,头发被束成一股马尾辫尽扎脑后,只留下几绺刘海,越发显得她那双眼睛格外大,格外乖。

梁雪今日显然是特意来等严迦南的,看到他后,立刻就捧起了手中的保温餐盒,笑盈盈地凑到了他的面前。

"前辈,请你吃!"

不待严迦南拒绝,梁雪就已将那个保温餐盒塞进了他的手中。

"前辈?"

如果他没记错的话,一天之前,同样的两个字,她可是念得咬牙切齿,怎么突然就转性了?这不正常。

而不正常的,不止梁雪,还有他自己。

昨天下午,他的私人医生才刚对他最近的复健做出过评测,成效上佳,他如今的体能与状态,已经趋近于他受伤前的水平。

伤前的他,乃是即便被上万粉丝包围,也能够轻松脱身,从未收下一份礼物的高冷 Can 神。怎么这会儿,他竟有些迟疑。

严迦南低头望向怀中的餐盒,竟有一瞬的错愕。这到底是什么情况?

这情况说来其实很简单，与严迦南无关，完全是梁雪一人的精心策划，自导自演。

为此，她昨晚还特意掏钱买了一本名为《对付自大直男最有效一百招》的正版电子书。

书中第一招，自大直男虽然常年目中无人，却往往拒绝不了清纯萌妹。

于是梁雪连夜拉直了她的性感波浪卷，仅用一根黑色发绳将头发扎成朴素马尾，素面朝天，只在眼睫毛上稍稍沾了点心机睫毛膏，为的就是突出亮点，立下清纯人设。

果真，科学诚不欺她，严迦南这不就上钩了吗？

眼见严迦南收下了她的餐盒，梁雪的眼睛越发亮了，不自觉地溢出笑意。趁着严迦南错愕之际，她不断加强攻势：

"我是新人，车间里的各位自然都是我的前辈。

"今晚，我原本是想请所有前辈一起吃饭的，不过经理说严前辈你向来不喜欢参加集体活动，所以，我就只能改请你吃早饭啦。"

此乃对付直男第二招：与直男说话，理由一定要足够冠冕堂皇，只要做到这一点，直男就很难拒绝。

就像现在，如果是单纯送严迦南一个人的早饭，他大概率会拒绝。可若是上升到部门集体活动的高度，那个"不"字，他就很难说出口了。

果然，严迦南最终收下了这份早餐，甚至还难得地挤出了一丝笑来，对她说了一句谢谢。

不过，当他真正尝过这份早餐后，他就再也笑不出来了，眉头几乎是控制不住地皱起。

梁雪却像是根本没看到他皱眉一般，依旧在旁边热情地介绍道："严前辈，这可是我亲手做的早餐，代表的是我的一点心意。"

亲手倒是真的亲手，难吃也是真的难吃。

严迦南就没喝过这么咸的粥，一直到下午，他仍觉得十分口干舌燥，倒了N次水。

加水加到最后，邢伟不禁有些迷惑道："严工，您今天是身体不适吗？晚上和富国徐总的晚餐会，要取消吗？"

果然，他料得没错，听到晚餐会的时候，严迦南眼眸轻垂，似是想到了什么，面色微凝。

片刻后，他便放下了手中的签字笔，向邢伟微微颔首道："取消吧，我今晚确实有些不方便。"

"好的，我这就去给徐总打电话。"自觉摸透了自家领导的心思，邢伟退身出去后，忍不住露出成就感满满的笑意。

殊不知，他压根就猜错了。

严迦南推掉饭局，并非是因为他的身体，而是因为他不久前收到的一封群发邮件。这封邮件的发件人是梁雪。内容正如她之前所说，作为新人，请各位前辈吃个饭，与大家熟悉一下。

有人自掏腰包请客吃饭，这等好事，同事们自然不会拒绝。

邮件发出不到一个小时，梁雪就收齐了几乎所有人的同意回复，除了严迦南。

意料之中。

虽说自昨天起，梁雪已郑重地将严迦南列为最讨厌的人外加攻略对象。

不过这顿饭，严迦南不去，于她反倒方便。对于攻略对象，首先要做的，便是知己知彼。为此，她早上出门的时候，特意从她爸的书房顺了两瓶典藏版好酒。

到了聚餐时间，刚一入座，梁雪就捧起酒瓶，殷勤地给各位前辈倒酒。

新人小姑娘敬的酒，车间部门里的各位男同胞哪有拒绝的道理。当然是梁雪倒一杯，他们喝一杯，梁雪倒两杯，他们干两杯。

眼见他们喝得渐趋上头，梁雪不禁嘴角微勾，稍稍晃了晃额前的刘海，不着痕迹地遮住了她上扬的眼尾。

趁着再次倒酒的工夫，她低头捧着酒瓶蹭到了车间经理的身旁，轻缓开口道："经理，你能帮我说说小严吗？他是我的工作搭档，本是我最该请来吃饭的人，可我今天约他，他却没来……"

受了委屈还故作坚强的小姑娘本就很容易激起男性的同情心，更别说是此刻这群已经灌了好几杯高度白酒的男人了。

在酒精的作用下，他们很快就尽数倒戈在了梁雪这一边，争先恐后地酒后吐真言。

"小梁，你不是一个人，其实我也早看不惯那个严迦南了！仗着自己后台硬，压根就没把我这个车间经理放在眼里！"

"没错，小梁，这不是你的问题，即便是你们在工作上配合得不好，那也是严迦南的错！"

"真的吗？可是他在工作的时候话好少，我有点害怕和他相处……"

"你不用怕，他只需要——"

有关严迦南的话匣子一打开，立刻就成为当晚的话题中心。乃至这场同事聚餐，俨然成了严迦南的批斗大会。

因此，当严迦南开完会议，姗姗来迟，还未推开包间的门，就听到了有关他的吐槽大会现场：

"听你们这么说，小严好像真是没笑过，或许他其实有面瘫的毛病？"

"哦，怪不得，话也总是那么少！"

习惯以强大实力碾压对手，斩获所有人尊敬的严迦南，有生以来第一次遭遇到如此恶意的诋毁。

他踏在酒店大理石瓷砖上的双足不禁重重一顿,浑身散出一股极冰冷的怒意。

冻得前方为他带路的那位服务员只觉得周身的空气突然冷了好几度,连他的声音都被冻得有些不连贯。

"先生,您的包厢到了,您……不进去吗?"

"不必了。"

他刚进乔源不久,陈老就派给了他不少工作,每日都有成堆的文件压在他的案台上,加班可谓是家常便饭。

原本,吃完这顿部门聚餐后,他也是要回公司,继续工作一会儿的。然而此刻,坐进车里后,严迦南却破天荒没有第一时间返回乔迦。

刚好,口袋里的手机响起,是他的好友向阙打来的,说自己的酒吧今晚办了一场不错的活动派对,想邀请他也去玩玩。

向家和严家一样,皆是名门望族。

不同于严迦南自小成绩优异,向阙一直是稍有些废的人设。

学习成绩马马虎虎,对于事业也同样没有特别大的志向,唯一擅长的就是吃喝玩乐。

于是他大学毕业后,便干脆拿着他妈给的启动资金,在市中心开了一家酒吧。

本是玩票的性质,没想到竟还被他成功玩转,开得有声有色,如今已俨然成了全城最知名的酒吧。

向阙这家酒吧隔三岔五的派对活动,亦是它的招牌之一。自从严迦南回国后,但凡酒吧搞活动,向阙都会给严迦南打上一通邀请电话。

往常这种类似的邀请,严迦南都是拒绝的。唯有今晚,他竟破天荒同意了。

"好,把你酒吧的地址发我。"

"严迦南,你还真来了?"

看到严迦南的时候,向阙当场面露惊奇。

"今天这是刮的什么妖风,竟能把你这位清心寡欲的苦行僧吹来我这里?"

"这不正常!难道是发生了啥大事?乔迦遇到特大危机要倒闭了?你偷偷摸摸的复出训练被你爸发现了?"

向阙向来聒噪,每一次见面,他都能立刻说出一箩筐废话来。听得严迦南嫌弃地皱眉,压根不准备回答任何一个降智问题,只冷冷地睨着他道:"废话少说,你这儿不是酒吧吗?上点酒来!"

既是酒吧,自然不会缺酒。向阙随意同就近的服务生吩咐了几句,不出一会儿,严迦南面前的桌子上就摆满了各式各样的酒品。

好友第一次来他的酒吧,向阙自是心情大好。酒品上来后,他立刻兴致勃勃地凑到了严迦南身边。

"来来来，让我这个老板给你介绍一下我这里的特色产品。"

谁知，严迦南压根不等他介绍，直接拿起离自己最近的一杯酒，一仰头，干了个干净。

然后是第二杯、第三杯。

不愧是严迦南，当真是把"言出必行"给贯彻了个彻底。他说是来喝酒的，还真就是来喝酒的。

一口气三杯酒下肚，哪怕是向阙这个纨绔，都有点看愣了。过了好半天，他才终于反应过来。

"严迦南，你疯啦？你不是为了保持赛车手的巅峰状态，向来滴酒不沾的吗？今天这是怎么了？"

"是不是你那位陈姓恩师又给你下了什么完成不了的任务？还是知道兄弟我最近订了一辆顶级超跑，等它到货，我将分分钟赢过你，急了？"

"就你？"

向阙说起车的时候，严迦南才总算是有了反应，俯身伸向第四杯酒的手微顿，抬起脸瞥了他一眼。

只这一眼，向阙就立刻感受到了浓浓的威压与鄙视，压得他立马怂了，他讪讪地摸着鼻子改口道："哈哈……我当然是比不过你的，我刚才只是开个玩笑罢了，谁叫你喝酒喝得这么闷呢？"

"我酒吧今天的派对主题可是假面友人，只要来我酒吧的客人都可以成为朋友，朋友多了，一起喝起酒来才更热闹痛快不是吗？像你这样一个人坐在这里喝酒，能有什么意思？"

向阙解释完他酒吧今日的派对主题，就立马将一个镂空面具与一朵玫瑰花塞到了严迦南的手里，示意严迦南也去试试他精心策划的派对玩法。

今日这场派对的玩法说来简单，陌生交友，规则如其名。

为了不显突兀，酒吧服务人员专程给今日所有到店的客人准备了道具，就是此刻被严迦南拿在手里的镂空面具与玫瑰。

镂空面具用来遮脸，玫瑰则是用来送给有眼缘的陌生客人。

说是镂空面具，其实遮不住多少容貌。严迦南收到后看了一眼，很快面露嫌弃："就这几根缠在一起的铁丝，也能叫作面具？"

妥妥的直男发言，气得向阙直跳脚。

"情趣！你懂吗？

"况且这些面具用料虽少，但艺术感却是一点不少，每一个都象征着不同的动物。比如你这个，灰黑色底色加上尖利的耳朵，代表的便是狼。

"而那边那个姑娘戴着的粉色长耳朵的,则是兔子。"

向阙本只是随手一指,没想到竟阳差阴错指到了梁雪。

严迦南随着他手指的方向看过去,见到梁雪,不禁眯起眼睛,目光微凝。

她怎么会在这里?

她不是正在聚餐包厢里,和车间同事一起,数落着他的一二三条罪状吗?怎么此刻竟来了这酒吧?

严迦南会有疑惑,一点也不奇怪。

车间的那些同事,大都已经结婚生子,在工作以外的时间,多数是以家庭为重。因此即便是部门集体聚餐,也不可能玩得太晚。傍晚六点开始,到八点多,也差不多吃尽兴,该结束了。

聚餐结束之后,有家室的同事自然是各自回家,可对于梁雪来说,这个点,她的夜生活才刚刚开始。

向阙的这家知名酒吧,早就被列入了她的攻略之中。再加上它今天正好搞派对活动,"假面友人",听上去就很有意思,自然是得到了梁雪的青睐。那头聚餐刚一结束,她就打车来了这里。

如向阙刚才解说的那般,梁雪一进门,就收到了酒吧服务生递来的兔子面具。收到之后,她很快配合地戴上。

此刻的梁雪一改白日在车间里厚刘海、黑框眼镜的书呆子形象。她摘掉了黑框眼镜,额前又闷又厚的刘海,被尽数梳到了脑后。

其余黑长直的头发,也一样被精心拾掇过,用一次性烫发棒,烫成了大波浪卷,俏皮地散在肩膀两侧。随着她微动的身形,发丝亦如阳光下的海浪,层层卷动,俏皮又妩媚。与那张兔子假面竟是十足的相配。

她才刚踏进酒吧,就立刻收获了好几道聚来的目光。这其中,自然也包括向阙和严迦南的。

向阙既是干娱乐这一行的,眼光自是十分毒辣。梁雪一进来,他就立刻注意到了她。解释完假面后,他亦不忘夸赞道:"这个小姑娘可以啊,人漂亮,气质也上佳,假面戴在她的脸上,简直符合我对这场活动的所有预想。"一边说着,他还一边顶了顶胳膊,以示意好友。

"据我多年经验观察,那只可爱的小兔子绝对还是单身!

"她是单身,严迦南你也形影只,我今日又恰好办的是交友活动,如此天时地利人和,你是不是也该遵从一下游戏规则,有所表示呀?"

类似的话,向阙不是第一次说了。

不过作为发小,他也很清楚严迦南的脾气,向来是油盐不进,根本不会因为他的这几句玩笑话有所动容。

刚开始的时候，向阚纯属自娱自乐。皮了一下后，他就收回了视线，转而拿起身前的酒杯，准备迁就好友，碰杯喝个痛快。

谁想到，他端杯后，严迦南却是迟迟没有反应。

"喂……"举得向阚都有些手酸，忍不住出声提醒。

可惜提醒未果，严迦南仍旧没有搭理他。

不仅如此，严迦南还很快站起来，离开了卡座，径直向酒吧大厅走去，只留了一个冷漠的背影给向阚。

什么情况？严迦南这是终于开了窍，开始对妹子感兴趣了？

当看到他走到梁雪面前的时候，向阚已是彻底惊了。

片刻之后，他才缓了过来，由惊转喜，同时火速摸出手机，点开他与严迦南同时所在的无良发小群，在群里开起了现场直播：惊天大瓜，严高僧竟然对妹子产生了兴趣，即将破色戒！

他这一嗓子喊出之后，很快在群内引起了强烈反响。群里那些对外人模狗样的社会精英，此刻纷纷争先恐后地冒泡响应。

损友1：真的假的？今天这是太阳打西边出来了？

损友2：能让严高僧破戒的妹子，那得是何方下凡天仙啊！向阚，废话少说，赶紧上图！

损友们有求，向阚自是万分配合。很快，群里就贴出了一张照片。

照片下面还附着向阚的真诚解说：是不是下凡天仙我不清楚，但这个妹子的颜值确实高。看见她那对兔耳朵了没有，多配啊，私以为这个妹子应该是萌系乖乖女那一挂。

图片拍得比真人要模糊许多，很快有没得到满足的损友发声表示不信。

损友1：真的吗？一张图不够，赶紧再来个视频！

损友2：好嘞。

向阚得令，立刻举起手机，打开了摄像头功能。

吧台上的服务生此刻恰好在给梁雪上酒。度数不低的精酿啤酒，梁雪点了三大杯。刚被呈上来，就见她立即伸手拿起一杯，仰起脑袋，"吨吨吨"喝了个干净。

"这——"

如此惊人的喝酒阵势，不止让全群损友看呆，甚至连严迦南都不禁拧起眉头，露出了一抹错愕。

这一口气就能干掉半升精酿啤酒的姑娘，真的是他认识的那个梁雪？那个先前在部门聚餐上，娇滴滴地声称自己不会喝酒的梁雪？

记忆里，五年前的学院聚会上，她也是不胜酒力，几杯葡萄酒就能被灌倒。

难道是那场车祸，把他的记忆都撞出了偏差？

错愕间，严迦南走向梁雪的脚步微顿，头顶上亦缓缓冒出了一个问号。

"小姑娘挺能喝呀？原本我瞧你这个模样，还以为你不会喝酒呢。"

梁雪这么豪爽的做派，引得不少周围人的注意，很快就有人问出了严迦南的疑问。

"你说得倒也没错。"

听到这个问题，梁雪轻轻垂眸。长长的睫毛，像两片蝴蝶翅膀，蹁跹中，洒下点点记忆的磷光。令她下意识想要伸手去抓，可真伸了手，却又什么都没能抓住。

如同她记忆深处，最在意的那道身影，看似近在眼前，实际则是远在天边，遥不可及。

"我原来是不太会喝酒的，不过后来因为一个人，我特意练了酒量。"

"一个人？难道是你男朋友？"

身边传来陌生人玩味的笑声，可梁雪的声音里却没有一点笑意。她轻抿了下双唇，拔高音量道："不是男朋友，是我的男神！"

她陈述的是事实，奈何旁人却不肯轻易相信。

"男神？我知道了，就是你们这种小姑娘喜欢追的那些明星偶像之类的，几天就要换一个人的那种？"

"才不是！"

如果是其他的事情，在酒吧这样的地方，梁雪或许懒得较真。可事关 Can 神，无论何时何地，她都绝不容许半点非议与轻视。

"不是什么普通偶像，我的男神是 Can 神！赛车界真正的车神！"

"Can？他不是因车祸退役了吗？虽然有点可惜，不过那样严重的车祸，他应该是无法再返回赛场了。"

Can 的大名，那位提问的男士也是知道的。有关他的存在，曾经是无与伦比的辉煌，现如今却仅剩下了唏嘘。

时下关注赛车界的车迷们依旧不少，然而时间轮转，新老交替，曾经的车神已再无人看好。

除了梁雪。

"你说得不对！Can 神一定会克服伤痛，重回赛车场的！"

"你这说法有什么依据吗？"

"我就是相信他！"

相信他吗？

有关这个话题，梁雪和那位男士还说了不少话。然而他们之后的谈话，严迦南却再没有听清。他的耳畔，仅剩下了那一句相信，不断萦绕。

其实这五年来,他的主治医生、他的家人与朋友,都已不再看好他的赛车事业了。无论是在国内和国外,他们见到他的第一句话总是安慰他,然后劝他放弃。

毕竟即便手术与康复训练能够恢复他的身体,却治愈不了他身体肌理所受到的致命创伤。

最后,甚至是他自己,都选择了妥协。

他离开车队,听从了陈楠山的劝说回国,改行进入了乔源实验室。

即便可以借着职务之便,在试车车间进行一定的康复训练。但他比其他任何人都清楚,就那点儿训练量,根本就是杯水车薪,远远达不到让他重回赛场的程度。最多,也就是满足一下他内心的那点儿恋旧情结罢了。

可就在他自己都快要放弃的时候,突然有一个人对他说,她相信他。哪怕是站在全世界的对立面,她也依旧相信他。

这一句相信,好似阴雨后,第一缕穿过云层透进大地的阳光。清亮的光,不止驱散了阴霾,亦填满了严迦南空空荡荡的内心。

令他忍不住伸出手去,捂住心脏的地方。

"怦、怦、怦……"

那是他蓬勃心跳的声音。

时隔多年,第一次跳得这么有力。宛若当年,他驰骋赛场,站在世界巅峰之时。

追着那道光,严迦南很快跨过人群,站到了梁雪面前。他此刻有许多许多的心里话想对她说,其中甚至包括向她透露他的真实身份。

只可惜,梁雪虽视 Can 神为男神,却视严迦南为死敌。

一见到他,梁雪立刻嫌弃地后退,同时在心中冒出了许多狐疑猜测。

"严迦南?你怎么会在这里?"

"我有话想对你说。"

严迦南试图解释。可惜梁雪早已先入为主,认为他是不怀好意,跟踪报复。他越是试图凑近,在梁雪看来,就越是证实了她的猜测。

"我和你没什么话可说的。"

"梁雪,我其实是……"

严迦南本是想告诉她,他就是 Can 神。谁知他话才说到一半,就被梁雪的一声惊叫给打断了。

酒吧鱼龙混杂,漂亮女性惨遭咸猪手的事情亦是屡见不鲜。

大部分女性遇到这样的倒霉事,大概率只能吃瘪,然而梁雪是个吃不得哑巴亏的人。既然那个下三烂的家伙有胆子伸咸猪手,她就有胆子浇他一脸啤酒。

可谁又能想到,严迦南在这千钧一发的时候,突然凑了过来呢?

乃至于他最后的结局便是,那句重要的话才说到一半,就迎上了梁雪手中那一扎冰凉的啤酒。

等严迦南再度反应过来的时候,他已半身尽湿,整颗脑袋都在滴水。一滴滴落在心口,很快就把他心中刚燃起的那一簇小火苗给浇灭了。

随后取而代之的情绪,是条件反射后生理性的本能恼怒。

"梁雪!你知道你在做什么吗?"

倒酒之前,梁雪只模糊看到身旁划过一道猥琐的人影,并未完全看清那人的样貌。如今见到被她淋了一头啤酒的严迦南,她眼中也不禁闪过一丝错愕,下意识觉得自己大约是浇错人了。

她心中原有一点点懊悔,可想到腰间那恶心的触感,再加上严迦南的质问,她还是不禁嘴硬地反驳道:"我能干什么?为民除害啊。"

他哪里看着像坏人了?

尽管严迦南清楚地知道做坏事的另有其人,可此时此刻,他依旧还是被梁雪给惹怒了。他黑着脸,简直如煞神一般。

而后只见他斜斜往身后的人群里扫了一眼,就锁定了正准备趁势溜走的嫌疑人。他有力的手臂一伸一缩间,就将真正的罪魁祸首给拎了出来,甩到了梁雪面前。

严迦南这才抬眸,再次冷声道:"如果我是坏人,那他又是谁?"

很快,真正的色狼被监控指认,酒吧报案后,不一会儿那人就被赶来的民警给带走了。

人证物证俱在,梁雪妥妥"翻车"了,再嘴硬不起来,只能垂着脑袋装死不说话。

损友1:哦吼!

短暂的尴尬与沉默中,酒吧的另一边,向阙及他的小伙伴们则是忍不住在群里惊叫连连。

损友2:你们确定这是正常的撩妹剧情?

损友3:我天,这姑娘哪是什么温顺的小白兔啊,明明是一只暴力兔!

损友4:老严咋就被认成是色狼了?

损友5:或许这不是人姑娘的原因,而是老严过分直男?

损友1:楼上+1。

损友3:楼上+2。

几人讨论得兴高采烈时,忽然惨遇当事人现身。

严迦南:你们在说什么?

被浇了那么一头酒,严迦南自是无法继续在酒吧大厅待下去了。

走去卫生间的路上,他原是想打电话让邢伟送套干净衣服过来,未承想却抓包了损友群。使得群里一阵惊惶,接连跳出了一连串的信息撤回提示。

这群家伙,几天没收拾而已,是又皮痒了吗?

往日,那群损友的调侃,严迦南向来是懒得理会的。然而此刻,他虽一如既往地摆着张冷漠脸,目光却鬼使神差地在"过分直男"那四个字上停留了许久。

黑眸微凝,严迦南有生以来第一次自我怀疑。难道刚才,真的是他的沟通方式不对?

闹出了这么大的动静,梁雪自然也无法在这家酒吧继续待下去了。严迦南离开后,她就赶忙招呼了服务生过来结账,火速开溜了。

奈何,逃得过初一,躲不过十五。想到明天上班依旧会与严迦南碰面,梁雪就不禁小脸泛白,羞恼中带着些许后悔。

她刚才怎么就冲动了呢?如果泼酒之前,稍稍多确定一下,或许就不会泼到严迦南了。

想到严迦南,先前的那一幕,不禁再次重现在梁雪眼前。

虽说今晚的严迦南被她泼得湿漉漉的,即便如此,也不得不说,他那一手闪电擒贼,不论是姿态还是气场,都有一点点帅。

还有他离去时的背影,隐约间似乎与她记忆里的一幕重合,令梁雪忍不住多回忆了好几秒。

不过很快,她就把自己给拍醒了。

"梁雪,你在胡思乱想什么呢?今晚之后,那个连测试单都不愿写一张的小气严迦南铁定已经把你记恨上了,不要有不切实际的幻想,明天将会是一场硬仗!"

可这场硬仗到底该怎么打,想了一个晚上,梁雪依旧有点愁。

第二天早晨,梁雪一睁开眼睛,就不由得想起严迦南,悠悠地叹气。她趿着拖鞋,在卫生间里磨蹭了好久,才踩着迟到的点,踏入了车间的大门。

她原以为严迦南肯定早在测试车旁,板着黑脸,就等着要她好看了。没想到,现实中的严迦南竟与她的想象截然不同。

他不仅没有黑脸,见到她的时候,竟然还对她笑了一下。

"梁雪,早上好。"

这是什么情况?

事实上,严迦南这一笑并没有其他的意思,仅是肯定了她作为Can神铁粉的身份,决定不计前嫌,友好地同她打个招呼罢了。

至于昨晚的事情,误会而已,他一个大男人,还不至于为这点小事与一个小姑娘计较。

然而他这一笑,落在梁雪的眼中,却瞬间成了惊悚。

难不成这个严迦南是个傻子吗?才过了一个晚上,就把昨日的啤酒之仇给忘了?回想起严迦南先前超快的反应速度,梁雪立刻就把这个可能性给否决了。

她心中越发警铃大作：既然不傻，那必然是有妖了。

出于防备，梁雪不禁下意识地挪动脚后跟，战略式后退。

谁知，严迦南的眼睛竟然这般尖，她刚挪动腿，就立刻被他发现了小动作。

"你往后退干什么？我们今天的工作在正前方的新场地。"

没有控制的声量，很快引得周围好几位同事纷纷侧头看来。

"我……"

好毒辣的话术，堵得梁雪瞬间语塞，"社死"现场无疑了。

众目睽睽之下，她便是想向经理紧急申请换搭档都不能了，只能硬着头皮，跟在严迦南身后，向正前方的新试验场走去。

自从多年前，乔迦正式涉猎整车业务，成为国内汽车业的领军企业后，原有的试车车间，自然就不够用了。

建立新试验场的预案，经上级审批同意后，历时三年时间，投资数亿元，终于在昨日，成功建成了符合乔迦现今要求的综合性试车场。

仅一期就占地两千多亩，包含十四种试验道路，六十七种特殊路面，乃是目前国内最大的动态试车场。

他们今天的这项测试工作原本也不算特别，但摆在了新试验场上，自然就多了另一番不同的意义。

对于这项测试任务，昨天经理就曾提醒过梁雪，说会有市级领导前来监督视察，让她务必好好准备，明天上班最好提前到岗，提起十二分的心神应对。

当时，梁雪自然有好好答应经理，哪想到被昨晚的啤酒事件一打岔，竟让她疏忽了这件重要工作。

按理，她今天应该提前到岗，与她的搭档好好商量一下这场测试的具体事宜。

虽说严迦南车技了得，但试车工作，并非全如赛车运动一般，皆是挑战极限。试车需求有求快的，也有求稳的。

有的时候，为了找到预期数值，甚至需要测试员在单一实验上进行数十次，甚至是数百次的反复操作实验。

梁雪他们今日的测试任务是零件故障查找，正如上所述，是一项需要考验测试者耐心与细心的任务。

意识到这一点，梁雪眼中不禁泛起了些许不确定，转头，低低地向她身边的那位问道："今天的工作，和前两天的有些不同……你行吗？"

这还是严迦南第一次受到如此明确的当面质疑。

听得他当即不悦地眯起眼睛，垂眸凌厉地扫下去，本想稍稍警告一下那个不知天高地厚的家伙，未想到这一眼过去，只看到了梁雪的头顶。

毛茸茸的头顶，悄悄地左右摇晃的样子其实有点傻，落入严迦南的眼中，却是莫名可爱，忽而就令他的心软了下去。他喉结轻轻动了一下，轻笑着悠悠地反问道："我要是不行的话，难不成你还准备了备选方案？"

"……没。"

攻击命中，这一次，终于轮到梁雪吃瘪了。

他们说话的这会儿工夫，两人已经走完了手扶电梯，到达了新试车场。与他们同时到达的，还有好几位西装革履极具气场的中年男士。

进场后，他们就方位明确地在试车场起点的看台处站定，想必这几位就是他们经理口中的市级领导了。

对于这次全新的测试任务，梁雪本就有些紧张，再加上这么多双注视的眼睛，更是令她心理压力剧增。

她手心里冒了好多汗，连拉个车门，都肉眼可见地手滑了一下。

"你们两个快一点开始吧，那么多领导都等着呢。"

因为有领导在，两人身后很快响起了试车场管理员的催促声。

"……好。"

梁雪紧张到喉咙干涩，只能点了点头，疾走两步，跨步上车，想要尽快开始测试工作。

"等等。"

谁想到，她腿跨到一半时，却被严迦南给拽了回来。

"你干吗呀？"

梁雪下意识回头瞪他，小脸上满是紧张的怒意，宛如绷到极致的弦，但凡严迦南敢在这个时候张口说一个"不"字，她就会立刻断弦爹毛。

梁雪眼中警告的意味可谓是很明显，只可惜，她用错了对象。她越是紧张地催促，严迦南就越不如她所愿。

他扯着她的手臂在原地站了半晌，丝毫没有准备干活的意思，显然是在等着梁雪爹毛。

"严迦南，你什么意思？"

果不其然，几秒之后，梁雪就彻底暴躁了。

"你还没发现问题吗？自己好好想一想吧。"

严迦南的声音淡淡的，梁雪刚一挣扎，他就立刻放开了手臂，使得她不止反击未遂，还跟跄了好几步。都这样了，在严迦南看来，竟还觉得不够。趁着梁雪跟跄，他又再次伸出手去，在她的后背重重捶了一下。

"唔……"

这一下之后，梁雪终于再绷不住面容，皱起眉头，露出了痛苦表情。严迦南刚刚这一拍，真的挺疼的。然而身体虽痛，却成功令她心中的紧张感消退了许多。

聪明如梁雪，自然很快反应过来，严迦南确实是在帮她。

虽是有些不甘愿，但为了工作，她只能暂时向严迦南低头了。

梁雪不再急着上车，而是拿出测试单，与严迦南做了必要的事前讨论，补上了她今天晚到的疏漏。

讨论完毕，严迦南极利索地对测试车的轮胎、发动机、玻璃水、车锁等进行了完善的检查。这之后，两人才正式登车。

上了车之后，便完全是严迦南的天下了。

一脚油门下去，车子几乎是瞬间就飞到了试验场中的碎石路段。

"严迦南，你这初始车速会不会太快了一点，急转弯踩太多刹车会加速车胎的磨损，影响之后测试的准确性。"

梁雪自认她的理论依据没错，普通的试车员都会立刻接受她的建议，降低初始车速。

不过，严迦南从来不是普通的试车员。

曾经的车神，即便是坐在家用测试车里，也依旧骄傲如朝阳，浓黑的黑眸里，散发着他与生俱来的桀骜。

"我确定不会影响准确性。

"当然，你如果不相信我的话，可以再下车检查一下。"

不用严迦南说，梁雪也当然会去检查。出乎意料的是，她未能如理论那般，在车胎上检查出超出程度的磨损。

对车辆如此精准的掌控度，实在令梁雪惊奇。毕竟这样的能力，即便是在赛车界，也只有顶尖的赛车手才有可能拥有，怎么可能被一名普通试车员轻而易举地掌握？

除非，严迦南压根就不只是普通试车员。

电光石火间，似是有什么重要的记忆在梁雪的脑海中闪过，可惜未等她抓住，思绪就被一道男声给打断了。

"梁雪。"

严迦南此刻斜倚着车窗，看似悠闲自得，但教育起梁雪来，却是前辈架势极足。

"别怪我没提醒你，你再磨蹭下去，不止刷不了领导好感度，就连我们整个部门的能力评定，都要被你拖后腿了。"

听上去好像很有道理，实际上，这些话全是严迦南瞎编的。

今天那群领导，主要参观的是全场地的宏观工作，不会对个别员工有太多关注。

可惜，单纯的梁雪并不知晓他这些坏心思。

事关整个部门的荣誉，她自是不敢掉以轻心，很快就听话地点头，迅速收了工具盒，上车开始之后的工作。

零件故障查找其实是比较枯燥的工作。

为了模拟出一次零件故障，往往需要进行数十次重复实验才有可能成功。

梁雪原以为按照严迦南的性子，几次之后就会表现出不耐烦。没想到，严迦南的技术却是出乎意料地稳，每一次几乎都将行驶数值稳定在最佳区间内。

可惜，他们今日的运气似乎并不太好。数十次之后，技术上仍没能捕捉到半点共振端倪，梁雪的体力却是消耗了不少，又一次爬上爬下，记录完检测数据后，她的额前已满是汗珠。

"累了？"

"你还是第一次进行超长时间测试吧，需要休息的话，你可以去休息室休息一会儿。"

严迦南本是好意提醒，奈何这话在梁雪听来，却像极了挑衅。哪怕她这会儿的确是有些累了，也仍旧立刻否决了严迦南的提议。

"不需要！"

"过去我在学校实验室的时候，通宵实验都是司空见惯的，这才不过两个小时而已。"

话虽如此，殊不知，她逐渐加重的呼吸声，压根就瞒不过严迦南的耳朵，反倒逗得他不禁笑了起来。

小姑娘嘴还挺硬。

初夏的天，早晨还算凉爽，到了接近中午的时候，阳光便是逼近炎夏的灼热了。很快就把在车外记录作业的梁雪晒得汗流浃背，满脸通红。

测试实验进行到这会儿，需要不停地分析计算越来越庞大的记录数据，压力几乎都到了工程师的头上。

反观试车员，重复性工作虽有些枯燥，倒也简单。重复到后面，几乎不需要动脑子，仅凭肌肉记忆就能有效完成。

更何况车里还有空调吹，有挡光板遮太阳，这条件，比起梁雪，可谓是好了太多太多。正常来说，这会儿的工作，也理应由梁雪这位工程师来主导。

奈何严迦南从来都是个不省心的。

如此不过又做了数次试验，他就开始嚷嚷喊累了。

"试验暂停，我需要休息一会儿。"

"你可真没用。"

暂停后，梁雪第一时间表达了鄙视。

可真到了休息室，却是她率先跑到了饮水机边，"咕咕咕"灌下了两大杯水，像条脱水的咸鱼一般，累瘫在了休息椅上，一躺就躺了好久。

反观没用喊累的严迦南，在这段休息时间里却是全程精神极佳，除了慢悠悠给自己泡了杯咖啡，基本没有做太多的休息。

两人同在一间休息室里，严迦南的动作自然瞒不过梁雪的眼睛。

小姑娘虽然自尊心强、脾气倔，却不傻，很快就猜到刚才严迦南是为了她，才喊的暂停。

虽说她对于严迦南的防备至今未消，但她并非不识好歹之人。猜到真相后，她的内心自然是涌上了几分温热。

可因为面对的是严迦南，令她莫名有些扎舌头，等到休息时间结束，她也没能说出那句谢谢。

重新开始测试工作，不知是数据积累到了，还是他们突然转了运，只用了两次，就找到了发生共振的零件。

"找到了！"

试验成功的那一刻，握在手中的磨损零件本身平平无奇，可沐上她笑容的刹那，那件暗灰色的零件亦随之染上了一层璀璨的银光。

落在严迦南的眼中，竟有一瞬比头顶的太阳还要耀眼的错觉。

他在看梁雪的时候，她也恰好抬起小脸，对上了他的目光。

四目相对时，除了映入眼中的笑容，还有耳边传来的道谢声。

"严迦南，谢谢你。"

她憋在心里许久的这声谢谢，这会儿总算是说了出来。

这声谢谢，梁雪说得很诚恳，严迦南的眼里也不自觉泛起了涟漪。

可他很快又面无表情起来，不但不露丝毫笑意，反倒还装模作样地皱眉抿唇，继续仗着前辈的身份得寸进尺。

"我们之间的事，你这一句谢谢就完了吗？"

所谓他们之间的事，自然不只是今天的休息之恩，连带着昨晚的事情也带上了。

梁雪显然没想到严迦南会在这个时候同她算总账，愣了一下，才勉强回道："那你想怎样？"

对于这个问题，严迦南暂时也还没有想到标准答案。不过目前唯一肯定的是，他已然不准备放过面前这个小姑娘了。

思及此，他不由得勾了勾嘴角，荡漾出几分得逞的笑意。

"我暂时还没想好，不如——就从今日份的报告开始。"

话音落下，严迦南很快理所当然地玩起了原地消失，独留梁雪一人孤零零地回办公室写报告。

升级的测试下，需要完成的报告难度提高了好几级。哪怕是梁雪，对于这样的报告，也无法如先前一般，轻易完成得了。

加班,显然是板上钉钉的结果。

刚开始她还不觉得有什么,等偌大的车间办公室只剩下她一个人的时候,憋屈感终究还是涌上了她的心头。

再加上梁雪熬到下班时,突然雷声大作,劈头盖脸对她一顿浇的那场暴雨,更是浇得梁雪心头越发火大。

等她顶着一头湿透的长发终于折腾到家时,早先对某人的那点感激早已消失殆尽,荡然无存。

可惜,严迦南对此骤降的好感度显然没有半点自知之明。

第二日梁雪刚走进车间,就与严迦南撞了个正着。

"早呀,梁雪。"

严迦南手里捧着一沓纸,显然是刚从经理那里领了测试单过来。因为挑到了不错的极速任务,他的心情十分不错,难得主动同梁雪打招呼。

"交完测试报告后,记得赶紧来我这儿报到。"

当真是哪壶不开提哪壶,他不提测试报告还好,一想起昨晚由测试报告引发的种种负面情绪,梁雪当场就不痛快了。

她紧皱着眉头,忍不住狠狠地朝严迦南瞪了一眼,试图让他以后能有上一点配合团队协作的自知之明。

谁知,即便是四目相对,严迦南也像是没看懂一般,神色丝毫不变,下巴微挑,高冷地我行我素。

"记得赶紧来。"

"你——"

梁雪试图反驳,可惜严迦南说完这句话,就直接转身走了,压根没给她对峙吐槽的机会。

反倒是他临走前,状似闲适地挥手,扔下的话,却是字字直击梁雪的痛点。

"不好好努力,尽快做出点成绩来的话,下一次的乔源内推,你就排不上号了。"

说得好像她单方面向经理要求换搭档,受害的是她一人而已。

虽然事实也差不多是这样,但是梁雪就是咽不下这口气。

这世上怎么会有严迦南这么讨人厌的家伙?

不但为人嚣张欠揍,性格更是直男得让人完全忍不了!

偏偏她目前还真是离不了他。

梁雪天生好强,即便当年她为了反抗父亲匆忙出国,过程十分困难曲折,选的仍是业内最出色的专业与导师。如今她想要以最漂亮的成绩进入乔源,更需要选择最厉害的技术搭档。

047

一切忍耐都是为了美好的未来!

为此,一路上梁雪都低垂着脑袋,以此安抚自己蠢蠢欲动的神经。

一心二用之下,她走得自然有些慢。比不上严迦南身高腿长,三两步就走到了目的地。之后他也没闲着,立刻就开始了测试前的车辆调试。

开前盖,测胎压,同样的工作由其他同事来做,一般都得费上十多分钟的工夫,做得也并不轻松。可换成了严迦南,不仅用时缩短了一半,动作更是赏心悦目的优雅。

梁雪过来的时候,正好见他在做最后的发动机检查。窄腰微弯,神情专注,越发令他侧脸线条感分明,英俊非凡。

梁雪竟看得都有一瞬痴了,几乎是下意识张口夸道:"好……好厉害!"

好在终究只是一时痴迷,很快梁雪就定了定神,将自己从错误的视觉观感中拉了出来。

严迦南却忽然有了兴致,问道:"那你觉得,你口中的 Can 神和我比的话,谁更厉害一点?"

这有可比性?

听到这个问题,梁雪面上的神情瞬间完成了由震惊到震怒的巨变。如果可以的话,她此刻真想抄起手边的大扳手,锤爆严迦南的脑壳。

好在为了乔源大计,她勉强压下暴力冲动,改为掀唇反讽。

"真要我说?"

严迦南扬了扬眉,示意她说。

"那我只能说,你和 Can 神之间的差距,大约就如你和我们公司总裁那么远吧。"

中心思想表达清楚,全程用词得当,没有脏字。这一波嘲讽,梁雪很是满意。说完后,她忍不住轻勾嘴角,等着严迦南听懂后恼羞成怒,愤怒反击。

谁想到,她预想中的画面却迟迟没有出现。

由始至终,严迦南表现得十分平静,甚至还轻笑了一下。他不但没有生气,竟还有一点点赞同她的意味。

这是什么情况?

梁雪很快陷入迷惑,难不成这也是敌人的奸计之一?

可惜,"敌人"并不准备给她太多胡思乱想的时间。她才出神一会儿,就被严迦南手里的那沓测试单砸上了脑门。

"还不快过来!我已经把车检都做完了,你还在磨蹭什么?"

如此完败,就很离谱。感觉离谱的梁雪完全想不明白缘由。即便是上车之后,她忍不住复盘反思,试图找出来自己到底是哪个环节出了错。

奈何,时间压根不够。

她刚一上车,严迦南就立刻重重踩下了油门,急速向测试场驶去。突如其来的强大惯性，把毫无准备的梁雪撞得身歪嘴斜。

万分狼狈之中，她捂着脑袋，愤怒地咆哮："严迦南，你会不会开车啊？"

严迦南似是早猜到她会这么说，回答得老神在在："你不是喜欢 Can 吗？你这会儿体验到的，就是 Can 式飙车。"

简直是胡说八道，她家 Can 神的车开得稳得不行，便是喝醉的人坐，都不会有半点不适。哪像现在这样，开得跟过山车似的，几乎要让人当场脑震荡。

作为坐过 Can 神车的幸运儿，梁雪本想立刻反驳，不过转念一想，忽而又觉出了些许不对味来。

严迦南今天提到 Can 神的频率是不是太高了一点？多到都不符合他惯常沉默寡言的人设了。

所以，这是不是也意味着他不过是表面嘴硬，其实很介意 Can 神的存在？又或者，他作为试车员，Can 神的半个同行，也有那么一点点崇拜 Can 神，所以会不自觉地处处与 Can 神比较？

说到对 Can 神的崇拜，梁雪作为 Can 神的头号铁粉自认是最懂的。

她家 Can 神，就如矗立在云巅的悲悯神祇，风雨不摧，自带信仰之力。严迦南这位小小试车员会拜倒在他的赛车裤下，当真是再正常不过了。

这家伙虽毒舌欠扁了一点，不过看在他们同为 Can 神粉丝的份上，梁雪迎风眨了眨眼睛，再转过头来的时候，语气忽而温柔和缓了许多："抱歉，虽然你很努力，但目前看来，你离 Can 神还有很远很远的距离。"

说完这句，梁雪翘了翘嘴角，娇俏一笑："要问我为什么知道吗？毕竟，我可是亲身坐过 Can 神车的人。"

这不过是梁雪作为忠粉的正常炫耀，可严迦南听来，却忍不住悄悄红了耳垂。

"哦？这么厉害？你认识 Can？"

"是也不是，都怪我当初醉酒误了事，如果再给我一次机会的话，我一定会在 Can 神转身的刹那，紧紧抱住他！"

怎么回事？这丫头咋越说越不正经了？

多年直男，单身至今的严迦南哪受得住这般虎狼之词。梁雪每多说一个字，他的耳垂就越发红上一分，到最后，鲜红滚烫得差点没原地自燃。

心跳更是如擂鼓般，若不是之后梁雪自己转移了话题，他差点就要张口答应下来了。

他虽能压住声音，却压不住本能的生理反应。心跳持续加速后，严迦南只能死命踩下油门。毕竟，此刻唯一能抚平他燥热的，也唯有他的本命了。

很快，梁雪就发现严迦南的车越开越快。平常需要开十多分钟的路程，今日竟然还不到五分钟就到了。

更可怕的是，眼看着距离测试点已不足百米了，严迦南竟依旧没有减速的意思，吓得梁雪终于忍不住惊叫出声："严迦南，你这是想把车往哪里开？地狱吗！"

眼看着近在眼前的测试杆，梁雪几乎是下意识闭上了眼睛，双臂抱胸，脑袋也紧紧贴到了臂弯上，做出了紧急迫降的标准姿势。显然是就等着车头撞上测试杆，承受冲击。

然而，梁雪闭上眼睛后许久，她想象的碰撞声却是迟迟没有传来。

"……哎？"

当她颤颤巍巍再度睁开眼的时候，虽说车头确实离测试杆极近，但当真一点也没有碰着。她更惊奇的是，前一秒还疾驰的车子，这会儿竟然已经停了下来。

此刻，她并非是赞同严迦南的做法，而是在认清现实的刹那，她情不自禁地欢呼道："这……这难道是天降奇迹吗？"

这句话她说得其实很轻，奈何这么轻的声音，还是被严迦南给听了去，他喉结轻动，忍不住悠悠地应道："嗯，来自你家 Can 神的奇迹。"

严迦南说的其实是真话。像刚才那样的车速状态下想要无伤急停，也只有像他这样的高手能够做到了。

奈何，这个世上，说实话的，反而不受待见。

就如梁雪此刻这般，一听到他提 Can 神，她立刻皱起了眉头，面露嫌弃。

严迦南今天是吃错了什么药吗？他竟敢句句自比 Can 神？难不成是自恋成瘾，患上了严重的妄想症？

梁雪内心呵呵，嘴上立刻嘲讽道："是吗？如果真是来自 Can 神的奇迹，我希望能一直维持到写测试报告的那一刻。毕竟我家 Can 神的敬业，可是出了名的。"

这姑娘，怎么就这么记仇呢？

"咳……"

被她精准抓住痛脚的严迦南轻咳了一声，只能被迫转移话题。

"闲话少说，我们还是抓紧时间开始工作吧。"

极速测试对于严迦南来说，自然是轻而易举的事情。旁人最起码要花上大半天，反复好几次才能完成的工作，他只花了一个小时就做完了。

这效率，便是梁雪也很难不惊叹。

"严迦南，你很厉害！"

她说这话的时候，真的只是普通同事间的赞美，没有任何其他意思。谁知，等她说完抬头去看的时候，却发现严迦南神情有些古怪。

哪怕这一次梁雪没有再提 Can 神的名字，他的耳垂也依旧泛起了红晕。微微发烫的感觉虽然并不明显，却烧得严迦南浑身都不自在。

好在,梁雪并未发现不正常。等她做完手里的事情,重新抬起头的时候,严迦南已经不见了。

"哎?严迦南呢?逃班逃得可真快。我难得说你一句好话你却没听见,那可真是你的损失。"

大约是一回生二回熟,此刻梁雪已经完全习惯了严迦南的突然消失。随意吐槽了两句,她就继续拿起数据记录本,认真干活去了。

反倒是远处严迦南的办公室,突然有些不太平。

毕竟对于邢伟来说,他已习惯了自家领导精准的时间表。按照邢伟的今日计划表,严迦南本该在上午十点返回办公室,审阅他差不多同时做完的各部门汇总文件,然后向陈老进行简短的汇报。汇报结束后,一般会在半个小时后,召集各部门领导开会。

谁料,严迦南今日打破了时间计划表,提前了整整半个小时回来。不止如此,他的脸还透着诡异的红。

刚巧,邢伟趁着领导不在的空当,正在偷偷打游戏。

他这不会是现场抓包了吧?

在邢伟的记忆里,严工虽然年轻,但向来喜怒不形于色,唯有盛怒之时,面上才会像这样微微泛红。

一想到上一次因为老技术员自诩资历,偷懒省略检验步骤而造成错漏被严迦南现场抓包的场景,邢伟就不禁冷汗涔涔。大惊失色之下,他几乎是颤抖着从座位上站起来,小跑到严迦南身前。

"严……严工,您……您提前回来,是有什么吩咐吗?"

"没什么。"

为了掩饰自己的情绪,严迦南避开了邢伟的视线,淡淡回道。

谁知,这话传入邢伟耳中,立刻在他心中掀起了惊涛骇浪。

是了,自家领导上次盛怒时,就是这个样子。用最轻最淡的声音,干翻了整个研发部。难道,今日轮到他了?

邢伟内心泪流满面,恨不得立刻逃跑。可他不得不鼓足勇气,迎难而上,维持住自己最后的尊严。

"那……我现在走?"

"研发部马上就要开会,你准备去哪里?"

严迦南冷冷地垂眼,看他的眼神,终于有那味了。

"资料汇总要做好了。"

严迦南的声音虽冷,但一点不妨碍邢伟内心的阴转多云。心情好了,胆子自然也大了不少,很快又变回了他一贯的话痨模式。

"您放心，马上就好。

"倒是您，您的脸这么红，难道是身体有什么不舒服？"

他脸红得有这么明显吗？竟然连邢伟都能看出来？

当真是风水轮流转，这回终于轮到严迦南不淡定了。

"咳咳……你看错了，我没有不舒服，也没有脸红，只是外面太阳太大，热的！"

邢伟脸上有大大的问号。

很快，当日原本的时间计划，皆因为严迦南，被尽数上调。以至于最后一个会议开完的时候，破天荒还没到下班时间，他手下的一溜研究员难得喜提了一次准时下班。

"今天下班这么早，要不大家一起吃火锅去？"

"好啊，好啊，我要去！"

"我也要！"

相较于乔源研发部的欢声笑语、喜气洋洋，车间办公室里的气氛却是清清冷冷，惨惨戚戚。

一直到晚上九点钟，车间办公室的灯还仍旧亮着，不时有丧丧的叹气声从里面传来。

"唉……"

这个点，还坐在车间办公室里叹气的，除了梁雪，也没有其他人了。

毕竟他们部门，也唯有她的目标远大，志在乔源。

想要达到远大的目标，需要付出的努力自然要比旁人多数倍。

乔源的选拔标准，可不止部门的评价表现那么简单。这只是选拔的敲门砖，乔源最看重的，依旧还是专业能力。为了方便专业能力的考核，在为期两个月的考核期内，乔源每周都会在公司内网上贴上一道与新能源电池有关的专业应用题。

至今为止，乔源出的每一道考核题都不简单，今日上线的这道，可是其中翘楚。据传，这道题乃是乔源的总工程师陈楠山亲自出的。

梁雪今天写完报告后，就一直在与这道题奋战，奋战到这会儿，她具体的思路是有了，不过最后的答案却迟迟没能算出来。

按理，剩下的这点儿解题过程，对于梁雪来说，并不算困难。

奈何此时此刻，便是她的脑子还撑得住，她的肠胃却已是到了极限，再也忍不住地生生抗议了起来，连着"咕噜"了好几声，终是令她再无法忽视。

可惜梁雪意识到饥饿的时间太晚，这个点，单位的食堂已经关门了。

好饿啊，要是现在有火锅、烧烤和汉堡就好了。

哪怕是一盒泡面也行啊。

乔迦处在工业园，周围几乎没有居民住户，自然也没有餐饮店存在。所以今晚，她大概率只能饿着肚子继续工作了。

在知识的海洋中探索驰骋，解出难题，难道不是比吃饭更有成就感的事情吗？

很长一段时间，梁雪都靠着洗脑来坚定自己的意志。奈何精神意志再坚定，也终究敌不过身体的本能。

她最后决定去茶吧间里寻些吃的，不想竟然看到了一盒老坛酸菜牛肉面。

先不管是谁落下的，吃了再说。

等梁雪的精神意志再度回笼，她已经身处茶吧间内，手里正捧着那碗泡面吃得欢畅。

"好吃吗？"

在她吃面的空隙，耳边传来一道悠悠的男声。熟悉的声音里，含着几分难掩的笑意。

梁雪闻声抬头，入目的便是严迦南冷峻分明的下颌线，顿时吓了好大一跳。

"你……你怎么会在这里？"

"我不在这里的话，那是谁给你买的这碗泡面？"

向来只会在每天早晨昙花一现的早退分子，怎么会在这个时间点出现在车间办公室里？

这件事情实在是太不正常了。

其实不只是梁雪，就连严迦南自己都说不清他今晚为何会来这里。

"你不会特地给我带的泡面吧？"梁雪奇奇怪怪地看着他。

严迦南还以为她是在感动，昂了昂下颌，有几分得意。

梁雪真是又气又恼："既然都跑一趟了，就不能给我带点好吃的吗？比如说黄焖鸡、螺蛳粉之类的啊。"

严迦南无语。

半个小时之前，严迦南像往日一样加完了班，本也该与往日一样，直接驱车回家的。可当他开车到试车车间附近的时候，忽而仰头看见了办公室里透出的这抹光亮，车子突然就莫名开不动了。

这之后，他摸进车间办公室偷看，在听到某人饿到肚子叫之后，立刻就回自己的办公室拿了一桶泡面过来。

"你以为我特地给你送的啊。我只是……"

梁雪可不是这么好打发的，很快就找出了他的逻辑漏洞。

"只是什么啊？"

严迦南越是不说话，她望向他的目光就越是狐疑。

大晚上的,看得严迦南浑身发毛。最后没法,他只能如她所愿地冷声否定道:"我自己想吃的,被你吃了。"

"你大晚上来公司泡泡面?"逻辑上显然说不通啊。

严迦南也察觉到自己犯了低级错误,清了清嗓子又道:"我本来想看看大晚上的谁还在浪费公司资源,没想到是你。"

严迦南不愧是钢铁直男,随便扯个幌子,都能成功将妹子惹怒。

"你这个从来不写报告的混子,还好意思说我浪费公司资源?"

这下子,刚才那碗泡面之情彻底荡然无存了。

好在严迦南并不在乎。毕竟在把天聊死方面,他向来是专业的。

"我说的是事实,就那点工作量,就算一个人做,也不该花这么长的时间。"

有一瞬间,梁雪被这惊人的直男发言哽得愣了一秒。

难道她不该生气吗?

不对,重点根本不是那些报告好吗,重点是这个男人已经彻底惹火了她。

"严迦南,你跟我过来!"

既然他想较真,那她只有彻底同他较一较了。

吃完最后那口泡面,梁雪一把抓住严迦南,将他拖回了车间办公室,指着她办公桌上的电脑显示屏,严肃地申辩:"看见了吗?我今晚加班做的是乔源的考核,才不是你那些破报告。"

作为乔源的副总工程师,严迦南自然知道乔源的规矩。或者说,今年乔源的这项每周在内网上出题的考核规定就是他定的。

为了能够选拔出真正适合乔源的精英人才,考核题必然有着相当的难度。梁雪花一个晚上的时间来解,是再正常不过的事情。

这一点,严迦南当然也清楚。可惜他这会儿没法说出真相,只能装作不知地凑到电脑显示屏前看了看。

未想到,这一眼,竟让他看出了不小的惊喜。

"这个电池的充电算法,是你自创的?"

陈楠山这次出的题目是有关车载电池充电桩的设计与应用,这也是新能源电池民用化推广中最大的难关之一。

只有让新能源汽车拥有更长的续航与更短的充电时间,才有可能在民用市场上完全替代如今主流的汽油车。

乔迦为此已投入不少资金,成立了好几个研发小组,用来专门攻克这项难题。

因而今天陈楠山的这道考核题,考核的并非所谓的正确答案,而是创新的研发新思路。

梁雪的这个算法,虽然只写了一半,但思路极其新颖。只一眼就把严迦南给吸引住了,令他忍不住想要认真细看。

这一细看,便也很快被他发现了不少小问题。

"我觉得这是不是过于理论化了?"

"不算理论化,我在校实验室就成功达成过多次。"

"可实验室成功,并不说明就能工业化生产成功。还有这一段的算法,我觉得这一步,有错误。"

"我这还没算完呢,才写了一半而已。"

"可你在草稿纸的演算已经进行到了最后,就结果来看,你还没发现这一步的错误。"

严迦南此刻,真的是想同梁雪认真探讨这个课题。可在梁雪看来,严迦南这会儿说的每一句话,都像极了找碴儿。他每多说一句,就将她多惹恼一分。

到最后,她简直是忍无可忍,几乎是咬牙切齿道:"严、迦、南!你还有完没完了!

"谁给你的勇气在我个人的考核报告上如此指指点点?"

梁雪本不是喜欢按职级论人的姑娘,然而对严迦南除外,他难不成还能比自己所学的更专业?

此刻她见着严迦南沉默不语,好似吃瘪的模样,不止气消了大半,竟还有些小得意,忍不住又多加了一句:"想指点我,怎么也得是乔源的负责人!"

所谓说者无心,听者有意。

梁雪搬出乔源的负责人来,是想让严迦南知难而退。

未承想,严迦南听后,真情实意地考虑了一番可行性。

几天后,严迦南专门在乔源负责人会议上开口聊了这件事。

"陈老,我们的公开考核最近进行得还顺利吗?这周的考核题,还是您出?"

陈楠山既是严迦的总工程师,也是乔源的技术一把手,公开考核事关选拔最优质的研发人员,他自然一直都很关注。最近的这几周,他更是亲自出题,亲自批改。

这会儿听严迦南提起,向来惜才的他很快对最近拔尖的几位候选人如数家珍起来。

"小严,你之前提议的考核方法真不错,让我找到了不少好苗子。

"比如这个梁雪,她提交的充电桩设计就十分不错,我看了她的简历,pack线设计还只是她读书时的辅修,主修的材料化学,师从的更是业内大拿杰森先生。"

"梁雪吗?"听到这个名字,严迦南不禁轻轻勾了勾唇,露出一抹高深莫测的笑来。

看来她和他还真是有缘,他都还没开口呢,她的名字就已经递到他跟前来了。

好在，正直如陈楠山并未察觉出他的坏心思，依旧实事求是地继续评价道："对，梁雪。就是这个小姑娘，我很看好她。"

顿了顿，陈楠山又把问题道来："不过本周我要去外地出个差，大约是顾不上考核题的事情了，要不就让——"

"陈老，要不这周的考核，就由我来负责？"

陈楠山本是想让许俊山接手这项考核工作。许俊山也是他的爱徒之一，为人踏实又公正，确实是不错的人选。

可严迦南毛遂自荐了，陈楠山自然不会拒绝。严迦南如今是乔源的副总工程师，是除他以外最接近技术核心的人，由严迦南来接手这项学霸考核工作，自然比许俊山更合适。

陈楠山当即欣然点头道："当然可以，那这周的考核工作就麻烦小严你了。"

"不麻烦，我乐意之至。"

严迦南微微低头，向陈楠山敬了一个谦逊的后辈礼。低头时，他的嘴角却悄悄勾了起来，露出了一抹得逞的笑意。

而后，本周所有参加乔源考核的人员，都收到了史上最难考题。

"这是什么题目？请各位对现有的电池包技术进行最大效率的简化？"

拿到这道考题后，考核人员们皆是惨叫连连。

"这考的是最新简化模组思路吧？这也太超纲了吧！"

"可不是，有关这项研究，全世界最先进的实验室都没取得突破性进展，我又能有什么好思路？"

惨叫过后，大家忍不住开始在内部论坛上控诉出题人：到底是谁出的题目？他就这么想看我们所有人死吗？

这个吐槽帖一出，不到一个小时，就收到了上百条赞同附议，抹黑出题人的话术更是层出不穷。

直到一百多楼后，终于冒出了一条弱弱的真相帖：据悉，这道题好像是乔源最年轻的副总工程师出的。

得知真相后，大家不禁纷纷倒吸了一口冷气，好像突然就无法反驳了，生怕会被自己未来的领导怪罪，很快纷纷删帖隐身，再也不敢乱说话了。

如此现实，反倒是看得梁雪颇为不忿。在试验的休息空隙，她不禁捧着手机小声吐槽道："出息，不过是一条真相帖而已，他们至于这么害怕吗？难道这就是官大一级压死人？副总工程师而已，总还是要比总工程师差一些的。"

殊不知，她嘴里的那位副总工程师本尊就站在她的身边，仗着他身高腿长的优势，稍稍一侧头，就已将梁雪手机上的论坛内容尽收眼底，津津有味地看遍了全场。

看到兴头上的时候，严迦南忍不住开口插话："你们这个内部论坛，今天看上去好像炸锅了啊，是因为最新的考核题吗？"

听到问题，梁雪几乎是下意识答道："当然啊，这周的考核题巨难，大家可不得炸。"

"巨难？是你也做不出的那种难吗？"

很快，梁雪就答不下去了。

她不过是在回答论坛炸锅的问题，怎么瞬间就拉踩到自己身上了？

等她抬头望见严迦南那张越发欠揍的脸，更是心头火起，直接怒了。

"严迦南，你是不是得了一种病？"

"嗯？"

"得了一种名为一天不人身攻击我，就活不下去的病！"

风水轮流转，这一次，终是轮到严迦南迷惑转愤怒了。

"梁、雪！刚才的话，你敢再说一遍？"

"干吗不敢！"

两人斗鸡似的互瞪了半天，在气势上，谁也没能压过谁，最后只能收势改文斗。

"不如我们打个赌，就赌你那道最新的考核题。"

严迦南刚提议，梁雪就立刻毅然迎战。

"好啊，我还能怕你不成。"

"不过，既然是打赌，总得有点赌注吧。"

梁雪最初是被迫迎战，不过说到赌注，她不禁眉眼弯弯，心中冒出了些许恶趣味。

"要不这样，我要是输了，就承包你以后所有的报告，再无怨言；你要是输了，那也要替我做一件事。"

这番话里，梁雪的重点是赌注，但严迦南却似乎没有弄清重点。他关注的，只有她口中的那一件事。

"你想让我做什么事？"

"我暂时还没有想好，怎么，你不敢了？"

事实证明，激将法对直男有奇效。

只这一句，严迦南就不再纠结那件事，当即一口答应了下来。

"不敢？你以为你在和谁说话？"

"那就一言为定。"

"一言为定！"

第三章
不开窍的直男

赌约的时间与考核时间一致，也是为期一周。正如之前大家吐槽所说，本周这道考核题真的很难，难到超纲。

连世界顶级实验室都未能解决的难题，又岂是他们这等区区凡人能够解决的。

因此，几乎是在这道考题发布的当日，就有一大半考核者提交了本周弃权声明。

一直坚持演算到最后的，唯有少数几位而已。

梁雪，就是这极少数之一。

虽然过程很困难，但她绝不放弃。

为了挤出更多的思考时间，在本周的日常工作中，梁雪可谓是异常叛逆。

比如今日，刚结束现场测试，从车上跳下的刹那，她就立刻向严迦南摆起了拒绝手。

"严迦南，在赌约进行期间，自己的工作请自己做，我绝不会再浪费时间为你代劳。"

理直气壮，有理有据，令严迦南完全无法反驳，破天荒吃了瘪，默默收回了递到一半的测试单。

因为这个，当日的乔源例会他差点迟到。

可把邢伟急得，直接冲到了车间后门口，严迦南一出来，就赶紧跟上去提醒他："严工，时间紧迫，还有五分钟，乔源的例会就要开始了！"

奈何皇帝不急太监急，邢伟火急火燎之时，严迦南依旧走得慢悠悠的，一副气定神闲的模样。

"你不是开车过来了吗?"

那也得您赶紧配合上车呀。

如果可以,邢伟真想大声吐槽。

可惜,为了他的房贷、车贷,他不能。他只能继续卑微地将自家领导请上车,然后以最快的速度,将严迦南带回乔源大楼。

例会开始后,邢伟依旧是不得闲的。会议现场需要他速记会议内容,会议结束后,则需要他提炼会议重点,紧接在权力允许范围内,与各直辖部门做好基础对接工作。

解决完下面,还有上面等着他。他得带着初步工作取得的成绩,向上汇报。环环相扣,每一环,都不得省心。

遇到诸如今日严迦南差点迟到的事故,他的工作强度,更是随着缩短的工作时间呈几何倍数增加。忙得邢伟想死的心都有了。

偏生越是这样,他越是容易陷入"社畜"的魔咒。

"邢伟,你今天工作忙吗?"

便是忙得累如耕地老牛,当领导问出这句话的时候,他依旧会条件反射地含笑说出漂亮金句:"严工,您是还有什么其他吩咐吗?"

"我这里有几张测试报告,你能替我写了吗?"严迦南难得露出一个縈然的笑容,却让邢伟瘆得慌。

"好的。那没其他事情的话,那我先出去了。"

还好办公室大门已及时自动合上,不然邢伟大约得现场表演一个"社畜下跪"了。

等他回到自己工位,仔细研究过那沓测试单后,更是差点咽气。

虽然他毕业于某知名科技大学,但他修的是管理学科啊。请问他一个标准的文科生要如何写出如此专业的技术报告?

严迦南以为人人都像他这么智商变态的吗?

这一刻,邢伟突然觉得严迦南是魔鬼。

邢伟最后无法,只能上内部论坛有偿求助。

因为给的报酬颇丰,很快在论坛上引起了一阵小小的热议。最后不知怎的,那沓测试单竟兜兜转转传到了他们车间经理的手里。

经理接下了那个帖子的有偿求助,随后将测试单塞回了梁雪手里。

"梁雪,这些测试单是你们小组的工作吧?好好做。下班前记得把所有测试报告发我邮箱。"

梁雪差点没被当场气死。

怒火攻心的梁雪甚至连明天都等不及了,当晚下班时分,就直接拨了一通电话过去。电话刚一接通,严迦南就听见了她劈头盖脸的声音。

"严、迦、南!你是残疾人吗?"

严迦南对此面露疑惑,显然没有听懂。

"别不承认,你若是有手,为什么不自己写测试报告?没有手的人,可不就是残疾人。"

"要我说,你不止没有手,还不要脸!"

听梁雪骂到这里,虽然主要内容有些凌乱,但严迦南已猜出了大半的真相。

随后他登录内网论坛,很快证实了他的猜测。毕竟邢伟发的那个有偿帖,至今还在论坛首页显眼位置,飘着红呢。

"如果我说,这其实是一场误会,你信吗?"

既然这事的确不是自己干的,严迦南自然也不可能替别人背锅。他试图理性地解释,可惜在梁雪看来,他这完全是越描越黑。

"不是你还能有谁?严迦南,你胡说八道也得有个限度。你真以为你这招很厉害吗?不就是仗着有钱欺负人吗?呵,毫无技术难度,肤浅!"

"梁雪,请你不要平白无故骂人。"

严迦南本是想制止梁雪越说越过分的话语,未承想却反遭了致命实锤。

"我骂的就是你!你是不是背后有人,我给你的测试报告,为什么最后又回到了经理手上?"

严迦南竟无法反驳。

"我们直接约个地方见面再聊吧。"

此刻已过下班时间,约在乔迦肯定是不合适的。

其他地方,严迦南实在是了解得不多,最容易想到的,便是他损友向阙的那间酒吧。于是,他便顺口将那间酒吧定为见面地点。

殊不知,他的顺手为之在梁雪看来,简直等同于宣战。

她若是拒绝,那便是认输,这谁能忍?

一听到酒吧的名字,梁雪几乎是想也不想地当场应道:"好啊,那我们就一个小时后,酒、吧、见!"

过后,她几乎是直接冲回家,以最快的速度化妆换衣。

直到许久之后,她望着酒吧玻璃门上那道妆容精致、仙裙飘飘的倒影,才终于察觉出不对味来。

她为什么要答应去酒吧见面?还下意识又是换衣服又是上妆的。说是去面对面算账,好像不像那么回事。

意识到这点后,梁雪不禁面露犹豫,甚至有一点点后悔。

可惜,事到如今,为时已晚。

下一秒,她耳边就传来了一道熟悉的声音。

"梁雪，你怎么站在门口不进去？难道是在等我？"

等你个大头鬼，梁雪的内心正在疯狂咆哮。

然而当着宿敌的面，她不仅没有发怒，反而还露出抹笑来，端着格调，笑里藏刀地开口："我只是恰好刚到，正准备进去。"

"巧了，一起吧。"

见到她笑，严迦南也跟着笑了起来。

与梁雪不同的是，他笑得很真诚，甚至还带着几分他自己都未察觉的温柔。

两人进入酒吧后，酒吧的侍应很快迎了上来。

"给我们一间卡座，谢谢。"

第二次来，梁雪对这间酒吧已是熟门熟路。

酒吧侍应都是人精。他一眼就注意到了严迦南那一身高定西装，此刻又听见梁雪一张口就是卡座，不禁面露喜色。

很快他就殷勤地递上了酒单，就等着两位贵客点上一瓶好酒，美滋滋地小创收一下。

万万没想到，梁雪只瞥了一眼酒单，就把它给推了回去。

"我们今晚不喝酒，请给我们来两杯白开水，谢谢！放心，最低消费我们会付。"说话的是严迦南。

侍应震惊了。他还是第一次遇见，要了最低消费昂贵的卡座却不点酒喝的客人。

可惜那两位怪人毫无自知之明。

落座后，梁雪就径自掏出了一沓演算纸，然后面露兴奋地对严迦南道："既然地点是你定的，那今晚的比试内容就由我来定。"

梁雪一边说着，一边掏出手机，在某数学论坛上下了一份高数试卷。

"你数学水平应该不错吧，能进我们公司，那做份高数试卷，应该不成问题的吧？"

瞅见她拿出试卷，那位侍应再次被惊吓暴击，差点没当场晕过去。

相比大惊失色的侍应，严迦南表现得十分淡定，似乎早料到梁雪会使类似的招数。稍稍扫了一眼那张试卷，他就从善如流地拿起了桌上的纸和笔。

严迦南嘴角自信地轻勾，言语间还带了几分鄙视的意味。

"只是做一份试卷，那要如何分出高低？"

挑衅！这是赤裸裸的挑衅！

虽未饮酒，但梁雪的脸却已然红了，她气呼呼没好气地道："当然是先比准确率，然后是速度。"

"那现在开始？"

严迦南嘴上答得一本正经，目光却落在梁雪双颊的红晕上，迟迟未能收回。

好在梁雪执着于胜负,对此丝毫未觉,满心满眼只有她面前那张试卷。

"好,那我掐秒表了。"

决一死战,在这一刻,一触即发。

梁雪说出这句话后,两人都立刻开始了演算,独留下那位侍应站在原地,无语凝噎。

最后,他选择落荒而逃。

老板向阚的专属卡座就在同层不远处,正对着跃层阳台,坐在那里,楼下客人点酒与调酒师调酒的声音时有传来。

这会儿,刚巧来了一位精致女客。高定包包上嵌着一枚宝石,在暗色的灯光下越发耀眼,很难不引起人的注意。

刚巧,她还点了一杯昂贵的金箔鸡尾酒,倒入高脚杯中的,不止剔透漂亮的酒液,还有一片片淡金色的金箔摇曳其中,在灯光下,透出一层梦幻的浅金色光芒。

纸醉金迷,也不过如此了。

大约是发现了向阚的视线,那位女客很快缓缓抬头,向着他娇然一笑。

"向少,好久不见。"

"唐总监。"

向阚亦朝她微微笑了一下。

"唐总监一个人的话,要不要来我的卡座尝杯酒?"

这无疑是向阚的示好。

"当然可以。"

唐铭欣然接受,施施然走了过来。向阚的意思她很清楚,原本她也一样对向阚有几分好感。不过今晚有些例外,她遇见了一个更令她心动的目标。

虽是坐在向阚身边,可她的目光却不断向另一个方向飘着。

"唐小姐在看什么?难道是我的美酒吸引力不够吗?"

人精如向阚,自然很快注意到了唐铭的小动作,忍不住追着她的目光望了过去。然而他才刚抬眼,就被一位从同方向冲来的侍应打断了视线。

"老板救命,那边来了两个怪物!"

"我这好好的酒吧,哪来什么怪物?"向阚玩心大,嘴上虽说着不信,目光却第一时间向着侍应手指的方向转去。

这一看,向阚还真发现了令他雀跃激动的新大陆。

"严迦南,他怎么会在我这里?"

严迦南?

听到这个名字,唐铭的眼中也露出了同样惊喜的神色。

"原来他就是严迦南?乔源最近破格提拔上任的那位副总工程师?"

"就是他。"

向阆笑着点头,内心顿时玩心大起,当即就站了起来,颠颠地向着严迦南走去。

不愧是严迦南的损友,人还未到,欠揍的聒噪声便已至。

"严迦南,来我这里,竟然没点酒?你是不是看不起你兄弟我?"

向阆的声音很快就引来周围不少客人的注目,偏生被唤的那两位,自始至终都毫无反应。

任凭周围如何热闹喧嚣,觥筹交错,他们始终低着头,神情专注,沉浸在解题算法之中。也就梁雪会在计算思路卡住的时候,无意识地用笔轻轻挠一下脑袋。

向阆看着他们,竟有一种时光倒流的错觉,恍若突然回到了他们高三那一年。他迫于高考压力,每天都被学习逼得苦哈哈。

奈何他生来就是一个学渣,就算他爸妈花再多的钱,给他请再多的名师辅导,他的成绩也仍如案板上的咸鱼,毫无起色。

可严迦南就不同了,同样是写作业,签字笔握在他的手里,顺畅得宛若在谱写叮咚音符,竟是奇异地将作业写出了赏心悦目之感。

再加上他那副天生的好皮囊,再丑的校服穿在他的身上,也根本掩不住他的少年清俊,常常引得不少女生芳心暗许。

偏生那家伙冷心冷肺,从来不知少女爱恋为何物。就算有胆子大的女生前来示好,他也只会如秋风扫落叶一般,将芳心斩得满地尽碎。

想到这些过往,向阆不禁有些青春上脑,突然就有些记恨起来,对待严迦南越发没好气。他暗搓搓地蹭到了严迦南身后,企图趁着严迦南无视他时,先要严迦南好看。

谁料严迦南这家伙简直是怪物,仿佛脑后也长着眼睛似的,明明全程一动未动,却依旧能在向阆准备干坏事的刹那精准出手,一把就抓住了他的手腕。

直到向阆受不住"哇哇"喊疼,严迦南才悠悠开口道:"向阆,几日不见,你还是这么幼稚。"

幼稚到竟敢在太岁头上动土。

"谁叫你半天不理我?那我只能换方法来同你打招呼了。"

向阆嘴上"嗷嗷"叫,心情却是极好。他嘴角勾得跟猫儿的尾巴一般,这会儿简直要翘上天去。

可惜他的欢喜半点未能感染到严迦南,严迦南仅是睨了他一眼,就冷冷下了逐客令。

"那你现在打过招呼了,可以滚了。"

"哪能呀。"向阆智商不行,厚脸皮第一名。不止自己死也不滚,还很快就把唐铭拉了过来，笑嘻嘻地介绍道，"老严，这是唐铭小姐，新盛媒体新闻部的大美女总监，仰慕你许久，一直想与你认识。"

松开向阙后，严迦南干脆把西装外套脱了，只着一件单薄衬衣。他松开交叠的腿，坐姿稍稍摆正了几分，徐徐挺起腰身，漂亮的腰背肌肉线条，随着他的动作，在衬衫下若隐若现。虽神色冷淡，却散发着诱人的荷尔蒙。

唐铭很快失神，连架子都忘了端，就乖顺地任由向阙将她扯到了严迦南的面前。等她正对上严迦南那张清俊的脸，更是瞬间红了脸庞，激动地开口："你好严先生，我是——"

谁知，她话还未说完，就被严迦南冷冰冰地打断了。

"不好意思，我没空。"

瞬间，唐铭脸上的羞涩红晕就陡然变成了挥不去的尴尬，一时间，走也不是，留着也不是，进退两难。

"老严，你这话说得有点过分了吧，请你也稍微怜香惜玉一点啊。"

场面实在是有点儿尴尬，期间向阙有试图打圆场，可惜很快以失败告终。

"没听到我说话吗？"

严迦南轻抬了抬手中的笔，用笔尖遥遥向着唐铭指了一下，声音不大，嘲讽意味却是十足："抱歉，请容我再说一遍，我没空。"

被接连拒绝了两次，唐铭紧咬着唇，胸中已满是羞辱的怒意，偏生还无处发作，只能忍下心中的怒气，落着面子离开。

向阙依旧兴致勃勃地同严迦南瞎掰扯着："你不用对女孩子这么冷漠吧？"

顿了一下，向阙突然意识到严迦南今天似乎不是一个人来的，此刻严迦南的对面，正坐着一个妹子。

因为这个妹子专注力实在太强了，他插科打诨了这么久，她始终在埋头苦算，一个眼神都没舍得给他，以至于他差点把她给忽视了。

也就在此刻，梁雪终于抬头，兴高采烈地大声道："严迦南，你输了！"

说完她抬头看了一眼计时秒表，三十一分钟零五秒。不错的成绩，比她平时最佳的速算成绩只慢了不到一分钟。

考虑到酒吧环境的影响，四舍五入，这差不多就是最佳成绩了。

梁雪有点儿高兴，转而看向严迦南时，自然而然新添了几分骄傲。

"如果你刚才不分心的话，你或许不会输。"

"输？"

严迦南轻轻一笑，并未做正面回答，反而轻轻伸出一根手指，将他那张答题纸，朝梁雪的方向推了推。

"梁雪，你仔细看看。"

看过他的答卷后,梁雪果然露出了惊愕的表情。

"怎么可能!

"你的速度竟然比我快这么多!"

听到她的惊呼,严迦南这才满意地笑了起来。如春日里雪山巅初融的雪,化开后再无冷冽寒意,只剩下了春水般的温柔。

不愧是严迦南,一句话就把人家小姑娘的喜气洋洋给颠覆了。

事后,他还轻描淡写地来了一句:"常规操作。"

堵得梁雪再说不出话来。

梁雪不说话,向阙却是忍不住吐槽:"你这哪里常规了,你这明明是欺负人。"

向阙这明显是在帮着梁雪说话,谁知梁雪一点也不领他的情,还反过来替严迦南怼他。

"你不懂就不要瞎说,他没有欺负人。愿赌服输,这一次,确实是我输了。"

不止如此,在看完严迦南的答题纸后,她很快从失败沮丧中走了出来,小脸上还多了几分跃跃欲试。

"不过下一次,若是你还想赢我,可就没这么简单了。"

不知是不是受她的情绪感染,严迦南嘴角的弧度徐徐上扬了许多。

"下一次?"

"怎么,你不敢了?"

"随时奉陪。"

两人你一言,我一语,向阙完全没有再插嘴的机会,搞得他十分自闭。

难道这就是学霸的世界吗?

惹不起,向阙自闭得只能回自己卡座,试图去拿杯酒压压惊。

"向少。"

他还未伸手,一杯红酒就自动送到了他的面前。

"唐小姐?"

看到唐铭还在,向阙显然有些惊讶,不过也就最初的一瞬罢了。很快,他就接过她手里的酒杯,从善如流地喝了起来。

唐铭此刻站在向阙身边,也宛若失忆,只字不提刚才的尴尬窘境。顺着向阙的话头,她旁敲侧击地与他聊了起来。

"严副总工青年才俊,果然不同凡响。不过他身边那位姑娘看着很眼生啊,向少,你认识她吗?"

"老严的妹子我怎么可能认识,不过听他说,好像叫梁雪。"

"梁雪?"

听到这个名字,唐铭露出了一抹惊妒的神色,怪不得她总觉得这个女孩有些眼熟。没想到真的是她的高中同学梁雪?那个在学生时代,从初中到高中,碾压了她六年的书呆子梁雪。

这么多年来,唐铭自己也已有了十足的变化,脱去了洗到发白的校服,换上了奢华昂贵的连衣裙。勾勾手,裙下之臣,便已不知凡几。她自认早已破茧化蝶,再不是当初那个自卑弱小的贫困生了。

可梁雪的出现,瞬间把唐铭苦心多年才攒起的优越感击得稀碎,连带那段不堪的记忆,都在她脑海中翻涌了起来。

初中的保送名额、高考的状元之名,还有现在这位乔源副总工程师……

这些她不论如何努力都无法得到的东西,凭什么换成梁雪,便唾手可得?

不远处,对唐铭毫无兴趣的严迦南正专注地望着梁雪,兴致十足。黑色眼眸中,有掩不住的笑意。

"既然是我赢了,那我们是不是可以谈谈赌约了?你刚才是怎么说的来着?输的人要无条件答应胜方一件事情?"

这赌约显然是梁雪为了自己设的。毕竟一个小时之前,她可是带着稳赢的自信。甚至连那件事,她都早想好了,那就是要让严迦南以后自己的报告自己写,再不允许推给她。

谁承想她会在最擅长的项目上翻车?

一提到赌约,梁雪瞬间就快乐不起来了。

"行吧……你想要我做什么事情?"

她的小脸瞬间僵硬,声音也是闷闷不乐,简直是把不情愿写在了脸上。

这模样实在是有点儿可爱,看得严迦南越发想逗她一逗。

她不是最讨厌替他写报告吗?那他就偏要。

很快,严迦南就笑道:"你知道我的,我最讨厌写报告了,所以我今后的报告,就拜托给你了啊,我的好搭档。"

"你就不能——"

一听到报告,梁雪下意识就想拒绝。他为什么偏要提报告?请喝酒,买一个月早饭,换成其他都行,她就是不能接受报告。

可惜严迦南压根不给她拒绝的机会,很快就继续搬出赌约来压她。

"梁雪,当初可是你说的,赌约成立,不能反悔。"

自尊心强如梁雪,当然是做不出食言这种事情的。本来她今晚出来,是想好好赢上严迦南一回的。

没想到目的未达成,还把自己搞得越来越水深火热了。对于这样的结果,她愿赌服输,却难免有点儿沮丧。

"我去上个厕所。"

严迦南那张小人得志的脸实在太讨厌了，她觉得自己十分需要去卫生间里冷静一下。

"梁雪，你还记得我吗？"

梁雪在卫生间内洗脸冷静的时候，身后忽而传来一道悠悠女声。

唐铭是特意跟着她过来的。

来之前，她也没想好自己到底要做什么，只是看到严迦南对梁雪的态度，她内心嫉妒得厉害，不当面见上梁雪一面，实在是不甘。

"你是？"

可惜，她多年的不甘与嫉妒，都不过是她自己的一厢情愿罢了，梁雪根本就不记得她。

梁雪疑惑地盯着唐铭许久，也没能想出她的名字来。

"我是唐铭，你的高中同学。"

最终，还是唐铭自己说的答案。

"抱歉，我这几年都在国外，和高中同学联系不多。"

即便唐铭自报了姓名，梁雪望着她的神情也依旧生疏，显然是真的完全不记得她了。

类似的对话与场景，也曾发生在学生时代。

"抱歉，保送名额是学校决定的，与我无关。"

不愧是她最讨厌的人。

今日，终究是与过往有些不同。就算梁雪直言不记得唐铭，唐铭也没有半点要离开的意思。她走到了另一个洗手台前，与梁雪并排而立，同样打开水龙头洗了洗手。

唯一不同的是，梁雪只关注自己，唐铭关注的却一直是梁雪。

很快，她就把洗手液给挤歪了，一束淡粉色的肥皂液直直飞上了梁雪的衣领。

要说不是故意的，大约不会有人信。唐铭也懒得装，干脆直接承认。

"没错，我就是故意的。以后再见面，你应该能记得了我这个高中同学。"

有了这团洗手液后，梁雪的神情终是变了，从淡漠变成了震惊。

"你不是说我们是老同学吗？需要下手这么狠吗？"

这问题问得有点呆，还有点傻。和唐铭认知里的冷酷学霸，着实有些不同。

"老同学一定有同学情吗？"

梁雪怔怔地看了看唐铭："我之前是不是欺负过你啊？"

这句话让唐铭忽然睁圆了眼。

她以为按照梁雪一贯高傲的性子，一定会第一时间反击的。没想到，梁雪竟然

067

傻傻地问了这句话。

"其实我也觉得我高中的时候仗着学习成绩好，有一点太自我了。只知道学习，连同学的脸都认不全，要是真的能穿越回去，我一定扇自己一巴掌。"

什么鬼？

这女人的脑回路果然不同凡响，这剧情的走向让唐铭猝不及防。

"还有那时候，我明明和父亲闹了矛盾，打定了主意是要出国的，还硬是占了学校的保送名额不肯让出来，完全是耽误了别人而不自知。

"唐铭，如果你还能联系到那个同学的话，麻烦你告诉我一下她的联系方式。"

"你要干吗？"唐铭谨慎地看着她。

"道歉啊！"

"其实……我就是当年的第二名，被你浪费了保送名额的那个。"

聊到这里，两人都有些震惊。

"算了，原谅你了。"唐铭扭扭捏捏地还是把这句话说出口。

"那我也原谅你把我衣服弄脏了。"

"少说漂亮话，这是你该受的。"

没错，能用一团洗手液化解掉多年仇怨，确实不亏。泯掉恩仇，她或许还能再多一个朋友。

梁雪此刻最急需处理的，依旧还是那团洗手液，厚厚一层，就算梁雪已经尽量小心地清理了，也依旧留下了好大一块水印。

就在梁雪站在卫生间踟蹰的时候，门口处忽而传来一声唤。

"梁雪。"

"严迦南，你……你怎么会来女卫生间？"

梁雪的话音未落，就见一件西装外套被扔了过来，瞬间盖住了她胸前的那块水渍。

过后，才听门外人轻声答道："路过。"

严迦南之所以会这么巧路过，显而易见，是唐铭提的醒。

"严先生。"

这一次，她施施然走到严迦南面前，只轻飘飘地丢下了一句话。

"我来呢，就是想告诉你一声，我给你创造了一个英雄救美的机会。"

说来也奇怪，撇开爱慕滤镜之后，她突然觉得严迦南也就那样了。

智商高、外表帅又如何？本质不也和所有的男人一样，一双眼睛、一个嘴巴。追起自己喜欢的姑娘来，甚至还有点憨。

望着严迦南冲去女卫生间的身影，唐铭撇了撇嘴角。回身时，她已然恢复了往日的自信，优雅地踩着高跟鞋，摇曳着裙摆，缓缓离开。

几步的距离，已聚来了数道青睐目光，向阚也在其中。

这一次，再无须唐铭迁就他，他倒是对这个女人有几分好奇。

"唐铭，我突然觉得你变漂亮了许多。"

虽然说不出原因，但他这会儿除了被唐铭的美貌吸引，还有别的话想问她。

"还有，我能问问你刚才到底和老严说了什么吗？"

对此，他实在是太好奇了。

想他刚才磨了半天，都没能从严迦南那里磨出几句回应。唐铭到底施了什么魔法，竟能一句话就使得严迦南直接起身。

"这有什么不能说的，就是男女那点事罢了。别告诉我，你没看出来，他很看重他今天带来的那个姑娘。"

原来如此，向阙听懂了，又有其他不懂的地方。

"所以你刚才是在教他撩妹？"

这俨然是老严那个钢铁直男急需的，可唐铭她……

"可你为何要教他？"

向阙问得直接，唐铭也同样答得洒脱。

"有趣呗。"

唐铭翻了个大白眼，短短地回了几个字，却让向阙更生出几分对她的好奇心。

另一边的严迦南与梁雪可就没这么顺利了。

唐铭原以为，她都已经手把手教严迦南去英雄救美了。

万万没想到严迦南会这么反人类。明明看出披着他衣服的梁雪有些害羞，他只字不关心不说，竟还又掏出了一张卷子，一本正经地问道："这张卷子上的题目更适合思维训练，梁雪你有没有兴趣再和我比试下？"

"不必了。我家里还有事，我先走了。"

梁雪当场拒绝，气得直咬唇。

有兴趣个鬼！

如果不是她胸口的那摊水迹未干，梁雪大约会当场拿他的西装外套当麻袋使，给严迦南套头来上一套组合拳。好让她清楚地看看，他的脑袋里装的到底都是一些什么奇葩。

严迦南的技能点大约全点在智商和体能上了。

看到梁雪走后，他面露疑惑："不是她自己说喜欢算题的吗？怎么又不喜欢了？"

孺子当真是不可教也。

严迦南虽不会说话，但那件西装外套的温度却是真实的。

梁雪出门的时候，太阳才刚落山，空气里仍带着微热，因此她只穿了条连衣裙就来了，那时不觉得什么，此刻推门出去，才发觉夜晚的空气凉得很。

等出租车师傅的这一会儿时间，梁雪裙摆下的两条小腿，就已被冻得冰凉，多亏有上半身披着的西装外套御寒，才免受感冒之苦。

当她回家后，走进自己的卧室脱下外套，严迦南那张脸又阴魂不散地浮现了出来。一时间，让捧着西装外套的梁雪有些手忙脚乱，丢掉不是，仔细叠好也不是。

梁雪正纠结时，向阙则在酒吧笑得欢畅。

"哈哈哈，老严，你刚是在干吗？"

严迦南完全无视向阙的大笑，依旧肃着脸，回答得一本正经："教徒弟。"

"你是教徒弟呢？还是追女生？"

看在多年好友的份上，向阙有意想提点两句："追女生，最讲究的就是投其所好。"

"我一直在投其所好。"严迦南不觉得自己哪里做得不到位。

向阙无语了，他这是看不起投其所好，还是看不起他？

当然，严迦南没有想让向阙教的意思，他自认为自己投其所好得很到位。

本着这个信念，往后多日，只要一遇见梁雪，他都努力地将话题往学术专业方面引。

于是两人的日常聊天就变成了这个样子：

"梁雪，看出这次测试的问题了吗？"

"嗯，这个故障应该是车电瓶充电故障导致的，我会写在报告里，让工程部的同事做改进。"

"你说的没问题，不过我觉得还漏了一点。"

"什么？"

"汽油车的电瓶充电问题案例，有时候也可作为电动车研发的参考。比如，你本周的那道考核题。"

…………

"梁雪，难得我们今天和电动车测试组用一样的场地，你可以在休息时间多请教他们一下，应该会对你解考核题有帮助。"

…………

考核题！考核题！考核题！

有没有帮助梁雪不知道，但这么频繁地被提起，梁雪是真的很烦、很生气。

为了不再被他折磨，梁雪干脆再度向他宣战。

"严迦南，你不就是想再赢我一次吗？放心，有关考核题的赌约，我一直记着呢。无须再多言，我们就等本周的答题截止日见分晓好了。"

这次的考核题确实难，梁雪原本有些不确定自己是否能成功解出。可现在，为了尊严，意义已然大不同。她就算是熬夜到秃头，也一定要将那道考核题解出来，堵住严迦南的臭嘴。

梁雪也的确做到了。

她做出的简化设计稿，虽不算完全成熟的设计，却扎扎实实达到了最重要的简化要求。

启用新型的碳酸铁锂技术，采用长电芯设计，省去原有的中间模组环节，直接把电芯装到电池系统里……

这些大胆的设计理念目前看来或许有些天方夜谭。可暂时做不到的事情，真的就不可实现吗？

殊不知，梁雪提出的方案竟与乔源最新的创新理念不谋而合。

本期考核题截止提交的当日，也是陈楠山出差归来的日子。他一回来，就立刻重新加入了选拔专家组。而后，才在办公桌前坐下的他，一眼就看中了梁雪的设计方案。

"哈哈哈，我果然没有看错，这个小丫头，的确是个可造之才。"

"小严，之前我还觉得你这次的题出得有些难了，不过现在看来，难度倒是刚刚好。毕竟真金，就需要火来炼嘛。"

难得陈楠山这么高兴，他的贴身助理立刻笑盈盈地顺势接道："陈老，那是否给她发送通过考核的邮件回执？"

"当然。这么优秀的设计回答，她要是不通过，还有谁能通过？"

听到陈楠山的夸赞，一旁的严迦南露出了难得的笑容。

虽说梁雪的设计方案是陈楠山亲自选中的，可提供给他的审阅顺序，是严迦南亲自排的。他特意把梁雪排在第一位，就是为了能让她早些收到考核通过的消息。

果然，评审会议还未结束，梁雪的电话就来了。

"梁雪，找我有什么事？"

会议期间，严迦南没法接电话，只能在会议结束后回拨给她。相隔不到一个小时，他手机上相同的未接电话，就已经多达十多通。

"我找你是因为……"

刚刚未打通的时候，梁雪急吼吼地拨了数十次。可真当接通了电话，面对严迦南，她又突然语塞了。

难道直言打他这么多通电话，就是为了告诉他她通过了每周的乔源考核，赢了赌约吗？

岂不是显得她不够大气，小题大做？

那可不行。

她这么聪明漂亮，怎能被打上小心眼的负面标签，怎么也得想一个着急联系他的正当理由才行。

梁雪轻轻转了转眼珠子，余光瞅见不远处贴着的活动报名告示，忽而就有了主意。

先把自己摘出去，再打着经理的名号，将故事编圆。

"是经理催着我报名周六那个户外拓展活动。说这次拓展活动，事关我们车间的荣誉，不能再被隔壁车间比下去了。

"不但要求我一定要参加，还给我下了死命令，要我说服你也参加。"

"所以？"严迦南的口吻里带着几分漫不经心。

"所以……因为时间紧迫，你又一直不接我电话，我刚就直接给你报名了。"

梁雪这会儿完全是在睁着眼睛说瞎话。

哪有什么经理催促，又哪有什么时间紧迫？拓展活动，是她三秒前才看到的。报名表，也是她刚拿的。

不过话都已经放出去了，这个拓展活动，她不得不报名了。

为了不在通话中露馅，拿过报名表后，她完全拒绝人事部组织同事的说明讲解，直接就提笔，在名单上写下了她和严迦南的名字。

"你替我报了名？"

梁雪签下严迦南名字的同时，电话那头传来了他凌厉的声音。

他是不是不想去？

毕竟，他向来独来独往，不参加任何集体活动。拓展活动对于严迦南，似乎确实有些强人所难。

可那又如何？他要怪，只能怪他自己之前不做人。

梁雪心虚了一秒，再度硬气了起来。

"忘了告诉你，一个小时之前，我收到了我本周考核题考核通过的邮件。"

终于有机会引出正题了。

说起考核通过这件事，梁雪不禁声音飞扬。

如此明显的炫耀之意，严迦南又怎么可能听不出来。

此刻，他凭着声音就能想象出梁雪的模样，必是眼睛晶亮，眉眼弯弯，连小鼻子的鼻尖，都闪烁着得意的光彩。

严迦南早猜到她想在这次的反胜赌约上做文章。令他有些意外的是，梁雪对他的赌约要求竟然不是那些报告，而是拓展活动。

不过对他来说，不论是什么赌约，都不重要。他想要的，仅是与她见面的机会。单就这点来说，拓展活动显然比前者更佳。

"明白了，愿赌服输，拓展活动，我会去的。"

答应归答应，有关拓展活动的具体活动内容与时间，他还是有必要知道的。

这简单。签完名字，梁雪就扫了一旁的公司活动公众号，点进最新一期的活动页面，不过脑地将它一键转发给了严迦南。

转发完后，她想起来自己也还没看过这期活动的具体内容呢，这才又低头看了一眼。

谁知正是这一眼，把她自己也给看傻了。

谁能告诉她，这为什么是单身男女才能参加的拓展活动？

连名字都叫"缘来相会"。

简直完全不给她洗白的机会啊。

说来也没什么奇怪的，只有三流公司才喜欢搞什么员工凝聚力拓展，变相占有员工的私人时间。这些活动向来只会适得其反，被员工们背后诟病。

像乔迦这样的聪明大厂，当然不会做这种蠢事。

乔迦举办的拓展活动，一贯站在员工的立场考虑，同时考虑到自愿、需求与愉悦感这三项主要需求。

于是便有了这"缘来相会"。至今已经办过十多期，是与"友爱亲子"并列的员工满意度最高的集体活动。

有这么高的群众基础在，本期报名自然也十分顺利。不到一个小时，人事部的同事就集够了人数，收摊走人了。

压根没给梁雪取消反悔的机会。

有关爽约反悔，乔迦员工手册里也明确规定：周末的拓展活动乃是公司福利活动，报名次数不限，但已经报名的，务必准时出席参加，否则会被拉入员工黑名单，记入诚信档案，对以后的晋升、加薪产生重大负面影响。

"不——"

望着早已人去楼空的报名摊位，梁雪十分绝望。

严迦南那一边，看到"缘来相会"这四个字的时候，愣了一下。

不过，他没有梁雪想象中的不愉快，倒是适应极佳，很快用内线电话把邢伟给叫了进来。

"邢伟，帮我把这周六的时间全部空出来。"

当听说工作狂突然不加班时，邢伟还是表情管理失败，当场面露震惊："您确定要取消这周六的全部工作？"

"没错，全部。陈老如果问起，我会亲自去解释的。"

"收到，我这就去为您空出时间。"

严迦南不说原因，邢伟不便多问，更不敢停留太长时间，很快就乖觉地从严迦南办公室里退了出来。

殊不知，严迦南这会儿压根没急着工作，反而捧着手机，对着活动详情页面看了许久。看到最后，他不自觉地勾起嘴角，荡着笑纹，喃喃自语："'缘来相会'？有点意思。"

活动前一天，严迦南还特意用小号登录内网，专门发帖请教了相关问题：有参加过"缘来相会"的同事说说参加经验吗？

"缘来相会"作为乔迦的热门活动，参加过的同事自然不在少数。很快，严迦南就收到了不少经验分享。

△我就是在第一期"缘来相会"中成功脱单的，如今我家崽都已经会打酱油了呢。

△没错，确实是良心活动。

△不知楼主是男是女？妹子的话，建议打扮得漂亮一点；汉子的话，就主动一点喽。

△诚心找对象的话，请郑重对待最后的礼物交换环节。毕竟投其所好，才能更好地抱得美人归嘛。

最后这一条，严迦南十分认同。认真思考过后，他当晚专程去买了交换环节的礼物。

第四章
我就是Can

一觉过后，便到了"缘来相会"的活动当天。

严迦南早早起床，穿上他昨晚就准备好的休闲套装，神清气爽。

吃完早饭，他准备出门的时候，梁雪依旧跟一条大青虫似的蜷在床上，皱着小脸，抱着枕头，满是纠结与痛苦地望着床头柜上的时钟。

"唔……这时间也过得太快了吧，怎么就已经到周六了。"

如果可以，梁雪希望自己能重新闭眼，将今天睡死过去。

可惜，她不能。

"咚咚咚！"

她刚想闭眼装傻，房门就被敲响了。随后，门外传来了她爸比闹铃还烦人的声音。

"梁雪，你不是报名了周六的活动吗？还不赶紧起来，再晚就赶不上公司的班车了。"

"你无故迟到缺席活动，可是会影响乔源考评的。"

知道了，当真是哪壶不开提哪壶。

被梁父一通教育后，梁雪终是装睡不下去了，掀开被子，"噌"地从床上爬了起来，以最快的速度开始穿衣洗漱。

吐掉最后一口漱口水，梁雪抬头，清楚看见了镜中自己眼中的视死如归。她挥着的牙刷，也在这一刻变成了勇敢迎敌的枪，直指镜面。

"不就是一个活动吗？我还怕了它不成！"

话虽如此，可等真到了公司门口，梁雪昂着的脑袋立马就缩了回去，尽了。

好在同期参与活动的同事不少，她混在一群女同事里，也不算太明显。

候车的时候,她还和就近的一个妹子聊了会儿天,互通了姓名和所在部门,并成功与她约定上车同坐。

可惜,计划赶不上变化。

梁雪上车找到位置后,刚准备招手示意,身后便传来了一道冷飕飕的男声。

"梁雪,你在找谁?"

"我在找……"

她本想诚实回答自己招呼的是刚认识的那个妹子,奈何严迦南这会儿的眼风太冷,不过一眼,就让她把到嘴边的话给硬生生冻了回去,被迫改口:"找你……我在找你。"

"嗯。"

听到满意的回答,严迦南的眉梢总算有了笑意,语气稍缓:"那我坐这里,你应该不介意吧?"

虽是疑问句,却压根不需要回答。不等梁雪开口,他就施施然坐在了她身旁的座位上。

四十座的大巴,车内座位宽敞干净,车外初夏的风景绝好,绿意盎然。约莫四十分钟的旅途,同事们都感到十分舒适满意,除了梁雪。

只要严迦南还在她身边,窗外的每一缕骄阳,车轮的每一次颠簸,都是她的"社死"现场。为了尽可能离严迦南远一些,梁雪全身紧贴车身,一张小脸都快和车窗融为一体了。

直到大巴到达了目的地的停车场,她才总算是稍稍松了口气,将脸颊从车玻璃上扯了下来。

一贯爱美的她,这会儿竟是反常得连脸上的红晕都未察觉。最后还是严迦南好心提醒的她。

"梁雪,我觉得你可能需要去洗手间补个妆。"

说这话时,严迦南黑眸中笑意盈盈。

在他看来,那块红痕还挺可爱的,完全是考虑到梁雪一贯爱美又要强的性子,才好心提醒。

同样的笑容,落在梁雪的眼中,却被她的超厚滤镜硬生生歪成了嘲讽。

等她站到洗手间的镜子前,被那块超大面积的红痕惊得"哇哇"大叫。

"我天,竟然红了这么大一片。

"诅咒!这一定是严迦南那家伙的恶意诅咒。"

可惜,即便如此,赌约依旧得如约履行。

既然是相亲活动,主办方事先准备了不少活动方案。集体游园,分组男女混合烧烤什么的，都是常规操作。

烧烤的时候，梁雪与严迦南自然也在同一组。

相亲场上，一般男女初次见面，都该是男士主动一些。因而此刻烧烤场中，也同样是以男士为主力。

女生只需要坐在一旁的餐台上，稍微搭把手，然后等男士送烤串上门就行了。

可惜这条定律，并不适用于梁雪与严迦南。

烧烤活动刚开始，严迦南也与其他男同事一样，问过梁雪想吃什么，他可以给她烤。

"不用了，我喜欢自给自足。"

梁雪想也不想地就拒绝了他。

她面上在假笑，内心却在咆哮。开玩笑，连自己的报告都不愿写的人竟然说要帮她烧烤？她信他个鬼。

说是自己来，但梁雪在做饭方面实在是欠缺天赋。

在家煮个饭都能煮成粥，这会儿烤起烧烤来，更是手忙脚乱。不是被火熏了眼睛没烤熟，就是用力过猛，将粉色鱿鱼须烤成了漆黑色焦炭。

连"惨不忍睹"这个词都有些不足以形容她的厨艺。

原本和梁雪同用一个烧烤架的有六个人，不到半个小时，他们先后被梁雪扬起的巨量黑烟吓跑，最后仅剩下严迦南一人。

浓浓黑烟过后，梁雪一度以为自己成了孤家寡人。此刻见到严迦南，她难得有些感动。

"咳咳……你……还在。"

"嗯。"

黑烟缭绕间，梁雪有些看不清严迦南的表情，只听见他轻轻应了一声，与此同时，她的面前冒出了一串烤好的鱿鱼须。

"尝尝吗？我的手艺。"

梁雪本想拒绝的，都怪这串鱿鱼须烤制得太过优秀，晶亮的粉色，无时无刻不在散发着诱人的香味。

当呛鼻的黑烟散尽时，孜然的鲜香味道立刻脱颖而出，蹿进了梁雪的鼻尖，勾得她食欲大振。

未等她开口，她的手就不自觉地伸了过去，接过了鱿鱼串。片刻后，才传来她慢半拍的道谢声。

"……谢谢。"

"各位，"好巧不巧，不远处活动主持人的声音也在同时响起，"我们乔源男生们的手艺是不是很不错？应该有不少女生有中意对象了吧？现在，请有中意对象的女生，拿起一串你心仪男生的烤串作为表示吧。"

主持人的声音刚落，就有不少女生响应，举起了手中的烤串，向着主持人的方向示意。

人群中唯有梁雪有些茫然。所以她这是……在错误的时间举了错误的串？

她觉得自己应该立刻放下，可惜终究还是晚了。

在她反应过来之前，主持人就已经发布了下一条指令："下面请同样有意的男生，作为护花使者，站到女生的身边去。"

梁雪顿觉眼前一暗，仿佛头顶被一大块乌云遮盖，却比乌云更有侵略性。不止阻挡了阳光，她周遭的空气，亦在瞬间被阴影定格，压得她连呼吸都不禁急促了起来。

"你你……你过来干什么？"

严迦南显然看出了她的意图，她越是急着想把他赶走，他越是不为所动，甚至还有闲情抠字眼反问她。

"我在做什么，你会不知道？"

一击毙命，堵得梁雪哑口无言。同时还附带细思极恐的效用，好似她是预谋已久，假借赌约，特意将他骗来这里的一般。

她现在觉得自己有千张嘴都解释不清了。

梁雪在内心疯狂反驳，可此刻这样近的距离，她实在是难以忽视严迦南的存在。

偏生这厮虽然性格恶劣，却长了一张极佳的脸皮。冷白皮肤，眼睛漆黑，五官精致，真要评价的话，他的颜值甚至比某些男星都要好上几分。

在这么一张俊脸的注视下，梁雪也忍不住脸红心跳。

同理，她面上的微表情此刻亦被严迦南看得清清楚楚。那又羞又恼的小模样实在太过可爱，严迦南忍不住笑了起来，语气亦随之放缓："放心，我没有别的意思，只是在履行赌约而已。"

这算是解释还是安慰？

梁雪听得愣了一下，片刻后才回过神来，喃喃说："其实，也不是非要履行的……"

最后，不知是她的这句话说得太轻，还是一旁主持人的声音太过热烈。总之，她的回答如石沉大海，没能激起半分波澜。

现实，依旧在向着事与愿违的方向行进。

很快，严迦南与梁雪就被分在了心动队。队如其名，成员为上一轮相互表白成功，能够进一步发展的男女。

为了增加准情侣互动的趣味性，主办方也为此做了相应策划，添加了积分模式。即每队准情侣为一组，若是能完成相应的活动，则可获得积分。

积分可以在最后兑换礼品用,也可以用来游玩园区内的付费活动项目。诸如天鹅船游湖、射击、跑马、卡丁车等。

"好像很有意思哎。"

看完规则后,许多准情侣都觉得很有意思,纷纷前往报名参加。唯有梁雪站在原地迟迟没有动作,企图耍赖。

"我觉得吧,爬山摘野菜、池塘钓鱼、抓小龙虾什么的听上去挺幼稚的,要不我们还是别参加了吧?"

严迦南似乎早看透了她的心思,压根没有正面回答,勾着嘴角,悠悠地反问:"到底是幼稚,还是你怕输?"

"怎么可能!我会怕输?"

下套成功,不服输少女立马燃起了熊熊斗志,立马急冲向积分活动报名处。

等梁雪反应过来的时候,她已经拿着号码牌,站在虾塘边了。

梁雪内心哭唧唧。可来都来了,按着她的性格,绝没有半途而废的道理。

很快,她就重振旗鼓,一手握着钓竿,一手提着塑料桶,煞有介事地开始钓龙虾。这一片池子,是园区专门用来养殖龙虾、供游客钓玩的池塘,按理说应该很容易有收获。可梁雪钓了半天,不知是运气不好,还是方法不对,一直一无所获。

虽说只是游戏,但眼看着周围同事们一个又一个地钓出龙虾,梁雪不免有些急了。着急上头后,她免不了发作在严迦南的头上。

"严迦南,我们现在是一个小组,钓龙虾,你也有份的。"

她这会儿说得义正词严,压根忘了一开始,她为了与严迦南划清界限,强烈要求他坐在一边,不要出手的。

恰好严迦南那会儿收到了一条比较重要的工作信息,为了尽快处理,难得听了一回梁雪的话。

此刻处理得差不多了,他随着梁雪的嚷嚷声缓缓抬眼,身体依旧纹丝不动,向着梁雪微微一笑。

"想赢?"

梁雪下意识点头,严迦南不由得笑得更欢了。

"帮你赢这件事,好像不在赌约之内吧?"

这笑容梁雪可太熟悉了。往日工作的时候,但凡她遇到过不去的事情,求助于严迦南,他就会摆出这副高深莫测的笑容来。

"想让我帮忙?你的诚意呢?"

"那么简单的问题都找不出来,你那些报告怕不是白写的?"

"……………"

虽说梁雪每每看到他这般神情,心中都是有气的,但身体有时候要比脑子诚实许多。

就如此刻这般,严迦南话音刚落,梁雪就蹦了过来,一把将严迦南的背包抱入怀中。

"我也可以在赌约之外,替你背包的。"

说完后,她才抬起头,重新与严迦南对视。这一次,有背包在手,她再也不虚了。强买强卖,可不仅是他一个人的专利。

"行吧,那我就帮你一下……好了。"

若是平时,他俩会明争暗斗上好一会儿工夫。好在严迦南今天心情好,很快就配合地起身,甚至还难得解释了一句:"你钓不上龙虾,大概率是找的位置不对。"

"那什么位置才对?"

梁雪不懂就问。

严迦南话说到一半,偏偏又不说了,只当先在前面走着。梁雪抱着包,跟在他的后面。

这片龙虾塘不算大,就算沿着整个走一圈,也就十多分钟。跟随而已,按理是没什么难度的,可架不住严迦南的包重啊。

不知他装了什么,体积不大,却极重。梁雪刚把它抱起来的时候,就只觉得臂弯狠狠一沉,差点没能抱起来。

此刻,她跟在严迦南后面,才沿着池塘走了五分之一的距离不到,就已是气喘吁吁,忍不住抱怨:"严迦南,你这包里装的是秤砣吗?这么沉。"

梁雪光顾着控诉,忘了看路,压根没发现严迦南此刻已在一棵树旁停了下来,一头撞上了他的后背。

"到了。"

她撞上他后背的刹那,他的声音同时传来。不知是不是触碰导致共振传递的缘故,她的胸膛竟也随着他的声音,轻轻颤了颤。

直到一道有力的心跳声响起,那阵微涩的轻颤感才逐渐消弭。宛若被石子荡漾开波澜的湖面,重归宁静时,便再寻不到那颗石子了。

就如梁雪此刻这般,迷惘了一瞬,就已将刚才的莫名情绪抛之脑后,重新关心起她的小龙虾事业来。

"这里和刚才那里,有什么区别?"

"有树。"

严迦南回答得言简意赅,梁雪却听得脑壳青筋直冒。这不是废话吗?她又不瞎。

她刚想发作咆哮,手里却被严迦南率先塞入了一根钓竿。逆着光的方向,他略带挑衅地轻轻勾唇。

"不信我?那你不如自己试一试。"

试试就试试，真当她怕了他不成。

本着实践乃检验真理的唯一标准，梁雪立刻接过钓竿，下饵后，甩向池塘。

饵也是严迦南递给她的，虽依旧是鸡肝，但比先前梁雪用的要新鲜许多，显然是严迦南刚才路过休息亭时，特意换的。

或许，他在钓龙虾方面还真有些经验？

梁雪对他的质疑态度，不禁有了些微的改观。就在这时，她刚甩下去的钓线，突然就上下抖动了起来。

"这就成了？"

梁雪赶忙回神去收杆，果真在钓线的末尾看到了一只小龙虾。个头不算大，仅有大拇指大小。虾壳也不怎么红，脑门中间还有一大片青色。怎么看，它都有些发育不良的样子。

可对于梁雪，却是意义非凡。作为她第一只成功钓起的小龙虾，就算它再小，也是意义非凡。

"竟然真的成了。"

龙虾被提出水面的瞬间，梁雪忍不住欢呼，迎着点点水花，笑得明媚飞扬。

落入严迦南的眼里，比头顶的阳光还要耀眼，令他不自觉地就向着她靠近了几分。两人并肩而立，他与她一道欣赏那只一号龙虾。

"它长得还挺可爱，做成麻辣小龙虾肯定很好吃。严迦南，你说是吧？"

可爱严迦南 get 不到，但麻辣小龙虾可以。

他眯了眯眼睛，嘴上说着一般，身体却是十分诚实，很快就又取了一根钓竿过来，与梁雪的那根一左一右，排排架在树荫之下。

随着日头渐大，越来越多的小龙虾迁徙来了树荫下避暑。随后自然就成了自动送上门的菜，纷纷落入了梁雪的塑料桶内。

不到一个小时，就填满了大半桶。成功让梁雪摘获了钓小龙虾活动的桂冠。除了晚饭的麻辣小龙虾有了着落，还附带获得了一沓奖券，可以用来兑换小礼品或是玩园内的付费游玩项目。

说到小礼品，就不得不说起"缘来相会"历来的保留节目，礼物交换环节了。本期的兑换券，也是为此而设的。

礼物虽轻，羁绊却浓。

从古至今，多少情爱的萌芽，皆是从一块手帕、一把雨伞开始的。

一起辛苦钓来小龙虾换得的兑换券，自然而然就会让人想用来换一份值得纪念的礼物。主办方本次将礼物交换环节放在这里刚刚好。

当然，礼物兑换仅是方法之一。如果有嘉宾事先就准备好了交换礼物，也可以直接拿出来用作交换。

严迦南就属于后者。

礼物交换环节一开始，他就打开背包，掏出了他的礼物。

"这是什么鬼？"

梁雪非常嫌弃地望着面前那个一看就很重的厚塑料盒子。

"礼物。"

她自然知道这是严迦南送她的礼物，可身体却没来由地抗拒，伸出的手在半空中顿了顿，最后还是又缩了回去。

"你确定这是……礼物？"

严迦南非常确定地点了点头："而且我保证，这份礼物，你非常需要。"

她非常需要的礼物？

梁雪狐疑的神色有了些微的动容，难道这个大直男终于学会投其所好了吗？

抱着期待的心情，梁雪接过了礼物，缓缓打开盒盖。然后在打开盒盖的瞬间，她的面部表情彻底炸裂。

"扳手？严迦南！"

梁雪极度抗拒的反应虽有些出乎严迦南的预料，但他还是认真解释道："上周做户外测试的时候，是你自己说的，你急需一个多功能扳手。"

是，这话是她说的。

当时她被突发的故障搞得手忙脚乱，用错扳手的时候，自然忍不住想要一个多功能全型号的。

可这并不代表她就喜欢扳手啊。

严迦南不解释还好，这一解释，梁雪更气了，恨不得举起扳手，当场锤爆他的脑壳。

"我说需要扳手，你就觉得我喜欢扳手？那我还说过我喜欢 Can 神呢？你能带我去见他吗？"

一口气骂完，梁雪总算是痛快了一些。

可当她微转目光，看到其他姑娘收到的项链、玩偶等正常礼物时，不禁再次来气，一把将手里的那个扳手给塞回了严迦南的包里。

"还给你！我不需要这种东西。"

话都说到这个份上了，严迦南却像没听懂一般，视线依旧执着地落在那个扳手上。

梁雪都这么说了，扳手显然是不可能再送出去了。

"可是礼物……"

收回扳手后，严迦南的俊脸上露出了十分犹豫的神色，宛若内心在天人交战。偏生梁雪还看懂了。

看懂后，她亦忍不住在内心叹气。他这是执行赌约执行得上瘾了吗？铁了心一定要按照活动程序送她礼物。如此直男的礼物,她实在是不想要啊。

梁雪决定自救一下。

"你看,我也没给你准备礼物,要不这个环节,我们就算了吧……"

"不能算!"

可惜,自救失败。她话还没说完,就被严迦南给否决了。他完全不给梁雪再拒绝的机会,就一把握住她的手腕,把她给拖走了。

一直将梁雪拖到园内卡丁车的赛道旁,严迦南才松手。

看到卡丁车,梁雪松了口气。相比那个重到能砸死人的扳手,这可真是太正常了,正常得梁雪都有些要被感动了。

"一起玩卡丁车吗?"

生怕严迦南反悔,他刚松手,梁雪就立刻蹦到了售票处,掏出刚才赢来的奖券换票。

"你好,卡丁车票两张,谢谢。"

谁知她手中的奖券挥舞到一半,忽然被一双手给拦住了。同时传来的,还有一道清冷且坚定的男音。

"一张,谢谢。"

"为什么呀?"

梁雪不满地转头,原是想要质问他原因,完全没想到严迦南竟然与她站得这样近。一个转身,她的肩膀便撞进了他的胸膛,稍稍抬眼,她的目光便直直对上了他的眼眸。

如此近距离的四目相对,他那双眼眸好似黑得越发浓重了。宛若深海中的黑色旋涡,一旦靠近,就会受到它的牵引,不可遏制地深陷其中。

更何况迷离隐约之中,她还在他的回答里听到了 Can 神的名字。

最终,梁雪还是妥协了,任由他只换了一张票,即便她其实并没有听清他刚才到底说了什么。

恍惚知道自己好像出了会儿神,等她再度回神时,她发现自己已经退到了卡丁车的观众席上,与戴着头盔、准备发车的严迦南隔了道轮胎墙。

"严迦南,你刚才说 Can 神什么?"

梁雪趴上轮胎墙,试图让严迦南重复一遍刚才她没能听清的话。

可惜她终究还是晚了一步,未等到回答,电子发令枪就先响了。

发令枪声响起的那一刻,严迦南好似突然换了一副面孔,脸部肌肉突然紧绷,连下颌线都被勾勒得越发棱角分明。好似战场上突然迎敌的将军,整个人都散发着肃杀之感。而后化作一阵疾风,急急向前冲去。

梁雪站立的位置,亦被这一阵疾风狠狠波及,"哗啦啦"将她的裙摆与发丝都吹得有些凌乱。此刻,她莫名忘了去整理仪容,很长一段时间里,她都一眨不眨地盯着前方的那道车影。

看着它在一众卡丁车中一马当先，经过一段直道加速之后，以一个极优雅的弧度，漂移过第一个弯道，来到难度最高的一段三连大弧度弯卡。

作为铁杆赛车迷，梁雪一眼就看出这三个大弧度弯卡是模仿发卡弯搭建的，每个弯度都是急且长的形状。

发卡弯啊……

想到发卡弯，梁雪眼前不禁浮现出了Can神最初的成名之战。狭长弯道结合陡峻山体，难度系数无疑呈几何系数增加，堪称是赛车界的死亡峡谷，不知折戟过多少优秀前辈。

再加上那天突降暴雨，更是让顺利通过的概率，达到了史无前例的最低点。

大雨落下后不久，甚至有好几个车队，直接宣布弃赛。便是未弃赛的，也几乎都放慢车速。

暗沉沉的雨幕之中，唯有一道亮红色的车影，速度不降反增。也是它，犹如无形的针与线，一下一下，划破了颓丧的赛场氛围，令观众们的眼睛重新亮了起来。

这抹鲜红的亮光，于那时刚结束与父亲的激烈争吵，身心俱疲的梁雪来说，照亮的不仅是她的眼睛，还有她几近干涸的心灵。

那天以后，Can这个名字便也随着那抹亮红车影一道，深深刻进了她的心里。

之后的岁月里，随着对Can的了解越深，她便越无法自拔地喜欢上了他。十三岁在意大利方程式青少年杯夺冠，二十二岁斩获世界拉力赛冠军奖杯。

这些于常人来说的奇迹，于梁雪，却成了她往后很长一段人生的灯塔。

与父亲闹翻了又如何？初来异国他乡，不适应，受到排挤又如何？只要实力足够，终有一天，她也能像他一样，站到让所有人欣赏仰望的位置。

现在，她也确实达成了当年的愿景。

以优秀毕业生的成绩自名校毕业，也用实际行动得到了父亲的肯定与谅解，来到乔迦之后，她更是找到了更高更远的人生目标。

可是他呢？

当她终于追上灯塔的时候，灯塔却突然黯去了光芒，无论她如何努力寻找，依旧不知所终……

即便是过去了五年的时间，梁雪也仍旧没能从难过与失落中走出来，至多是沉寂。而此刻眼前的这道车影，忽而就将那道沉寂的情愫重新勾了出来。

像，当真是太像了！

怔忡间，那道车影已经驶过了第一个弯卡，顺利滑向中间弯道。全程流畅到毫无碰擦，从远处看去，那一道黑色车影当真像是一根被握在无形之人手里的金针，以风为线，在瞬息间，完成了三个弯道的穿针引线。

过完这三个高难度弯道过后，后面的大弧度回程，便无甚挑战性了。

严迦南不过稍稍掌控了一下方向，就轻而易举地以最快的速度跑完了之后的半程，回到环形起点，重新停在了梁雪的面前。

摘下头盔，转向梁雪的刹那，他清俊的脸上终于又重新有了些许笑意。狭长深邃的眉眼上扬，墨色的眼眸中更是难得染了几分炫耀之意。

"梁雪，看见了吗？穿针引线。"

听到"穿针引线"四个字，梁雪不禁眼角轻颤，忍不住地动容，连声音都紧张到发紧。

"所……所以呢？"

"所以，如你所见，我就是 Can。"

就在严迦南以为梁雪会露出惊喜表情的时候，身后突然传来了一个少年刺耳的兴奋声音。

"老爸，你看，我刚才那一招穿针引线，是不是和传说中的 Can 神一模一样？"

"没看清？那我再给你表演一遍好了。"

"穿针……引线？"

很快，梁雪就被那道横插出来的声音吸引，下意识循声看去。

果不其然，不远处正有一辆同款卡丁车加速向三弯赛道冲去，然后极灵活地在弯道间滑动，须臾之间就过了三个弯卡，与严迦南刚才的那波操作可以说一模一样。

这……

难不成，她家 Can 神的独门绝技，如今已成烂大街的把戏了吗？

梁雪愣在原地，满脸的不可置信。

好在，少年秀完车技后，卡丁车场主的咆哮声亦跟着传了过来。

"就你这操作，也好意思叫穿针引线？肤浅！真正的穿针引线，速度、地形、技术角度，都不是我这卡丁车场能够模拟的。无损过弯，仅是其中的一项条件而已。

"如果单单只按无损过弯这一条来定义的话，那换辆自行车来过，岂不是人人都成 Can 神？"

听完卡丁车场主的话，梁雪恍然大悟。

卡丁车而已，连业余水平都算不上，哪能和真正的拉力赛相提并论。

她家 Can 神更不是严迦南这个大直男能相比的！

想通这点后，她重新看向严迦南的眼神，像是卡丁车场主看他的那个熊儿子一样，带上了不可遏制的嘲讽。

"他的话，你应该也听到了吧。随便开一圈卡丁车就说自己是穿针引线，严迦南，你是来搞笑的吗？"

那位卡丁车场主多半也和梁雪一样，是 Can 神的忠粉，不然也不会将他的绝技研究得这么透彻。

万万没想到的是，忠粉教训儿子的话，竟会歪打正着到了严迦南这位正主的头上，还切切实实地把严迦南堵了个哑口无言。

就很离谱。

严迦南有生以来第一次遭遇到如此尴尬的自证乌龙。

这要他怎么回答？

如何证明你是你自己？

便是他智商再高，也解不出这样的世界难题。

沉默许久后，他只能选择退而求其次，一字一字，再次郑重地重申："我真的是 Can，不管你信不信。"

希望梁雪能从他认真的语气里，感受到他的诚意。

这一句话，可以说是严迦南最后的倔强了。

可惜梁雪压根一个字都不信他，他说得越认真，她就笑得越厉害。

"你是 Can 神呀，那你认识这个吗？"

梁雪不知从哪里摸出了一枚廉价戒指，戴在了自己的左手无名指上，勾着手指，贴到了严迦南的眼前。

"你兑换的劣质奖品。"

"不是。"

听完严迦南的回答，梁雪轻轻歪了歪脑袋，答得俏皮又残酷。

"这是名贵的钻石戒指，Can 神将要用来向我求婚，不管你信不信。"

聊不下去了，真当他听不懂她的嘲讽吗？

严迦南黑着脸，想要说点什么，但又生怕会像先前那样，越说越错，最后只能无可奈何地继续沉默。薄唇越抿越紧，他头一次有了落荒而逃的冲动。

可梁雪哪肯轻易放过他。

被严迦南打压了这么久，难得有了反败为胜的机会，她自然得好好珍惜。她背着手堵在严迦南面前，压根不给他半分逃跑的机会："怎么不说话了？"

严迦南："……我接个电话。"

幸亏邢伟没能完全搞定刚才的工作，打了电话过来，才让严迦南勉强逃过了一劫。

谁知，这事儿到这儿竟还不算完。

刚与邢伟通完电话，严迦南就在手机上看到了一条论坛新信息提示。他随手点开后，梁雪魔性的笑声仿佛再度随着文字扑面而来：你敢信吗？我今天遇到了两个开了一圈卡丁车就把自己当成 Can 神的奇葩！

有完没完了！严迦南内心忍不住咆哮，整个人气到头顶生烟，差点没控制住，想要直接回复梁雪"不好意思,你吐槽错人了,本人正是你说的奇葩之一"。

好在输入完时,他的理智及时回归。意识到在这个时候多说多错,权衡下,他最终还是板着脸,把那行字给删了。继续让C这个名字,在论坛上当她的安静树洞。

至于现实中,既然他已经履行了赌约,也是时候该离开了。

从男厕所里出来之前,严迦南照过镜子,确信自己的面部神情并无太大变化。然而梁雪像是会读心术一般,未等他开口告辞,就先反将了他一军。

"今天的活动还没完全结束,根据赌约……"

一听到她提赌约,严迦南便顿感不妙。偏偏在愿赌服输的赌约铁则下,他还没法反驳,只能不情不愿地顺着梁雪的意思问道:"根据赌约,你要干吗?"

"没干吗,就想继续参加活动啊!"梁雪一边说着,一边挥了挥手里的那沓奖券,要磨他时间的意味再明显不过。

"怎么说,我们也得把这沓奖券给花光吧。比如抓娃娃啊、绕园小火车啊,我都想玩一遍。"

让他一个大男人抓娃娃、坐小火车吗?

严迦南依稀记得,当年中学时期学校组织去游乐园的时候,向阙似乎也对他说过同样的话。

那时他是怎么回答向阙的呢?

好像只说了一个字——滚。

在直男的世界观里,便是他最好的朋友的请求也无法让他妥协去做他不愿意做的事情,但是赌约可以。

毕竟在直男世界里,言出必行,乃是最高铁则。

尽管严迦南内心再不愿意,五分钟后,他还是不得不随着梁雪一道,坐进他腿都伸不开的小火车车厢内,与一群吵闹小孩一道,开始列车游园之旅。

为了营造不伦不类的山寨卡通气氛,进入小火车前,工作人员还给每位游客随机发了一个卡通耳朵发箍。

梁雪随机拿到了一个灰色的卡通耳朵,严迦南则随机拿到了一个白耳朵。

"你竟然拿到了兔子耳朵。"

梁雪显然对兔兔很有好感,去乘车的路上,眼睛亮晶晶地瞅了严迦南手里的兔耳朵发箍好几次。

实际上,当她第三次看过来的时候,严迦南就忍不住投降了。

"你喜欢的话,就给你好了。"

梁雪欣然接受,将它戴在了自己的脑袋上,戴好之后,还不忘让严迦南评价。

"是不是很可爱?"

严迦南对这种毛茸茸可爱系的事物向来不感冒,本来是不想回答的,但梁雪硬拉他,他只好敷衍地抬头看了一眼。

此时梁雪恰好站在候车队伍的最前方,阳光最盛之处。柔和的暖阳洒在她的脸上,好似最自然的添妆,将她本就白皙的脸庞映得越发洁白光亮。

在某些方面有些迟钝的严迦南,在这时,陡然发现今日的梁雪是精心打扮过的。红唇秀眉,纤细的锁骨间缀着一根水晶吊坠,闪烁出的点点亮光,越发衬得她肌白如雪。

连她那一头乌黑长发都被精心打理过。额前的碎发被束起,绾成一股小麻花夹在了耳后,精致又俏皮。

此刻再多了那个兔耳朵发箍,更是可爱到犯规,好似真成了自卡通故事里走出来的兔女郎。与她平时穿着工作服,沾着机油不修边幅的模样比起来,完全是大相径庭。

看得严迦南不禁怔了怔,都有些认不出她了。

声音亦是在怔忡间陡转,硬生生将原本只想要敷衍她的"一般"二字给咽了下去。

"一……很可爱。"

"算你有眼光,兔兔发箍果然很适合我。"

女生都是喜欢异性夸奖的,梁雪自然也不例外。

原本她对严迦南敷衍式的陪玩态度是有些不满意的,这会儿难得听他说了句好话,才扬了扬小脸,终于高兴了起来。

梁雪满意地伸手摸了摸自己头上的兔子发箍,再垂眸的时候,才发觉自己手里还握着原本那个灰色耳朵的发箍。

她如今有了兔子发箍,原本的那个就显得有些多余了。

于是很快,梁雪就将主意再次打在了严迦南的头上,循循善诱:"我这个是兔子的话,你觉得这个灰耳朵的,会是什么小动物?"

"狼吧。"

"没错,而且我觉得狼还挺适合你的。"

梁雪有意把狼耳朵发箍向严迦南的方向递了递,不过像严迦南这样智商高的生物,显然不好骗。

"有吗?可我怎么记得,卡通动画里的狼基本都是反派。"

"嗯,是反派。"

眼见忽悠不了,梁雪干脆用行动说话,亲自动手,踮起脚,把狼耳朵发箍套在了他的头上。

得手之后,她迅速拿起手机,趁着严迦南还没回过神的机会,"咔咔咔"拍了好几十张黑照。

做完这一切后,她才眯着眼睛,得逞地笑道:"所以我才说配你呀,你这个每天只上半天班,还把测试报告都丢给我做的大、反、派!"

每天被大反派残酷压榨的仇,梁雪想报很久了,难得今日有这么个送上门的机会,她怎能放过?

没错,她这就是报复。

原以为严迦南遭到她这样的茶毒,必定会不开心,当场翻脸,甚至直接掰断狼耳朵发箍,都是有可能的。

谁知现实里,梁雪臆想中的情况一个也没有发生。

严迦南不但没有生气,在听完她的反派定义后,还笑了起来,无所谓地应道:"那就反派吧。"

"你不生气?"

他不生气,梁雪反而有点失望。

"我需要生气吗?"

严迦南没有取下狼耳朵发箍,这会儿说话的时候,头顶的狼耳朵亦随着他的动作轻轻动了动。直男与毛茸茸,本是一点也不相配,此刻落在梁雪眼中,却莫名有点儿萌。

萌得梁雪心痒痒的,竟鬼使神差地再度伸出手去。

梁雪的手越过自己头顶的动作,瞬间引起了严迦南的警惕,他反手握住梁雪的手,同时另一只手护住了自己的狼耳朵。

这是严迦南第一次这样握住女生的手。

不是隔着乳胶手套,也不是沾着车间的机油味,而是真正的十指交握。

"你……"

仅仅一瞬,但严迦南却清晰地感触到了自她掌心传来的独有柔软。柔软得像是春天的桃花花瓣,轻轻一碰,就会从花托上掉落一般。而后被春风一卷,飘过他的鼻尖,留下馥郁芬芳。

扰得严迦南忽而就乱了心绪,抬起的黑眸,对上梁雪的后,就再收不回来了。

"严迦南,你瞪我干什么?"

幸亏梁雪对严迦南的负面滤镜向来深厚,被他这么定定看着,她也没觉察出半点旖旎,反而对他头顶的那对狼耳朵越发有兴趣了。

"又不是你的耳朵,我摸一下怎么了?"

过后,她又好几次伸手过去,试图捏上那毛茸茸的耳朵尖。

若是平常的严迦南,定会第一时间摘下发箍,冷冰冰地结束这场弱智游戏。

可这会儿,他却不知怎的有些反常,迟迟没摘下发箍不说,甚至还按着梁雪的逻辑,自觉代入了两人的卡通角色。

"不能摸。反派的耳朵,是你这一只小兔子能摸的?"

听到这么幼稚的回答，不止梁雪，就连严迦南自己也忍不住笑了。

不过这难得的笑容仅维持了一瞬，就被严迦南给压了下去。他扯下发箍，重新恢复了他惯常的清冷。

"我刚才开玩笑的，不必当真。

"你不是要坐小火车吗？火车来了，赶紧去吧。"

可既然他已有过笑容，梁雪就再不会被他的冷面吓退了。

她向来是个胆大的姑娘。在进公司的第一天，她就敢为了一个专业问题与年长的资深同事开战。更别说是此刻坐在这列小火车上，早已是纸老虎的严迦南了。

"只有我吗？别忘了赌约，你是要和我一起坐的。

"抓娃娃怎么了？抓娃娃也是要技术的！

"严迦南，你是不是怕输给我，才拒绝尝试的？

"我家 Can 神天下无敌，全世界最帅。可你这个乔迦 Can 神怎么连射击都这么菜？"

…………

"梁雪！"

一个小时后，冰山寡言如严迦南终于受不了梁雪没完没了的嘴遁攻势了。

他黑眸微眯，薄唇轻启，终是控制不住地加入了幼稚吵嘴阵营。

"你对 Can 的滤镜是不是太厚了一点，赛车和射击有关系？"

自己吃味自己，严迦南也算是史无前例的第一人了。

不只是他，吵得多了，梁雪一样有些上头。本该度秒如年的时间也在你来我往中过得飞快，眨眼间就到了晚餐散席，夜幕降临的时间。

"竟然都已经这么晚了，我还以为可以再去坐一次小火车呢。"

当主持人宣布活动结束的时候，梁雪甚至还有点恋恋不舍。

"就那个慢到出奇的小火车，有什么好坐的？"

回程的大巴上，严迦南本在闭目养神，听到"小火车"三个字时，才忍不住睁眼。

"严迦南，你是不是看不起小火车？"

"是又如何？"

于是，两人的新一轮斗嘴又开始了。

严迦南不擅长这个，几轮下来，就直接用上了撒手锏——冷笑。

"呵。"

他双唇紧绷，黑眸冷凝轻睨的样子，确实是冷气十足，让人望而生畏。可惜，经过一个下午的斗智斗勇，梁雪已对他的气场攻击免疫。

他敢对她冷笑，那她就开更大的嘲讽。

"呵呵,开圈卡丁车就敢自吹自己是 Can 神的人,在我看来,还不如小火车务实呢。"

"梁、雪!"

当着车神的面鄙视他的车技,就如同在男人面前直言他不行。

如此大辱,谁能忍?

多说无益,不如用实际行动来证明。

恰好此刻乔迦大门已近在眼前,大巴刚一停稳,严迦南便立刻将梁雪拽下了车。

"你跟我来。"

"你想干吗?"

严迦南的力气很大,周身的气场亦是冰冷冷的,梁雪被他拖得有些发虚。

就在她以为严迦南已然恼羞成怒,似乎是要将她拖入一个阴暗角落实施血腥报复的时候,她突然发现,她只是被带到了公司的地下车库。

公司地下车库,二十四小时都拥有超亮日光灯照明和无死角的摄像头监视。想要在这里犯罪,根本是不可能的事情。

生命有了保障,梁雪心下大定,这才重新抬头,环顾起四周,并很快在一排排普通家用车间找到了亮点。

"哇哦,这台车有点意思,似乎做了不少改装。"

她发现亮点的同时,严迦南亦带着她在那辆车前站定了。

"难道这是你的车?"

严迦南冷然地站在车前,没有出声否认,便是默认了她的猜测。

聪明如梁雪,这会儿已猜出他带她来这里的用意了。

想必是她先前的鄙视言论令某人十分介意,所以才想用真车真操作来一雪前耻。

若真是如此,还真是让人期待。

毕竟这款乔迦旗下的知名小超跑,虽比之她家 Can 神的座驾仍有差距,但也算是超跑界的性能翘楚了。

驾驶员实力足够的话,或许还真能开出惊艳的效果来。

梁雪想得没错,严迦南之所以带她来这里,就是这个意思。

既然这个死脑筋的丫头一直不肯信他的话,那就干脆让她亲眼见识一下真正的穿针引线好了。

想到自己的成名绝技,严迦南心中亦不禁泛起了久违的热血感。

休息了这么长的时间,也是时候重返赛车场了。

"那上车吧。"

既然身边这个聪明的姑娘已经理解了他的意图,严迦南便也再懒得出言赘述。

长腿伸开,他径直当先走到了车门边。

一整天的活动,多少会让人有些疲惫。

然而,在触上车门的刹那,严迦南却像是突然变了个人一般,眸中疲态尽褪,唯有热血的晶亮。

好似他此刻打开的并非是一扇普通的车门,而是独属于他的异世界大门。

抬手间,严迦南已在无形中掌控了全部的主动权。

在他的影响下,梁雪很快就配合地坐到了副驾的位置上,乖乖系好了安全带。

当严迦南开着车,驶出车库到达乔迦内部的小型赛车场后,她更是越发有些紧张,两只手都不自觉地攥紧了安全带,就等着车子上跑道提速了。

果真,下一秒,梁雪就听到了引擎高速启动的轰鸣声。

这车也不愧是顶级超跑,单单那一声轰鸣就听得梁雪有些头皮发麻,控制不住地缩了缩脑袋,连眼睛都短暂地闭了起来。

直到五秒之后,她才重新缓缓睁眼。

这条公司内部跑道,梁雪极为熟悉,每一个弯道、直道的距离,她都记得清清楚楚。此刻再加上这辆车的初始速度与百公里最快加速度参数,闭眼之前,梁雪就已经算出了它的五秒行驶距离。

按照梁雪的计算公式,经过五秒极限加速后,它最慢也该到走完直道,到达第一个弯卡了。

谁知,现实情况却与她的计算差距巨大。

别说到达第一个弯卡了,五秒的时间,他们甚至连直道一半的距离都没走完。

"严迦南,你确定你这是在赛车?"

这会儿,即便马达的轰鸣声依旧震耳欲聋,梁雪也再生不出半点紧张感了。攥着安全带的手,也很快松开,转而变成了一只鄙视食指。

"是我的眼睛有问题,还是你车的仪表盘有问题?怎么到现在,它都还没指到八十迈?"

这个问题,不只是梁雪,严迦南也同样想知道。

这辆超跑,是他回国后亲自提车,亲手改装的爱驾。所有性能他都测试过好几次,不可能出现问题,怎么突然就加速不起来了呢?

"哦,原来是装了限速器啊。"

好歹是专业汽车工程师,停车后,梁雪很快在油门线附近找到了限速装置。

她伸手捣鼓了两下后,更是不禁发出一声惊叹:"还是锁死,无密码不可拆除的那种。

"哦吼,我今天算是长见识了,超跑配限速器。严迦南,你是怕死到无可救药呢?脑子不正常?

"就这龟速，你还敢自比 Can 神秀穿针引线，你多大脸？"

看到限速器的时候，严迦南崩溃了。

这一定是他父亲趁着他今天外出活动，偷偷派人安装的保护手段。

显然，五年前的那场车祸，改变的不仅仅是两个人的命运，而是影响了整整两个家庭。

他原本开明的父亲也从那日开始，彻底反转了态度，开始疯狂反对他参加任何极限运动。

这个限速器，就是他反对的手段之一。

看着眼前的梁雪，严迦南百口莫辩。

这是老天爷也不让他自证身份吗？

梁雪显然不会信。

这么丢人的事实，严迦南同样说不出口。于是他干脆不解释了，垂着眼眸，保持沉默。

严迦南迟迟不接话，梁雪的独角戏也很快唱不下去了，持续了一会儿后，她就恹恹地收声，重新转头去看他。

因为包场的关系，偌大赛车场里只有唯一一辆车，看上去有些孤零零的。站在它身边的那道身影，也被那孤寥车影衬得很有些萧瑟。

而这，似乎并非梁雪的错觉。

再度走近的时候，她清清楚楚地在严迦南脸上看见了前所未见的落寞神情。好似英雄哭泣，即便无声，可那笔挺绷直的脆弱脊背，却将梁雪的心给刺痛了。

于是，梁雪都有些相信严迦南之前说的表演穿针引线并非撒谎，而是真的不知道有限速器的存在。

否则，她实在想不明白向来臭屁又骄傲的人，为何会露出这样悲伤的表情？

害得她也再笑不出来了。

"严迦南你……"

收了笑容后，梁雪下意识想要说些安慰的话。可话到嘴边，她又犹豫了。

她该以什么身份安慰他呢？

同事、朋友，还是死对头？想来想去，好像哪一个都不合适。

于是，她最后还是决定不安慰了。就严迦南这般狂傲欠扁的家伙，自尊心肯定也强得吓人。若她真安慰了，大概率只会适得其反，还不如泰然照旧处之，按老规矩下套。

"严迦南，既然这个加密限速器一时半会儿解不开，不如我们还是来聊聊赌约吧。正所谓愿赌服输……"

"可以。"

这也算是两人间的保留节目了。这一回合，妥妥是严迦南输了。在这方面，他向来不会赖账，不等梁雪把话说完，他就直接点头应了下来。

至于赌约，事先未提，他便直接视作照旧。

"你可以再提一个要求。"

这么爽快的吗？

得逞得太容易，反倒让梁雪有些不好意思起来，总觉得自己此刻若是提出太过分的要求，有乘人之危之嫌。

沉默思考了半天，梁雪才再度开口道："要不，这次就罚你送我回家吧。"

听到是这么简单的要求，轮到严迦南黑眸微闪，不可置信起来，还忍不住跟着补了一句："就这？"

这话说得，梁雪瞬间不乐意了，立刻板起小脸，切换到了教育模式。

"严迦南，这个时候，你应该对我说谢谢。

"还有，我这要求也不是随便提的，是看在你这车装了限速器，够安全的份上，才特准你送我回家的。就跟……就跟选专车差不多吧。"

可惜她的这番教育，在严迦南听来压根没有半点威慑力，反倒干脆直接笑出了声来。

片刻后，他才在梁雪越发不善的凝视下，轻咳了一声，以语言补救："嗯，那我就谢谢你了。"

听听这毫无诚意，更像是反讽的道谢。

梁雪表示很不满意，忍不住皱着眉头睨他，很想让他重新再好好道谢一次。谁想到严迦南这会儿的速度出奇地快。她皱眉生气的时候，他已经一步跨到了车边，主动给她打开了车门。

这也是严迦南第一次主动为梁雪开车门。

单这一个动作，梁雪就气消了大半，被成功哄好了。

她面上多云转晴地眯了眯眼，施施然坐进了车后座，乐颠颠地享受起了严师傅专车服务。

为了增加仪式感，梁雪上车后还迅速掏出手机，手动播报了一遍专车专用的电子女声。电子语音播报结束后，她才慢吞吞报出了自己家的地址。

"海棠公园小区，谢谢。"

她家这个房子，是前年刚买的，离乔迦很近，十公里都不到。

平时梁雪便是坐公交车上班，通勤时间也不会超过二十分钟。可今晚，严迦南却硬是将这十公里的路，开出了半个小时的惊人时长。

眼看着又一辆电瓶车悠悠地从车窗外骑过，梁雪终是忍不住开口道："严师傅，就算是有限速器,你也不至于开这么慢吧?你不是能穿针引线的高人吗?"

"限速器。"

严迦南惜字如金,回答得言简意赅。

可梁雪却不是傻子,立刻凭借着优秀的专业技能将之戳破。

"你那限速器,限的是上限80,不是40!"

"嗯,被你发现了。"

严迦南答得从善如流,声线里甚至还带着些许笑意。

听得梁雪忍不住抬头,原本她只是想瞪一瞪他的后脑勺,未承想,瞪上的却是他那双漆黑的眼眸。

"你说得没错,不是车子的问题,是因为你。"

他再度开口唤她的时候,车子不知不觉中停了下来。

没了引擎的声响,他的声音在封闭车厢内格外清晰,梁雪甚至能听到他每说完一个字后,身体发出的无意识吐息。

听得多了,她的呼吸也随之急促了起来。特别是在听到最后几个字的时候,梁雪更是不自觉地面颊泛红,声音呢喃。

"严迦南,你不会是……"

不会是喜欢她吧?

可惜,没等梁雪把问句说完,严迦南的声音就先一步盖了过来。

"嗯,因为你。"

短短三个字,仿若拥有滚烫的温度,瞬间把梁雪全身都烫成了一只熟透的虾米,通红通红的。

心跳更是如鼓,震得她整个脑门都"嗡嗡"作响,脑子里有百般思绪翻腾,翻腾了好久她都不知该如何回答。

不过最终,她也没能用上这个回答的机会。因为下一秒,严迦南的话锋已然陡变。

"因为你知道得太多了,你自己跳上我的车。所以梁雪,你觉得你今天能轻松回去吗?"

果真,这副秋后算账的腹黑嘴脸才符合严迦南这家伙的人设。

先前那一瞬,完全是她自己想多了。

反应过来后,梁雪眨了眨眼,很快恢复成了如常的斗嘴模式。

"那你想干吗?"

"别慌啊,我就是想和你商量一下保密事宜而已。"

"呵,谁慌了?我只是在想如何和你这个奸诈之徒谈条件。"

"巧了,我也是。"

一番你来我往后,两人终于达成了保密协议。梁雪承诺守口如瓶,严迦南则答应从下周一开始，取回自己的那份报告，自己写。

协议达成后，双方都很满意。

连车子都同样被和谐气氛感染，再次启动后，速度一秒飙升，瞬间就超过了所有的电动车。接着再拐了个弯，就到达了梁雪家门口。

这就到了吗？

梁雪先前嫌车速慢，这会儿车速正常了，她反倒又不乐意了。总觉得时间太短，有碍她继续沟通。

"还不下车吗？那我可要收加时费了。"

最后，还是严迦南开口把她给赶下去的。

梁雪下车后，立刻回身瞪他。刚巧，严迦南也正撑手搭在车窗边，饶有兴致地望着她。

他本就生得英俊，平时套着工作服的时候还不觉得。此刻，配着这辆张扬跑车，再被头顶的路灯光一照，那挑眉含笑的面容，竟莫名多出了一抹妖孽之感，一时间令梁雪都有些移不开目光。

好一会儿后，她才勉强自男颜中挣脱，有些气短地回道："就你这速度还想收加时费？"

严迦南没应，仅是稍稍昂了昂下巴，继续望着她浅笑。

光影下，他抬起的下颌线轮廓好看又分明，浓郁的男性荷尔蒙很快随着晚风，拂到了梁雪的面上，勾得她差点想咽口水。

便是过后靠着理智及时回神，在气场上，她也已经输了。

为了在这一回合中稍稍扳回点颜面，梁雪只能用嫌弃的言语，装模作样地又画了几句协议重点。

"你有收加时费的工夫，还不如赶紧回家，好好复习一下测试报告的写法。"

毕竟从下周开始，可就没有她这个免费劳力替他写报告了。

梁雪自认有在认真踩严迦南的痛脚，可这家伙却跟攻击免疫了一般，依旧未敛笑容，甚至还顺着她答道："放心，答应过你的事，我不会反悔。"

预料之内的回答，诚恳的态度也让梁雪很满意，可为何她总觉得这其中有一丝丝阴谋的味道呢？

总觉得按照严迦南一贯的脾气，不会这么好说话。

偏偏梁雪思来想去，也没能找出他的任何漏洞破绽。再纠结下去，反倒显得她小心眼了。

为了协议顺利进行，这个周一梁雪起得格外早。

匆匆刷牙洗脸后，她就直奔公司，连早饭都没来得及吃。就是为了能第一个挑测试单,给严迦南挑一沓最高难度的见面礼。

谁知,经理今日见到梁雪,没有如常殷勤派单不说,反而还露出了一个有些失落的笑脸。

"小梁啊,你的确是个好苗子,可惜和我们车间的缘分太浅。"

看得梁雪有些丈二和尚摸不着头脑。

"经理,您这话是什么意思?"

"你不知道?你被调岗啦,今日生效。"

梁雪后知后觉地摸出手机,这才在邮箱里找到了那封还显示着未读的调岗邮件。内容为即日起,她将从试车车间转调去车间实验室工作,发送时间为今日零点。

入职乔迦的新人都需要多部门轮岗。被调去车间实验室,也在梁雪的预料之中。能进到那里面的新人,便算是乔源的预选人才了。只是那发送时间……

梁雪对着邮件发送时间看了半天,还是没忍住疑惑。

"我们公司的人事,都不用睡觉的吗?"

"或许是定时发送吧,"经理随意解释道,"上面的心思,我们哪懂?"

殊不知,他这随口说的话,也恰好命中了那位人事主管的心声。

昨天她原本可以好好度过一个周日,硬是被严迦南的电话给搅和了,要求她提前两天完成新人的调岗分配。

她原本想拒绝,哪想到严迦南竟还将陈老给搬了出来。

害得她一直加班到深夜十二点。

今晨来上班的时候,她还在向同部门的同事抱怨呢。

"新人调岗而已,上头这次怎么这么重视啊?难不成公司近期又有重大人事调动意向了?"

答案其实很简单。

因为严迦南临时有工作需要紧急出差三天,所以梁雪必须立刻调离测试车间。她不在测试车间干了,他自然就不必和她一起写报告了,更不算违约。

这番逻辑,严迦南这只狐狸算得很是满意。

可即便如此,他还是很快接到了梁雪的咆哮电话。

"严迦南,你是不是故意的!"

其实梁雪本是想直接当面质问的,奈何她在测试车间等了许久,都没等到严迦南的人。这才只能退而求其次,用电话追杀过来。

听到她的咆哮声,严迦南不禁得逗地挑挑眉。

梁雪的调岗令是他亲自命令的人事部,亲自签的名,怎么可能不是故意。

严迦南本下意识地想答是,谁知机场大厅的值机通知声突然响起。

电话那头的梁雪立刻竖起耳朵,短短几分钟的播报时间,她就已经做完了一长串的脑补。

"你在机场？公司安排的出差？难道……你也被调岗了？"

她都替他补全到这个地步了，严迦南还能说什么？自然只能是默认了啊。

很快，他听到电话那头又问："你被调去了哪个部门？"

听她的语气，不止怒火平息，竟还有一种同是天涯沦落人的惺惺相惜之感。虽隔着电话看不到表情，但严迦南已然想象出了梁雪此刻的表情。

必定是皱着小脸，一会儿纠结地眯眼睛，一会儿又忍不住嘴角悄悄上扬，表情丰富得简直可爱。

他不知道的是，此刻自己的神情亦是嘴角轻勾，温柔到邢伟一度以为是自己的眼睛出了毛病，震惊得嘴巴微张了小半天都没能合上。

好久之后，他才自觉失态地赶紧捂嘴补救。

好在严迦南这会儿沉迷电话，压根无暇顾及他。

被梁雪问到被调去哪个部门的时候，严迦南握着手机轻轻踱了两步。明明是信手拈来的谎话，他竟还当真思考了一下，这才一本正经地回道："销售部。"说完，他的面上更是露出了几分满意的神色。

他这次是代表乔源去和其他车企洽谈新能源最新技术的授权问题。一旦同意授权，自然是要问对方收钱的。

单从这一点来看的话，倒还真是和销售的工作差不离。

梁雪那一边听见他被分配去了销售部，也同样很开心。

乔迦的销售部，为了达成KPI（关键绩效指标），"996"那都只能算是常规操作。

让一个天天早退的懒货去销售部，可真是大快人心。

第五章
车神归来

那日之后，两人虽不再是搭档，但他们之间的联系只增未减。

刚开始，梁雪的动机不纯，本着看严迦南笑话的心态去的，问的也都是颇具内涵的问题。

梁雪：严迦南，第一天调岗就被派去出差的感觉如何？

梁雪：据说销售部的马经理特别喜欢培养新人，你应该也被他关照过了吧？

乍听上去好像是在关心，事实上她那点司马昭之心，路人皆知。

销售部的马经理是出了名的高要求、暴脾气，江湖传言，他部门每年被他骂到离职的手下，就有数十个。

为此，人事部主管也并非没有对他提出过抗议。可谁叫他的能力过硬呢，在碾压第二名的年度绩效面前，人事部只能默默闭嘴。

严迦南这次出差，马经理也一起同行，并且还真带了一个新人来现场教学。

说来也巧，梁雪发这条信息过来的时候，那位新人正因为一个小失误正被马经理狗血淋头地痛批。

即便隔着两扇会议室大门，严迦南都还能听到马经理的咆哮声。现场惨烈得他都不禁心生怜悯。

严迦南忍不住合上了面前的笔记本，悠悠踱步出去。

"马经理，午休时间还在忙呢？"

乔源副总工程师亲临，便是马经理，也是多少要给点面子的。

他那要顶到新人脑壳上的手指，虽有些不甘，终还是收了回去，勉强笑着转头道："也没多忙，就是新人有些不懂事，教育两句。"

"原来如此。"

严迦南笑着与马经理领首,余光却在那位倒霉新人身上扫过了好几次。

能进乔迦的人,简历都不会太难看,再加上销售部的对外工作需要,这位新人亦算是个英俊小伙。

不过普通人中的英俊,在严迦南这里,可就有些不够看了。

余光扫了两眼后,严迦南只觉得他哪儿哪儿都有些不顺眼。

勉强一米七五的身高,太矮!

身材瘦削,身形单薄,一点男人该有的肌肉感都没有!

还有那张脸,太白了,活脱脱一个小白脸,一点男人该有的阳刚之气都没有!

与马经理随便聊了两句后,严迦南又专程去卫生间的镜子前照了照,越照越觉得自己比刚才那个小白脸优秀帅气许多。

满意过后,他又有点儿生气。

梁雪那丫头是眼睛出了问题吗?明明有这么大的差距,她到底是怎么把他和销售部的那个新人小白脸搞混的?

他这些不满的情绪也很快表现在回复梁雪的信息之中。

严迦南:你就这么想我被关照?那或许要让你失望了。

梁雪:哦?你确定不是在逞强???

大约是午休无事的关系,这条信息梁雪回得格外快。为了表达质疑,她甚至在最末端连打了三个大问号。

望着这三个嘲讽满满的问号,严迦南不悦地眯了眯眼,深觉有被侮辱到。

好在装新人也并非全无好处。

同为新人,梁雪对他还是很有共鸣的。开严迦南玩笑之余,她也会与他说一些自己的事情。

比如车间实验室的新同事还不错,工程化实验虽不算她擅长的领域,但在同事与领导的辅助下,最初几个简单实验,她都完成得不错。

据说过几天可能会有一个大单客户来车间实验室参观洽谈,所以这几天,车间实验室所有人都如临大敌,搞得她也不由得跟着紧张了起来。

说到最后,梁雪忍不住在聊天中吐槽道:也不知道是何方大客户,能有这么高的待遇。

梁雪说这句话的时候,抱怨大过于疑问好奇。更何况,在她心目中,严迦南不过是个小销售而已,区区小兵,怎么可能知道高层领导才能知道的事情。

哪想到,五秒之后,她的手机屏幕上就弹出了问题的答案。

严迦南:王锴。

乍看到这个陌生人名,梁雪好半天都没反应过来。

梁雪：严迦南，你发这个陌生男人的名字过来做什么？

反应过来后，她也是大大的不信，连着追问了严迦南好半天。

梁雪：难道是那个大客户的名字？

梁雪：你怎么知道的？

梁雪：怎么没反应了？快说句人话。

…………

总算是让严迦南捉到梁雪智商不够用，现场翻车的时候了。

望着手机屏幕上梁雪一句快过一句的追问，严迦南不自觉心情大好。他嘴角轻勾，那一双黑眸中更是荡起了些许得意的笑意来。

他笑着注视了手机许久，偏偏一个字都没有再打，显然是在特意吊着梁雪的胃口。直到把梁雪惹得恼羞成怒了，他才重新捏着手机，悠悠回道：只有这个名字是免费消息，若是想知道更多，可就要另外收费了。

一听到收费，梁雪果然立马偃旗息鼓了。

反正大客户应该不关她这个小新人什么事，没必要为了可有可无的好奇心，去和严迦南那只坏狐狸做交易。

谁知，现实却是出奇地残酷。

王错来的那天，梁雪就跟中了头彩一般，直接被主管点名成了客户的陪同人员。

不止要在乔迦厂区全程陪同讲解，下班后，还得继续陪这位公子哥去饭店吃饭，直到将他送回休息酒店才算完。

殊不知这个主管眼中提携新人的肥差，却把梁雪给难得苦不堪言。

作为一位纯纯的理工女，做起实验来，可谓堪比女铁人，就算在实验室里通宵个三天三夜，都不在话下。

可若是让她做这种陪客户的工作，别说三天三夜了，一个小时，她都嫌累。

更加上这位王错也是一位才结束学业，回来接手父亲事业的新人。读工商管理的他，根本就不对汽车生产的专业领域一窍不通。

大半天过去了，进度竟还停留在为他科普扫盲阶段，解释到口干舌燥的梁雪简直绝望。

偏生这位王错先生不止对此丝毫没有自觉，还谜之自信，声称自己作为赛车粉，对汽车行业其实很有研究。

随后，他张口就报了一堆只存在于极限赛事，根本不会在民用车上出现的参数。

这会儿不仅是梁雪了，就连他们实验室那位有笑面虎之称的张主管，都听得差点当场表情管理失败。

既然双方暂时谈不拢，那就先吃饭吧。

经历了一整天鸡同鸭讲的疲惫后,他们最后只能用上酒精炸弹。

新人终究是新人,三杯酒下肚,就已经左摇右晃不大行了。

张主管却依旧不肯放过王错。

"王错小兄弟,你刚才用极限赛事参数嘲笑我家民用车的时候不是嘴巴挺厉害的吗?这会儿是怎么了?怎么才三杯酒下肚,就不行了?"

"这我可就不同意了,喝!必须接着喝!"

一顿大酒下肚,王错被张主管教育得差点张口喊救命。

最后他是被随他一起过来的两位男助理一人一边肩膀,扛回去的。

望着王错狼狈离开的背影,张主管这才打出了一个满意的酒嗝,转头向梁雪他们一行新人道:"瞧现在的年轻人,就是欠教育。"

"明天这小子再来的时候,梁雪你们也别继续纵着他,好好给他科普一下我们汽车行业的专业技术。"

被张主管毒打了一顿后,王错第二日果真乖巧了许多。在正常工作时间,他也不再把民用车参数与赛车参数瞎类比了。全程安分地听梁雪他们的技术科普,按照他爹的要求,与乔迦续签了合作协议书。

签完合作协议书后,他甚至还热情邀请梁雪等人去吃饭。

"我这几日来乔迦,在各位的帮助下受益良多。礼尚往来,我今晚也想请各位吃个饭作为答谢。"

搞工科的,大都是直肠子,没有太多弯弯绕绕的心思。

见王错笑嘻嘻地请大家吃饭,他们都以为这小子是吃了教训后,转性了。哪想到,所谓的答谢宴根本就是王错预谋已久的鸿门宴。

私密的会所包厢,一推开门,就见着了桌上整齐摆放的十二瓶白酒,刚好是一个位置一瓶。

工科人不是傻子,见到这阵势,自然也察觉到了不对。

"王错,你这是要……"

"各位还没看出来吗?我这当然是来报仇的啊!"

王错话音刚落,便有四位东北大汉自他身后的阴影中走出,吓得一众人还以为王错这是找了黑社会的大哥,要来找他们打架。

未承想,那四位东北大汉却是齐齐在张主管的面前站定,站定后十分有礼貌地朝他作了个揖。

"我们四兄弟身无长处,唯有酒量还不错。张主管,请指教。"

说完,他们就反手开了一瓶酒,倒成四大杯,不等张主管反应,就"吨吨吨"直接一口闷了,随后提着杯口朝下的空杯,再次齐声开口道:"我们已先干为敬,张主管,请指教。"

这阵仗,张主管哪还敢指教啊,此刻的张主管只想保命。

"王锴兄弟……有什么话好好说不成吗?"

眼见张主管讨饶,王锴眯着他那一对小眼睛,颇解气地笑了起来:"张主管,你不想喝酒也行,那要不,我们继续来聊聊技术?"

"好啊!王少爷你想聊技术,我们乔迦人义不容辞。"

就在大家以为张主管依旧会同上一次饭局时一样身先士卒的时候,这只老狐狸却突然退缩了,将梁雪与另一位男同事拉到了他前面。

"张主管?"

被突然拉到队伍最前方的梁雪不禁轻叫了一声,她那双漂亮的大眼睛也随之眨了眨,透出了几分不知所措的迷茫。

张主管不由得有些心软。可惜事态严峻,为了保全大局,他还是把梁雪他们推到了王锴的面前。

"这两位都是我们乔迦年轻的技术骨干,你有什么技术问题,问他们就行。"

"好啊。"王锴欣然同意,很快就问出了一连串他憋了好久的"重要技术问题"。

"敢问两位,你们觉得我们中国的赛车水平什么时候才能达到世界领先的地步?"

"你们觉得今年世界拉力赛的冠军奖杯会花落哪家?"

"据说你们乔迦的电动车水平了得,往后可以应用于拉力赛事中吗?"

"……哈?"

如果说刚开始还有些紧张,在听完这些问题后,梁雪他们二人则是彻底从茫然到好笑了。

梁雪忍着暂不开口,她身边那位男同事可就没有这般的好心态了,几乎控制不住地用言语对王锴痛殴道:"你确定你问的是技术问题,而不是赛事八卦?"

"最后一个问题,我倒是可以回答,那就是暂时不可以。因为主办方还没有将电动车技术列入拉力赛技术支持之中,至于什么时候可以,建议你致电主办方询问。"

"再次申明我们搞科研的不是神仙,不能预测未来。如若我真有这种超能力,我早就去买彩票发大财了,还需要每天'996',应对各种各样的奇葩客户?"

"哈哈哈哈……"

这位同事的最后一句话实在是太过真实,把全场人都给逗乐了。

唯有那位王锴少爷,依旧皱着眉头,摆着一副虽被打击到,但不可置信的模样。

"你们干民用车的怎么这样?同是汽车爱好车,我们怎么就一点都聊不来呢?"

"所以,你只是想找人聊聊拉力赛事吗?"

最后,梁雪接了他一句。

"嗯,我就是因为自己不懂技术,才想找你们这些专业人员学习一下……"

仅是这样的话，她也不是与这位二世祖完全没有共同语言。

稍稍理解之后，梁雪尝试问道："难不成，你想知道的是那些极限参数的完成原理？比如做出一个超水平漂移需要多少初始速度，多少刹车摩擦系数之类的？"

"没错，差不多就是这样！"

听到梁雪的话，王锴的眼睛瞬间又亮了起来。

他像是他乡遇故知似的紧紧握住梁雪的手道："小姐姐，听你刚才说话的口气，想必是个拉力赛粉丝吧！"

"嗯……难道你也是？"

见王锴疯狂点头，梁雪忽而不觉得这位二世祖傻了，反而升起了些许惺惺相惜之感，拷问起他的粉籍。

"那你最喜欢的是哪位车手？"

作为中国人，应该也和她一样，是 Can 神的忠粉吧。

谁知，下一秒，她从王锴嘴里听到了她最讨厌的车手的名字。

"这还用问？那当然是现任车王 Mik 啊！你应该也是吧？"

梁雪当场大怒："我才不和你这个叛徒一样！"

"什么！你竟然不喜欢 Mik？"

对接暗号失败，王锴亦是大受震惊。

"Mik 是现下最优秀的车手，你凭什么不喜欢他？"

"你都说只是现在了。一时之秀，不堪大用，更何况那家伙还是个忘恩负义之徒。"

这句忘恩负义，可不是梁雪自己说的，而是五年前，几家媒体一起抨击 Mik 的原话。

溯源的话，就要从多年前说起了，那时 Mik 与 Can 神还是同车队的队友。

虽说那时他的成绩也还算不错，在被车队招揽前，还拿到过一次分赛杯亚军的好成绩。但在 Can 神包揽冠军，风光无限的时代，他在很长一段时间里，都只是顶级车队的二队选手而已。

直到 Can 神意外出事那年，他才被破格提拔到一队车手的位置，打着 Can 神继任者的名头，在各大赛事中崭露头角。

凭着这个名头，他成功吸到一拨 Can 神原粉丝的支持。哪怕刚开始两年，他的成绩并不算好，头年甚至连当年总积分赛的十强都没有拿下，差点被车队高层强制换人。多亏了 Can 神原粉丝的联名求情信支持，才让车队高层给了他一次留任缓刑的机会。

可以说，Can 神的原粉们，当初是真的对他掏心掏肺，真真切切地把他当作 Can 神继承人来看待的。就连梁雪，都曾在那封求情信上，为他签过字。

谁知这个Mik却是个白眼狼。

两年后，他迈过事业低谷，坐上车王宝座后，就立刻当着全世界观众的面，迫不及待地和Can神划清了界限。

声称Can是Can，他是他，他与Can只存在过普通同事关系，至于继任者之说，完全是不存在的，并公开要求Can神粉丝停止对这一称谓的臆想。

当年这段获奖宣言一出，整个车坛都炸了锅。不止Can神的粉丝们暴怒，甚至连好几名现役车手都看不过去，先后在社交平台上公开谴责Mik过河拆桥、不念旧情。

可惜，竞速世界从来都是残酷的。

在曾经的王者Can已经陨落的时代，现任车王即便人品再差，也依旧能用成绩与曝光度招揽到许多的支持者，在当下车坛中为所欲为。

王错显然就是脑残粉中的一员。

作为骨灰级赛车粉，Mik当年公开背叛的那些事，他当然也是知道的。

"可是背不背叛都是车手间的私事，和我们这些赛事爱好者有什么关系？"

"对于我们来说，只要他水平上佳，不断夺冠，在比赛中让我们看得过瘾不就行了？"

"不行！"事关Can神，梁雪一步都不能退让。

"人品有问题，就如同大树蛀了芯，没救！"

一谈到Mik，梁雪立马怒火上头，嘴上喷了还不算，还同时伸出一根大拇指，当着王错的面，做了一个向下颠倒的手势。

"喂，你这是人身攻击！"

"我就是攻击他怎么了？"

"你以为你的Can有多好啊？说是什么不败车王，永远的神，我看也未必吧。如若当年不是他为了出风头，一定要在萨丁岛这种困难山地赛道上秀什么穿针引线，他能出这么大的事故？不止赔了自己的赛车生涯，还送掉了他队友的一条命。"

事关自家偶像，他们两人简直就跟斗鸡一样吵了起来，任凭周围其他人如何去拉架劝说都没用，甚至还越拉越激动，越吵越上头。

"你胡说！Can神绝对不是为了炫技才用的穿针引线。"

"他那天的赛程数据我事后仔细分析过，不论是初始加速度，还是刹车卡点，都没有问题。那天的事故，绝对不是他的原因！"

"你说不是就不是啊，你有什么证据？"

"我说了，我有数据支持！"梁雪据理力争。

"呵，数据支持？要是数据有用的话，那岂不是人人都能开出穿针引线来了？"

"如果完全能复刻我的数据，也并非不能做到。"梁雪梗着脖子道。

"好啊，要不咱们试试？"

万万没想到，王锴当真把对赛车的热爱发挥到了极致。不止能熟背极限赛事上各顶级选手的竞技参数，更靠着他巨额的零花钱，私自建了一个业余赛车队。

这会儿，二人争执得面红耳赤之时，他直接一通电话，就让人把他定制的超跑给送来了。

"这小子，来真的啊？"

这阵仗，实在是令人太匪夷所思，连张主管都有点被吓到，忍不住在一旁偷偷劝梁雪："小梁，你们刚才讨论的问题我也听了，不过就是一个偶像问题，有必要这么较真吗？"

可惜，梁雪与王锴的执着，他不懂。

那不仅仅是偶像，更是他们心中的光亮与净土。为了那抹指引他们前行的光，他们愿意奋不顾身，为之一搏。

"他值得！"

放下这句话，梁雪就头也不回地上了王锴的车。

有梁雪乔迦员工的身份在，场地问题倒是很好解决。和有关人员打了声招呼，就成功租到了赛车场。

这片人工赛车场，虽与萨丁岛的自然山体难度有着量级的差距，但用来验证梁雪的数据理论，已是足够了。

很快，梁雪就掏出了她的珍藏数据小本本，向王锴进行实操数据讲解。

然而，乍听上去是很简单的数据理论，实际操作起来却是另外一码事了。

"不对，你刚才过弯道起步的加速度不够。

"这次也不对，你刹车刹得太早了。

"还是不对。

"不行，王锴，你到底会不会开车啊！"

反复试了几次都没成功，王锴也渐渐失了耐心。

"梁雪，要是再试三次还是连第一个弯都过不了的话，就说明你的数据根本没用，你输了！"

"不可能！我的数据没有问题，有问题的是你的驾驶水平。"

"呵，敢说我不行，那你行你上啊！"说着，王锴还当真让出了驾驶座，示意梁雪坐上去。

梁雪虽是赛车迷兼技术帝，但她的驾驶技术实在是称不上好。当初考驾照的时候，甚至还补考了一次，才勉强过关。

在国外开了这么些年车，车技也才勉强达到能够正常行驶的程度。在今天之前，她压根想都没想过自己去开赛车。

可为了维护 Can 神的荣誉，她用力咬了咬唇，终究还是接下了王锴扔来的挑战。

"我来就我来！"

说完之后，她迅速脱下高跟鞋，昂首怒视前方，整个人都带了点视死如归的意思。

就在她做完准备工作，伸手去拉车门的时候，忽而有一道修长的身影自她身后的阴影处缓缓走出。

随后，那抹身影徐徐伸手，刚好把梁雪伸向车门的手挡住了。

"……哎？"

双手相触间，梁雪下意识回头。未等她看清来人的面容，那道熟悉的低沉男音从她的头顶悠悠响起：

"区区穿针引线，哪用劳烦梁小姐出手，我来就好。"

激战之中莫名窜出一位不速之客，王锴被吓了好大一跳，随后才冲回自己的车边，作势赶人。

"你谁啊？你说你来，就你来？这可是我的车，你有没有经过我的同意？"

"严迦南。"

明明两人身高差得不算太多，可当严迦南那双黑眸沉沉扫过来的时候，王锴瞬间有一种头皮发麻之感。

这种排山倒海似的压迫感，他只有信用卡花超了，被他老父亲教训的时候，才出现过。

正面没刚过，王锴立刻就怂了，眨眼就退到了离车五步远的安全线外。

不过本着输人不输阵的心态，他还是努力给自己找补了两句。

"你等会儿开车的时候给我注意点，我的车可是很贵的，蹭到了小心你赔不起。"

这一听就是车界小白的语气，反倒是把严迦南给逗乐了，他高傲地扬起嘴角，轻笑着说了句什么。

不过碍于引擎的轰鸣声，王锴未能听清他说了什么。

只见他轻轻挥了挥手，就立刻关上了车窗，将梁雪的那本数据笔记本隔绝在了窗外。自始至终，他一个字都未看。

趁着严迦南发动车子的空隙，王锴已经偷偷挪了回来，蹲在梁雪身后，小声问道："你这位朋友他真的行吗？"

"你刚不是说想完成穿针引线，一定要按照你的数据开吗？他怎么对你的数据看都不看？"

对于严迦南真实的赛车水平，梁雪也是同样没底。

只知道他卡丁车开得还算不错，真车的话，到目前为止，她只见识过限速版的。

不过，她还没傻到会对王锴实话实说。

严迦南今日对她有解围之恩，出于礼尚往来，她此刻也必定是要站在他这边的。

她必须得替严迦南美言两句："你以为人人都跟你一样渣啊？我朋友早已将我的数据牢记于心了。"

"真的吗？"

王错疑惑地瞄了梁雪一眼，他只是胆小且怂，但并非眼瞎。严迦南是真的牢记还是拒绝，这么明显的神情差别，他还是能看出来的好吗？

然而，他刚准备张口反驳，便有一阵狂风迎面而至。紧接着，他的超跑就如闪电一般从他的面前驶离了。

只留下一堆随风扬起的沙石，落了他一头一脸，强制让他闭嘴。

相比他的那张臭嘴，他的眼睛显然要诚实许多。刚才狂风走石间，他也努力眯着眼睛，盯着前方的车况。

眼看着就要进弯，王错更是看得越发专注了，一边看，一边还不忘点评上两句：

"他这速度对吗，我怎么觉得有点过快了呢？"

"啊喂，离弯道这么近了还不减速？这小子是想找死吗？"

跑车过弯的那一瞬，梁雪也紧张得出了一脑门的汗。

熟知数据如她，自然也发现了严迦南过弯的车速过快的问题。或者说，从起步的那一秒开始，他就已经超速了，并且超了一倍有余。

梁雪的笔记本上记录的各项参数，特别是过弯初始速度，是普通人层面最合理的配比。

她自认为她在速度分析上做到了极致，毕竟，在赛车界，速度就是生命。即使提高百分之一的速度，都需要驾驶员拿命去拼，更不用说如今这几乎提高了整整两倍的速度了。

从理论上来说，可以称得上是人类无法完成的挑战。

当然，理论上的不可能，在实际上也并非完全没有机会。

比如，她心中的那个神明，曾数次在赛场上化不可能为可能。别说是这两倍速的穿针引线，便是更高速度、更难地图的穿针引线，他都做到过许多次。

如今时隔五年，再度见到记忆中熟悉的场景，梁雪几乎是不自觉紧张到攥紧手心。可是很快，她又松开了。

她这是在期待什么？

就算严迦南平常车技确实有几分了得，可他与真正 Can 神的实力终究是天壤之别。

这个只有 Can 神才能驾驭的极限速度，他区区一个试车员是绝对做不到的。

放弃吧，你做不到的。

与其到时候因此撞车受伤，不如现在就踩下刹车，虽然认输会有些不甘，但最起码人是安全的。

梁雪松开掌心的那一刻，她就已经认输了。

全身上下，唯有那双眼睛还带着最后的不甘，直直盯着远处赛道上的跑车。

幸运的是，那辆占据了她全部视线的蓝色超跑，给予了所有注视者同样的惊喜。

他就像是穿行在赛道上的一根蓝色银针，进入弯道的刹那，眼看着好似要极速撞向一旁的障碍墙，可是下一秒，他却奇迹般地无损穿过了。

整个过程顺畅无比。

直到他顺利过完一整个弯道，向第二道弯卡进发的时候，梁雪依旧不敢相信自己的眼睛。

这个速度他一个普通人根本不可能做到，而且还做得这么漂亮，漂亮到简直天衣无缝。

她脑中所有的数据、逻辑都在这一刻陷入了死循环，直到一个更加不可能的念头浮出。

除非，严迦南真的就是 Can 神本人！

"这不可能……"

梁雪几乎是下意识地自我否定。可即便说着全盘否定的话，她的嘴角却不可抑制地扬了起来。

越扬越高，直到弯成了一个狂喜的弧度。连带着她那双黯淡了许久的眼睛，都被齐齐点亮了，亮闪闪地注视着面前的那三条经典弯道。

从这一刻起，这三条弯道不再是尝试与挑战，而成了一种的特有鉴定仪式。与他们一起，鉴定那位传说之神的回归。

甚至连耳畔原本略显聒噪的声音，都一下子动听了起来。

"过了！"

"第二个弯道也过了！"

"第三个！"

"哇！也过了！而且全是一模一样的无损！"

"………"

这情不自禁的欢呼，是因为那个人独有的魅力。

当他以最美的姿态到达终点时，沉默了许久的梁雪忍不住高声欢呼道："Can 神！欢迎回来！"

梁雪在确认 Can 神回归的那一刻喊得极为大声，可真当 Can 神真人出现在她面前时，她反倒有些怯场起来。

特别是在看清那张熟悉的面孔时，她的声音里更是添了好几分踟蹰。

"你真的是 Can？"

严迦南一眼就从那张单纯又震惊的小脸上看透了她的小心思。

"不信？"

事实摆在眼前，梁雪也不是不信，只是……

"看手机。"严迦南勾唇轻笑了一下，拿出手机晃了晃，黑眸中闪过一丝狡黠。

梁雪原以为自己漏看了他发来的信息，打开手机后，才发现她未读的并非严迦南的信息，而是网友C的。

做树洞已久的C，在一分钟前发来了这样一句：还记得你的那台相机吗？

没头没尾的，让梁雪纳闷不已，耳边忽而传来了有关这个问题的回答。

"抱歉，我原想在意大利就把相机还你的，可惜出了点意外，没有还成。"

"轰！"

听到这句回答的瞬间，梁雪内心巨震。

她刚才……听到了什么？

意大利、相机、意外、回国……

这些在梁雪脑中游荡了许久的记忆碎片，终于在这一刻，粘合成了完整的拼图。

所以，这位C的真实身份其实也是……

C，Can，她早该想到的。就严迦南这样的直男，能在取名方面费多少心思，多半就是拿自己的本名稍作修改而已。

严迦南？

默念出严迦南这个名字后，梁雪不禁再次愣怔出神。

虽然信息量很大，但她已经将严迦南的名字与Can神画上了等号。

意识到这点后，她的内心有一点点高兴，又有一点点忐忑。

踟蹰间，她却忘了严迦南本人此刻还在她身旁站着呢。

直男能有什么坏心思呢？

他只是有点性子急，外加不会转弯而已。

见梁雪迟迟没有应他，他便很快理解成了字面的不乐意，立刻就这个问题进行思考，很快得出了最新的解决方案。

"原来你这么喜欢那台相机吗？

"虽说原型号如今已经停产了，但我可以赔你一个同品牌新款。X9001怎么样？重量和你原本的那部很接近，但是性能更佳。"

"啊？"严迦南说着一堆单反相机的型号。只听了几句，梁雪就觉得脑门发胀，忍不住叫停。

"不是相机的问题。"

解决方案突然被全盘否决，严迦南的声音也不禁有些卡壳。

"那你为什么……"

"因为你。"

不等他将后半句说完,梁雪便想也不想地回道。

她与他错过了太多次,这一次,她不想再有一点后悔与遗憾。为此,她愿意让自己更勇敢一点,更主动一点。

一步、两步、三步……

等梁雪再抬眼时,她已经站到了严迦南的面前,离他极近的地方。

这还是梁雪头一回主动与他站得这样近,近到她的每一道呼吸,每一声心跳,他都能清晰地听到。

心跳如擂鼓,她呼出的气息里,则带着她独有的馨香。

刚钻入严迦南的鼻尖,他的耳朵就忍不住开始发红,越来越红,越来越烫,令他下意识地想要退开一步。

"别走!"

谁知梁雪的反应速度比他更快。他才刚刚抬脚欲退,她就立即伸手,握住了他的手臂。

随后,她更是很快由握改抱,两手扯住他的手臂,自己则一头撞上了他的胸膛。

"严迦南……我……"

大约是对着他的眼睛说话有些难度,对视了片刻后,梁雪干脆整个沉进了他的胸膛中,抱住了他的腰身,大声接着道:

"我很想你!

"过去的五年,每一天,我都很想你!

"还好你没有让我失望,让我终于……等到了你!"

这几句话,是梁雪一直想对 Can 神说的,可真说出来了,她才发现,好像有那么一点超纲。

但凡严迦南稍有些理解错误,就有点不对味了。

意识到这点后,梁雪当即把脑袋拔了出来,手跟着松开,两脚向后退了一大步。

"我……我的那些话,只是以粉丝的身份对 Can 神说的,你可千万别误会。"

嘴上说着别误会,她的小脸兀自红得飞快。

也不知道这抹绯红的颜色是不是带着感染,刚映入严迦南的眼中,立刻让他的言辞表达也含糊了起来。

"……嗯。"

支支吾吾了半天,他才勉强吐出了一句回应。

"你知道就好。"

应声之后,两人再次对视了一眼。一眼过后,两人都默契地飞速转开了头。原本想要说的话,突然就停了,只剩下了带着粉红色彩的沉默,在最后一缕夕阳下静

111

静发酵。

绵长又温暖,直到这暂停般的画面被一声毫无眼力见儿的高喊打破。

"兄弟!大兄弟——"

对于这道不认识的男音,严迦南本是不想搭理的。奈何他实在是喊得太大声,一开口就把梁雪给吓退了好几步,生生破坏了气氛,实在令严迦南想装听不见都难。

他只能不情愿地抬头,冷冷地瞪了对方一眼:"你是谁?"

哪想到王锴竟然是"社牛",他半点不怕严迦南的冷气,反而一个劲地拼命往前凑。

严迦南说一句话的工夫,他已经见缝插针地说了十多句。

"我是王锴,就是你刚才开的那辆蓝色跑车的主人。

"不过这些都不重要,重要的是大兄弟你啊,你刚才秀的这一把车技,太厉害了吧!

"说来也真是巧,我名下的业余车队今晚恰好与人约了一场比赛,正缺高手。不知大兄弟你有没有兴趣去我的场子,小试牛刀一下?"

他这一堆话说得,严迦南还未表态,倒是把梁雪给先听怒了。

"什么大兄弟,谁是你兄弟啊?王锴,你没事别瞎攀关系。这是Can神,不是你那些乱七八糟的业余选手。"

梁雪傲娇地昂起脑袋,在"Can神"二字上咬了着重音,潜台词可谓是再明显不过了。

对于你这种没节操的Mik粉,我们家Can神不约。

谁知王锴当真不愧是车界无良粉,他这会儿爬墙的速度竟比先前吵架时的速度更快,分分钟就开始以Can神粉自居了。

"对对对,Can神!我最喜欢的就是您了!

"五年前,您在赛车界那可谓是所向披靡。您每一场比赛的发挥,那都像是赛车教科书一般优秀,哪怕是现在,我们车迷们也依旧会把你过去的赛事录像拿出来温习呢。"

他这没脸没皮的谄媚之词,听得梁雪只想翻白眼。这么浮夸、庸俗、虚假的话谁会信啊!

就在她双手环胸,信心满满地等着严迦南拒绝他的时候,万万没想到,严迦南却点头答应了他。

"好啊,你的场子在哪儿?好久没玩车,我也正想找人练练手。"

等梁雪再回过神来的时候,她已经同严迦南一道,坐进了王锴的车里。

王锴赛车技术不行,公路驾驶技术倒是不错,硬生生将百米加速五秒以内的跑车,开出了出租车司机的平稳感。

仅仅二十公里路,他愣是开了半个多小时才开到。

那是近郊的一处赛车场,赛场主人是国内一位业余赛车手。在本市似乎还挺有名,梁雪曾多次听闺蜜林知晓说起过这个地方。

甚至上周的时候,她们还相约有时间要一起去那里玩玩。谁想到,这第一次,竟是被王锴抢了先。

不过据梁雪所知,王锴并非本地人。

这就有些耐人寻味了。

下车后,她忍不住地调侃他:"王锴少爷,这好像是我们市的赛车场吧,什么时候成你的场子了?"

对此,王锴竟还回答得挺实在。

"既然是比赛场地,当然是胜者称王啊。就今晚的这点小打小闹,有我们 Can 神出马,难道还拿不到冠军吗?"

"等 Can 神赢了,四舍五入,不就等于是我的场子了吗?"

一想到自己请来了严迦南这位车界大神,王锴就忍不住有些飘。话说得多了,自然会有几句说漏嘴的。

"要不是曾凡那小子在京市对我做出了那么过分的事情,我也不会特意为追他来这里了。"

"好在上天还是眷顾我的,让我在走投无路之际碰到了 Can 神。哈哈哈,我就等着这小子等会儿被 Can 神踩在地上摩擦了!"

"等等。"梁雪抓住重点后,立刻就把他的话给打断了。

"所以你这次出差,重点并非是与我们公司的合作,而是为了来参加今晚的赛车比赛?"

"是啊。"心底最大的愿望被满足,王锴答起话来,也诚实了许多。

"难道你之前在我们公司整的那些幺蛾子,都是为了拖时间?"

"你这样理解也没错。毕竟我家老头就喜欢认真那一套,我拿了他这么多零花钱,总得做点让他满意的事情不是?"

说起来,王锴也一样委屈着呢。

"客户吹毛求疵不是再正常不过的吗?谁想到你们乔迦竟然如此店大欺客,对着甲方爸爸都敢灌酒,我还烦你们张主管呢。"

"所以你认真是为了张主管才整了今晚那个局啊,王锴你咋心眼这么小?"

"谁说我是为了报复了?我……我原本是收到了曾凡的约战帖,又差点下不来台了,才灵机一动,想用公务应酬的借口躲躲……"

终究还是梁雪错估了王锴,他不止无脑、小心眼,而且还尿。

不过越是看他这个样子，梁雪就越发好奇，那个能把他折磨成这般样子的曾凡到底是何许人。

好在没等多久，一走进室内赛场，他们就立刻听到了震耳欲聋的欢呼声。而场中高举双臂，大笑着承受所有欢呼声的年轻人，就是曾凡。

今晚的业余挑战赛，曾凡已经赛了三场，并且三场全胜。兴奋度在此刻可谓是达到了顶峰，他越发心痒痒地想找对手比试。

这会儿看到王锴进来，他虽然神情上有那么点不屑，但也同样没放过，立马就出声把王锴给喊住了。

"王锴，你这小子可终于出现了。我给你发的挑战书你收到了吧？是条汉子就赶紧过来和我比一场！"

"比就比！"

王锴话虽这么说，身体却屁屁地往严迦南身后缩。

曾凡好歹也是业余小车王，眼神自然不差，一早就发现了严迦南的存在，并很快在王锴的肢体动作中心领神会。

"怎么，请了个外援来，你这个尿货就有胆子和我叫板了？那你有本事跟我再加点赌注吗？"

富家子弟搞的赛车这一套，也免不了沾染上些许他们平时糜烂的作风。

他们喜欢归他们喜欢，严迦南可不吃这套。

真正的赛车手眼里，唯有胜负。

未等王锴再开口，严迦南就轻迈出一步，站到了曾凡的对面，冷声道："与其说这么多多余的话，不如直接赛场上见真章。"

"好啊！"

他这一句，立刻把曾凡的胜负欲给激了起来。

"赛道你来挑。看在你是新来的份上，别怪我没提醒你，越难的赛道，小爷我越擅长。"

后一句，似是提醒，实为挑衅。

可惜，拙劣的挑衅于严迦南无用。

曾凡的话音刚落，他眼都不眨地凉凉接道："那就选最难的那一条。"

这一来，反倒是轮到曾凡不淡定了，他嗤笑了一声："你确定？王锴那种直线肌肉车？"

后面这几句，真算是曾凡难得的善意提醒了。

王锴那车，曾凡也开过，在直线加速方面确实很棒，然而在弯道上面，却是欠缺了很大的灵活性。

这一点，王锴自己也清楚。所以他们先前比试的时候，王锴都会下意识选择直道多的赛道。

如今这个陌生男人一开口就说要选最难的那一条多弯道。曾凡不愿胜之不武，这才会出言提醒。

谁知，他话都说到这份上了，严迦南竟依旧没有半点要改变选择的意思，甚至还反过来轻飘飘地扫了他一眼。

"我觉得，你我之间，这两辆车的性能差距可以忽略不计。"

赛车，不在意车？

这得多狂妄的人，才能说出这狂的话。

严迦南此言一出，在场的所有人都忍不住惊了，数十道视线纷纷调转过来。一时间，即便没有打光，梁雪也能感觉到，他们已成了赛场中最瞩目的焦点。

赛车场工作人员的反应也很快，曾凡与严迦南确定比赛后不到五分钟，就已经把两辆车开到了相应赛道的起跑线上。

看着赛道两旁依次点亮的聚光灯，恍然间，梁雪觉得好似时光倒流，回到了过去。不论是迂回曲折的石岭、黄沙漫天的戈壁，还是蜿蜒的半岛探险，一个险弯接着另一个险弯的绝壁山路……

只要是 Can 神驱车所至之处，那里便是她眼中最明媚的光亮。

今晚，也是一样！

灯光亮起来的时候，梁雪第一眼就发现了已走至车旁的严迦南。

曾凡也是一样，不过他显然要更皮一点。都到检查车况的时间了，他还在忙着同一旁的支持者们打招呼。

"等会儿你们可都得睁大眼睛看好了。"

"看我在第一个弯道就超上一个车位，让这位狂妄新人输得屁滚尿流。"

他说最后一句的时候，严迦南刚巧做完车检抬头，听了个清清楚楚。

只见严迦南立刻皱起眉头纠正道："不是新人，是前辈。"

严迦南的逻辑很简单，其他大话可以乱说，唯有辈分不能乱。

奈何此刻的曾凡并不懂这位大前辈的良苦用心，只觉得严迦南是在嘲讽他，当下火气就蹿了上来，连基本检查都不做，直接跳进了车座，怒吼道："赶紧给我开始，好让我用实力证明给大家看看，谁才是前辈！"

留下这句话后，曾凡就关上了车窗，开始专心备战，自然也没有听到王锴之后对他的骂骂咧咧。

"这家伙为何会这么嚣张，我长这么大，还是第一次见人这么上赶着送死呢。"

虽说王锴现在已经完全是 Can 神这边的人了，但放完狠话后，对于这条赛道，他仍是有些担忧。

开始倒计时的时候，他更是忍不住用手肘碰了碰身边的梁雪问道："你确定我们能赢吗？"

"我自己的车我自己清楚，碰到这种多弯赛道，完全是拖后腿的存在啊。"

相较于王锴这个刚爬墙来的新粉，梁雪显然要自信许多，立刻就给他喂了一粒定心丸："放心吧，拖后腿的只是你，Can 神永远都是 Can 神！"

王锴听后，不止没得到鼓励，反而觉得自己有被内涵到。

"喂，你这到底是在夸 Can 神，还是在损——"

话未说完，那头的比赛已经正式开始了。

王锴原以为刚开始应该都是类似的激烈角逐，谁想，严迦南光起步时的反应速度，就直接领先了曾凡半个车位。

到最初的直线加速结束，他更是将领先优势扩大到了一个车位。

"哇！"如此眼见为实，直接把王锴给惊了。

"原来我的肌肉车，是要这么开的啊！"

此刻，现场被惊到的人显然不止王锴一个。同一时间，周围就响起了数道惊叹，其中不乏曾凡的粉丝，惊讶过后，仍不忘给自家人找补。

"这个挑战者的起步操作是可以啊，刚才那把直线加速可以说是把车的性能发挥到了极致。不过这条赛道，弯道才是重头戏。"

"就是，弯道赛向来是我们凡哥的强项，等上了弯道，凡哥肯定可以反败为胜。"

他们说话的工夫，两辆车已经先后进入了第一个弯道。

一号弯道，也是全程最大的弯道。弯道弧度长，相对的也更考验车辆的平衡性能，以及选手的把控能力。

这两样，都是王锴的软肋。

别说是这么大的弯道了，中等弯道，他都能开得稀烂。

不过平时失败的时候，他大多喜欢把失误原因归咎为他车性能的问题。

然而同样的车，此刻到了严迦南手里，简直跟换了辆车一样。不止以极流畅的线条滑过了整个弯道，而且还在这个过程中又超了曾凡一个车位。

这样的神操作，很快引得周围人又是好一阵惊叹。

"怎么可能！"

"曾凡竟然在弯道赛中输给了王锴那辆肌肉车？"

殊不知，这才刚刚开始。

超长弯道之后，是一小段缓冲直路，再之后，才是这段赛道最大的难点，五个紧接着的弯道，并且还是一个比前一个更急弯的设计。

用王锴的话来说，造出这套弯道的简直不是人。

别说让他去开了,就单纯这么坐一圈,都跟坐过山车似的,心累到不行。

听得梁雪直翻白眼,骂他没用。

此刻,同样的车道,换到了严迦南身上,结果则是天差地别。

比这难上数倍的自然山道急弯,严迦南曾开过上百条。其中有一条,甚至是90度的急弯。稍有差错,就有可能连人带车,坠入山底的深渊。

那样的弯道,当年都拦不住严迦南的车速,更何况是这条平地车道。

此时,赛道中,两辆车已经先后驶入了五连环中。并且可以明显看出,曾凡在缓冲直道上,就已经开始减速。

他并没有信心以最大车速过弯。相较之下,严迦南的车速则稳如老僧,未有半点加减,全程都维持着过弯的极致车速。

两辆车的车距,也因此被进一步拉大。

以至于开始过弯道的时候,在观众的视觉感受上,几乎整个赛道都成了严迦南的个人秀场。

每一个弯道里,大家都只看得见那道蓝色的车影。

"嗖!"

眨眼间,他已然过了第一个弯道,并且全程都将车子维持在了赛道的中心线上。

"竟然是无损过弯!"

"而且还是这样的速度!"

虽说只是过了五连环中的第一个弯道,但懂的人都知道,在专业赛中,连弯的第一个弯道,于车手最后的成绩几乎有着决定性的作用。

若是第一个弯道就过得磕碰,后面大都不会顺利。

若是像严迦南这般,第一个弯道就驶出了无损的好成绩,那后面的节奏,大概率也会掌握得相当漂亮。

果然,第一个弯道后,他几乎是无缝衔接上了第二个弯道,然后又是无损过弯。

之后的三个也是同样,于别人来说千难万难的五连环,严迦南竟是轻而易举地就做到了五连无损,并且还是在全程未有减速的前提下。

"哟——"

看到这里,观众们对他已经不是惊艳,而是惊讶了。

"这是何方神圣,竟能一口气开出五连无损。"

"而且用的还是王锴那辆不擅过弯道的肌肉车。"

随手借来的车子都能开出这般漂亮的无损五连环,如果用自己的专用车来打比赛呢?那又该是怎样的成绩?

在全场的惊叹之中,唯有梁雪淡定如常,甚至还有空为其他人答疑解惑。

"他是严迦南,最优秀的赛车手。"

"如果你不知道他的中文名的话，我也可以告诉你他的英文名，叫 Can。"

"Can？难道你说的是曾经的 Can 神？"

听到这个名字，所有人都露出了不可置信的神情。离梁雪最近的那位，更是激动到一把抓住梁雪的衣角，握住的时候，手都在颤。

"这……这怎么可能？你确定不是重名？"

虽说先前认出严迦南就是 Can 神的时候，梁雪激动到颤抖的小眼神，也与此刻这位大兄弟差不多。

可此刻，她完全跟换了个人一般，满脸笑容，两道弯弯眉眼也是光彩熠熠。说起 Can 神，完全是一副与有荣焉的模样。

回答之前，她甚至还端了端架子，走过去在那位兄弟的肩膀上重重拍了一下。

之后，她才清了清嗓子，终于揭晓了答案："没错，就是你想的那位 Can 神。"

重名更是不可能重名的。试问有 Can 神这样的天才在前，后者又有谁敢冒用？

"你说真的啊？"

那个战无不胜的车神 Can 真的回来了？面前这个小姑娘认真的表情实在是不像在说谎。

可 Can 神当年的退役事故，大家也都还记得。特别是有关 Can 神病情的那几条，那可是好几家官媒一起盖了戳的。说 Can 神在那场车祸中受了很严重的伤，大概率终生再无缘车坛了。

惋惜了五年，在他们都已经被动接受事实的今天，突然有一道声音告诉他们，曾经的 Can 神又回来了！

此刻，他们又该信谁呢？

一时间，在场的人都露出了踟蹰摇摆的神色。作为老车迷，他们很想相信梁雪说的话，可又总有些不敢相信。

猝不及防的天降惊喜，实在是太不真实了。

好在，即便没有梁雪的解释，严迦南也依旧能够用实力证明自己。

五连环后，则是两个双连发卡弯。

这对于其他人来说的高难度，于严迦南，简直是小菜一碟。

这一次，他干脆连速度都不再控制了，直接一脚油门，向着发卡弯，加速通过。

他的车速，在这一刻，几乎趋近于室内场的极限。

蓝色的车影，仿佛破空的导弹，连带着车身的色泽，都被裹挟的空气镀上了一层银色的光泽，漂亮得令人炫目。

有些眼神稍差的，这会儿，甚至都有些追不上车速，只觉得严迦南这一通发卡弯的操作漂亮极了。有一瞬间，车子仿若化成了流星，在赛道间穿梭闪耀。

"哇哦！"

"这操作也太帅了吧!"

流星闪过之处,皆有阵阵惊叹与欢呼声传来。

其中也有那几位先前站在曾凡身侧的年轻人的声音。最近才入行的他们,虽不认识什么Can神,但也懂得赛车界最简单明了的道理——强者为王。

当然,同样的车影落在某些老赛车人眼里,就更加弥足珍贵了。

穿针引线,五年前,那是只有Can神一人会的独门绝技。五年后,自然也可以用此逆推出这位赛车手的真实身份。

"穿针引线!"

"天哪,真的是穿针引线!"

也不知最初是谁先叫出了这个绝招的名字,下一秒,就引得全场沸腾。

"竟然真的是Can神!"

到最后,甚至连这个赛车场的老板都亲自冲了出来,站在赛道旁手舞足蹈、语无伦次道:"我这小场子今天是被开光了吗?竟然能有幸迎到Can神!

"对了,Can神在哪儿呢?你们这些无关人士赶紧给我让让,我有重要的事情要和Can神说。"

可惜,这会儿他再如何端出老板的架子也是无用的。

那可是Can神啊!

但凡是五年前入赛车坑的,几乎都是他的粉丝。

一朝Can神真人降临,所有人都"嗷嗷"冲向终点,都希望自己能第一个见到他。

不过Can神最想见的,却只有一个人。

"梁雪。"

下车后,终点处已是人满为患,严迦南却未做任何停留,径直跨过人群,回到了梁雪的身边。

反倒是梁雪,刚才在人群里明明就数她喊Can神的名字喊得最大声。可真当她的Can神走到了她的面前时,她反而有些近人情怯了起来。

她用手掩着一边脸,好半天都没敢扭过头来,对上严迦南的眼睛。

最后,还是严迦南自己动手拨开了梁雪脸庞的碎发,捧起她的小脸,逼着她与他对视。

"严迦南……你是有什么话要对我说吗?"

"我是有话想要问你。"

此时他漆黑的眼眸中有浓重的深情在涌动,一下一下,像是扑上峭壁礁石的海浪,带着令人无法拒绝的气势,分分钟就把梁雪给镇住了。

她彻底被定在了原地,唯有心脏跳得"怦怦"直响。

"问……问什么？"

就在梁雪以为自己会得到一番动情告白的时候，哪会想到之后耳边传来的，却是一番直男宣言。

"就想问你为什么不敢看我？你之前不是一直在论坛上留言说，你最喜欢 Can 神的吗？"

旖旎的气氛瞬间被打破，就连梁雪的心情都跟着急转直下，从欲拒还羞变成了恼羞成怒。

"严、迦、南！刚才那种时候，你就不能说点正常的话吗？什么叫我最喜欢 Can 神，难道除了复述我的话，你就没有别的话想对我说了吗？"

严迦南当然不懂小女生的情绪，又道："我也有话想对你说的。"

"说什么？"

明明全程都顺着逻辑在说话，但严迦南却诡异地发现，自己嘴巴突然就莫名卡壳了。

因为他的卡壳，面前梁雪的神情越发有些不高兴。

这本该不是什么大事。

若是用他惯常的逻辑来办的话，遇着一时解释不清的事情，只需要重新思考，用更简洁明了的话语重新解释一下就行了。

可是这样的方法，此刻，却头一回行不通了。

一看到她不开心，他的心跟着蓦然一紧。随后的那一句话，几乎是在毫无思考的前提下，就直接被说了出来。

"我也喜欢你！"

听到这句话，梁雪也一样惊了。

"严迦南……你刚才说什么？"

她很想让严迦南再重复一遍，可惜最终还是没能成功。

倒不是严迦南不愿意，而是留给他们两人的时间实在是太少了。

不一会儿，赛车场里追逐严迦南的人群就再度拥了过来，将他团团围住。

"Can 神！你真的是 Can 神吗？"

"所以你真的要回归车坛了吗？什么时候？新闻发布会是什么时候开？"

当听到严迦南回答自己还未对回归做好充分准备时，那位赛车场老板更是越发心思活络了起来，立刻从人群中挤出来毛遂自荐道："那您有没有兴趣来我的俱乐部啊？如果是您的话，我们俱乐部肯定会给您配备国内顶级待遇！"

未等严迦南应答，王错就第一个跳出来不干了。

"你的俱乐部哪里顶级了？最多也就是你这个做老板的算有点钱而已。难道你觉得我们 Can 神会缺钱？"

"那你的意思是？"

"想同我们 Can 神打交道，要走心。"

"Can 神，你既然用过了我的车，那我们也算是朋友了。如果你真考虑加入新车队的话，不如考虑一下我啊。"

就王错那个用自己零花钱建的十八流车队，许多专业人士都是看不上的。若是他的车队真的不错，先前就不会被曾凡这个三流赛车手碾压了。

因此，王错开口同他抢人的时候，赛车场老板一点也不着急。

毕竟在他看来，但凡是有点职业规划的赛车手，都不会选择王错这么个非专业人士。更何况是专业人士中的大佬，Can 神呢？

哪想到，对他的邀约没反应的严迦南似乎还真对王错的车队来了兴趣，很快就接话道："你也有车队？"

"那必须的啊。"王错当即得意地挺了挺胸脯，彻底吹了起来，"现在玩车的，谁还能没几辆爱车，没一个车队呢。"

严迦南听得认真，答得却有些玩味。

"是吗？可我没有呢。"

大约是吹牛吹嗨了，王错几乎是想也不想地回答道："你要的话，我可以把我的车队送你。"

这话旁人听着都觉得是在开玩笑，唯有严迦南当真了。

"如果你说的是真的话，我们倒是可以聊聊。"

"就他那破车队？"

王错刚想说好，身后就传来了一句熟悉的嘲讽。原来是被严迦南甩了大半圈的曾凡终于到达终点，下车姗姗来迟。

曾凡虽是长了一副狂妄的杀马特模样，但性格倒也算是果决，愿赌服输。对于严迦南，他先前有多嚣张，此刻就有多崇拜。

就连他那张向来喷人极利索的嘴，也难得在严迦南面前变得结巴了起来。

"大……大神，您的车技可真厉害。

"不过论起车队，我们车队可要比王错那草台班子厉害多了。您要是想加入车队的话，不如考虑考虑我们车队，我就是队长。"

"不用了。"

可惜曾凡话还没说完，就被严迦南拒绝了。

"我不和手下败将待在一个车队。"轻飘飘的一句话，瞬间将曾凡给堵得面红耳赤。

所谓现世报，就是如此了。

"哈哈哈哈，曾凡，你小子也有今天！"

121

曾凡遭遇难堪后，自然就数他的老对头王错最开心了。

王错笑完之后，还特意往严迦南身边靠了靠，自来熟地搭上严迦南的肩膀大声道："走走走，Can 神，我们找个地方好好聊聊。"

严迦南答应后，两人不约而同转头看向梁雪。

"梁雪，你要和我们一起吗？"

他们都以为梁雪一定会选择和他们一起，她却摇了摇头，拒绝了他们。

"不了，车队的事情我不懂，你们聊就好。我想起来我晚上还有点事……就先回家了。"

"那需要我先送你回家吗？又或者，你陪我一起去，给我一点意见，我再送你回家？"

严迦南显然也不想让她离开，他的声音也是难得的柔软，听得梁雪心里温温的。可最后，她还是摇了摇头。

"不用麻烦了，我自己打车回家就好。"

其实此刻，梁雪自己也有些搞不懂自己。

严迦南有复出意向，她作为他的多年铁粉，理应高兴才是。若是放在五年前，她听到这个消息，大约会直接激动得跑出门去放烟火。

可是现在，在听见严迦南第一时间选择和王错去谈车队事情的时候，她内心的第一感觉，反而是有些失落。

说是自己回家就好，真走到门口的时候，她又后悔了。

"严迦南……"

梁雪伸手想去拦下严迦南他们的车，叫住他，然而，手伸到一半，终究还是放下了。

赛车是他最爱的事业。

她又有什么理由拦他呢？

"回来了。"

回到家，难得梁雪爸爸在家，而且看他这副高兴的样子，显然是特意早回来专程等她的。

"小雪，爸爸今天有个好消息要告诉你，一个小时前，陈总工程师告诉我，你被乔源录取了！所以我就赶紧回来，第一时间告诉你。怎么样，高兴不？"

"高兴。"

梁雪嘴上说着高兴，面上的笑容却有些勉强，勉强到她爸都觉察出来了。

"你怎么这么笑？难道你不高兴？进乔源实验室，不是你一直的愿望吗？"梁程远有些不理解女儿的神情。

"不是工作的事情。"

"不是工作的事情？那能是什么事？难不成是感情的事？丫头，你恋爱了？"

　　梁程远原本只是随口一说，没想到还真被他给猜中了。梁雪顿时像只被踩了尾巴的猫，再不理梁程远了，直接咋咋呼呼地冲回了自己的房间。

　　她的房间里，最大的那面白墙上贴着 Can 神的巨幅海报。那是他第一次拿奖时的经典画面，捧着奖杯，半蒙着面，沐在夕阳的霞光中，越发将他的侧脸勾勒得棱角分明。

　　往日梁雪看这张海报的时候，只觉得海报中的 Can 神特别帅，帅得她想流口水。可今日她抬头看去的时候，却破天荒有些讨厌他。

　　讨厌他此刻依旧只存在于这张海报里，却没有陪在她的身边。

第六章
喜欢你，我也是

洗完澡出来，梁雪第一时间抓起床上的手机。见到手机屏幕上依旧是空白一片，一条未读消息都没有，她立马跟泄了气的皮球似的，有气无力地趴在了床上。

胸口越发闷闷的有些生气。

气严迦南不解风情，说了喜欢，却不懂挽留。

也气她自己口是心非。刚才在赛车场的时候，她明明就想陪着他一起，可嘴上偏偏不肯承认。

梁雪正生着气的时候，枕边的手机突然振了一下，终于有了新信息。

"他终于想起我了吗？"

听到手机振动，梁雪立刻从床上坐了起来，拿起手机来看。可惜，并非严迦南发来的信息，而是唐铭。

知会她明天中午有一场高中同学聚会，问她有没有兴趣一起去见见老同学。

梁雪一口答应了下来。

与其在家一个人胡思乱想，还不如出门和老同学们吃吃饭，聊聊天。

说是老同学，但十多年未见，个个都变化不小。若不是有唐铭在一旁介绍，梁雪根本叫不准同学的名字。

其中一位瘦瘦的帅高个，唐铭报出了他的名字，梁雪都仍旧没能将他同自己记忆里的那位同学对上号。

"你是董晓瑞？我怎么记得你高中的时候是个矮胖子呢？"

听到久违的"矮胖子"称呼，董晓瑞忍不住笑了："梁雪你也是啊，谁能想到那时候的书呆子,摘了黑框眼镜后竟然这么漂亮。"

梁雪今日黑发红裙,白皙的肌肤配着一抹殷红唇色。

她与唐铭一道走进来的时候,不止董晓瑞,绝大部分男同学都第一时间将视线落在了她们的身上。

得知她们目前还是单身后,更是窈窕淑女,君子好逑。

唐铭向来长袖善舞,几杯酒,几句话,就已经将这群男生给收服得妥妥帖帖。而另一边的梁雪,则完全与她相反,饭还没开始吃呢,就已是面红耳赤,手忙脚乱。

最后只能用上了最下乘的尿遁,才勉强从热情的男同学中逃了出来。甚至她人都逃到厕所里了,还依旧有些惊魂未定。

"唐铭,你这带我来的到底是同学会,还是相亲宴呀?"

"这年头的男生,难道都这么主动的吗?"

一旁补妆的唐铭意有所指地斜了她一眼。

"男生追女生,不就那样吗?况且,我们班的男同学,好些也算是青年才俊吧。他们在你面前晃了半天,你就一个都没看上?"

梁雪想也不想地立刻否认道:"没有。"

嘴上说着没有,可她的心里蓦然浮现出了某道熟悉的身影,小脸瞬间泛起了红晕。

"是吗?"

看得唐铭抿了抿红唇,忍不住笑了起来。

"梁雪,你还是老实坦白吧。你到底是不喜欢男生主动,还是不喜欢刚才那些男人主动?"

眼见自己的小心思被看穿,梁雪越发脸红了。

"你瞎说什么呢?"

"我有瞎说吗?"

梁雪这只纯情小白兔实在是太好玩了,单纯又可爱,让唐铭忍不住想逗逗她。

合上化妆镜,唐铭微微转头,红唇就触上了梁雪的耳朵尖,她轻轻吐字道:"如果我没猜错的话,你喜欢的人,就是上次和你一起去酒吧的那位严先生吧。"

听到"严先生"这三个字,梁雪终于再装不下去了,几乎是下意识承认道:"你……你怎么知道的?"

怎么知道的?

就他们两人在酒吧除了对方再看不见别人的模样,但凡长了眼睛的人,都能看出来他们关系不一般。

照常理,距离上次酒吧见面都过去那么久了,像他们这般两情相悦的男女早该顺理成章走到了一起才对。

"我不但知道你喜欢那位严先生,还知道你俩最近进展得有点不顺利。不然,你也不会放着大好的周末时光不去约会,跟我来这同学会找乐子了。"

后面这几句,是唐铭猜的。不过看梁雪的表情就知道,她全猜对了。

这样的答案,一时令唐铭有些哭笑不得。万万没想到这两人竟然连迟钝都迟钝得这么有默契。但现在,两人的关系都还在原地打转,青涩得让她想笑。笑过之后,念在朋友份上,她又忍不住想帮帮他们。

仔细端详完梁雪后,唐铭立刻打开她的化妆盒,用小指头蘸了些许淡紫色的眼影,用指腹在梁雪的眼角处扫了两下,而后再次伸手,从梁雪梳得一丝不苟的马尾里,扯出了几缕碎发来,垂在耳朵前面。分分钟就给她乖乖女的模样,添上了些许恰到好处的俏皮。

"差不多了。"

拾掇好后,梁雪自己对着镜子照了照,并未能 get 到唐铭的点,只能不懂地发问:"这就好了?"

"准备工作做好了。接下来,就是最关键的一步了。"

随后两人回到包厢,唐铭悄悄拿起手机,对着献殷勤的董晓瑞和梁雪按下快门。

然后,她发了一条对所有人可见的朋友圈,并且还特意为图配了一句模棱两可的话:俊男美女,赏心悦目。

为了保证有效,她还特意第一时间私戳了向阆,提醒他赶紧去看她的朋友圈。

收到消息的向阆秒懂唐铭的意思。

而此刻,严迦南正好在向阆的旁边,他立马开始了他的表演。

"哎,老严,这是不是上次和你一起的那个小姑娘呀?照片里她身边的这个男的,是她的男朋友吗?

"高高瘦瘦,看上去还挺帅,和这小姑娘也挺配的,你说是不是?"

一看见向阆手机上的那张照片,严迦南的脸立马肉眼可见地黑了。

"配吗?"

严迦南越看越恼火,最后实在没忍住,直接拨通了梁雪的电话。

"梁雪,你在哪儿呢?"

接起严迦南电话的时候,梁雪又惊又喜。

欢喜严迦南真打电话来了,惊的是严迦南还真就上当了。

不过很快,浓重的喜悦就盖过了那一点点惊讶。

"你问我在哪儿做什么?"

话虽这么说,不等电话那一边的严迦南回答,梁雪就自觉地把自己给交代了。

"同学聚会,地点是市中心的金鲤鱼酒店。"

"好,你等我。"

听完地址,严迦南立刻提着车钥匙站了起来,准备去找梁雪。

反倒是梁雪，这会儿非但没听出严迦南声音里的不悦，还傻傻地在那儿问他："我这是同学会，又不是同事会，你来做什么呀？"

　　听得一旁的唐铭恨铁不成钢得都想捶她的脑壳了。

　　"如今的同学会，有家属的不都得带家属吗？我又如何能缺席呢？"

　　轻轻浅浅的一句话，传进梁雪的耳朵却宛若惊雷，震得她当即面红耳赤。"怦怦"直跳的心脏瞬间有点供血不足，害得她连话都有些说不连贯了。

　　"什么家属？"

　　"家属"这个词，实在是太不真实了。

　　她有心想让严迦南再重复一遍，然而严迦南却没有遂她愿，最后只轻笑着说了一句"等我"，就直接挂了电话。

　　梁雪一阵莫名，唐铭赶紧提点道："你等会儿可千万要立住了，表白、同意，再确定关系，这三步一步都不能少。"

　　梁雪虽说在恋爱方面不大灵光，但论起胜负，她就跟变了个人似的，斗志满满，立刻右手握拳，郑重道："放心，我绝不会轻易认输的！"

　　另一边，男生们还不放弃地要向梁雪敬酒，梁雪拒绝了几次，却没有办法。她正想着如何逃离，身后忽然有人喊她的名字。

　　"梁雪。"

　　梁雪还没回过神，就被严迦南拽出了包间。

　　"你要带我去哪儿？"许久之后，梁雪才后知后觉地开口问他。

　　"我也不知道我要带你去哪里，我只知道，我想带你去只有我们两个人的地方。"

　　梁雪点点头："好。"

　　此时，两人已经快步走到酒店大门口了。

　　门外的暖风扑面而来，带着夏日特有的灼热味道。不止烫热了梁雪的脸颊，还让她的内心变得更加滚烫。

　　"那我们去哪里好呢？"

　　"要不就在这古城区逛逛？"

　　古城区不像乔迦所在的工业园区，工业企业很少，主要以旅游业为主。因而即便是几十年过去了，古城区里的街道，依旧如当年一般狭窄，并未扩宽。

　　街道两旁的法国梧桐郁郁葱葱，树冠大得几乎能盖住整个街道。偶有大巴驶过，稍有不慎，就会撞上树枝，簌簌落下好些大片的梧桐树叶。

　　梁雪带着严迦南经过时，忍不住弯腰拾起了一片，转在手里，笑眯眯地同严迦南道："我小的时候，就是住在这片街区的。那时候我最喜欢做的事情之一，就是和小伙伴一起来这里捡树叶玩。"

"树叶能有什么好玩的？"

"你不知道？"

严迦南摇头。他从小在国外长大，自然没体验过国内孩子的玩法。

"就用来当折纸玩呀。"

梁雪显然深谙此道，捏着手中的树叶随便穿叠了几下，就将它做成了一架树叶飞机，朝严迦南扔了过去。

可惜她折树叶技术不错，扔飞机的准头却不行，树叶飞机飞到一半就偏离了路线，打着圈儿掉在了地上。

"你过来一点。"

试了两次都失败后，梁雪干脆直接让严迦南来迁就她。

"这样可以吗？"

严迦南走近了一步，但梁雪仍觉得有些远，继续催他。

"再近点，再近点……嗯，这样就差不多啦。"

直到两人之间只剩下半尺距离，梁雪才满意地点头。

她摇头晃脑的时候，恰好有一阵微风吹来，晃动着他们头顶的那一片树叶，落下一道道跳跃的光斑。

光影与梁雪毛茸茸的头顶一起落入严迦南的眼中，简直俏皮得可爱。

让他忍不住想要凑得更近。

刚好此刻，树叶飞机起飞，飞到一半，就被严迦南轻而易举地抓在了手中。梁雪的小脸也在这时随着飞机一道被抬了起来，娇憨的笑颜直直与他的黑眸对上。

这一瞬，严迦南仿佛被这生动的画面所吸引，几乎是遏制不住地低下头去，贴上了梁雪带笑的嘴角。

"唔……"

梁雪显然没想到他会这么快亲她。两唇相触的那一刻，她的眼睛蓦然睁大，满是震惊，却没将他推开。

哪想到严迦南这个坏家伙很会得寸进尺，刚收回唇，就笑盈盈地在她耳边发问道："现在，我是不是有资格做你的家属了？"

"你作弊！"听到这句话，梁雪立刻气鼓鼓地回道。

"那……我要怎么补救？"

"那你要做的可就多了，你要陪我逛街，陪我吃饭，陪我……"

他问得有心机，哪想到傻梁雪还真就顺着他的问题答了下去。说到一半，她才终于反应过来，恼羞成怒道："严、迦、南！你怎么这么坏！"

"有吗？"

严迦南嘴上否认，身体却半点都没有要改的意思。

他的长臂轻轻一晃,就成功假借还飞机的动作,握上了梁雪的手。

"走吧,我陪你逛街去,今天我们要把这整条老街都走完。"

老街里,大部分原住居民都已经搬迁新居,只留下了一些念旧的老人还住在这里,搬着凉椅坐在沿街门口,摇着扇子纳凉。

其中有几位眼神好的,竟还认出了梁雪这个从老街里出来的孩子,老远就亲昵地唤起了她的名字。

"这不是小雪吗?难得你这丫头还有空来看看我们这些老骨头。"

梁雪亲昵地喊道:"王奶奶。"

王奶奶年纪虽大,眼睛却是极尖,一眼就察觉出了两人间不寻常的关系。

"这是小雪男朋友啊,那你可得去小雪的高中看看。我们小雪可是当年的理科高考状元,她当年的好多奖状,到现在还在学校的荣誉榜上挂着呢!"

夸得梁雪脸又红了,想拽着严迦南赶紧走。哪想到他却听得很有兴趣,不禁有些吃惊:"原来你高中的时候这么厉害?"

"难道现在的我就不厉害了?"梁雪嘟着小嘴反问。

"都厉害。不管是现在的你,还是过去的你,我都喜欢。"

其实梁雪又何尝不是呢?

"不论是五年前,还是现在,我都喜欢你,很喜欢很喜欢的那种。"

说起五年前,严迦南的眸色不禁稍稍黯了一下。

"可是现在的我,或许已经不再是五年前的那个 Can 神了。"

说他完全走出了当年车祸的阴霾,那一定是假的。已经站到过世界之巅的人,又怎会真的甘于平凡呢?

重新爬起来的路,说来轻巧,实际却是千难万难。

好在,他还有她站在他的身边,支持他,鼓励他。

"没关系啊,不管你变成什么样子,你都永远是我的 Can 神!"

在严迦南黯然垂眸的瞬间,梁雪轻轻牵住了他的手:"我带你去一个地方。那里是我赛车梦开始的地方,或许对你也有用。"

"修车厂?"

严迦南原以为能和赛车挂钩的再不济,也该是一个小赛车场。没想到,梁雪带他来的,却是一个老旧的厂区。

原厂子早就倒闭停产了,现在被改建成了一个集修车厂与驾校的集合经营体。

门口的外墙上还长着不少斑驳的青苔,乍看上去,很是简陋。

当真正进门后,严迦南才发现厂区里面别有洞天。

离正门最近的位置摆着一辆旧车,车型虽是几十年前的旧款,但车体却保养得又亮又新,瞬间让严迦南眼前一亮。

"这里竟然收藏着初代拉力赛冠军的经典车型!"

"那可不。"

介绍起这里,梁雪认同感满满。

"单论粉拉力赛的时间,你这位世界冠军都该唤马师傅一声前辈呢。"

马师傅就是这家修车厂的老板,曾经还是梁雪父亲梁程远的师父。不过后来国营改制后,马师傅就没有继续在车厂里待了,而是选择出来单干,开了这家修车厂。

说是修车厂,在梁雪看来,更像是拉力赛历史博物馆。

"看,这是最早的涡轮增压发动机。

"这是机械增压。

"这个就更厉害了,这是马师傅从汽车论坛上拍来的顶置双凸轮轴,据说是著名赛车手 Victor 用过的。

"你知道初代赛车手 Victor 吧?据说他刚夺冠的那年体检出癌症晚期,当时医生都说他活不过三个月。可他却丝毫没有被病魔打倒,不止创造出了震惊医学界的生命奇迹,还……"

梁雪才说到一半,聪明如严迦南就听懂了她的意思。顺着她的话头,他说出了下半句。

"还在战胜病魔后,重返赛场,制造了赛车界三冠王的神话。"

"没错,就是这样。"

梁雪连连点头,顺势伸出手臂,轻轻抱了严迦南一下。

"在我看来,你一定可以成为比 Victor 更厉害的人。"

这个激励的方式虽有些老套,但他的黑眸中还是不自觉地荡起了笑意:"是吗?"

得到的是梁雪极认真的回答:"必须是!"

听到这样的回答,严迦南真真正正地动容了。即便未来如何,也无法预知,但这一瞬,他已然相信,梁雪说的话是真的。

随后,他回应她的拥抱,由念而生,自然而起。

本该是情侣间极温存的画面,哪想到,他们才抱到一半,身旁竟突然蹦出了一个老头儿。

老头儿不止身材肥胖,还自带咋咋呼呼的扩音气场。

"梁小雪,你还知道回来啊!

"这次还不是一个人,竟然也学会出双入对了。"

马师傅过来后,两人几乎是条件反射地同时松开了手,转身看向别的地方。梁雪红着脸发呆，严迦南的目光很快就被一旁摆着的另外几样汽车零部件吸引了过去。

"小伙子，你也是玩车的？"

和车打了这么多年的交道，马师傅一眼就看出了严迦南的不寻常。

"咦？我看你的侧脸，咋觉得你很眼熟呢？难道我们以前见过？"

"马师傅你好，我是严迦南。"

严迦南的介绍中规中矩，单这个陌生的中文名，马师傅自然听不出什么来。

很快，梁雪就跟着补充介绍道："严迦南是他的中文名字，他还有一个英文名字，叫 Can。"

"Can？"

乍听到昔日偶像的名字，即便年长如马师傅，也不禁瞳孔巨震。

"你说的……是那个 Can 吗？"

"不是那个 Can，还能是哪个 Can？"

"丫头你别骗我！"

嘴上这么说，马师傅的身体却是格外诚实，第一时间就跑到了严迦南的身边，左看右看，甚至还伸出手掌，远远遮住他的下半边脸，端详了半天。

果真，遮住下半边脸的话，就立刻有 Can 神那味了。

"你……你真是 Can 神？"

马师傅虽忍不住再三确认，但心里已信了大半，脸上狂喜的笑容好半天都没能压下去，眼里更是闪着激动的光。

"还真是。你是有复出打算吗？"

"确实是有这个打算。我昨天已经谈妥了一个国内的新车队，车队的合伙人也很支持我复出。不过，毕竟是新车队嘛，刚成立，总还是有所欠缺的。比如车辆维护上、车队经理人等，都还在筹备之中。"

所谓新车队，自然就是王锴的那个车队了。

严迦南这句话听上去好像是对马师傅说的，实际上是说给梁雪听的。

他很希望，梁雪这位头号粉丝能参与进他以后所有的人生里，自然也要包括他的复出规划。

"你还真和王锴达成一致啦？"

果然，事关他的新车队，稍稍一试，梁雪就立刻上钩了。

"可我听说王锴的车队几乎没什么比赛经验，参加的也都还是业余比赛。按你的身份，你应该有更好的选择才对。"

"用业余比赛作为复出前的复健训练，不是刚好吗？"

严迦南不是不明白梁雪对他的期待，可他现在的情况，确实远比她想象的要糟糕。

不论是来自生理上的，还是来自于家人的压力。

严迦南无奈地耸耸肩："我的车子上还装着我爸的加密限速器呢。"

梁雪："所以你现在的打算是循序渐进，曲线救国。

"你刚说你们车队还缺一个车队经理？可以让我试试吗？"

"喂喂喂！"眼见他们两人讨论得火热，完全把自己忘在了一边，马师傅当即就不干了，横插进来打断了他们。

"你们今天到底是来谈情说爱的，还是来参观我这修车厂的？"

"当然是来参观你这里的啊。"

梁雪几乎立刻将自己代入了车队经理的职位，望向马师傅的目光，都带了些许物尽其用的意味。

"马师傅，最近有什么好东西介绍吗？最好是能让我们车队派上用场的好东西。"

马师傅还真是一个实在人，立马就回道："好东西没有，人倒是有一个，你要见见吗？"

"人？"梁雪疑惑道。

"嗯，一个刚来的新人。年纪不大，能力还真是不错。"

马师傅的为人她向来了解，别看他平时大大咧咧，工作起来却极严苛。往日新来的学徒，都得受他好长一段时间的骂，如今竟然如此夸奖一人，梁雪反倒是越发好奇了起来。

"能得马师傅你这么高评价的人，那必须得见啊。"

"好嘞，我带你们瞧瞧去。"

跟着马师傅进入他的修车厂区后，梁雪才发现，她离开的这几年，马师傅的厂区规模又扩张了不少。

原本只有两个汽修平台，如今已经增加到了十个平台，五个作业车间。

马师傅解释道："这是我家老婆子给我的建议。让我既可以继续自己的赛车梦，也能兼顾好赚钱养家的责任。"

五个车间，按汽修的难度，依次做了分类：简单级、普通级、精修级、专业级以及赛事级。

一般新来的学徒，都是从一号简单级车间干起，但马师傅将要介绍给他们的那位，则是在五号车间。

"马师傅，难道你要介绍给我们的那位也和你一样，很会修赛车？"

"倒也不是很会修赛车，三言两语我一时也说不清，等你们见到他就知道了。"

五号车间此刻只有两位员工，围着一辆赛车在作业。

其中一人趴在车底，另一人则拿着一个本子，闲闲地站在一边。那模样看着就像是在摸鱼，全无半点认真工作的模样。

因而梁雪走进五号车间后，几乎是下意识弯腰向车底看去。

"你在看啥？"

见她低头弯腰看得认真，马师傅也不禁弯着老腰，学着她的样子向前望去。

"你不是要带我见那个厉害的新人。"梁雪指的是在车底下的男人。

"那你看错了。"

马师傅直起身，重重拍了一下她的后背："我要介绍给你的，不是车底的，是站在车旁的那个。"

"他？"

"怎么，不信？"

马师傅当即朝车旁那人招了招手。

"魏则，过来一下。"

"老板，您有什么吩咐？"

来人虽穿着一身维修工装，长得却十分清秀，为人也很谦逊有礼，即便不知梁雪的姓名，也在第一时间同她打招呼。

"这位姐姐好。"

"她是梁雪。"

"梁姐姐好。"魏则腼腆地笑了笑。

介绍两人认识后，马师傅立刻跟炫耀自己小孩般，拍着魏则的肩膀，乐呵呵地道："给梁姐姐表演一下你的才艺。"

"才艺？"

"唔……就是说说你对那几辆赛车的理解。"

"哦，好的。"

魏则当真是个听话的乖宝宝，马师傅刚吩咐完，他就立刻乖巧地打开小本本，向梁雪介绍起来。

"这辆斯巴鲁翼豹，是十年前 WRC 的经典款，涡轮和引擎是它的强项，如今这套配置虽不算顶配，但我觉得在业余赛中也是绰绰有余。只需要再改进一下悬挂，应该就能有不错的表现。"

"这辆雷诺则不然，引擎排量虽很大，但也正是因为它太专注于引擎排量的升级，反而顾此失彼，丧失了灵巧性。所以若是车主还想进一步改进的话，我建议可以在轴承、转向传动系统方面做进一步改进。"

…………

"好厉害！"

几分钟后，魏则就凭着他令人惊叹的专业直觉，让梁雪彻底折服了。

"你简直是为改造车而生的人才啊。"

梁雪确定自己百分之百是在夸奖他，可魏则听后，却似乎一点也不高兴，低头垂着眼，那模样反倒是有些沮丧。

他回答的声音也是闷闷的："其实，我最想干的工作并非是车改和汽修。"

"那你想做什么？"

魏则如实回道："速度竞技。"

"那你喜欢的话，就去做啊。"

"可是我不敢。"

"为什么？"

问到关键的地方，魏则突然又不回答了，低着头，久久沉默着。最后还是马师傅过来，替他接着说的："这个小家伙就是这么别扭。"

"虽然我也不知道他到底在怕什么，但我觉得，如果你现在以车队经理邀请他的话，他应该不会拒绝。"马师傅觉得魏则是个可塑之才，把心中所想道出，"毕竟在我看来，他对于赛车的喜欢，应该远远大于恐惧。"

"那你想来我们车队吗？我们虽是刚成立的车队，但现任车手是很厉害的哦。"

刚巧这时严迦南打完电话进来，梁雪立刻一把将他扯到了魏则面前，介绍道："他就是我们车队的王牌车手，严迦南。

"啊……只说中文名你或许不知道，但他的英文名，你一定听说过。Can！"

梁雪说出严迦南的英文名的时候，本是有几分祭出王牌来吸引魏则的意思。

哪想到听到Can这个名字，魏则却跟突然见了鬼一般，瞬间血色尽褪，满脸煞白，再度开口时，甚至连嘴唇都在发抖。

"Can？"

他仰起脸来的时候，严迦南也终于看清了他的样貌。

清俊的少年，虽然身形有些瘦削单薄，可他的那张脸，与严迦南记忆里的那位挚友莫名地重叠在了一起。

考虑到某种可能性后，严迦南也不禁瞳孔微缩。

"你认识魏启吗？"

听到这个名字，魏则的神情越发绝望了，整个人都控制不住地颤抖了起来。

"果然是你！

"是你，是你在五年前害死了我哥哥！

"你这个杀人凶手！"

"你别乱说，严迦南怎么会……"听见"杀人凶手"四个字的时候，梁雪也同样吓了一跳。

她原是无条件站在严迦南这一边的，不过很快，她就觉察出不对来。

"魏启……魏则，难道你是？"

"没错，我就是魏启的弟弟。"

嘶哑的声音，此刻只剩下哀恸后的撕心裂肺。

魏则抬起的拳头，本是要重重落在严迦南脸上的，只是比他拳头先到的，是严迦南的道歉。

"对不起。你哥哥的事，确实是我的责任。如果可以，我也希望当年死的人是我，而不是他。"

"你……"

泪水终于忍不住从魏则的眼眶中溢了出来。

"你现在说这些又有什么用？难道你以为，说上几句漂亮话，就能让我哥哥重新活过来吗！"

魏则眸光暗了暗，那一拳，也在同时擦着严迦南的面颊，颓然地落了下去。

魏则的弟弟，终究还是如他哥哥一样，善良到几近温柔。

就像五年前那般，明明最初生还的机会是属于魏启的，可最后活下来的人，却不是他。

魏启在世的时候，常会提到他的弟弟。说自己的弟弟不但乖巧懂事，对于赛车事业也很有热忱。

那时，严迦南就对魏启说，下次假期有机会的话，他大可以把弟弟带来车队玩几天，好好让大家伙认识一下他弟弟。

哪想到，没等到下一个假期，魏启就先一步离开了。独留下满身伤病的他躺在医院，即便想替魏启关照一下他的弟弟，也是有心无力。

"魏则……不管如何，今天我很高兴能见到你。"

以前是没法见，之后是不敢见。

好在，老天终究还是安排他们相遇了。即便魏则对他的反应乃是预料之中的排斥，那也是他该受的。

虽然他原本还有许多话想同魏则讲，但现下，显然并不是时候。

回去的路上，气氛再不复先前的轻松愉快，只剩下了冗长的沉默。

许久之后，严迦南才勉强从魏启的追忆中回过神来，想起他们还在约会。

"晚上想吃什么？听说你喜欢吃辣，要不我们去吃火锅吧？我知道这附近有家火锅店味道不错。"

"好啊。"

到火锅店后，梁雪直接点了一个最辣的九宫格。鲜红色的辣椒伴着牛油一起在锅内汩汩翻滚，看着就不是普通人能驾驭的。

严迦南在望见这一锅翻腾红油的时候，黑眸中也不禁浮起了一缕敬畏的神色。

"梁雪，你……可以吗？"

"我当然可以，我可能吃辣了。"

可事实并不是如此，梁雪才往嘴里送了一块毛肚，热辣往上涌来，她被辣得龇牙咧嘴，整张小脸都纠结在了一起。

那模样，看得严迦南都无奈了。

"你不能吃重辣，还点这么辣？"

"你难道看不出来，今天这锅我是专门给你点的吗？"梁雪认真回道。

"我？"

梁雪双手捧着脸，意味深长道："有道是，男儿有泪不轻弹，流泪全是辣使然。所以，现在你给我说说魏启的事情吧。"

"你这都是什么歪理？"

严迦南有些无奈，从锅里捞起一块牛肉，油都不过，就直接塞进了嘴里。

不愧是重庆火锅店最辣的九宫格，牛肉才刚刚触到舌尖，就有汹涌的辣意袭来。再嚼几下后，严迦南的眼角很快就有了湿润的水意。

他心里难过，却不想让人看到脆弱的自己。

"魏启是我这辈子最好的朋友。"

沉吟片刻，他又微微蹙眉，缓缓道来："世人都说 Can 天赋异禀，少年夺冠，是天生的车王。可在我看来，那些冠军奖杯，是属于魏启的。

"许多次的高难度赛道赛上，如若不是有魏启为我导出最佳道路，我根本不可能那么顺利地到达终点。"

"最后那一次，"严迦南沉吟好久，才说，"山石也是魏启最先看到的。只可惜那时候我的车速实在太快，即便魏启提前发现了山石，我们也终是没能成功躲避。"

那一天，那一幕，直到现在，严迦南依旧记得清清楚楚。

根据他们收到的报告，萨丁岛站的赛道在一天前曾有专人清理过。当日晚上也并没有大风大雨的天气，按道理，是不该有这样大的山石掉落在赛道中央的。

当年，也正是因为有这份路况报告，严迦南才会使用最快的速度方案，用穿针引线来过那几个发卡弯。

虽说，这是他和魏启当初一致的决定，可如今再回想起来，他仍是懊悔不已。

他失去了最好的兄弟，最好的伙伴。

这是他一辈子无法挽回的过错。

"那天，我的赛前决策还是太冲动了。我应该想到的，路况报告并非绝对，安全才是最重要的。"

沸腾的九宫格不断蒸腾出层层水蒸气，时间久了，就聚集成了氤氲的一团，渐渐模糊了严迦南的视线。

魏启是他的挚友,他此刻的悲恸感情,梁雪或许无法感同身受,但最起码,她可以做一个合格的倾听者与火锅伴侣。

"严迦南,我跟你说,油面筋才是九宫格的最高境界。不信你看我吃。"

吸满了辣油的油面筋,与其说是食物,更像是杀器。光看着它滴落的那些红油,严迦南就觉得胃疼。

也就梁雪这样的吃辣勇士,敢一口将整块油面筋全部塞到嘴里。很快,她就遭到了反噬。

"唔……好辣!好辣!这么吃实在是太辣了!"

入嘴不到两秒,她就已经被逼得小嘴大张,"呼呼"地喘气了。浓重的生理反应随后爆发,没一会儿,梁雪就被辣到涕泪横流,抽了好半天餐巾纸都没能止住。

"这鬼东西真是太辣了,都直接把我给辣哭了。"

她自黑完,还被严迦南给补了刀:"不止辣哭,还把你的妆都给辣花了。"

一听到妆花了,梁雪终于彻底不好了。

"严迦南,你现在是不是觉得我很丑?"梁雪轻轻哼了一声。

"没有。"

说她妆花了,严迦南是实事求是,这句没有,也是一样,都是他的真心话。

"在我看来,你的任何样子都很可爱。"

话说到一半的时候,梁雪就见严迦南朝她伸出手来,下意识地觉得他是想伸手摸她的脸,哪想到,他的手却在半空中转了弯,转向了放油面筋的盘子。

所以他只看到油面筋吗?

确认事实过后,梁雪不禁有些气恼。

这可恶的直男,关键时候怎么就是不知道开窍呢?

好在,严迦南品尝油面筋的样子也算是难得。这也是梁雪第一次见到他这张冰山脸红成这个样子。

把桌上的餐巾纸递给他后,她的心情亦是多云转晴,忍不住笑了起来。

"这油面筋的味道是不是很赞?"

"嗯。"

严迦南一边擦着脸,一边看着梁雪笑道:"谢谢你梁雪,这么多年的事情,我终于找到了一个倾诉者。"

一顿火锅吃到月上柳梢才结束。难得能与严迦南说上这么多心里话,从火锅店出来的时候,梁雪还有些意犹未尽,问严迦南去不去饭后第二波,可惜他没同意。

"我觉得还是送你回家更好。"

"为什么?"

到家的时候,梁雪忍不住问他。

她仰脸问得认真又专注,看得严迦南不自觉心头微荡,忍不住伸出手去,摸了摸她的头顶。

手感果然很好,柔软又绵密,像极了摸小猫脑袋的手感。可惜梁雪的性格也跟小猫一样,时不时会有些傲娇,特别是在他想要在她头顶上进一步揉搓的时候,她立马就缩了缩脑袋。

感受到她的抗拒,严迦南只能恋恋不舍地收回手,言归正传道:"因为你最近或许会有很重要的工作。"

"你怎么知道的?"

"等到时候,你自然就知道了。"

当晚离别之际,严迦南特意卖了个关子。

梁雪一开始没将严迦南的话当回事,只以为他是在试车车间里听到了什么风声,才会用这种模棱两可的话来知会她。

直到几天后,她正式入职乔源实验室,看完员工手册上的实验室基本构架之后,才猛然发现那压根不是什么知会,而是惊吓。

"严迦南?乔源负责人?"

看到"严迦南"这个名字的时候,梁雪一度以为是自己的眼睛出了问题。

她盯了好半天,仍然不信,甚至还叫住了一位年长同事再三确认。

"我们实验室的负责人,不该是陈楠山总工程师吗?

"陈总工程师是第一负责人,但他毕竟年纪大了,不可能再像年轻时那样,一个人完成乔源的所有工作。这位严迦南,据说是陈老钦点的接班人。是他亲自把人邀请回国,破格录用的。

"说来陈老的眼光也确实不错。自从这位严工坐镇以后,我们实验室的采购审批可是方便了许多呢。还有……"

这位同事显然对严迦南的印象不错,特意在新同事面前为严迦南说了不少好话。哪知道他后面的那些话,新同事根本一个字都没听进去。

因为她的脑子早在看见严迦南名字的时候,就已经宕机了。

怎么可能?严迦南不该是试车间的试车员吗?怎么突然就变成自己的顶头上司了?

或许……只是同名同姓?

很快,新员工们被召集去会议室开会。在看到那张熟悉的面孔后,梁雪彻底崩溃。

好不容易忍到中午吃饭时间,梁雪立刻丢下手里的工作,拨通了严迦南的电话。

"严迦南,你为什么没有告诉我,你一直都是乔源的人?"

她说得义愤填膺,实际行为却偷偷摸摸、鬼鬼祟祟的。偌大的休息室明明配备有极舒适的沙发椅,她偏偏选择蹲在角落打电话。

贴着墙的脑袋,还试图钻到绿萝后面去。

可惜相比绿萝,她的身形还是略大了些,分分钟就被踏进休息室的严迦南给捉到了。

他当即收了手机,伸出修长的手指,轻轻点了下她的后背。

"梁雪。"

"……嗯?"

梁雪握着手机,觉得自己好像听见了严迦南的声音,又好像没有。

难道出现幻听了?

直到感受到手背传来的一股酥麻触感,梁雪才猛地反应过来。身体从绿萝后徐徐转过来,猛然间一蹦三尺高。声音全然和她的大幅度动作不符,依旧压得低低的,跟做贼一样。

"严迦南,你怎么来了?"

"男朋友来见自己的女朋友,有什么问题?"

"可现在是在……"

她先前在电话里声音大,这会儿真见了严迦南本人,反倒支支吾吾了起来。

就梁雪的那点小心思,严迦南一眼就看出来了。不就是生怕别人发现了他们的关系,觉得她是靠着裙带关系,才进的乔源吗?

她怕,严迦南可不怕。

她越是想后退躲开严迦南,他就越是向着她凑近了好几分,还顺便接过了她的话头,抢先答道:"现在是休息时间,而且,你刚不是还有话要问我吗?"

这样近的距离下,梁雪根本躲不开严迦南的灼灼黑眸。

那双漆黑的眼眸,平常好似深渊,透着令人永远猜不透的色泽。

此刻,倒映出她的面容时,又是无与伦比的专注。但凡梁雪稍稍放松一下,身体就会控制不住地想要沉溺其中。

即便,她勉强回过神来,她的小脸上也是红粉粉的。

都这样了,还让她质问什么呀?

最后,梁雪几乎是恼羞成怒道:"你还要我说什么呀?我不管说什么,最后肯定都会着了你的道,你就是个骗子!"

她算是看出来了,不管是先前那晚他说的话留半句,卖关子,还是这会儿的一举一动,这家伙根本是故意的。

她这么多年,都被他的外表给骗了。

便是遭遇了那场车祸,他也绝不是需要人怜惜保护的弱者,最多只能算是一只爪子受伤的大尾巴狼。

望着梁雪不断变化的神情，严迦南不但没有丝毫不开心，反而还满意地笑了起来："你现在才发现吗？

"我家梁雪果然很聪明，可惜已经晚了。就算你现在说后悔，我也不会对你放手了。"

说最后这句话的时候，严迦南微微出神。不知他这句话到底是说给梁雪听的，还是说给他自己听的。

好在梁雪的听力一直很好，很快就给了他回答。

"其实……我也是。"

虽说这话由女孩子来说，总会让人不由自主地面红耳赤。

不过，她甘愿。

"谢谢。"

她的回答很快驱散了严迦南黑眸中最后的一点阴霾，很快，他便不自觉地笑了起来。

笑到动容之时，他忍不住轻轻低头俯身，向着她的嘴角靠了过去。

可惜，偷吻未遂。

还未触及梁雪的唇，就被她给伸手挡住了。

"虽然我刚才说的全是真心话，但我还是得给你一个真诚建议——工作时间禁止谈恋爱。"

"我知道了。"

严迦南向来很尊重梁雪，既然她不愿，他就立刻板正了站姿，换成认真又严肃的工作模式道："那下面，我们就来聊聊工作吧。

"梁雪研究员，下午一点，请准时至一号会议室开会。这是副总工程师的命令。"

"原来乔源的一号会议室是这么厉害的存在吗？"

刚听严迦南说的时候梁雪还以为只是普通的新员工培训会，哪想到竟会是技术顶端的存在。

那位被她问到的年长同事，生怕这个新人不懂，还给她做了全套的完整科普。

"我们乔源一共有十个大会议室，分别按照一到十的数字排序。后九个，只要是乔源的员工，都可以随时申请使用，唯有这一号会议室，它是特别的存在。"

梁雪："特别是指只有特定的人才能申请使用吗？"

"与其说是申请限制，不如说是因为陈楠山老师对它的偏爱。正是因为他老是只选一号会议室开会，时间长了，一号会议室就成了陈老专用了。

"你要知道，便是我们乔源的实验员，有资格被陈老叫去开会的人，也是不多的。

"那为数不多的人，可都是乔源精英中的精英。"

那她今天这是……

梁雪原本没什么，可听同事这么一科普，忽然就有些不自信起来了，忍不住在吃午饭的间隙偷偷给严迦南发短信。

"你刚叫我去一号会议室开会不会是开玩笑吧？"

果然，恋爱会让人变得不自信。

好在严迦南足够给力，很快她就收到了他的回答。

"你就算不相信自己，也该相信你男朋友的眼光。"

他最近的脸皮怎么就这么厚呢？

看到回复信息的瞬间，梁雪的耳朵尖立马就红了，然后做贼心虚地立刻合起了手机，端着餐盘遁走了。

这样的情绪，梁雪一直维持到了下午一点，开会之前。

毕竟她是一个刚入乔源就被叫去一号会议室开会的。怎么看，都有些特立独行。再加上她与严迦南的关系，别说是别人了，就算是梁雪自己都会忍不住想歪。

推开会议室大门的那一瞬，梁雪更是紧张得手都有些颤。

"各位领导好，我是……"

她原想说她是严迦南叫来开会的，可真到说话的时候，严迦南三个字竟是像突然卡住了一般，如何也说不出口。

好在陈楠山及时发现了她的窘态。

"小姑娘，你就是梁雪吧？放心，你的简历我一早就看过，很不错。所以在把你招来乔源之前，我就已经和小严达成了一致，让你直接来我的团队报到。"

听了陈楠山的话，梁雪先前悬着的心总算是放了下去。

"您团队的研究方向是……"

陈楠山团队的研究课题在乔迦向来属于一级机密。不过梁雪既然已经站到了这里，便算是自己人了。对自己人，陈楠山也没什么可藏着掖着的，当即爽快答道："车载锂电池的固态化研究。"

听到这个回答，梁雪简直惊喜："您果然是在研究固态化！"

近几年来，全世界正悄然发生着一场产能变革。从混动车的成熟应用，再到第一辆纯电动汽车的诞生，新能源正在越来越多地替代着传统能源。

而在新能源车日趋成熟的现在，提高新能源的安全性与利用率更是成为最重要的研发方向之一。

因为所有人都明白，只有突破了这一点，才有可能让环保新能源车彻底代替传统燃油车，达成真正的新能源变革。

梁雪的博士导师，史密斯先生，便是这个科研方向的领军人物。梁雪大学毕业的时候，他已初步达成了实验室级电池固态化的研究。

不过想要将实验室级的研发真正做到产业化生产，其中仍有很长的路要走。

梁雪也曾在她博士论文的最后展望过这项革命性的研发时长，觉得按照她老师史密斯先生的研发进度，最快也得花上五年的时间。

她原以为史密斯博士的研究，已经是世界最快速度了。没想到今日，陈楠山的几句话，将她原有的认知彻底颠覆了。

"我们已经在产业化方面取得了初步的研发成果，如果进程顺利的话，或许在两年内，我们乔迦就能做到固态电池的全面产业化生产。"

梁雪惊讶道："只要……两年吗？"

"没错。当然，这只是预估时间。至于还需要攻克哪些课题，具体又该如何着手攻克，正是我们今天会议需要讨论的内容。

"小姑娘，你应该也对这些很感兴趣吧？"

"当然！"梁雪赶忙用力点头。

不仅只是感兴趣，听完陈老刚才的一席话，梁雪根本就是彻底惊了。两年是什么概念？那意味着乔源在这一技术领域，或许要比她曾经的大拿导师还要领先数倍。

确认过这一点后，梁雪不禁眉梢上扬，内心狂喜。

随后，再不用陈楠山特别关照，她便已经迫不及待地冲进了会议室坐下，拿出笔记本，求知若渴地望向正前方的投影屏幕。

会议正式开始后，她专注得恨不得一头扎进这一线科学知识的海洋中。饶是会议中严迦南特意朝她看了好几眼，她也毫无所觉。

直到会议结束后，他才勉强与梁雪说上了一句话。

"第一次参加陈老的会议，感觉如何？"

"很棒！"

"那……"

他本想接着说，既然她初次体验感这么好，不如晚上下班后，一起出去吃个饭庆祝一下。

哪想到他话还没来得及说完，梁雪就抱着笔记本火急火燎地跑了。即便他在后面又叫了她一声，她依旧头都不回，只匆匆丢下了一句话。

"我要去实验室了，有什么事，等会儿电话联系吧。"

在乔源实验室说电话联系，那就是在骗人。

为了保密，任何人都是不允许带手机进入实验室的。就算严迦南发了信息，梁雪最早也要到下班的时间才能看到。

更何况进了乔源实验室的梁雪就像是掉入米缸的老鼠，可谓是快乐到不行不行的，又怎么可能乖乖准时下班呢？

严迦南发的那条信息本是约她吃晚饭，可等收到回复的时候，早已错过晚饭时间了。

幸亏严迦南每日要处理的日常工作也不少。他坐在办公室里批了一个晚上的文件,才终于等到了梁雪联系他。

"我下班啦,不好意思,我之前没看到你的消息,已经吃过晚饭了,实验室集体订的饭,味道也还不错。"

合格的男朋友能说什么,当然只能为了女朋友退而求其次喽。

"可是我饿了,能陪我再去吃个宵夜吗?"

"行呀,不过地点得我来挑。"

一个小时后,两人坐在了老城区的一家小龙虾店里。

摆在桌上的大份小龙虾红彤彤冒着香气,可谓是色香味俱全。刚一上桌,梁雪就激动地直接上了手。

一口气吃了好几只后,她才发现严迦南自始至终都端坐在对面,丝毫没有要动手剥虾的意思。

"你不是说你饿了吗?怎么不吃?"

殊不知,严迦南自踏入小龙虾店的那一刻就已经后悔了。

自小在国外长大的他,这么多年已经习惯了西方的饮食习惯。如今回国,正常味道的中餐他也能接受,但是偏辛辣味道的,他就有些无法接受了。

上次去吃火锅,过程虽说十分温馨,但结果却是他回家腹泻了好久。到现在他的肠胃都还没完全好利索。

哪想到梁雪是深度川味饮食爱好者。让她选店,不是火锅就是小龙虾。

男子汉输人不输阵,便是肠胃不允许,他也不容许自己在女朋友面前输了风度。

"我突然发现我又不是很饿了,你喜欢吃就多吃点。"

"真的?"可惜高智商的女朋友不好骗,不一会儿,梁雪就发现了严迦南不自然的端倪。

"严迦南,你不会是不敢吃吧?"

"谁说的?"

严迦南下意识反驳,哪想到转眼梁雪就把一只剥好的小龙虾送到了他的面前。

"那你尝尝,这家小龙虾的味道可好吃了。"

小龙虾的味道固然不错,可前晚的经历更让人记忆犹新。严迦南最后张开了嘴,神情却是很抗拒。

梁雪第一次见到严迦南这般模样,忍不住"哈哈"笑了起来,顺便把那只小龙虾收了回来,塞到了自己的嘴里。

"严迦南,你不能吃辣就直说呀。情侣之间,最重要的不就是坦诚吗?"

看着她大笑的模样，严迦南的面上也很快浮现出了些许笑意，望向她的黑眸，却是越发灼灼："你这是在嘲笑我，还是在哄我？"

玩笑的口吻，仔细听来，又似乎有几分认真。

"当然是在哄你呀。你陪我吃了小龙虾，礼尚往来，你也可以向我提一个要求。"

梁雪原只是想随便哄哄严迦南，哪想到他却当真了。

就见他那双黑眸轻轻一闪，随后立刻就接着道："那我希望你这周末不要加班。"

"好啊。"梁雪下意识地应道，应完之后，才陡然察觉出不对。

好不容易才进了乔源实验室，见识到了她心心念念的行业尖端技术。按梁雪惯常拼命三郎的性子，别说是双休日了，就算是平时，都恨不得直接住在实验室里。

"为什么呀？"

梁雪瞪大了眼睛，连刚入口的超大只小龙虾都突然不香了。

"因为我周末有比赛。"

虽说只是一场业余赛，却是五年后，他参加的第一场正式比赛。

他希望能有梁雪陪同。

如果梁雪想选择工作的话，他也尊重她的选择。

看到梁雪错愕的视线后，他有些失望，但还是很快补充了一句："我知道你进入乔源后工作量一定会大大提升，如果实在抽不出……"

"我有时间！"

不过他后面的那句话还未说完，就被梁雪给打断了，先前错愕的眼睛轻轻眨了几下后，渐渐转变为了惊喜。

"你这么快就要正式比赛了？我还以为你需要再准备一段时间呢。"

最后，她望着严迦南的眼神里甚至还带了几分控诉之意。

"你早说啊，你的比赛，我怎么可能缺席！"

有关这一点，严迦南就很冤枉了："我原本中午就想告诉你，可是那时候，你拒绝和我进一步交谈。"

"没来得及说，你也可以过后发信息告诉我啊！"

可惜，女朋友就是这么不讲道理，蛮横得严迦南都忍不住笑了。

"梁雪，你这是在无理取闹吗？"

再度吞下一只小龙虾后，梁雪也弯着眉眼笑了起来，故意问他："如果我说是呢？"

问得严迦南悠悠地叹气："虽然无理取闹是不对的，但是我自己选的女朋友，我除了继续宠着还能怎样呢？"

"算你回答过关。"

这下，梁雪总算是满意了。不过该知道的信息，她还是一样不落地又盘问了严迦南一遍。

"你不是说我是你们车队的经理吗?怎么比赛行程我反而是最后一个知道?"

"突然多了一个比赛名额,我也是今天早上才被王锴通知的。"

"怎么会突然多了一个比赛名额?"

"原本报名的时候,赛事方说已经满员了。直到今天才临时通知说有一位车手因为私人原因弃权了,问我们愿不愿意补上他的位置。"

说到这儿,梁雪总算是想起来了:"难道是洞湖杯?"

得到肯定的答复后,她激动得差点没跳起来。

"哇,我们这一次运气也太好了吧!"

洞湖杯虽是业余赛事,但含金量却不低。一般只有业内比较知名的车队和车手,才能获准参加。近几年,国内赛车界常把洞湖杯称之为职业赛的敲门砖。

若是能在洞湖杯上夺冠,还有很大可能会收到专业车队的邀请。因此,从报名开始就角逐得十分激烈。

他们先前报名的时候,就因为王锴车队成立的年限太短,没能进入正式参赛名单之列,只被列入了备选。

因为这个,梁雪还失落了好几天。

哪想到,竟能最后关头峰回路转,柳暗花明了。怎能不让她激动。

"严迦南,你想好到时候的获奖感言了吗?"

"你就这么相信我能夺冠?五年的空白期,即便是我,也不是轻而易举就能弥补上的。"

五年后再度回归赛场,严迦南也是有些紧张的。

好在,无论是五年前还是五年后,梁雪始终是他的铁粉,更是他坚定的精神后盾。

"所以我们才特意从业余赛开始啊。我相信你,你一定可以重新出发,再度披荆斩棘,站到世界之巅的!"

话毕,她又找补了一句:"当然,便是有一次失利,也不是什么大问题。业余赛而已,机会多的是啦!"

严迦南唇弧扬了扬:"谢谢!"

迷离的夜,虽未喝酒,可梁雪却似乎已被夜风吹得有些微醺,忍不住聊起过往来。

"严迦南,你知道吗,很久以前的时候,我在论坛上和一大群粉丝撕过。那时他们都说,戴着面罩的 Can 神是最神秘英俊的。"

虽已是久远的话题,可由梁雪说起,严迦南也不禁有些好奇。

"那你呢?"

"我当然和他们持不同意见啊。我一直都觉得,面罩下的你,才是最帅的。"

说到这里,梁雪越发得意了起来,甚至还悄悄伸出了拳头,轻触了一下严迦南的脸颊。

果然,指尖传来的触感也一如她曾经的想象。满足的梁雪不禁越发贪心起来,忽地张开双臂,一把抱住了严迦南。

她窝在他的胸口,用极响的声音说道:"所以这一次的业余赛,你一定要用这张真正的面孔,站在冠军领奖台上,好不好?"

"我……"

这一抱,轮到严迦南语塞了。

他忍不住低头看去,虽说此刻抱着他的是真真实实二十五岁的梁雪,但他好似穿过了五年的时光,看见了二十岁的她。

即便容貌还有些青涩,可在赛场外为他喊加油的声音,是自始至终的坚定。

有这样的粉丝站在自己的身后,他还有什么资格说不?

下一刻,严迦南终是说出了那句迟到五年的承诺。

"好,我答应你,我一定会重回世界的奖台。

"不止为你,也为所有支持我的粉丝。就像你说的,总不能让最爱我的粉丝们,连我的真容都不认识,你说对吧?"

"嗯!"

回答他的是梁雪重重的点头。

她再抬起脸的时候,忧伤尽褪,已是全然灿烂的笑颜。

"比赛加油!"

看着梁雪的笑脸,严迦南不禁跟着笑了起来。他那双乌沉沉的黑眸里,此刻尽是柔意与深情。

"嗯,一定加油!"

这一次的重启征途对严迦南意义重大。

看着眼前的女孩,他生出前所未有的力量。

第七章
重回赛场

　　充实的时间总是过得格外快，转眼就到了严迦南比赛的日子。

　　期间两个人都很忙，严迦南把正常工作以外的所有时间都花在了训练上，梁雪则是全身心扑在了实验室里。

　　直到四日之后，两人才在邻市的赛场上相见。

　　这也是梁雪首次作为车队工作人员进去赛场。

　　比赛用车自然还是王错那辆，因为是临时被通知参赛，内部性能未能做太大的调整，基本还是维持着原本的肌肉车性能。唯有车漆被严迦南重新喷涂了一遍，卸掉了原本的蓝色，改成了他惯用的亮红色。

　　这个颜色实在是太具有标志性了，梁雪一眼就在赛车场里认出了它。

　　此时严迦南正在车内做着最后的性能检测。梁雪走到车边的时候，他刚好结束检测。

　　"有问题吗？"

　　这个问题，她本是问严迦南的，谁想反被王错给先听了去，他立刻颤颤巍巍地应道："……有。"

　　"难道你还没把这张路线图记住？"

　　拉力赛，向来需要车手与领航员两人一道完成比赛。

　　严迦南刚与王错组建车队的时候，原是想着只让王错当车队老板，然后去另招一位领航员的。

　　可惜优秀的领航员可遇不可求。看了无数份简历，严迦南始终没能找到令他满意的那一个。

因此在领航员暂时空缺的前提下,这一次便只能王锴亲自上阵了。

他玩车的时间不算短,可专业赛车方面是真的不行。这张路线图,他都已经背了一周了,依旧磕磕绊绊地记不清楚。

如果是真正的国际拉力赛,就他这领航水平,别说夺冠了,性命都堪忧。

好在今日这一场比赛的赛道基本都是公路赛道,没有特别危险的路段。即便没有领航员,严迦南也能独自应付。

于是他干脆命令王锴道:"既然你还是记不清,等会儿就坐在副驾驶别说话了。"

头一次参加正式比赛,王锴紧张得直冒冷汗,连说话都变得结结巴巴的:"可……可以吗?可我怎么看见,其他队的教练都在不停关照领航员呢?"

他本是想从队友身上汲取些许关爱,缓解他紧张的心情。可惜严迦南这位队友远比他想象的要冷酷,在专业方面,他从来一点面子都不给。

"你都说是其他队了。人家都是专业的领航员,你是吗?"

"……你好残忍。"

王锴被喷得心都碎了。幸好梁雪还稍微有点同事爱,过来拍了拍他的肩膀以示安慰:"王锴,别难过了。"

王锴抽了抽鼻子,刚想夸梁雪还算有人性,就听她又接着说道:"当花瓶也没什么不好,起码不会拖 Can 神后腿。"

"你们——"

王锴好气。虽然事实就是如此,但他们说话就不能稍稍婉转一点吗?

为了表示抗议,他立刻把手里的地图叠了叠,塞回了口袋,傲娇地表示不看了。

比赛即将开始,他们收到主办方的通知,让所有参赛车辆于十分钟后去起始点集合。

虽是业余比赛,但起始车辆的安排也沿用正式比赛的那一套。按参赛车的成绩,从前往后排。

像严迦南他们这种从替补名单上拉上来,至今还未有赛绩的,自然只能排在最后一位。

即便此刻他们只排在最后一位,可在梁雪心里,严迦南从来都是最厉害的NO.1。

"加油!我会在观众席上,看着你夺冠的。"

"好。"严迦南一口应下。

反倒是王锴,仍有些忧心忡忡:"我们真的能赢吗?"

"上车。"

很快,他的忧愁就被严迦南给打断了,他被一脚踹上了车。

随后，严迦南转身向梁雪轻轻伸手。

"要一起吗？我可以把你带到观众看台。"

"好。"梁雪欣然同意。

"那就坐稳了。"

严迦南话音未落，车子就已飞驰而出。

"哇！"

梁雪忍不住激动地欢呼。虽说先前在试车车间的时候，她已坐过好多次严迦南的高速车，不过真正的赛车，今天还是第一次坐。

"急速奔驰后，心跳加速的感觉，真的很棒。"

"真……真的吗？"

她雀跃的声音后，忽而有一道虚弱的声音悠悠传来："可我怎么觉得头皮发麻，很不舒服，甚至……甚至还有点想吐。"

紧接着是两道异口同声的回答："没事，你坐着别动就行。"

听到这样的回答，王锴本人半点都没有被安慰到，另外两人却是相视一笑，心情大好。

飞驰的车速下，观众看台转瞬即到。

虽是业余赛，但是观众一点都不比职业比赛的观众少。梁雪走上看台的时候，最好的位置已经基本没有了。

幸亏她准备充分，一早就备好了高倍望远镜。即便被挤在了人群中间，她也能够第一时间找到严迦南所在的位置。

此刻，比赛还未正式开始，梁雪的心情还比较放松。拿望远镜确认完严迦南的位置后，她便向着更远处的赛道张望了起来。

这条位于丘陵中的赛道，绵延在山体之中，本就具有最优美的弧度，再加上初夏的季节，阳光雨水都极为充足，赛道两旁的植被也是郁郁葱葱。

远远望去，赛道好似倘徉在绿意中的缎带，美得梁雪迟迟收不回目光，下意识就想拿出手机，记录下这难得的养眼风景。

正当梁雪拿着手机对焦的时候，她的后背突然被攒动的人群挤了一下，使得她的镜头一下子就歪了。

正因如此，梁雪才在坠入人流的镜头里发觉到了那道熟悉的身影。

"魏则？他怎么会来这里？"

其实连魏则自己都不知道该如何回答这个问题。

他今日被马师傅派来邻市采购一件稀缺零件，他本该买完零件就立即买车票回程的。

可是他的脚像是突然不听大脑使唤似的，莫名就来了这里。随后，他就被排在队末的那辆红色赛车彻底吸引住了。

哥哥还在的时候，他虽未能亲至国外现场观赛，但只要是哥哥的比赛，每一场他都有准时收看。

从儿时起，哥哥的那辆红色赛车便是他记忆里最遥远的存在。即便是五年之后，曾经的记忆已被深埋，他还是一眼就认出了这抹特别的红色。

认出魏则后，梁雪自然而然地走到了他身旁，在他耳畔轻声问道："你觉得谁会赢？"

沉浸在自己世界里的魏则好似没有听见梁雪的话，兀自站在原地，喃喃自语道："他为什么，一定要选这个红色？"

他说得虽轻，但梁雪还是听见了。

"他为什么选红色，你不知道吗？"

而后，魏则就沉默了。

显然他早已知晓答案，只是迟迟不愿承认罢了。

不过今天能在这里见到魏则，对梁雪来说，便已是惊喜了。

见到他面上的神情有所转圜，梁雪赶忙再接再厉道："其实就算是为了你哥，你应该和他好好谈一次的。这些年，和你哥相处时间最长的就数他了。"

魏则又何尝不知道这一点，他只是始终过不去自己心里的那个坎。

偷偷看了梁雪一眼后，他很快傲娇地扭过头去，假装不想理人。

"不如我们打个赌吧。"

毕竟是装的，梁雪不过循循善诱了几句，他就很快又有了反应。

"赌什么？"

"自然是赌这次比赛的结果。魏则，你觉得哪一位能获胜？"

听到"获胜"二字的时候，魏则的目光几乎是下意识向严迦南的那辆红车望去。意识到梁雪在看他后，他才赶紧转了目光，口是心非地开口道："不管哪一位，都不会是排在最后的那一位。"

"是吗？"梁雪故作不知他心思地挑了挑眉，"我的意见正好和你相反。不论是五年前，还是五年后，我都相信 Can 神。"

"五年"二字，仿佛就是魏则情绪的开关，听到这个词的下一秒，他突然就爆炸了。

"相信，相信！你凭什么相信他？五年前的那场比赛，你应该也在现场吧？为什么当天那么多车手，只有他撞死了人？"

"对不起。"这个问题，梁雪回答不了。

爆发过后，魏则重新冷静了下来。

"我虽然不认同你的话，但你刚才说的赌约，我可以接受。"

"如果你赢了，我可以听你的，重新与他好好聊一次。"

他答应再次与严迦南见面，绝非是就此原谅了严迦南，只是他听进去了马师傅的开导。

逝者已矣，活着的生命终归仍要继续。五年的时间，也够久了。他是时候将禁锢的自己放出来，迈过有关他哥哥的那个坎了。

不过连他自己都没意识到的是，达成所有这些目的的前提是，严迦南能赢。而他，好像自始至终都没有质疑过严迦南的能力。

如若不然，他为何连严迦南输了的情况，都没有设想呢？

梁雪也很快发现了这一点，嘴角不自觉地轻轻勾起，当即爽快应道："好，一言为定。"

他俩的赌约达成不久，比赛就正式开始了。比赛令旗落下之时，就见数十辆车如离弦的箭一般冲了出去。

"加油！"

"冲呀！给我超过前车！"

观众台上加油的声音此起彼伏，都在为各自青睐的车手喝彩，希望他可以不断超越前车，勇夺第一。

实际上，盘山公路陡峭险峻，只勉强容得下两车并行的车道宽度，令超车的难度大大增加。

这也意味着排在最先出发的那位，优势极大。

只要他能控制好自己在赛道中的车位，便有可能达到一夫当关，万夫莫开的效果。

果然，排在第二位出发的那辆明黄色赛车虽前进的动力十足，出发不到五分钟就好几次逼近了前车的车尾。可是很遗憾，每每在这个时候，前车就会巧妙变换车位，或是一个甩尾将他的前路完全挡住，或是一个漂移移动到道路一侧，硬挤掉他的超车位。

一鼓作气，再而衰，三而竭，如此往复失败了几次后，二号车手的斗志很快就降了下来。表现在操作上，便是认命地紧跟在头车之后，许久都再没有超车动作出现。

他求稳的心态本不算错，可是在他的支持者们看来，就很有些痛心疾首了，忍不住叹气出声道：

"唉……刚才那一下，真是太可惜了。"

"可不是，那个弯道是多好的超车机会啊，怎么就没把握住呢。"

"我研究过这次的赛道路线，盘山公路，越往上越陡峭。想要弯道超车，也只会越来越难。"

"那岂不是没机会了？"

"唉，谁叫本场比赛的第一序列是那位徐磊呢？我们家戈东东若是能全程保持住第二的地位，也算不错了。"

戈东东的粉丝聚在一起讨论得正欢之时，忽然有一道女声自一旁弱弱响起："请问……你们说的那位徐磊是谁？他很厉害吗？"

"你竟然不认识徐磊？你到底是不是车粉啊？"

"抱歉，我最近刚回国，对国内赛车界的情况还不是很清楚。所以能麻烦各位前辈稍稍给我解释一下吗？"

"原来是刚入我们国赛圈的新人啊。"

原本有些不满的粉丝在听说梁雪是新人的时候，突然就眼睛亮了。

"姑娘，那你这个问题可真是问对人了。"

很快，梁雪就得到了十分详细的车手信息。

第一位出发并暂排第一的那位车手名为徐磊，原本是专业赛车手，但因为前不久退出了原车队，清零了当赛季的积分，才会降位来这业余赛，争夺再一次进入职业赛的资格。

不过，这位徐磊虽然之前在职业赛的成绩还不错，但这几位车粉似乎都不太喜欢他。

"姑娘，我跟你说，看车手不但要看车技，还得看人品。这个徐磊啊，人品是真的不行。"

"没错，他这车技也就虐虐业余车手而已。"

"哪里算虐？他仗着是职业车手才拿了这个第一出发的位置，这都开了这么久，也没看见他遥遥领先啊。"

"还不如我家戈东东。说不定等会儿他露了破绽，我们家东东就立刻反败为胜了。"

"不过这样的车道，超车真的很难啊！"

"可不是。这条赛道徐磊可真是太沾光了。"

"难吗？"他们唉声叹气之时，明快的女声再度响起。

"我怎么看见后面那辆红车，在你们刚才说话的工夫就已经连超三辆车了？"

"怎么可能！"离梁雪最近的那位粉丝几乎是想也不想地否定道，"开玩笑，这么窄的山道，我们东东都没超成，怎么可能——"

谁知，他话还没说完，观众台的大屏幕就突然切了一个近景镜头，正是严迦南前一秒超车的慢镜头回放。

同时还有阵阵喝彩声自他们身后的人群中传来。

"漂亮！"

"这操作也太厉害了吧。"

除了夸赞,更多的声音则是在问:"驾驶11号红车的是谁?"

"他是会获得本次比赛冠军的人。"梁雪自信地答道。

"不可能。"身旁的人听后,纷纷摇头。

作为国赛的老粉,他们的信念也不是轻易就能动摇的。很快,他们就从惊讶中反应了过来,开始理性分析道:

"末尾超车总是要容易一些的。"

"没错,刚才被超的那辆,全程只会加速却不会变道,车技显然比徐磊差得不是一点半点。"

"窜出黑马是常有的事,不过这匹黑马到底能不能坚持到最后,可就说不准了。"

"说实话,今天徐磊的状态还是很稳的。"

"当然我们东东也很不错,我觉得他随时都有超常发挥,超过徐磊的可能。"

他们分析完后,还不忘再对梁雪来一波劝说入股。

"姑娘,粉车手的话,还是粉稳一点的车手比较好,比如我们家东东这样的,你说呢?"

其实梁雪在比赛之前,也对前几位赛车手做过功课。这位戈东东,在不少车粉圈都有被提到。他虽还是业余车手,但仅仅出道一年的表现已是可圈可点。进入真正的职业赛,应该只是时间问题。

据说已有不少赛车俱乐部向他投去了橄榄枝,认为他是有望冲击职业冠军的超高潜力新人。

可在梁雪看来,这位戈东东虽表现还算优秀,可比之国际赛事中的那些优秀车手,还差得远呢。

科研人向来直,心里怎么想的,便怎么说。

"你们说的这位戈东东确实还不错,车速和节奏都把控得很稳。"

"是吧!"粉丝们听完刚准备乐颠颠地点头,就听梁雪话锋突转。

"只是,有时候太稳了,就会相应缺少冲劲。刚才的那个弯,如果他早一点提速超车的话,就不会给徐磊拦住他的机会了。"

听到她这么评价,戈东东的粉丝们立刻就不干了:"要是我们东东刚才超车成功了,你还会这么说吗?"

梁雪托腮,一针见血道:"目前看来,他不会成功。"

"怎么可能?下一个弯道,东东一定能超车成功。"

"那我们就下一个弯道见真章,我赌他仍然不能。"

"你凭什么这么认为?"

梁雪扬了扬眉,笃定道:"因为到下一个大弯道的时候,他的第二名很可能已经保不住了。"

戈东东的粉丝们一直都只关注着戈东东等几位前部车手，殊不知，本赛程最大的危险竟会从后部席卷而来。

即便有五年的空白期，Can 神也仍旧还是那个 Can 神。

方向盘于他就好似战场中战士的利剑，每一次出击，都快、狠、准。

严迦南的前车不过在一个小弯道上稍有一丝迟疑，就被他瞅准了机会，猛拐方向盘超了过去。

之后，是下一辆。

比赛开始不到十五分钟，最前面的一辆车甚至还未到达第一个大弯道，严迦南就已经超越了大部分后车，到达了第三的位置。

这般简直令人不可思议的成绩除了梁雪看得坦然，其他观众的脸上都不可遏制地露出了震惊的神色。

"这……这就第三了？"

"我没看错吧？他这辆车明明该是不适合山道赛的肌肉车性能啊。"

原本第一、第二位从一开始就咬得死紧，但他们与第三位一直保持着比较大的优势距离，直到严迦南成为第三。

很快，他们原本拉开的优势距离以肉眼可见的速度在缩短。

几十秒后，就变得岌岌可危。

这下，就连一贯盲目崇拜戈东东的粉丝们都开始不淡定起来。

"这个红色 11 号到底是何方神圣？为什么我全然找不到有关他的资料线索？"

"难道真的是新车队的新人吗？"

"不可能，你看到了他刚才的超车慢镜头吗？那么快的速度下，还能将车子底盘控得这么稳，单单这一点，就绝对不是新人可以做到的。"

其实这句话，这位资深粉还有后半句没说。

那样惊人的控车手法和超车速度，别说是新人了，就算是国赛区顶尖的车手，都没几个能够做到。

不过为了自家车手的颜面，这后半句话，他最终还是给憋了回去。

梁雪没有他这种顾虑。

在梁雪眼里，她的 Can 神永远都是最优秀的存在。尽管今天这只是一场业余赛，她也仍旧自信地答道：

"因为他是要再次征服世界的男人。"

虽说严迦南刚才确实很厉害，但中国赛车手在世界级比赛中的水平从未出彩也是不争的事实。

这也是为何这里的大部分车迷都只说国内赛事，闭口不谈国际赛事。

他们此刻听到梁雪这句话，面上的表情更是比之前承认严迦南是黑马的时候还要吃惊好几倍。

"征服世界？你是说国际拉力赛吗？"

"姑娘，你确定你不是在开玩笑。"

"那我们就看着吧。"梁雪没有再解释，只是望着远处的红色车影，淡淡道，"九层之台，起于垒土。我也将从今天起，看着他从业余赛伊始，一步步走到世界赛。"

不知道是不是她的话语于大家起到了激励作用，有一瞬，众位车粉也都有些动容。

"真的吗？"

"如果真如你所说的话，那我大约也要换车手粉了。"

当然，同时也有着反对的声音。

"呵呵，小姑娘家家的别总说大话。他现在不过才第三而已，要是真有本事，现在就让他给我拿个第一看看啊。"

不知道是不是巧合，这个反对的声音刚传来，众人期待已久的第一个大弯便到了。

随后他们就看见那道红色车影紧贴着内赛道，以眼睛追不上的速度，瞬间就超过了原本领先的那两辆车。

眨眼间，它就夺下得了第一的位置。

"哇！漂亮！"

那一个连超两辆车的漂移实在是太漂亮了，完成的瞬间，整个观众台都不禁爆发出一阵热烈欢呼。

随后他们才反应过来，刚才被超车的是自家车手。

于是紧跟着又是好一阵遗憾叹息。

即便是遗憾叹息，他们的眼睛也一秒都没从那辆11号红车身上移开。随着它领先优势的逐渐增大，观众变得越发狂热。

"那辆红色11号车到底是何方神圣？"

"查到信息了吗？我现在就想知道他家车队的全部资料。"

可惜严迦南这个新车队目前在网上的信息实在匮乏，众人在网上搜索了半天，也没能搜索出有效信息来。

因为是临时顶上的替补，他们两人的名字甚至都不在首次公示的名单里。

谁能想到，正是这辆官方连名字都忘记补充的11号红车，在这场比赛中创造出了前所未有的奇迹。

二十分钟超越所有对手，以领先第二名整整三十分钟的成绩冲破终点线。

即便这只是一场业余赛，这个成绩也足够惊人了。

因为有了严迦南，这场比赛似乎都不能称之为比赛了，更像是一场碾压式的个人秀。宛若在赛场上刮起了一阵红色飓风,所到之处,令所有参赛车辆全部黯然失色。

到了比赛的中后期,所有人的眼里都只剩下了那抹一骑绝尘的红色车影。看着它以几乎不可能的角度滑过一个又一个刁钻弯道。

最后,在它冲破终点的刹那,所有人都看得热血澎湃。

随后,大家都开始问同样一个问题:"他是谁?"

不只是观众,主办方亦是如此。

11号红色车停下后,场内所有的直播镜头全都对准了车门,就等着揭开这位神秘车神的庐山真面目。

梁雪站在人群中,对着大屏幕,忍不住喃喃念起他的名字:"严迦南。"

她声音落下的时候,直播镜头里的车门亦在同时打开了。

随后,镜头里就出现了一张她熟悉的大脸。不过不是严迦南,而是王错。

王错其实长得也还算不错,不过他这会儿表情管理出了错,整张脸都皱着,镜头照了他好一会儿,都没等到他一个笑,那眉头还越皱越紧,似是越发痛苦的模样。

王错也不想这样的,可谁叫严迦南的车开得实在太刺激了呢。

最后他没能忍住胃液上涌,捂着胸口,直接对着直播镜头吐了出来。

"呕——"

现场画面太美,看得观众们不禁纷纷嫌弃地闭眼,然后发出此起彼伏的质疑声。

"这是车神?"

"车神能是这个样子?"

"镜头莫不是拍错人了吧?"

答案自然是肯定的。

车手哪会从副驾驶座走出来呀?

直播镜头很快纠正了自己的错误,以最快的速度从王错身上移开,转向另一边驾驶位的方向。

大家这才终于见到了冠军本人。

察觉到镜头,严迦南很快配合地摘下了赛车帽。

短发飞扬间,观众总算见到了他的庐山真面目。

五官英俊,眼眸漆黑,虽还未说话,但举手投足间已然散发着高冷睥睨之意。这模样,简直与观众想象中的车神形象一模一样。

见到严迦南的那一刻,观众们的眼睛都不由得亮了。

严迦南从来不会令观众失望,很快开口自我介绍道:"大家好,我是严迦南,本次比赛的11号车手。"

果然和梁雪想的一样,这一次他没有再用Can这个英文名,而是使用了他的本名。

正如他在赛前同她说的一样，这不仅仅只是一场比赛，而是全新的开始。

"原来他叫严迦南啊。"

虽只是一句短短的自我介绍，但很快，严迦南这个名字便在国赛圈内刷屏了。

△洞湖杯爆冷，黑马名为严迦南。

△洞湖杯原正式车手徐磊惨遭滑铁卢，竟然被严迦南领先了足足三十分钟。

△你们赶紧去看洞湖杯此次比赛的回放录像，本次的冠军严迦南当真是yyds。

……………

有如此耀眼的黑马横空出世，洞湖杯主办方自然也懂得要抓牢机会。很快，他们就在终点站边搭建了一个临时采访点，安排了一位主持人对严迦南做了一场一对一的直播采访节目。

如果是五年前的Can，他一定不会同意这样的采访，可是五年后的严迦南却不同。主办方需要他博人眼球，他也同样需要主办方的平台联系上一个人。

因此，在主持人问到他对往后赛车生涯的展望时，他答得格外多。

"每一个赛车手，都有着不小的雄心壮志，我自然也不例外。我们车队还是一个很新的车队，因为没有原始成绩，所以只能从业余赛开始。这里，我很感谢洞湖杯给了我这次正式参赛的机会，有了本次冠军的成绩，我也就有了国内职业比赛的敲门砖。"

听到他如此说，主持人自然也跟着他的节奏，问他打算什么时候挑战职业赛。

他这一次参赛的战绩如此惊人，车粉们也希望能在以后的职业赛中看到他的身影。毕竟高手和高手较量才精彩。

只不过职业赛与业余赛还是有不小区别的。

严迦南在这场业余赛中，可以说是完全靠着个人实力碾压对手，可职业赛却不同。职业拉力赛基本都是野外赛道，路况比人工赛道要复杂许多。

在这种情形下，想要靠个人实力完成几乎是不可能的。

甚至可以说，车手稍有操作不慎，就有可能在职业赛上发生翻车的危险。只有车手与他的领航员通力合作，才有可能在职业赛上跑出好成绩。

而严迦南的那位领航员……

别说是专业人士了，就算是普通观众都能看出，他不行。

这件事，严迦南自己当然也清楚，王错不过是他临时找来充数的。他真正心仪的领航员，早有人选。

这也是他主动配合这场直播的原因。

他希望不管对方此刻是否在这片赛场，都能听到他现下说的这番话。

这番话，严迦南说得认真又诚恳。

"曾经，我有过一位非常优秀的领航员，我和他并肩奋战了许多年。与其说是队友，更像是兄弟。不过可惜，在一次意外车祸中，他遇难了。或者说，是他将生的机会让给了我。

"我很尊敬他，他是我见过的最优秀的领航员，但我并不觉得他无法超越。我相信，我的下一任领航员一定能超越他，与我一道，创造出更好的成绩。"

半个小时后，魏则出现在了严迦南的面前。

这一次，他虽是自愿前来，但面对严迦南，依旧没有什么好脸色，眼里盛满了怒气。

一踏进休息室，他就沉着脸道："严迦南，刚才你在直播里说的那番话，是知道了我在这里，故意说的吧？"

"魏则，见到你的事，我并没有告诉他。"梁雪下意识替严迦南说话。

不过，魏则向来把梁雪看作严迦南的同伙，对于她的解释，显然是不信的。

这会儿，他甚至连话都不想接，哼了一声，就扭过了头去。最后，还是严迦南替他开的口："梁雪，让我和他单独聊聊吧。"

梁雪看了看二人，最后点了点头，仅剩下他们两人的房间空气越发冷凝。

"你想和我聊什么？"僵持许久后，魏则率先冷声开口。怒目圆睁的眼睛里，写满了戒备。

"我觉得我们应该有许多话可以说。"

相较于魏则的浑身怒意，严迦南的声音显然要平和许多。望向魏则的目光里，还有着几分欢喜的笑意。

能在这里见到魏则，他是真的很高兴。

然而魏则的情绪却完全与严迦南相反。严迦南看见他放不下赛车就这么得意吗？重回车场，夺得冠军就这么意气风发吗？明明这些荣耀，都该有他哥哥的一份。

可如今，他哥哥却已身死，失去了有关未来的一切可能性。

"凭什么！"

想到最后，魏则终是再控制不住胸口的那团怒火，直接将怒意化成拳头，一拳敲在了严迦南的脸上。

"严迦南，你也就会说些漂亮话而已。

"说什么他是你最好的朋友，是他把生的机会给了你。如果你真当他是你最好的朋友，为什么最后付出生命的是他不是你？"

这一拳，严迦南没有躲，结结实实地受了。

魏则蓄力一拳的力道，亦是不容小觑，打得他太阳穴"嗡嗡"作响，整个人都有好一阵的眩晕。

颠倒的世界，好似有一瞬穿越时空，将他带回过去，回到了五年前车祸的那一瞬。

没错，魏启本该是能活下去的。

撞到落石的位置，更靠近他的驾驶位，若是正面撞击的话，车子瞬间就能停下，魏启本该只会受些轻伤。

那时候，他也曾是这样决定的。

他把着方向盘，直直向巨石撞了过去。然而面对死亡，他终究还是害怕的，忍不住闭上了眼睛。

也正是那一刻，他的方向盘被魏启给扭转了。

角度偏差之后，车身擦着巨石飞了出去，翻滚着落入了山谷之中。这是魏启在赌，赌车子坠下后，能被山腰上的那棵大树卡住。这样，他们两人都能有生还的机会。

可惜，赌局还是输了。

那根看上去还算粗壮的树枝压根挡不住那样快的重力加速度，不过片刻就断裂了。而后，他们就直直坠入了山谷。

本该是同死的结局，哪想到魏启这个疯子，在最后的最后，竟还使出了奇迹般的力气，硬生生解开安全带，以自己为肉垫，强行保住了他的性命。

再次回想起这一幕，严迦南不自觉地湿了眼眶。

"对不起。你说得没错，我是欠你哥一条命。"

迟到的道歉配着他嘴唇的血色，沉痛且刺眼。看得魏则也不禁红了眼，嘶哑着声音道："那你倒是让我哥回来啊。"

"对不起。"

严迦南知道自己亏欠魏则，所以这些年，他一直在尽自己所能地默默帮助魏则。赞助他上大学，给收治他外婆的医院大笔医疗援助，甚至是任由他对着自己挥拳。

可唯有这个愿望，他办不到。

人死不能复生，魏启已经不可能再回来了。

魏则又何尝不知道这一点？然而他哥哥当年死得实在太突然了，什么话都没有留下便骤然去世。

这样的现实，他实在是难以接受，于是他便干脆封闭了自己的内心，不去想，不去问，假装他哥哥还在。

积年累月到今日，已成了他人生里难以迈过的坎。

一谈起他哥哥，他就会失控。哪怕对方说的都是真话，他也如何都不愿相信。

"不要对我说对不起，我不听，我只是想让他回来。"

"他明明答应过我的，等我放了假，就会带我去他的车队实习。让我见识全世界最厉害的赛车，手把手教我当领航员。

"他亲口答应我的，怎么可以食言呢！"

原来魏启生前说过这些。

严迦南沉默了会儿，忽然想到了魏启留下的那个笔记本，他写下的那个笔记本便是想给他弟弟的。那是魏启去世后最重要的遗物，严迦南保存了许久，并一直把它带在身上，想着总有一天要把它亲手交给他的弟弟。但身上沉重的悔恨让他一直不敢面对魏启的亲人。

今日，终于可以物归原主了。

"魏则，你哥哥他没有食言。"

眼前这本有些年代的硬壳笔记本，封皮上原本印着的图案已斑驳不清，里面的纸张也已有些发黄，但魏则还是一眼就认出了它。

"这是我送给哥哥的笔记本，是他当年出国前，我送他的礼物。"

原来如此，怪不得在电子记录早已普及的时代，魏启仍总像一个老学究般事事都喜欢拿出他那本厚重的笔记本来记。

并非是他思想老旧，而是因为这本笔记本于他，意义非凡。

如今，曾经的礼物变为记忆的传承，重新回到了魏则的手中。

"我看过了，这个笔记本上记录了你哥哥作为领航员所有的心得与经验。即便他如今不在了，这本笔记本也一样能教你成为最优秀的领航员。"

魏则接过本子，翻开第一页，便忍不住手颤。

见字如面，望着哥哥熟悉的字迹，有一瞬他恍惚觉得，哥哥好似又回到了自己身边。

哪怕没有了形体，也能化作清风，绕在他的耳畔。

"滴答——"

一阵清风拂过之后，魏则的眼泪终于控制不住地涌了出来，一滴一滴，落在了笔记本的扉页。

许久之后，他才带着浓重的鼻音重新开口问道："你一直都带着它吗？"

"嗯，一直都带着。"严迦南眉头轻蹙，轻声答道。

"带着它，就好像哥哥还在，还能坐在我的身边，指导我的每一场比赛。赛车，不只是我的梦想，也是他的。"

魏则抬头看向严迦南，感觉他并没有骗自己。

有些事情，它是作不了假的。比如人的感情，再比如在那个笔记本上留下的，被人翻阅过无数遍的摩擦印记。

两人的谈话到这里，已差不多接近尾声了。

魏则捧着笔记本，想要离开。在他即将走到门口的时候，似乎突然想到了什么，他脚步微顿，重新转过身来道："听说你还缺一个领航员？"

"是的，你……愿意加入吗？"

"我需要一点时间考虑。"

他更需要一些时间，看完他哥哥留下的所有笔记。

"你们聊完了吗？"

魏则看了看梁雪，越过她离开，而梁雪很快发现了严迦南半边脸红了一大块。

"他打你了？"梁雪震惊地看着严迦南。

严迦南轻描淡写地"嗯"了一声。

梁雪有些恼怒："你怎么不还手？"

"这是我欠他的。"严迦南的神情很淡。

梁雪沉默，带着无言的心疼。

那双担忧的眼眸坠入他眼里，令他的心蓦地软了下来，不由得轻声道："不提他们了，难得来了这里，我陪你去逛街吧。"

这座城市的商贸特别发达，最近还新建了保税区，梁雪早就想来血拼一把了。只是回国以后她一直忙于工作，才迟迟没有成行。

原以为这次趁着来看严迦南比赛的机会可以达成愿望，可她却忘了，严迦南不仅是她的男朋友，还是她的领导。

记忆力超群的他，一早就记下了梁雪的工作日程表，下一秒就挑眉道："不过，你有时间逛吗？"

想到自己前几天加班加点，披星戴月的日子，梁雪不禁眉头微皱，嘟囔着质疑道："难道我就没有请假的权利吗？"

"你当然有，我肯定给你批。"

严迦南在她幽怨的眼神下当场投降，但同时也不忘提醒她。

"就是不知道陈老同不同意。我怎么记得，你可是打了包票说下周一前能出测试数据的，你数数，现在离周一还有几天。"

梁雪仅剩的时间，与其用天，倒不如用小时为单位计量更为恰当。紧迫感上来后，她也再不提逛街的事情了。

虽然还有些许赛事的琐事需要处理，不过这些事情的重要性显然远不能与自家女朋友相提并论。

这两者间，严迦南自然是立马选择了后者。他抓起车钥匙，拎着西装外套就往外走。

"走，我送你回去。"

"你不会还开的是你那辆限速的车子吧？"吃瘪之后，梁雪忍不住也"叭叭"着小嘴，礼尚往来了一句。

她"叭叭"了半天，他连眼风都没动一下，反而还抓着时机，一把揪住了她伸过来的手腕，蓦然凑近道："如果我说是的话，你就不坐了吗？"

这般近的距离下，严迦南身上特有的冷松味道扑面而来，瞬间就令梁雪沦陷。

腰身发软，面色发红，连声音都多了几分软糯。

"严……严迦南，你干吗？"

她这模样实在是太可爱，看得严迦南再绷不住面容，忍不住笑了。

"梁雪，我想做什么，你不知道吗？"

话音未落，梁雪的身体便坠入了一个温暖且宽厚的怀抱。

他的怀抱，亦有着梁雪喜欢的味道。初时淡淡的雪松香，清新又冷冽。随着拥抱渐深，他的味道也变得越发热烈起来。

特别是蹭到他脖颈的时候，炽热得简直要把梁雪的脸颊给烫红。光靠腰身的力量一时都有些撑不住，只能跟着伸出手去，环住他的脖颈。

有了她放任的动作，严迦南便大胆地向着她靠了靠，将自己的下颔放在她的头顶上。他的薄唇擦过梁雪的耳垂时，顺势耳语道："其实我早就想这么抱你了。

"你不是问我刚才与魏则聊了什么吗？我告诉他，魏启是我曾经见过的最优秀的领航员。"

"那现在呢，你觉得会是魏则？"顿了顿，梁雪又感同身受道，"以他的潜质，如果在你身边，或许会是非常非常重要的人。"

对于魏则，严迦南确实十分看好。不过于他来说，如今他眼中最耀眼的存在再不是什么车坛新星，而是眼前之人。

既是这般想的，严迦南自也如实说道："不是。"

"那是谁？"

梁雪正好奇地猜测他们身边还有哪位领航员比魏则更有潜力，就听严迦南的语气忽而一转，从平静淡然变为了温柔缱绻。

"不是别人，是你。"

"我？"梁雪的声音里透出掩饰不住的意外，但是眼睛被这个回答取悦得越发晶亮。

"毋庸置疑，在我看来，你更重要。"

"……是吗？"

直男的情话，难得能这般动听。梁雪脸色绯红，唇弧不自觉地上扬。

难得严迦南这么主动，梁雪自然也不能输。

她轻轻抵了一下他的胸脯，趁着他还没反应过来迅速踮脚，扯低他的脖颈，直接吻上了他的唇。

吻过之后，她才舔了舔唇，心满意足地答道："这是我给你的奖励。"

"奖励吗？"

严迦南抿了抿唇。刚才被梁雪奖励的地方，沾上了一点点她的唇彩，如今被他一抿，原本的一点殷红晕成了好大一片粉色，令他本有些寡淡的唇色鲜艳了许多。

像傍晚天空中突然燃起的火烧云，一旦点燃，就绚烂夺目得令梁雪再无法移开目光。看得久了，她都不禁有些痴。

出神间，她甚至都没听清严迦南后面说的话，只依稀听到了一声"不够"，随后她的唇再次被他重重封住了。

严迦南在学习方面向来进步神速，亲吻也不例外。他的吻刚开始还有些许生涩，不过很快就渐渐将呼吸调整了过来，吻得越发熟练。

"唔……"

梁雪不禁呻吟出声，但他仍觉得不够，正想着再加深些。可惜，未等他着手实施，休息室的门就被某个没眼力见的人给撞开了。

王锴本是来找严迦南聊正事的，撞开门后，才后知后觉察觉出不对，仓皇间又把门给关了回去。

"打扰了，你们……你们继续。"

被王锴这么一搅和，哪还能继续？

不一会儿，关上的门就从里面打开了。

严迦南先出现在门口，挡在梁雪的前面。依旧是那张英俊微冷的脸孔，这会儿散着的冷意，显然比平时还多了几分不悦的杀气。

他深黑的眼眸缓缓扫了门外人一眼，才悠悠开口道："王锴，你找我什么事？"

王锴顿时被这一眼扫得压力山大，连声音都被吓得有点含糊："也……也没什么重要事情，就……"

主办方刚刚派人来，想与他和严迦南再聊两句而已。

哪知严迦南压根不等王锴将话说完，就径直抬腿，牵着梁雪走了。

"既然没什么重要的事情，那我们就先走了。余下的小事，就劳烦王总多操心了。"

听到严迦南喊自己王总，王锴受用地眯了眯眼睛，随后后知后觉发现自己上当了。严迦南一走，车队剩下的活，岂不都得他来干。

"你这样欺负王锴合适吗？"

回去的车上，看着车队群里王锴连发的好几个爆哭表情，梁雪有一点点不忍心。

不过很快，她就没闲情同情王锴了，因为她接到了陈老的电话。

接完电话后，梁雪的表情更是与先前王锴发的那些表情包神同步，哭丧着小脸，望向严迦南的目光却是火急火燎。

"我说，你能不能把车开快一点呀？你不是车神吗？"

听得严迦南好无奈："梁雪，车神也是得遵守交通法规的。"

"那我们还要多久才能到公司？"

"一个半小时，不堵车的话。"

"这么久。"听到这个回答，梁雪当即掩面而泣，"那我今晚大约是不配睡觉了。"

她刚才接到陈老的电话，他们组原定的成果检验时间提前了一天。这也就意味着，她得在明早之前，完成原计划一天的工作。

"怎么就突然要求提前了呢？"梁雪忍不住哀号。

这本是打工人普通的无效式抱怨。哪想到这一次，她的抱怨声刚落，耳边就传来了有效答案。

"因为昨天传来消息，新义张老的团队在固态电池方面有了重大突破。张老和陈老两位，是好友，更是竞争对手。"

"懂了。"听严迦南说完，梁雪恍然大悟地点了点头，"原来老头们也喜欢内卷。"

她这话说得太真实，听得严迦南都忍不住笑了。

"你这话，敢当着陈老的面说吗？"

梁雪竟然还一本正经地答了："当然不敢。领导的坏话，自然只能在背后偷偷说。"

这回答听得严迦南越发乐了。

"那你是不是也在背后偷偷说过我的坏话？"

梁雪笑眯眯地晃头："你猜呀。"

自从严迦南变成她男朋友后，她就越发不怕他了。即便他故意板着脸，也仍旧没能唬住她。

不过，等车子驶入乔迦厂区，到达乔源实验室门口后，梁雪就立马变了颜色。

无他，只因为此刻陈楠山正站在乔源门口等她。

"梁雪，我听说你昨天就已经将项目基本做完了，怎么就独独留了最后一步没有做呢？"

她能说是因为自己急着去看男友赛车吗？

当然不能。

可就算她不说，年轻人的那点儿事，陈楠山又怎会猜不到，更何况她这会儿还是和严迦南一块儿来的。

不等梁雪回答，陈楠山就扶着老花镜，一副了然的模样："原来你就是小严的那位女朋友啊。

"怪不得，我说他上次为何一定要把出题权抢去呢，那急切的样子都有些不像他了。原来是醉翁之意不在酒啊。"

"出题权？"

这个知识点，于梁雪来说显然有些超纲了，刚想向陈老详细问问，还未来得及出声，就被某人给抢先了一步。

"陈老，您不是急着找梁雪干活吗？人我已经给您送来了，没有其他事的话，那我就先走了。"

严迦南的声音一如往常，可这会儿梁雪听着，怎么都有些此地无银三百两的感觉。

陈楠山更是直接一把就攥住了严迦南的手臂,说:"你怎么就能走了?我这儿正缺人呢。"

"别人不愿来加班,可你这位研究员家属,可没资格推辞。"

"他能来实验室帮忙吗?"梁雪也有些困惑。

虽说严迦南名义上是乔源的负责人,但他们之前部门开会,但凡涉及科研学术的,基本都是由陈老主持拍板的。

在梁雪看来,严迦南充其量也就是一个签字工具人。哪想到,他竟也能成为实验室中与她一道并肩作战的战友。

梁雪这全都写在脸上的心思,陈楠山一眼就看出来了,眼看着某人也再藏不下去,干脆开口替他解释道:"你可别小看他。他虽在化学方面的造诣不如你,但在电路设计、动力系统等领域,却是我都不如的专家。"

"你还记得那道巨难的考核题吗?就是他这位负责人出的。"

听到这里,梁雪再也掩盖不住惊讶:"那道题,竟然是你出的?可我当初怎么听说,那道题是比陈老还要资历深的负责人出的?"

行业资深、年龄比陈楠山还大什么的,显然都是小员工们臆脑补的,唯有出题人身份那一项信息是真实的。

乔源负责人,自然是严迦南无疑,可梁雪总有些没法将这两者画上等号。她说完仰脸看了严迦南许久,一副欲言又止的模样。

她出神之际,严迦南的俊脸蓦然在眼前放大。随后他手指轻抬,在她的两腮上轻轻捏了一下,这才颇有些不满地道:"怎么,我就这么不像负责人吗?"

"也不是,就是……"

梁雪试图解释,可想了好几句,都似乎不太合适。

最后,是严迦南勾着唇替她说的:"看来,我们之间还是有些不够了解。"

说话的工夫,三人已经走进了准备室。按照实验室的规矩,所有进入实验室的人员,都需要在准备室中换上实验服才能进入。

梁雪本想给严迦南拿一套客用的实验服穿的,不过严迦南的动作依旧比她快了一步。在她之前,他就已经伸手拉开了001号柜子的门,轻车熟路地换上了实验服,与陈楠山并排走进了实验室。

走进实验室后,严迦南又很快回身,朝梁雪催促道:"梁雪,你可不能落在我们后面。是你的实验,就该你来主导才对。"

说是实验,但这会儿,梁雪只剩最后的那份总结报告未写了。

不过即便是总结报告,要将所有的实验数据融合其中,论证观点的工作,一点也不容易。

165

如今的新能源车市场上，大部分使用的是铅酸蓄电池。性能稳定，价格低廉是它最大的优点，可在能量密度方面，铅酸蓄电池却有着十分明显的短板。

它的能量密度只有锂电池的三分之一，氢镍电池的二分之一。也正是因为这一缺点，使得新能源车的续航能力迟迟未能达到燃油车的程度。

正是因此，如今的新能源车行业，皆期待着蓄能方面的技术突破。

乔源近期主攻的技术方向，正是能量密度更大的磷酸铁锂电池。若想这款新型锂电池能被投入使用，它本身的稳定性与安全性可谓是重中之重。

陈楠山这次交给梁雪做的，就是有关磷酸铁锂电池的安全性试验。

步入实验室后，陈老很快命令道："让我看下你们的试验过程与结果吧。"

"好。"梁雪很快就调出了他们实验组的试验录像，认真地介绍，"我们做了多组普通三元锂电池与磷酸铁锂电池的对比试验，储能方面自然不用说，在能量密度方面，后者具有压倒性优势。"

陈楠山听后微微点头，随后便直击重点："那安全性方面呢？你的实验数据能否同样有效论证？"

"应该可以。我们对此也做了多组对比实验，结果应该足够能证明这款磷酸铁锂电池的稳定性。"

梁雪很快调出了稳定性实验的实验录像，并将最有说服性的那几组实验数据列举到了陈楠山与严迦南的面前。

"二位请看。视频中放置在左边的是三元锂电池，中间的是传统块状磷酸铁锂电池，右边的则是我们最新研发的磷酸铁锂电池。在同等条件下，我们同时对它们做了高温刺激。

"三元锂电池在针刺瞬间出现剧烈的温度变化，表面温度迅速超过了五百摄氏度，并发生极端热失控——剧烈燃烧现象，电池表面的鸡蛋被炸飞。传统块状磷酸铁锂电池在被刺穿后无明火，有烟，表面温度达到了200℃~400℃，电池表面鸡蛋被高温烤焦。

"而我们乔源的新型磷酸铁锂电池被针穿透后无明火，无烟，表面温度仅有30℃~60℃，表面的鸡蛋无变化，仍处于可流动的液体状态。

"从这项实验看来，我们乔源的新型磷酸铁锂电池无论是安全性还是稳定性，都远超前两者。另外几个实验也都是类似的同类测试，结果也全都与本条实验结果相符合。"

"很好。"听到这里，陈楠山才终于露出了满意的笑容，"你和你的团队这一次干得不错。"

听到陈老这么说，梁雪一直紧绷的肩膀才稍稍放松了些，轻舒了口气。

"那我现在开始写总结报告。"

"不急。"虽说这款电池在初步实用性上已经算是取得了成功，但陈楠山显然有着更大的野心，"你的这几项实验做得不错，但你不觉得我们的这款电池在结构上还是有些冗余吗？"

"在我看来，它的性能虽有所进步，但进步的空间却不算大。"

"这还不够吗？"梁雪有些没有明白陈楠山的意思，忍不住问道，"那您想要的是怎样的技术突破？"

"如果仍旧用普通电池来打比方的话，我希望的是将白象进化为与金霸王同等蓄能的纽扣电池。"

"纽扣电池！"

陈楠山的野心不可谓不大。听到他说出真正目标愿景的那一刻，梁雪不自觉地倒抽了一口冷气。

若他们有朝一日真能达到陈老的目标的话，那他们所完成的绝不只是普通的技术进步，而是跨时代的技术突破！

一时间，脑中浮现出的未来画面太美，美得梁雪忍不住用力闭了闭眼睛，有些不敢再想下去。

"怎么，这就不敢想了吗？"

看出她心思的陈楠山摘下眼镜认真地望着她，老花镜下的那双眼睛虽已被岁月镌刻了好些沧桑的痕迹，却依旧睿智且犀利。

然而梁雪却并不排斥这双眼睛，甚至，还有些向往。

"没，只是您的设想，于我来说有些突然。"

半晌后，她才重新找回了语言。

话音刚落，她头顶就被一只苍老的手掌拍了一下。

"小姑娘，那你可得好好适应一下。我选的学术牵头人，除了过硬的技术，野心也很重要啊。"

今日从陈老口中传来的信息量实在太大，简直是每一句要比前一句更令人不可置信。

到了这会儿，梁雪整个人都有点儿蒙。

"学术……牵头人？陈老，您指的难道是我？"

她蒙圈的样子着实有些可爱，看得严迦南都不禁跟着笑了起来，顺便仗着男朋友的身份，凑到她耳边轻声提示她道："还不快谢谢陈老。"

"谢谢……陈老。"

梁雪下意识按着严迦南的提示答道，直到说完，才猛然意识到自己应下的是多么了不起的工作。

"所以我今后是能参与新型电池的全部研发吗？直到……直到将它研发成新能

源车界的纽扣电池为止？"

完全了解她的新岗位后，梁雪反而不再忐忑了，浑身都涌起了一股热血沸腾之感。

陈楠山笑着点头。先前布置给梁雪的实验工作是他对她最后的考核，如今她完美通过了考核，自然该被安排了顶端的研发任务，成为乔源实验室中真正的中流砥柱。

"我早就看过你的博士论文，其中的某些想法虽有些青涩，但十分有前瞻性与创造力。早在你加入乔迦的那一天，我就已经开始关注你了。"

说到这里，陈楠山理了理领口，严肃且正式地向梁雪伸出了手："梁雪，欢迎你的加入。"

正式邀请完后不久，陈楠山就笑眯眯地踱步准备离开了。

"您这就走了吗？"梁雪望着陈楠山的背影，有些诧异，"我还以为您准备要……"

"和你们一起加班吗？我老喽，可比不了你们这些年轻人。"

陈楠山脚步微顿，背着身朝梁雪他们挥了挥手："更何况我明天还要早起出差，不合适，不合适。"

说到最后三个字的时候，陈楠山才缓缓转过头来，再次看了他们一眼，含笑的眼中带了些许玩味的狡黠，看得梁雪的脸忽然就红了。

她下意识想要回身掩盖这一份莫名羞涩的情绪，哪想到才刚刚动了动肩膀，就立刻被自她身后伸来的一只大手给压住了。

不同于梁雪的薄脸皮，严迦南显然十分受用，甚至还特地开口，向陈楠山道了谢："那就多谢陈老给我们年轻人机会了。"

"应该的。"陈楠山欣然接受夸奖之余，也不忘再度叮嘱工作，"礼尚往来，你们可得好好给我写一份长脸的报告。"

"一定。"严迦南立刻心情愉悦地应了下来。

"严迦南，你知道你刚才在说什么吗？"陈楠山走后，梁雪这才忍不住发了脾气。

聪明如严迦南，自然早看出了梁雪的那点薄脸皮。此刻，他却偏生故意装不懂，答非所问道："答应陈老好好工作，这有什么不对吗？"

"除了这个呢？"

梁雪瞪他，用眼神呵斥他不许装傻。

然而她自以为的威慑，在严迦南看来却是可爱得紧，他不自觉地笑了起来："我郑重申明，我并没有提前公开过我们两人的关系。你要怪只能怪陈老太聪明。"

说到这里，严迦南忍不住俯身，朝着梁雪小脸的方向蹭了蹭。两人的距离拉近后，他的声音也渐渐放低，变成了只有他们两人能够听到的耳语。

"你到底在担心什么？难道在你看来，我这位男朋友，就这么见不得光吗？"

其实梁雪自己也说不清自己在不开心什么。大约是理科女的天性使然吧，实验做得多了，对于现实生活，总会下意识地用同样的方法来计算、掌握。

一旦有某个变量脱离了她原本计算的范畴，她就会下意识地紧张，迅速发散性地思考所有不好的可能性。

比如按陈老与她爸的关系，是否会立刻知会她爸她有了男朋友的事情。万一她爸知道后，要她把严迦南带回家里，又该怎么办？

她爸、她妈，还有她奶奶会喜欢他吗？

想得太多，她的大脑就跟出了错的计算机程序一般，很快陷入了错误运算的死循环中。幸亏严迦南及时出声，将她的胡思乱想给打断了。

听到他的问题，梁雪出错的大脑几乎是下意识答道："你怎么会见不得光，相反，我还一直觉得你太过优秀了呢。"

听到她的回答，严迦南唇边的笑纹浓得越发掩不住，胸口更是掩不住地猛烈起伏，显然是被大大取悦到了。

"梁雪。"

再度唤了一声她的名字后，他忍不住伸手，重重将她的脑袋按进了自己的胸口。随后他才拥着她，喃喃出声道："你对我来说，也是一样的。"

一样的太过优秀，宛若神赐的礼物。

因为有了她，他才终于破开了五年来一直困扰他的阴霾，重新站在了阳光之下。

不过最后这两句话，实在是太过肉麻，以严迦南的性格是绝对不可能说出口的。

他短暂的表白梁雪十分受用，但总是有些意犹未尽之感，不得满足。

"这就完了吗？"

不满足的情绪累积得多了，使得她的声音都多了几分幽怨。甚至连胆子，都因为情绪的关系，大了几分。

严迦南不说，她干脆自己开口教他道："这种时候，你难道不该再接着详细夸夸你的女朋友吗？"

"比如？"严迦南似是在虚心请教，但他轻轻弯起的眼，早就暴露了他此刻的心情。

好在梁雪此刻只专注着自己的情绪，并未察觉到他的偷笑。很快，就听她很认真地数着指头褒奖自己道："我的优点很多的好吧。比如学习成绩好、工作认真、负责、效率高之类的。"

严迦南先前还能勉强忍着笑，听到梁雪这么自夸，再也忍不住，"扑哧"一声笑了出来："我怎么听着你这更像是在求职呢？"

梁雪被他反问得气鼓鼓："有什么问题？所谓优点，不就该是各方面通用的吗？"

说完，她刚想接着开口，逼迫严迦南将她刚才列举的优点复述一遍。哪想到，严迦南直接将一沓空白的报告书打印纸扔在了她的面前。

"那你有没有听过说，事实胜于雄辩，报告写得好，才是真正的工作做得好。"

"严迦南你——"

看着面前突然出现的那沓报告书专用纸，梁雪突然就被整得话都不会说了，心中更是止不住的怒气涌动。

她为什么要选择跟直男谈恋爱啊，多说一句甜言蜜语会死吗！

可当她转头看到实验室墙壁上的挂钟时，忽而就发作不起来了。

她虽是第一次在陈楠山手下工作，但对陈老的高标准、严要求早有耳闻。更何况她的这份报告书还是陈老要用于公开学术交流的，半点都马虎不得。

不止要将他们组的实验过程与结果尽数详细记录在报告书中，还需要结合现下研究，勾勒出下一代新型磷酸铁锂电池的蓝图。

后面这项工作，更是比前者还要困难数倍。

若是单靠她一个人来干的话，妥妥是要熬夜的。

就在梁雪正准备为自己又一个无眠夜悲伤叹气的时候，严迦南的声音终于再次在她耳边悠悠响起："放心，今日我陪你一起加班。在电池电路设计方面，我还是有些长处的。"

"你这是在自夸吗？"梁雪抬头气哼哼地睨了他一眼，显然依旧对他有些不待见。

说完后，她的小嘴故意在严迦南面前噘起，明显是在等着他来哄她。

可惜，严迦南偏生喜欢走不同寻常的路子。

不但不哄，他还又直直捅了梁雪的死穴。

"不信？那不如我们比比？"

学霸少女梁雪向来是受不得激将的，当即应战道："好啊，比就比。"

最终，不仅比赛意向瞬间达成，梁雪还气势昂扬地设置了赌约。赌约的内容，依旧还是老样子，输的人需要无条件为胜者做一件事。

至于本次胜负的评判标准，自然是与这份报告书有关。

合作完成的过程中，完成百分比高，完成质量好的那一方，便为胜者。

报告的总体内容，可以分为两部分：一为乔源现有磷酸铁锂电池技术的总结与归纳，二为在现有实验基础上的突破与展望。

公平起见，这两部分内容，他们都将各写一半。

前半部分的实验总结自然是难不倒梁雪的。她向来记忆力超群，对自己做过的实验更是印象深刻。许多冗长的实验数据她都是信手拈来，没多久，她就写完了第一部分的前一半框架。

"呼……"

写完框架后，梁雪轻轻伸了个懒腰，放松了下稍有些僵硬的肩膀。起身去取打印纸路过严迦南那张实验桌的时候，她忍不住稍稍驻足，颇有些小得意地探头过去道："需要我帮忙吗？不是自己的实验数据应该不容易整理吧？"

哪想到，她的话音刚落，一旁的打印机再度响起了打印出纸的声音。

梁雪刚才只在电脑上按了一次打印键，这第二次，显然是严迦南打的。

梁雪的眼中不自觉地闪现出了惊讶之色。

他们竟然是同时？

实验数据总结可是她的主场哎。

梁雪潜意识是不信的，刚好严迦南适时开口道："方便的话，能帮我一起取一下啊。"

"好啊。"

有了严迦南的允许，梁雪几乎是立刻冲到了打印机前，一把抓过严迦南的那几张大纲，以吹毛求疵的态度，一行行仔仔细细地看了下去。

梁雪原以为，严迦南这个外行写出来的实验总结大纲必定是错漏百出的。哪承想直到她看到最后，也愣是没能挑出毛病来。

"怎么可能。"看完后，梁雪忍不住偷偷惊讶出声。

哪想到就这么一下，还被现场抓包了。等她再抬眼时，才发现严迦南竟不知何时已走到了她的面前。

想来她刚才偷看、挑刺、说坏话的全套动作都已被他尽收眼底。对于这样的事实，梁雪免不了有些心虚。

她下意识想要躲开严迦南的目光。奈何他的目光太锐利，躲不开，她只能重新梗着脖子，恶人先告状道："是你让我帮你拿的，这白纸黑字，摊开在人面前，想看不到都难吧？"

她解释得结结巴巴，原以为严迦南会生气。可等了半天，她也没在他脸上找到一丝生气的端倪。听到最后，他反而还勾唇笑了起来，客气地问道："嗯，那梁博你看下来觉得如何？"

普通的问题，普通的笑容，此刻却成了最大的炫耀，令梁雪整个人都不好了，再也忍不住地刨根问底道："我记得你大学念的是机械工程专业？"

"看来你很了解我嘛。"

面对她凶巴巴的质问，严迦南却十分受用。瞅着她扁扁的小嘴，他嘴角的弧度越发上扬了好几分。

"那你也应该知道，按辈分，你该叫我一声学长。"

听到"学长"二字，梁雪瞬间闭嘴了。严迦南则是有些意犹未尽，很快又悠悠地添了一句道："快，叫一声我听听。"

"我叫了，你就会回答我刚才的问题吗？"

"你先叫。"

"……学长。"

迫于压力，梁雪终是心不甘情不愿地唤了。

低软的声音，听得严迦南终是有些不忍心欺负她了，难得耐心地给她答疑解惑道："机械工程确实是我的主修，可又有谁规定，大学期间只能修习一门专业呢？

"作为专业赛车手，不论是汽车动力原理，还是电力线路，我都有仔细学习过。当然，对于新能源车有关知识的涉猎，完全是我的个人兴趣。"

这大约也是他作为车界人士的第六感。自新能源车诞生起，他便觉得，这项新科技迟早会有一天取代燃油车，成就一场划时代的技术能源革新。

可惜他解释了这么多，梁雪仍未能抓住重点。

"只是个人兴趣？"

那就是连辅修都不是，只是爱好自学喽？

确认过这一点后，梁雪再次信心大增。想她怎么说也是业内大牛的得意门生，真正的博士毕业，难道还比不过严迦南这个业余水准？

"好，我知道了。那么比赛继续。"

把手里的打印纸交还给严迦南后，梁雪很快就回到了自己的实验台前，埋头苦干，奋笔疾书，似是铁了心要将严迦南给比下去。

在这样的工作强度下持续了两个多小时后，她终于画出了新型磷酸铁锂电池包的初步设计图。

可还未等她拿着草稿纸去严迦南那儿炫耀，严迦南的邮件便到了。邮件里躺着的，是一张完善的设计图。

梁雪只看了一眼，就丧气地垂下了脑袋。

"我输了。"

"这就认输了？"

梁雪幽怨地点头，可当她的目光再度划过电脑屏幕上的那幅设计图时，又不禁浮起了些许崇拜的神色。

无他，只因在电池包线路设计方面，严迦南的实力实在是太惊人了，梁雪压根毫无还手之力。

所以她这一次，算是输得彻底，也输得心服口服。

"严迦南，你为什么这么厉害？"

"在回答这个问题之前，我们是不是该先履行一下赌约？"

她认输后，严迦南很快就停下了手中演算的铅笔，走到了实验台前。他俯着身，微笑地望着她。

那笑容似是与平常一般无异,但此刻他那双黑眸内的光泽,却极为晶亮。

"当……当然。"

虽然有一点点不开心,但梁雪的诚信度还是很高的,很快点了点头。

"那你过来一点。"

应下赌约后,就见严迦南轻轻朝她招了招手。

"好。"

不明所以的梁雪很快乖巧地配合了他的要求。哪想到,等她再抬起头来的时候,触到的再不是他那双深黑色的眼睛,而是他微凉且柔软的唇。

"你……你做什么呀?"

被吻上的刹那,梁雪睁大眼睛,下意识地想往回缩。

严迦南也并未拦她,只在她回缩的同时轻声重申道:"赌约。"

短短两个字,让梁雪缩到一半的小脑袋立刻就停了下来,几秒之后,甚至还重新缓缓向前凑了几分。

长长的睫毛也随着下垂的眼睑坠了下去,像两尾垂着的小刷子,柔软又可爱。严迦南还未触上,就已觉得心痒痒的。

他忍不住伸出手臂,轻轻圈住梁雪的后脑勺,随后越发倾着身子,向梁雪的小脸上压了下去,从她的眼睛到嘴角,一路旖旎下行。

梁雪开始似是有些紧张,长长的睫毛在他的唇下轻颤。不过没多久,她就完全被严迦南掌握了节奏。

不止小脸微红,两只小手也下意识攀上了他的肩膀,指节随着呼吸声一下下张开又收紧,到最后气息急促之时,更是忍不住微张开小嘴,轻声低喃。

"唔……"

不算长的吻,在梁雪看来,却好似吻得极冗长。

过后,严迦南已经松开了她,她仍是大脑晕乎乎的,半躺在椅子上,好久不能回神。事后望向严迦南的眼神,都不自觉地带了些许残留的粉色意味。

看得严迦南忍不住再度倾身凑了过来,低低问她:"很满意?"

"才不是。"

听到这句话,梁雪这才算是彻底清醒,口是心非地疯狂摇头,甚至还起身把严迦南给推回了他的实验台。

等她一个人回来后,她才稍微坦诚了一些,喃喃自语道:"我才不是那种恋爱脑上头到会抛下工作的人呢。"

不过刚才那样的,倒是感觉不坏。以后有机会的话,她不介意再尝试一下……

可一有了这个危险想法,梁雪不自觉地感到有点羞耻。

还是好好工作吧，梁雪拍拍脑袋，让自己清醒一点。

虽说他们已经高效地拟出了报告书的大纲，可仍还有许多重要内容没有完成，更何况陈老还是一个细节控。想要达到他的标准，不管是谁，都必须全神贯注才行。

这一点，严迦南自然也是清楚的。

赌约之后，两人彻底分好工，就正式进入了认真工作模式。各自埋头于案前，再没有互相打扰过。

就连晚饭的杯面，都是两人轮流去外面的休息室独自泡来吃的。

即便是在如此高强度超高效率的工作下，完成的时间也并未有太多的提前。

当严迦南写完那份报告书的时候，墙壁上挂钟的指针已经转到了第二天凌晨两点的时间。

"梁雪，你那边完成得怎么样了？"

他转头向梁雪的方向望去，才发现她不知何时，已经体力不支地趴在了实验台前。

映着她小脸的电脑屏幕上仍有光标闪动。梁雪的那一份，还有一小部分未完成。

如果此刻累趴在桌子上的是其他普通员工，严迦南一定会立刻敲响桌子，把她叫起来继续工作。

对于梁雪，他的指骨下意识碰上桌面，终究还是没能敲下去。

因为他舍不得。

第八章
魔鬼训练

第二天，梁雪是被电话铃声给吵醒的。

睁眼之时，窗外已是天光大亮，而她面前的电脑屏幕却彻底黑了。她将键盘全部压了一遍，也丝毫没有要重新亮起的迹象。

等她匆匆跑到外面的准备室接起电话，更是被电话那头的声音给吓了一大跳。

"陈……陈老？"

梁雪头皮发麻地感觉这一顿批评是逃不过了，哪想到电话那头的陈老却是心情十分愉悦，不止没有批评，反而还夸了她。

"能接到我的这通电话，看来我没猜错，你是在实验室熬了一整晚啊，确实是辛苦了。不过这也意味着，我没有选错人。你凌晨发来的报告书我已经看过了，写得很好，完全符合我的要求。"

"是……是吗？"

与陈老通话的时候，梁雪一度以为自己的记忆出现了问题。她明明记得自己累睡之前并没能完成报告，怎么再一睁眼，不但剩下的报告自动完成，还附带上了陈老难得的认可好评？

等梁雪重新点开电脑，看过桌面上的完整报告后，答案就揭晓了。

"严迦南，我剩下的报告，是你帮我写的吧？"

此时严迦南刚从洗手间回来。熬了一整晚，他的面容稍有些疲惫，但眼眸依旧晶亮，特别是望向梁雪的时候，浓墨般的眼瞳中似是有柔光闪烁。

严迦南虽没听到陈楠山刚才打来的那通电话，可看着梁雪这会儿站在电话机边言笑晏晏的样子,他就已经猜出了刚才的大概经过。

"看来你已经得到陈老的认可了。"

"我帮了你这么大的忙,你是不是该好好感谢我一下呢?"严迦南环着双臂问道。

"那必须的。"

梁雪立刻大方地迎了过去,给了他一个标准式的女友抱抱。抱住之后,她还不禁自夸道:"清晨的第一个拥抱,是不是很软很香?"

哪承想,听了她的话,严迦南还真抽了好几下鼻子,做出了嗅的动作。嗅完之后,他还很认真地回答道:"软还算挺软的,不过这香……一夜没洗澡的女朋友,好像有点臭了。"

听到"臭"字,女朋友立刻就不高兴了,一把推开他,气呼呼地瞪眼道:"你才臭。"

"嗯,我也有点臭。"

严迦南实事求是地承认,接着轻轻勾唇,重新问道:"那你愿不愿意和我一起变香?"

平常的句子,可传入梁雪耳中,却莫名蛊惑。一时间,竟是令她难以拒绝。

大脑更像是断了片,忽然就不会思考了。被严迦南牵起手后,她立刻乖乖跟着他走了。

因为等会儿还要重新回去上班,严迦南也没带她去太远的地方。不过是穿过实验楼,将梁雪带去了自己的办公室。

"我办公室的卫生间有淋浴设施,你可以在这里洗个澡,然后在旁边的小休息室里休息一下。"

说是小休息室,其实一点也不小,是个十多平方米大的空间。床铺、沙发、衣柜一应俱全,堪比梁雪家中卧室的配套。

梁雪一走进去,就忍不住咋舌道:"不愧是副总工的休息室啊,果然豪华。"

严迦南闻言挑眉,回答却极是大方:"现在它归你了。"

他的本意是想让梁雪在正式上班前再好好睡一会儿,哪想到梁雪竟会在他洗完澡后反过来邀请他。

"你也一夜没睡吧,要不要一起?"

这一声邀请,突然把严迦南给整蒙了,连他的嗓音都喑哑了几分:"梁雪,你确定?"

"当然。"梁雪确定地拍了拍床沿,"这床很大,足够躺两个人。"

梁雪自认为自己通宵加班的经验很足。以前帮导师做实验的时候,别说一晚了,连续大半个月都是有过的。

那个时候,他们这群干累的实验狗就会像丧尸一样,直接往休息区的沙发上一躺,实验狗多,而沙发少。所以梁雪每每自沙发上睁开眼睛的时候,沙发上都是你压着我,我靠着你,呈现出极度拥挤的状态。

当年那样挤的沙发她都能照睡不误,因而刚才严迦南问她的时候,她答得理所当然。

同是熬夜实验狗,当然得互帮互助啦。

不过等严迦南真在她身边躺下了,她才陡然发现,升级为自己男朋友的实验狗与她以前遇到的所有实验狗是截然不同的。

意识到这一点后,梁雪突然就睡不着了。

而她睡不着的时候,不止眼睛睁着,身体也会无意识地不停扭动。不过片刻,她就将才进入浅眠的严迦南给扭醒了。

"梁雪,你在做什么?不睡觉了吗?"

忍耐了片刻后,严迦南忍不住出声。

他的声音本是平常,可在这么近的距离下,梁雪还是敏锐感觉到了他鼻子喷吐的气息。触到她后脑勺的些许,还带着些许微烫之感。

烫得梁雪的发丝都不自觉地炸了,吓得她赶紧应道:"睡!这就睡了。"

可睡觉这件事,光喊口号是一点用也没有的。随着那微烫的感觉全身发酵,没一会儿,她的耳朵就止不住地红了。

随后是面颊和脖颈,心跳亦跟着跳动得越发急促有力,将她仅剩的那点儿睡意都给赶走了。

如此躺着,没一会儿梁雪就坚持不住了。她忍不住开始向床沿缓缓移动,试图逃离这张让她浑身都不受控制的大床。

只是这一次,严迦南的反应显然比她要迅速许多。

她挪动了还没有两厘米,就被他给一把抱住了。

"别闹了,趁着还有时间,赶紧睡觉。"

梁雪也想睡,可是他这样,她怎么睡得着嘛。

原本她只是耳朵微微发烫,现下被严迦南这么一搂,整个人都开始发烫。

"梁雪?"

严迦南很快就发现了她的不对劲,稍稍撑起身来看她。就见缩在被子下的她,整张小脸都是鲜红的颜色,活像一只煮熟的小虾米。

"你这是怎么回事?"

他话还没说完,梁雪突然翻身抱住了他的腰。这一抱之后,她的身体虽发烫得厉害,声音却是十分清晰。

"还能为什么?当然是因为你。"她的尾音无意识地上扬,是从未有过的娇软。

到了这个份上,严迦南哪还能不明白是怎么一回事。他黑色的眼眸亦不禁随着她的尾音上扬了起来，明亮又柔软，还有几分难得的满足。

半响之后，他才再次低低开口问道："你现在，对你的男朋友还算满意吗？"

挑明了之后，梁雪反倒没那么害羞了。怎么说严迦南也是自己的正牌男朋友，便是亲亲抱抱什么的，那也是光明正大。

如此想着，梁雪干脆也不遮着掩着了，直接放飞自我地对严迦南上下其手。从腰身到胸膛，全都摸了一遍。

这之后，她才还算满意地开口道："作为男朋友的话，还算不错。

"不过专业车手的话，我觉得你还得再练练。我有一个闺蜜就是专做这一行的，要不介绍给你，教你练练？"

"专业健身教练？"

严迦南没想到还真被梁雪摸出了点东西，亦不禁有些意动。

"那就麻烦你引荐一下这位专业高人了。"

"好说好说，我闺蜜，自然是一句话的事情。"

梁雪向来行动力极强。既然这会儿两人都睡不着了，她便干脆直接穿衣起身，拨通了林知晓的电话。

林知晓与梁雪从初中起就是好朋友。即便是后来梁雪出国留学，两人也一直有保持联系。特别是在赛车赛事方面，两人同作为 Can 神的发烧友，更是有聊不完的话题。

不过回国后，因为梁雪的事情实在是太多，好几次林知晓约她，都没能约成。为此，林知晓没少在对话框里骂她。

因为还记着先前被放鸽子的仇，这会儿林知晓接到梁雪电话的时候，直接就开启了嘲讽模式："梁博，你终于有空打电话给我了？祖国的科技进步不需要你了吗？"

"别闹，我是诚心来给你介绍工作的。"

"呵，老娘在业内知名度高得很，工作多得接都接不完，哪需要你来给我介绍？"

"那如果我说，我今天给你介绍的这个是 Can 神呢？"

"Can 神？"

听到这个名字，电话那头立刻传来了一声惊叫。

"梁雪，你确定不是在和我开玩笑？"

"谁要和你开玩笑，就是你想的那个 Can 神，保证货真价实。"

有了梁雪的这句保证，电话那一边林知晓的态度立刻发生了一百八十度大转变："你什么时候带他来？我这边的时间绝对不是问题！"

真是一个善变的女人。

最后，两人约定明晚下班后，在林知晓的健身中心见。

知道梁雪他们要来，林知晓早早就迎了出来。在店门口一看见梁雪，她就立刻窜了过来，神情激动地问："怎么只有你一个人？Can 神呢？快让我见见！"

严迦南自然是和梁雪一起来的。不过刚才在车库停完车后，他突然接到了一通电话，于是梁雪先他过来。

电话不长，很快，严迦南就走了进来，礼貌地向林知晓伸手道："你好，我是 Can。"

他记着梁雪的事先嘱托，刚走过来之前，还特意戴上了他曾经惯戴的黑色面罩。

此刻，站在林知晓面前的男人，虽穿着一身休闲运动服，但依旧掩不住他那股与生俱来的清冷气质。再加上那个招牌式的面罩，林知晓一度以为自己回到了五年前。

唯一不同的是，那个时候，Can 神只存在于电视与杂志之中，而此刻，他却真真实实站在她的面前。

林知晓本是排球选手出身，身高比普通男人都要高，当了健身教练后，更是练得了一身坚实肌肉，强壮得普通男人都要忌惮她三分。

可现下，钢铁女教练却是秒变金刚芭比，站在严迦南面前不但半点气势都无，还不断扭捏着冒出粉色泡泡来，声音更是充满了惊喜。

"Can 神，不枉我五年的等待，我就知道你一定会重新回来的。"

"不过是一个面罩而已，你就这么确定我是 Can？"

最初的自我介绍过后，严迦南就将脸上的道具面罩给扯了下来。

哪想到他扯下面罩之后，林知晓望向他的眼神反而更加狂热了。

"原来你面罩下的真容这么好看的吗？所以，蒙面真的只是为了营造神秘感是不是？"

林知晓一开口就没完没了，像是一只麻雀般叽叽喳喳："梁雪，你看我猜得没错，Can 神果然是一个大帅哥。"

这种闺蜜间的悄悄话，是能这么直白说出来的吗？

直男头一次，遇到了比自己更直的对手。

一听到林知晓提起这个，梁雪就恨不得当场将她的大嘴给堵住。

可惜她这么一个弱女子，体力方面，根本不是林知晓这位金刚芭比的对手。

无奈之下，她只能退而求其次，拐过林知晓的胳膊，将林知晓扯到了一边。

即便如此，严迦南还依旧能隐约听到林知晓的大嗓门。

"Can 神竟然还问我为啥确定是他？这个问题本身，就是对死忠粉我的侮辱。要是别人说这种话，我早就——

"不过看在他是 Can 神的份上，嘿嘿，就算了吧。

"什么，Can 神现在是你货真价实的男朋友？不会吧，我不相信！"

…………

眼看着两人之间的对话越来越不受控制，严迦南忍不住走过去，出言打断了她们两人的窃窃私语。

"两位，时间不早了，我们能开始办正事了吗？"

"对哦，你们来找我是有正事的。"

经严迦南提醒后，林知晓才终于想起了正事。她眼神放空，脑袋歪歪，一副很不靠谱的样子。

不过等进了健身中心后，林知晓却是一秒变脸般，立刻进入了工作模式。

先是测量身高、体重，计算体脂，然后给严迦南列了一大堆的测试项目，每一项读出数据后，林知晓都有做仔细的数据记录与分析，之后很快就得出了十分准确的测算结果。

"我能看出你一直有做稳定的健身锻炼，但你的身体素质比现役赛车手，却还有很大一段距离，特别是你的这里。"

林知晓一边说着，一边指了指他的颈椎，以及脊椎靠腰身的地方。

"如果我的数据没有出错的话，你这两处地方，应该曾受过不轻的伤，至今都还未完全康复。"

不愧是专业体能训练师，经过这一番数据分析，严迦南肯定了林知晓的专业能力，自然不再藏着掖着，很快就点头承认道："你的数据没错。你刚才说的那两处，确实是我在那场车祸中受伤最厉害的地方。"

对于五年前的那场车祸，如今虽只剩下了轻描淡写的一句话，但从他身上那几处狰狞的疤痕上，依旧能看出曾经的惨烈。

魏启当场身死，严迦南被救护人员抬到医院的时候，也是血肉模糊，只剩下了最后一口气撑着。

初步诊断是全身多处粉碎性骨折，内脏器官出血，特别是脊椎重创，很有可能会造成中枢神经不可逆的永久损伤。

用更简洁易懂的话说便是，他很有可能会落下终身残疾甚至瘫痪。

然而严迦南最终凭借着惊人的毅力，通过各项常人不能忍的多次手术与复健，打破了医院最初的诊断。

与其说是医学奇迹，反倒更像是他个人创造出的惊人成绩。

当初那样绝望的日子严迦南都能面不改色地熬过来，林知晓所谓的魔鬼训练于严迦南来说自是不在话下。

哪怕训练过程中，严迦南也曾露出过汗流浃背，体力不支的模样。但结束后，再度从更衣室出来时，他已然又恢复成了惯常的模样。

身形挺拔的他独自站着的时候，带着些许旁人勿近的微冷。可当他看到梁雪的时候，冰玉又忽然暖了起来。

眉眼上扬，薄唇轻勾，笑得和润又温柔。

因为刚刚剧烈运动过的关系，他的手掌还保持着极热的温度。梁雪被握了一会儿，就被热得小脸发烫。

"严迦南，你觉得今天的训练如何？还算有成效吗？"

"一次还看不出什么，但我觉得应该有效。"

她是很正经地在关心他，可是他回望她的眼神，却隐隐带了些许莫名的控诉。哪怕他回答的话，听上去也并没有什么问题。

看得梁雪忍不住问："你干吗用这种眼神看我呀？有效的话，难道不是好事吗？"

"嗯，是好事。"

"不是训练本身，那你就是对阿林有意见喽？"

严迦南控诉的表情自然是故意摆给梁雪看的。梁雪能主动领悟，他自然顺着她的话，同她算起了账。

"我对你的朋友没什么意见，但我对你有点意见。"

"啊？"

"下次能不能不要见到朋友就忘了我这个男朋友。"

在听到这句话后，梁雪小脸微微泛红，低下头，小声嘟囔："你连阿林的醋都要吃。"

梁雪刚想转移话题防止严迦南说出更让人脸红的情话，还好这时他的电话响了起来救了她一命。

"魏则。"

他接电话的时候，梁雪也凑在一旁听。

不过这通电话的通话时间极短，魏则似乎只在那边说了几句话，严迦南除了那声名字，说的也大都是意义不大的应声词。

以至于梁雪旁听了半天，依旧迟迟没能抓到主要内容，还是只能在他们结束后追问道："魏则说什么了？"

"他说他考虑好了，决定加入我们的车队。"

"真的？"

"当然是真的，你明天可以当面问他。"

"明天？"

听到魏则愿意加入车队的那一瞬，严迦南内心很是欢喜，嘴角不自觉地上扬。不过想到车队今后的运营，他的嘴角又很快坠了回去，恢复成了他一贯的严肃脸。

"我的领航员，当然也需要和我一道训练体能。只有他的各方面素质全面达标了，他才真正算是我车队的一员。"

魏则在领航员专业方面,梁雪自然是无忧的,可体能方面就……

一想到他那单薄的小身板,梁雪忍不住替他暗暗捏了一把汗。

在林知晓手下,那位少年怕也得被虐得蜕上好几层皮。

为了保障新队员的生命安全,梁雪只能偷偷去给他开后门,连夜联系林知晓。

"明天会来一个小少年和严迦南一起训练,你可千万要记得手下留情啊。"

彼时林知晓是怎么回答梁雪的?

"手下留情?梁雪,你们不会是招了一个柔弱的男人来吧?我林知晓最讨厌的就是那种男人。想让我对这种人手下留情,绝对不可能。"

不等梁雪再解释,林知晓就直接挂断了电话。

并非林知晓脾气暴躁,而是"小少年"这个词,在偶然间触碰到了林知晓的死穴。

她们大一的时候,言情漫画风靡,最流行的便是美少年那款。林知晓对此极度沉迷,每天幻想着能谈一场漫画般的恋爱。

梁雪笑她白日做梦,哪想到后来还真被林知晓遇到了一个肤白貌美的少年。他的胆子小了一点,被两个不良少年在巷子口吓了两句,就缩成了一团走不动路。

若不是林知晓路见不平,将他解救,可能到天黑他都回不了家。

那日之后,林知晓便会常常送他回家。知道少年家里条件不好,见他肚子饿没钱吃饭的时候,她也常会用自己的钱接济他一二。

少年刚开始推却,时间长了,便渐渐欣然接受了。有的时候,他遇到特别想要的礼物和衣服,甚至还会直接向林知晓提出购买要求。

林知晓的生活费虽在同龄人中还算富足,但也不足以支撑这么多的物质需求。不过看着少年渴望的眼神,林知晓还是咬牙满足了他。

为此,她有一次好几天都没吃早餐,最后还是问梁雪借的。

梁雪曾嘲笑林知晓对少年宠爱过度。可那时候的林知晓却是甘之如饴,甚至还倒打梁雪一把,说她单身狗不懂。自己的男朋友,自然得自己宠。

林知晓向来大胆,从不掩饰自己对少年的喜欢。逛街的时候她会挽住少年的手,下雨的时候两人会同打一把伞回家。

不只是她自己,认识他们的所有人,都早已默认了他们的男女朋友关系,只除了少年本人。

他花了林知晓的钱,享受了林知晓全部的宠爱,最终离开的时候却冷漠又冰冷,声称他们从头到尾,都只是普通朋友。

那一年之后,林知晓就再没交过男朋友。她曾对梁雪说,她的审美仍是喜欢好看的少年,可她的身体,却对他们产生了不可控制的生理性逆反。

因此即便有梁雪开后门,林知晓初见魏则的时候依旧没什么好脸色。

无他，只是因为魏则刚好长在了美少年的点上。

身形高且瘦，皮肤白皙，手指亦是修长又漂亮。无论样貌、身形都与林知晓的初恋很是相像。就连穿衣风格，都像极了当年的那个人。

短袖T恤外罩着一件白衬衫，稍稍走近，还能闻到一阵淡淡的肥皂香味。

林知晓当场就不好了，带着笑意的嘴角马上就坠了下来，身体更是本能地立刻后退。

无辜的魏则又怎会知道她的这些往事。看见林知晓摇晃着身体后退，他还以为她是身体不舒服，下意识就想去扶。

哪想到他帮扶的手还未触上林知晓的肩膀，就被她反手狠狠打开了。

"别碰我。"

林知晓的力道不是普通女性可以比拟的，魏则事先丝毫未设防，挨了她全力一下，虽未摔倒，但也被打得生疼，吃痛得忍不住皱起了眉头。

可就算如此，林知晓也依旧没有半点想道歉的样子。站远几步后，她便开始冷嘲热讽道："怎么，不过被打了一下，就痛到受伤了吗？呵，没用的男人。"

了解她的知道她这是受了情伤的刺激，身不由己。不知道的，只会以为她神经错乱，泼妇骂街。

幸亏梁雪在此刻赶到，及时叫住了她："林知晓！

"你在做什么呢？你好好看看清楚，他不是当年那个渣男。你想发脾气可以，但请别伤害无辜。"

后面那句是梁雪扯住林知晓后，很小声说的。

好在她的话还算管用，片刻之后，林知晓第一时间与魏则道了歉。

"对不起，我刚才……有些失态了。如果你不想接受我的道歉，我也可以作其他赔罪。"

事实却有些出乎她的意料，魏则不仅没有生气，甚至还反过来安慰了她。

"没关系，就像你刚才说的，我好歹也是男人，不至于连你那一掌都受不住。

"倒是你的心结，我建议还是要趁早尽力解开的好。"

说到这里，魏则还伸手指了指自己心脏的位置。

"有些东西，并不会被时间淡化，藏得越久，它越是会像毒药一样，将心灵腐蚀。"

他哥哥的事情也是这般。

魏则一直很清楚，这么多年来，他不只是在和严迦南较劲，更是在和自己较劲。一天不走出来，就一天不会得到解脱，只会永远将自己困在悲伤后悔的死循环中。

可这样的自己，真的是哥哥想看到的吗？

以前他一直没能想明白这个问题的正确答案，直到那日收到了哥哥的工作记录本，他才猛然发现，世界比他想象的要大。人生的百味，也远不止悲伤这一条。

与其沉浸在过去，每日过得自怨自艾，不如跟随他哥哥的步伐走出去。追求昔日梦想，成就更好的自己。

想必这也是他在天堂的哥哥，真正想看到的。

就如他哥哥在笔记里写的那样：当今车界优秀的领航员少之又少，能有名字的华人领航员更是屈指可数。可即便如此，我也依旧野心蓬勃。

就结果来说，当年的哥哥已经完成了他的梦想。

如今，该轮到他来做这个追梦人了。

魏则的野心，不只是比肩他哥哥魏启，更是超越。

林知晓呆呆地望着魏则，内心中有久违的某些情感隐隐萌动。

这一刻，她才真正意识到，面前这个长着一张与她记忆中的那个人有几分相似面孔的男人，和那个人是完完全全不同的两个人。

曾经那个伤她的人，眼里只有自己。而此刻面前之人，虽是第一次见面，眼中却有温柔与关怀闪动。

这种温柔与关怀，林知晓有些陌生，但感觉倒是不坏，令她忍不住笑了起来。

"你这人倒是有点意思。"

林知晓笑起来的时候，会露出两个浅浅的梨涡。虽与她平常女强人的气势截然相反，但在魏则看来，却莫名有几分难得的可爱。

望着她的笑容，他也不禁跟着微笑了起来："你也是。"

随后他重新自我介绍道："我叫魏则，车队的领航员。今天是应我们车队经理梁雪小姐的要求，来这里进行体能锻炼。"

很快，林知晓也爽快介绍道："我是林知晓，既是这家健身中心的老板，也是你们今后体能锻炼的教练。"

"林小姐，请多指教。"

"魏先生，欢迎光临我的健身中心。"

一笑过后，泯恩仇。

见到他们握手言和，梁雪先前悬着的心总算是放了下来。

"既然二位都已经互相认识了，那今天的训练，就正式开始吧。"

"不等 Can 神了吗？"

林知晓虽然因为个人原因对大多数男人都不太待见，但对 Can 神，显然是不同的。

"他在公司还有点事，会晚点来，他让我们不用等他。"

"好。"

听到偶像会晚到，林知晓有一点点失望。然而她身边的魏则却着实松了一口气，忍不住抢先开口道："那我们就开始吧，林教练，请问我需要怎么做？"

"首先需要先去换一身运动服。"

"好。"

魏则接过了梁雪事先为他准备好的运动服,点头答应。青涩少年点头的模样,有一点点乖。看得林知晓忽而就有些心气浮动。

为了掩盖这略有些失态的模样,她只能假装正经地继续补充道:"丑话说在前头,我的训练标准可是很高的。"

"那……我尽量配合。"

这些年,魏则都有在偷偷自学领航员的专业知识。如今加上魏启留下来的那本笔记本,可以说他在理论知识方面的储备,已是足够。

相对的,他在体能方面,就很欠缺了。

林知晓单看他那单薄的身体,就知道他的身体初始数据会有些糟糕。但万万没想到,竟会糟糕到这个程度。

"你不会这就跑不动了吧?我刚刚按的还只是热身模式。

"把身体打开我看看,让我看看你肌肉的耐力和柔韧度。

"我说的是完全打开,你这样,就算是完全打开了?"

…………

经过第一轮初始测试后,林知晓看着记录纸上的数据值,忍不住痛苦地扶额:"我想过你的初始数据值会不好看,但没想到会这么差。

"原本还想让你和 Can 神用同一套训练方法训练呢,现在看来,别说是和他同一套了,给你再降五个级别都不一定能行。"

林知晓说这话的时候,也在观察魏则的表情。

毕竟做她这一行的,客户反馈十分重要。若是客户对自己毫无自知之明,眼高手低,那便是你为他制定再专业的训练课程,也是无用的。

好在魏则身上,并没有出现这种最坏的情况。

听到林知晓说他身体素质差的时候,魏则面上虽有些许难过的神情划过,但很快,就变成了心虚受教。

唯有之后听到 Can 神这两个字的时候,他的瞳孔忽而剧烈地收缩了一下,浮起了一层似是极度不欢喜的情绪。

不过一瞬之后,这股情绪就被他给强压了下去,恢复成了先前的虚心垂眼倾听的模样。

"那就请从我适合的锻炼级别开始吧。

"或许我的身体素质比……是有些差,但我胜在时间充裕。多花几倍的时间在锻炼上,应该也能有些成效吧。"

他原是想下意识类比严迦南的，不过最终他还是发现，自己依旧没法平静地说出那个名字。只能强行改口，将那个名字给跳了过去。

一次或许是巧合，这接连两次，自然再瞒不过林知晓。

虽然这个问题有些唐突，但林知晓的性格向来就是这样，直来直往，根本就藏不住话。

"魏则，我感觉你似乎有些讨厌 Can 神？可你们不该是搭档吗？"

这个问题，若是别人来问，魏则或许会避而不答。可是对着林知晓，他竟是很坦然地就将心里话说出了口。

"是搭档没错，可即便是这样，我也依旧讨厌他，很讨厌。"

"为什么？"

"因为我的哥哥，名叫魏启。"

作为 Can 神车队曾经的铁粉，林知晓不可能不知道魏启，曾经最年轻、最优秀的华人领航员，既是 Can 神多年来最好的搭档，也是他最好的兄弟。

他在华人车粉中的人气，一度仅次于 Can 神本人。

只可惜，魏启的人生虽辉煌，却短暂。他不到三十岁，就被那场意外车祸夺去了生命。

魏启死后，林知晓也一度和所有车粉一样，悲痛地认为再也不会有比魏启更出色的华人领航员了。没想到，魏启竟还有一位承袭了他赛车事业的弟弟。

想到魏启，林知晓也不禁湿润了眼眶。用指腹擦干眼泪后，她很快答复道："你没错。放不下逝去的亲人，是人类的本能。但就我来看，Can 神也没错。那场事故，就是一场意外。"

她的意思，魏则明白。

"不怕你笑话，答应做他的领航员，就是我试图让自己走出阴霾的方式。"

"你的决定很对。"

少年微笑地点头，忽而抬头，反问林知晓道："那你呢？你想到要用什么方式走出去了吗？"

面前的少年，身形依旧单薄。单论力量的话，他在林知晓手下根本撑不过五招。可不知怎的，此刻的林知晓突然觉得他那瘦削的身体，渐渐变得坚实有力了起来，甚至让她有些想要倚靠。

"我暂时还没找到答案。"片刻之后，林知晓老实答道。

"会找到的。"魏则笑着安慰她。

"嗯，我也觉得。"

魏则的笑容很有感染力，看着他笑，林知晓也不自觉地跟着笑了起来。她一笑，那两个浅浅的梨涡自然又露了出来。

浅浅的两个弯弯,像是两汪清浅的甘泉,在魏则眼前汩汩流动,一时间竟是让他看得有些呆。

不过当训练开始后,林知晓认真到近乎严苛。学员只要一个动作没有做到位,她就会立刻出手干涉。

魏则刚巧是她带过的最差的那位学员,别人都是偶有几个动作做不到位,他却是直接反过来,即便是最简单的热身运动,他也没几个动作能达标。

每动一下,就需要林知晓出手去纠正。

纠正一遍还好,等到第二遍、第三遍的时候,林知晓的脾气立马就控制不住了。

"魏则,手臂伸直,用腹部发力前伸,这句话我说了多少次了?你怎么还是跟虾米一样弯着腰,腹部一点都没有用上力?你是听不懂人话吗?"

魏则其实也有在努力,奈何他的运动神经实在是太差了。林知晓下达的运动指令,他的大脑都能听懂,可不知怎的,对于大脑的命令,他的四肢就是如何都没法协调。

没一会儿,他就被折腾得浑身冒汗,再听到林知晓的话,面孔更是发烫,面红耳赤。

"你的话我听懂了,可我的身体……就是做不到。"

魏则一边说着,一边又努力做了一遍林知晓刚才要求的拉伸运动。

双手平伸,一开始确实还算平,可是没坚持上一会儿,他的两条手臂就开始止不住地微颤。只要腹部一发力,身体就开始整个剧烈晃动,随后就一头向前栽了下去。若不是林知晓眼疾手快扶住了他,他大概会一头倒地,受伤不轻。

见此,林知晓亦不禁叹气。

"我知道了,你这是天生的运动神经不协调。"

"嗯。"同样的话,魏则也在他以前的体育老师的嘴里听到过。

在过去文化成绩为重的时代,体育不行,并不算什么大事。可对于领航员这一竞技职业来说,这句话的意味就全然不同了。

在赛车场上,运动神经的重要性,丝毫不逊于大脑。

在一般车队的选手选拔中,如果遇到魏则这样的,基本在第一轮就会被淘汰了。

以前魏则对自己的运动神经还抱着些许侥幸心理,可此刻听到林知晓的专业评判后,他终是忍不住垂下脑袋,面露沮丧。

"天生的运动神经不协调,是不是就跟天生的智商残缺一样,无药可救了?"

好在他的沮丧没持续上一秒,就被林知晓给打醒了。

"谁说的?魏则,不是我说,你在毅力这点上,还真比不上 Can 神。"

"他当年便是受了近乎要瘫痪的伤,都凭着自己的毅力,恢复成现在这个样子。你呢?身体是大人,性格却像个小学生,遇到一点挫折,就开始哭哭啼啼。"

林知晓说这话的时候,严迦南刚巧推门进来。

正如梁雪所说，他最近工作很忙。陈楠山从研讨会上带来了不少行业新消息，这些新消息，既是对乔源过去工作的肯定，也是对未来的鞭策。

虽说乔源现今的新能源技术，是妥妥的全行业领先。但其他同行也不是傻子，即便他们启动得比乔迦稍晚些，近些年也都在新能源车的研发上花了大力度与巨资。

对此，陈楠山的压力不可能不大。

因而研讨会一结束，他就立刻赶回乔迦，开了一场战略会议。与企业高层达成一致后，他又接着找严迦南制定下半年的研究计划。

单研究计划中的研究进度一项，就比今年上半年的计划研究进度提高了一倍不止。光讨论与制定这一项，严迦南就被陈楠山抓了一整天修改计划表。

尽管忙碌了一整天，踏进训练室后，严迦南换了运动服进来，依旧保持着极佳的状态，立刻来了一组高难度动作。

看得魏则目瞪口呆。

更令他震惊的是林知晓的解释，这组动作于严迦南不过只是热身而已。

其实魏则这些年，一直是有些自负的。他自以为自己的脑子灵光，只要自己想，就定能同他哥哥魏启一样，成为令全世界瞩目的优秀领航员。

可如今，他才发现自己曾经的想法是多么幼稚可笑。

自己以为的优秀，与真正的世界级选手相较，根本还差得好远。

魏则望向严迦南的时候，严迦南也同样注意到了他。

在严迦南看来，魏则确实是一块不可多得的璞玉。不过璞玉在成为完美的玉石前，还须好好雕琢。

为此，他不介意再给魏则下一剂猛药。

"职业预选赛的时间是在两个月后，我已经帮你一起报名了。"

"两个月？"

听到严迦南的话，魏则只觉得面前陡然就竖起了一块倒计时牌，牌子上的时间每少一秒，他的心就不由得紧上一分。

之后，魏则就再没心情说话了，继续重新投入到训练当中。

说来也是奇怪，虽说他的身体依旧还是那个运动神经不协调的身体，但在听到严迦南的那句话后，内里好像莫名涌出了许多力量。

依旧做得不好看，但最起码，可以磕磕绊绊地继续下去了。

就结果来说，他比林知晓原定的十组任务多完成了一组。尽管做完最后一组训练的时候，魏则已是全身脱力瘫软，差点连站着的力气都没有了，可内心却是莫名喜悦。

即便躺在地上，他也忍不住朝林知晓笑了起来。

"今天是第一天，过完今天，还剩五十九天。"

林知晓走过去,伸手将他拉了起来,随后也鼓劲道:"嗯,加油。"

当晚的训练场景,因为严迦南那句话,可谓是热血澎湃。相对于其他三人的高度满意,梁雪却有一点点担忧。

"严迦南,你会不会把魏则逼太紧了?"

严迦南不置可否:"年轻人,有点压力,才有动力。"

转而看向梁雪的时候,他似是想起了什么,突然笑道:"等你明天收到了接下来的任务邮件,你应该也就没空关心魏则的那点儿小事了。"

梁雪当时还自信满满:"最多不过是加班而已,我什么时候怕过?"

可真当她收到那封任务邮件时,她才发现,昨天的自己还是太年轻了。

"极寒地区的实地测试?漠河?"

极寒与极热都是汽车测试中常用的测试条件。梁雪之前完成的那个实验项目,就属于极热测试中的一项。

不同的是,她的实验全程都是在实验室中完成,如今的这一项,需要去真正的自然极寒之地。

乔迦所在的城市位处南方,此刻十二月的天气,也依旧温暖。便是有风起,一件薄毛衣加一件厚外套也足够抵御。

她求学的底特律,倒是比这座南方城市稍冷一些,落雪的冬天,时常会达到零下五度的低温。可比起我国极寒之地的漠河,仍是差远了。

收到任务邮件后,梁雪立刻查询了近期漠河的气温。天气预报显示,接下来半个月的时间里,漠河的平均温度都会在零下二十度以下。

单单看着这条天气预报,梁雪就不禁打起了寒战,内心头一次隐隐打起了退堂鼓。

科研工作,在这种时候,像极了行军打仗。为了能将新一代的新能源汽车研发成功,乔源所有人,都在铆足了劲向前冲。

梁雪作为其中一支小队的领头人,更当身先士卒,自然是绝无可能做逃兵的。

不过眼尖如陈老,还是很快看出了小姑娘收到任务邮件后略有些忐忑的小心思:"怎么午饭就打这么点菜?是漠河那地方把你给吓住了吗?"

中午吃饭的时候,陈老特意排在了梁雪的身后。

"有点。"面对陈老的关怀,梁雪终是说出了自己的顾虑,"这是我第一次去实验室外的地方做测试实验,哪想到一上来,就是这样的高难度。"

"确实,现在科技日益先进,大部分测试实验,都可以在实验室内完成。像你这样的年轻小姑娘,没有实地测试经验,也是正常的。

"可你别忘了,所谓的实验室测验,归根结底,不过是对真实自然场景的模拟罢了。想要得到最真实、准确的实验数据,还是实地测试更佳,你说对吗?"

"自然是如此。"梁雪连连点头。陈老说的道理，她是明白的。作为一线科研人员，她也一直十分珍惜第一手的实验数据。

"只是……只是人对于未知与陌生之地，总是会有些不安的。"

更何况，还是那么冷、那么远，各方面条件都十分恶劣的漠河。

"我懂的。"

小姑娘的顾虑，陈老其实也早有考虑。

"实验重要，员工的安全更是重中之重，所以我一早就给你安排好了护花使者。怎么，你家那位，还没有对你说吗？"

虽然梁雪与严迦南确定关系已有一段时间了，但小姑娘的脸皮，总还是有些薄的。听见陈老提起严迦南，她就忍不住地红了脸。

随后她才反应过来："严迦南也要去吗？"

"他本不在名单内，但听说还缺一位试车员，他就主动报了名。"

听到陈老的回答，梁雪不由得心中一暖，可是很快，又免不了有些担忧。

严迦南能同她一块儿出差固然好，但这也意味着，出差期间，他的体能训练很有可能会受到影响。

"你真要和我们一起去？"

晚些时候，两人正在一同去林知晓健身中心的路上，梁雪还是没忍住问了严迦南。

严迦南开车，梁雪坐在副驾。在等红灯的时间里，他微微侧头看她。

"你不想我去？"

"当然不是。"

冬日的夜幕降临得早，此刻的街道已被笼上了暮色。车厢里，仅有中控的地方亮着些许光，很是昏暗，也越发显得严迦南那双深黑的眼眸晶亮。

此刻，这双眼眸正定定地注视着梁雪的面颊，随后他道："梁雪，你脸红了。"

"没有。"

梁雪下意识地捂脸，做完动作，才发现自己上当了。

然后，她是真的恼羞成怒得红了脸。

"我脸红不红关你什么事？而且现在是说这种小事的时候吗？"

"职业预选赛已经近在眼前，本身时间就已经很紧张了。你再跟着我们出差上半个月的话，确定不会耽误正事吗？"

这番话，梁雪问得又急又快。严迦南却丝毫未受她的影响，仍旧淡定如常："和你一起去出差，对我来说，就是正事。"

他越是淡定，梁雪就越发急了，急吼吼地凑到严迦南身旁，那模样像极了炸毛的小猫咪。

"你不要避重就轻,相对而言,明明是职业预选赛更重要。若是这次预选赛出了什么问题,就还得再耽误——唔……"

她的话还没说完,头顶就被一只温润的大手给罩住了。严迦南这会儿伸手在梁雪脑袋上轻轻揉搓的手法,和给小猫咪顺毛的手法简直是一模一样。

他的声音亦是同样的轻缓温柔:"梁雪,我知道你在担心我,但我更希望你能对你的男朋友多一点自信。"

"如果我连区区预选赛都要这么费心才能勉强通过,那我的赛车事业不要也罢。"

这既是对梁雪的宽慰,更是严迦南的自信。

"你别忘了,你的男朋友好歹也是世界冠军的获得者。"

果真,这几句话之后,梁雪立刻就被说服了。半晌之后,她才冒出了仅剩的一点疑虑:"那你前几天,为什么要对魏则说预选赛不好过的话?难道你是故意的?"

"还不算太笨。"

大约是先前揉脑袋的手感十分好,下一个红绿灯的时候,严迦南又忍不住对梁雪的小脑袋动手了。

揉得梁雪忍不住嘟嘴抗议:"若是我哪天变笨了,那就是被你给揉笨的。"

话虽是这么说,但梁雪的小脸却越发红了。

两人一路笑闹,等到达目的地的时候,梁雪的头发彻底乱了。幸亏她的包里常备着一把小木梳,不然的话,她都没脸见人了。

她坐在车内梳头的时候,那位始作俑者倒也表现得十分有耐心,全程都耐心等待,单这一点,便让梁雪很是受用。

下车后,她自然而然地就挽起了严迦南的手臂。两人走到大厦电梯间的时候,恰巧撞见了下车库拿东西的林知晓。

林知晓作为一只单身狗,当即向梁雪射去了酸溜溜的眼刀,同时向严迦南提出善意建议道:"我看阿雪每天也无事,不如和大家一起加入锻炼吧。"

做了这么多年的闺蜜,林知晓向来是最了解梁雪的。这家伙虽说从小就头脑灵活好使,但四肢却是懒得很。

她能躺着绝不会坐着,能坐车去的地方,绝不会走路。

能长成如今的丽质佳人,完全靠的是他们家吃不胖的好基因,实际的身体素质完全是一个垃圾的 D 等级。

运动渣渣梁雪一听到林知晓的提议,立刻表现出了高度警戒,手更是摆得飞快:"我又不用参加比赛,就不用了吧。"

她是不用参加比赛,但她近期需要出差,出差的地点,还是气候环境极恶劣的地方。

严迦南也很快想到了这一点,露出了赞同的神情:"就算不用比赛,锻炼一下也总是没坏处的。"

有了严迦南的支持，林知晓越发起劲地附和道："就是，我这里不但不收你钱，还会给你提供最全面的健身器材，最专业的体能教练。阿雪，你赚翻了啊。"

"可是我……"梁雪仍想挣扎，可惜抗争无效，电梯刚一到达健身中心，她就立刻被林知晓给拽进了女更衣间。

摘掉她的耳坠、项链，脱掉她的小裙子，套上运动服，漂亮美少女秒变运动达人。

当然，这只是表面形象而已。

正式进入到训练室后，梁雪才刚做了点热身运动，就气喘吁吁地累趴了。场面一度比魏则第一日训练时还要难看。

"你没事吧？"

见梁雪累得几乎要倒地，离她最近的魏则下意识想去扶她。

然而他的手才刚伸出去，就被林知晓给扯了回来："她没这么虚弱，你可别被她给骗了。"

梁雪的招数别人不知道，林知晓还能不知道吗？

小学的时候，她就经常用这样的招数骗过体育老师，以得到大半节课的休息时间。这会儿，她显然是又想故技重施了。

只见梁雪靠着跑步机慢慢滑倒在地，气息一下比一下虚弱："哎呀……我……我不行了，我觉得我的心跳得好快，还……还有点痛。"

林知晓刚想去揭穿她，却有一个人比她还要快上一步。

"哪里痛？"

严迦南的黑眸满是关切，不过很快，他就看出了梁雪的不对劲来。

"你的脸怎么这么红？"

"当然……当然是刚才跑步跑的。"

见到严迦南过来，梁雪下意识想朝他的肩膀靠去。哪想到，严迦南反而后退了两步，反手抓起了她的手臂。

如若真如梁雪所说，她只跑了这么一会儿，就面色潮红成这样，那就不是休息的事情了，得去医院好好检查一下了。

不过，等严迦南扣住了她的手腕，立马就察觉出不对劲来。

"梁雪，我能再问你一个问题吗？"

"什……什么问题？"

"你的身体是如何在这么平稳的脉搏下，做到如此气喘的？"

这么快就被他看穿了吗？

梁雪暗暗心惊，面上却依旧不肯承认。她脑袋一歪，竟还想继续装柔弱。

"啊……不是心跳的关系，好像……是我的头有点晕？"

"头晕?"

故伎重施,也就能骗骗普通人罢了。于严迦南,已然无效。

梁雪装晕得越厉害,严迦南就笑得越灿烂。

"头晕吗?是不是被你涂的厚腮红给熏的呀?"

士可杀,美少女的颜值不可辱。只见梁雪如诈尸一般,迅速自头晕状态中睁眼,中气十足地反驳道:"瞎说,我的腮红味道淡雅清新,才不会熏人。"

一旁单纯的魏则哪见过这阵仗,当即目瞪口呆。

"她这是……全程都在骗人吗?"

"懒人的常规操作罢了。"林知晓十分有经验地说。

不过今天这场景,她倒是看得十分舒爽。

毕竟往日里,她看到的剧情,都是梁雪仗着脑子好,去骗人家,这还是第一次看见梁雪这么吃瘪。

不愧是她粉了这么多年的 Can 神。

梁雪吼完那一句后,自知暴露,此刻,她那张小脸上皆是后悔的神色,望向严迦南的眼神里,也很快多了几分幽怨。

"严迦南,你怎么这样?"

他不是她的男朋友吗?怎么可以反过来,当着外人的面拆她的台?

可惜,即便她瞪到眼睛疼,直男如严迦南也仍旧没有察觉到她的幽怨。

他伸出手臂,一把将她从地上拉了起来,重新指着跑步机道:"你既然答应了林知晓,那就好好锻炼,不要耍小聪明。争取能在出差前,练出点成效来。"

说完,不等梁雪回答,他就转身继续自己的训练去了。

独留下面色发僵的梁雪,和看戏笑到打跌的林知晓:"哈哈哈哈,阿雪,你这个男朋友交得真不错,总算是有人能收拾你了。"

"你男朋友的话你听到了吧,从跑步开始,好好锻炼,不要再偷奸耍滑了。我这里是健身中心,可不是给你演戏的剧院。"

"哼。"梁雪气得腮帮鼓鼓。

就算她心里有一百个不愿意,可为了最后的那点脸面,她终究还是只能走回跑步机上,开始跑步。

林知晓不愧是资深教练,很快就制定出了一套适合梁雪的训练方式。得知她即将去漠河出差,还专门给她开了一个温度更低的训练室,进行针对性训练。

不过两天时间,就已经有了十分明显的成效。虽然梁雪对于运动的态度依旧是不甘不愿,但魏则却看得十分眼红。

"梁雪的进步真大,反倒是我,训练了这么久,仍与目标差距巨大。"

"我觉得你进步也很大啊,是不是你自己把目标定得太高了。"林知晓宽慰道。

"我的目标,一直都只有一个人。"

魏则说这话的时候,眼睛直勾勾地盯着严迦南。

不知从何时开始,少年望向严迦南的眼神变了,不再是最初的仇恨,而是渐渐变成了崇拜、憧憬以及迫切地想要将之打败。

第九章
你就宠她吧

几日之后，就是出差的日子了。对于这次出差，梁雪算是做足了准备，不止带足了棉衣棉裤，连她向来最不喜欢的运动训练，都坚持了一整个星期。

原以为如此必定是准备充足，可真当她从飞机上下来时，才发现自己还是太天真了。

"这个地方，竟然这么冷的吗？"虽然已经穿上了厚厚的棉衣，可刚一出机场，梁雪就被冻得直打哆嗦。

"小姑娘这就冷了？"来接他们的当地领队"哈哈"一笑，"那你可得好好适应适应。这还没到漠河，漠河可比这儿还要冷许多。"

不止冷，条件也十分恶劣。

漠河这个地方，本就地广人稀。他们选定的测试区还是远离市区的荒野地区，附近压根没有正规的酒店可以入住，只能租了一套当地人的农舍，供大家住。

农舍自己家烧的炕，暖是暖，却十分干热。只一夜，好多女同事的皮肤就都干裂出了口子来。

到室外作业，又是冰火两重天。

零下十七摄氏度的冷风，刮在脸上就跟刀子割一样，吹得生疼。

没膝深的雪地，走起来更是困难重重。不过几百米的距离，梁雪觉得仿佛走了一个世纪。走到测试点的时候，她就已经累到不行，觉得全身的力气都被使完了。

而这，不过才是一天的开始而已。

"这就累了？看来林知晓之前给你制定的训练计划还远远不够。"

梁雪到的时候，严迦南早就在车边候着她了。

梁雪熟练地一把扶住他的手臂，气喘吁吁之余，也没忘抬杠。

"注意你说话的态度，这次我是领队。"

梁雪这个领队，自然是陈老钦点的。

她虽然年轻，但履历和实力都已足够。进入乔源后，她负责的几次大实验皆是成绩斐然。如今，同事们都很服她。

当然，这其中并不包括严迦南。

听到梁雪的话，严迦南当即就笑了，顺便抬了抬手："嗯，那就请梁领队上车吧。"

此车并非是试验车。

试验车金贵，就算这几个月来乔源实验室日日加班加点，总共也就完成了几辆试验车而已。

梁雪他们出发之前，那几辆试验车就已由专人专车运送去了试验场。而他们住的农舍到试验场，还有好长一段距离的路程。

漠河的冬天，积雪极厚，普通的小车行驶十分艰难，所以公司特意选了大型卡车。这几辆卡车，既可以接送实验人员，有需要的时候，也可以运送试验器材甚至是试验车辆，考虑得很是周到。

唯一美中不足的是，卡车的车身有些高，上起车来，会稍微有些费力。特别是对于梁雪这种裹成球以至于行动不便，运动能力又不佳的人来说，更是极度的不友好。

果然，一提到上车，梁雪的态度立马就软了下来。

"哈哈，我刚才是开玩笑的。"

开玩笑，刚才走过来，就已经费了她半条命了，哪还有力气蹦上这么高的车。

见严迦南要抽手，她立刻俯身，将他的手臂搂得越发紧了。小脸则是向上仰着，从毛茸茸的帽子里露出一双大眼睛，对着严迦南忽闪忽闪。

"我没力气了，你帮帮我。"

交往了这么久，虽然效果不算明显，但严迦南的直男性子确实在被渐渐软化。这会儿，梁雪只稍稍眨了眨眼睛，他先前抽走的半边手臂便主动送了回来。

他扯着梁雪走到车边后，都不需要梁雪再努力什么，就主动抱起了她，稳稳将她送到了第一级台阶上。

上车后，梁雪忍不住笑眯眯地朝他晃脑袋。

"男朋友，你进步很大哦。"

她明明是在夸他，哪想到严迦南却根本不吃这一套，一上车，就朝着她的脑袋捶了一下，严肃又认真道："你还是自己先进步吧，一直这么懒懒散散，哪有半点领队该有的样子？

"出来前，陈老应该有叮嘱过你吧，这次的实验结果，对乔源来说非常重要。"

"这我当然知道。"

梁雪虽在平常生活里有些懒散，但工作起来，绝对认真。

一到达试验场，她就跟换了个人似的，从车子上蹦了下去，第一时间进行现场指挥道："从低温启动实验开始。

"之后按这个顺序进行实验：ABS防抱死、EBD制动力、低温预加热充电技术、行驶性能稳定性、强化路面行驶实验。

"各单位都已经收到工作表了吧，按工作表工作，其中数据记录与监测组还要重点注意电池的能耗率，这也是我们本次试验的重点。"

按照新能源车目前的常规能耗率，在极寒地区下能耗极快，以至于在这些地区，新能源车的销售量在很长一段时间都无法有效提升。

新能源车在寒冷地区无法正常行驶，已经成了这部分地区消费者的固有观念。

本次实验，在测试最新研发成果的极限性能的同时，陈老也想要通过实打实的实验数据，打破这固有观念的意思。

当然，这其中的过程，显然并不容易。

单单第一个低温启动实验，梁雪的实验团队，需要就不同的风速、温度、结冰情况等，进行几十次，甚至上百次的实验。

令人欣慰的是，第一项实验的结果颇令人满意。新一代的磷酸铁锂电池包，确实如之前的实验室数据所记录的那般，达到了数倍于上一代产品的储能值。

面对低温，它的启动加热也表现得十分优秀，85组实验结果，只有5组大风情况下，发生了些许启动困难的状况，并且都在连续启动多次后得到了改善。

足以证明，乔源的这款新能源车，在寒冷天气中的低温启动，已经达到了传统燃油车的水平，基本克服了电动车在这方面的软肋。

虽说实验的过程并不轻松，短短两天的时间，大半的同事都冻出了冻疮。负责清障的小队，更是有几位在暴风雪中受了轻伤。

不过在得知第一项试验最终结果的那一刻，大家突然觉得之前付出的努力都是值得的。

梁雪作为负责人，每个分工小组她都有关注，自然更能体会大家的不容易。于是趁着第三天下午天气还不错，她干脆让大家提早了半个小时收工，一起去稍远处的小饭馆里吃了一顿。

小饭馆店面不大，菜品倒是齐全，黑龙江江鱼、小鸡炖蘑菇、白肉血肠、漠河炖菜……应有尽有。

东北人民向来好客，一看到他们进来，老板娘就热情地迎了上来。

"这么冷的天气,各位客人都冻坏了吧。我这煮着热茶,先喝两杯暖暖身子吧。"

众人捧着热茶,不一会儿,锅子就上来了。围坐在东北特有的大铁锅前,吃着热菜,喝着热茶,身体很快就暖和了起来。

不过,当店里又来了几位熟客的时候,几位眼尖的同事很快就察觉出了他们的不同待遇。

"老板娘,我怎么看见你给熟客端去的茶,和我们生客的不一样呀?难道是差别待遇?"

老板娘听了不仅不恼,反而哈哈一笑:"那这位客人要尝尝熟客喝的吗?"

"自然。"

"那您喝的时候悠着点,小心呛。"

老板娘很快给他端来了一杯与隔壁桌熟客同样的"茶"。

"咳咳……"

尝过一口后,那位同事立刻面红耳赤地咳了起来。众人随之凑上去一闻,才发现这哪是什么茶,根本就是一大杯烈酒。

老板娘显然是早料到他们尝过后的反应,听到咳嗽声,她才重新走过来解释道:"这是我们自家酿的烧刀子。酒烈,各位远方的客人可能有些喝不惯,不过对于我们这些本地人来说,喝酒却是跟喝茶一样的。只有喝了这个,出去干活的时候身体才不会太冷。"

"有这么神奇?"

听了老板娘的话,很快又有几位较年长的同事跃跃欲试。

"老王、老张,我看你们只是酒瘾犯了吧?"

"老张你忘了自己血压高了?要是在家里,你老婆能同意你喝?"

"尝尝嘛。"

越是被阻拦,老王和老张就越表现得极感兴趣。

"我虽也喝过不少好酒,但这东北农家酿的烧刀子还真是没喝过。"

老板娘为人爽快,很快就又端来了几个杯子和一小壶烧刀子,笑盈盈地放在了他们的餐桌上。

"就这点酒喝不醉的,各位尝个乐子就好。"

"味道还真不错。"会喝酒的老王和老张很快各倒了一小杯。

农家自酿的酒虽比不上大牌子的好酒甘醇,却带着微微甜暖的味道,与这里的天气也更是契合。一口下去,便立刻有一股子热意从小腹中钻了上来。

老王忍不住唏叹道:"真是舒服啊,喝了这酒以后,我感觉我由内到外都暖了。"

"真这么神奇?"

听了老王与老张的话,其他人也不禁都来了兴趣,先后倒了一小杯来尝。

梁雪虽然练过酒量,但这东北烧刀子她还真没喝过,自制力终究还是没能赢过好奇心。趁着严迦南去一边接电话的时间,她从他的杯子里偷喝了一口。

烧刀子很烈,梁雪不算喝得惯,但咽下去后,从食道开始,一路发烫的感觉着实有些神奇。

哪怕她只喝了一小口,亦觉得瞬间暖和了许多。渐渐地,她甚至觉得因穿了超厚棉服而沉重的身体都变得松快了许多。

"这酒……真不错。"

身随意动,梁雪吃完一碗热粉条后,又忍不住凑到一旁,吸溜了几口。

她自认自己的自制力很好,几小口酒而已,怎么都不算喝多。可在严迦南看来,这几口酒,便已是超量了。

回来刚一落座,他就立刻发现自己酒杯里的酒少了很多。

"梁雪你喝酒了?"

虽是问句,可他说话的口吻已极为严肃危险。

若是平常的梁雪,一定会乖乖缩着脖子受教。然而此刻的梁雪不止不乖,还立刻扭头反驳他:"你凭什么这么凶?下班时间,我还不能喝两口酒吗?

"而且……而且又不是只有我一个人……好多同事都喝了,就连……就连你自己,也倒了呢。"

梁雪说着说着,眼神突然迷离:"咦?我……我怎么感觉我的舌头有点不舒服呢?"

舌头都大到口齿不清了,怎么可能舒服。

梁雪这个模样,显然已是醉了。

这也正是严迦南担忧的事情。

他也知道自家女朋友在同事面前向来自尊心极强,事后清醒,肯定是极不愿被人看到这般醉酒丑态的。

于是这一次的恶人,又只能由他来当了。

严迦南有些嫌弃地叹了口气,但他的身体却比他面上的神情要诚实许多。梁雪靠过来的时候,他便已熟练地张开手臂,环住了她的腰。

农家自酿的酒,似乎比严迦南想象的还要烈上许多,后劲十足。酒意泛起后,梁雪没一会儿就撑不住了。

眼皮沉沉,言语更是越发含糊,莫名兴奋的时候,手脚还会跟着乱动,严迦南都有些抱不住她。

他费了好大的劲,才将她重新安置进自己的椅子里。

"梁博这是喝醉了吗?"

餐桌上的气氛虽依旧热烈吵闹，但很快有细心的女同事发现了梁雪的不寻常。

看起来确实是醉得不轻。

严迦南腹诽，然而面上却不得不替梁雪遮掩："有一点，主要还是她不习惯这里的气候，有些不舒服，现在才发作。"

"那您赶紧先带梁博回去休息吧。"

女同事生怕会因为梁雪的身体影响明日试验的进度，赶紧催促，这也正合了严迦南的意。

"那我们就先走了。"

幸亏严迦南没喝酒，这会儿还能开车。

梁雪似乎是听懂了走这个字，他一唤，她就跟着他站了起来。走之前，她甚至还不忘对其他人摆了摆手。

"还算乖巧。"

可惜乖巧没能持续太长时间，刚走到店外，被冷风一吹，娇气的梁雪就立刻不干了。

"好冷。"她撇着嘴抱怨，一不小心，又被灌了好几口冷风。

"上车就不冷了。"严迦南试图安慰，可梁雪却仗着酒意，彻底耍起赖来。

不止自己一步不肯走，还一把抱住严迦南，跟个无尾熊一样，死也不放他离开。

"我不走，不走，就不走。"

"小声点。"

严迦南生怕外面的动静被里面的同事听见了，赶忙出声制止。

可这会儿，梁雪哪还能听他话。

无奈之下，他只能兵行险招，低头俯下身去，用嘴将梁雪的小嘴给堵住了。

"唔……"突如其来被封唇，梁雪下意识地睁大眼睛，样子有一点点呆。好半天后，她才迟钝地反应过来，挥起小手，试图将严迦南推开。

可惜，她尝试了好一会儿都没有丝毫进展。而严迦南反倒是趁着她用力的空隙，轻而易举地撬开了她的唇。

漠河的夜晚，室外的温度冷得吓人。才站了没几分钟，梁雪就有些抵御不住了，瑟瑟地抖一下，只觉得全身的热气都在疯狂逃逸。

此刻，她唯一还能汲取的暖源，便只剩下严迦南与她唇齿相接的那个吻了。

于是很快，梁雪就不再抗拒了。由着身体向热的本能，她很快学会了配合。严迦南辗转向前的时候，她亦会轻轻吸上一口气，然后昂着下巴，微张开小嘴，越发多地回吻住他的嘴角。

感受到大片暖意涌入的刹那，她甚至还自其中尝出了淡淡的甜味。像极了儿时母亲给她冲的蜂蜜水，入口甘甜。

即便片刻后严迦南结束了这个吻,梁雪依旧觉得唇齿留香。

梁雪不再聒噪,严迦南这个吻的目的便算是达成了。

一吻终结后,他重新回身去拉梁雪的手臂。

"走了,外面太冷,我们先上车。"

哪想到梁雪依旧不配合。

这会儿烧刀子的酒劲已经完全上来了,她可以说是完全醉了,理智全无,只会凭着本能做事。

"我不走。"

欲求不满的她,这会儿就像个孩子般,拽着严迦南的手,蹲在雪地里死也不肯走。

"我还要,你再来一次。"

"你说什么胡话?什么再来一次?"

醉酒后的梁雪行动力超强,见严迦南没明白她的意思,立刻就从雪地里蹦了起来,身体力行地勾住他的脖颈,在他的下巴上亲了一口。

"就是这样,再来一次。"

其实她本是想亲严迦南的嘴角,奈何他们的身高差距悬殊,便是她刚才已经尽力踮起脚,还是只能堪堪够到他的下颔。

"啾"的一声后,梁雪小脸上的神情依旧有些意犹未尽,小嘴也跟着喃喃道:

"不对不对,刚才的位置不对,所以刚才那次……只能算半次。"

一边说着,她的小脸又再度靠了上来,两只小手更是越发用力地拽着严迦南的脖颈。她显然是想将严迦南的高度拽低一点,重新来上一次。

"胡闹!"

最后这一次,显然是不会成功的。

早有防备的严迦南未等她踮起脚,就已经伸手把她的小脑袋给挡开了。可尽管如此,独属于梁雪的清甜味道,还是随着风,钻进了他的鼻尖。

熏得他在梁雪看不到的地方,脖颈微红。

"你听话一点,先上车。"

严迦南试图同她讲道理,然而和醉酒的人讲道理,实在是收效甚微。

无奈之下,他只能直接动手,无视梁雪的那些小动作,直接将她扛上了肩头。

被限制了行动后,梁雪刚开始发出了不满的嘟囔,不过渐渐地,醉酒的眩晕就上来了。她的小脑袋靠着严迦南的肩膀晃动了几下后,便很快静止不动了。

任凭周围寒风"呼呼"地吹,她自睡得香甜。

即便上车后,严迦南为了将她安置在副驾上,摆弄了她好一会儿,她也没有半点要醒来的意思,垂着脑袋,依旧睡得酣甜。

漠河夜间的道路不好走，回程的路，严迦南全程开得很慢。

最后临近农舍的那条乡间小路最是难走。小路狭窄，铲雪车进不去，只能靠农舍主人每天早上一次的手动铲雪。

经过一天的时间，雪早已重新积了起来。路灯照不到的黑暗处，还有可能藏着不少大大小小的雪坑。

即便严迦南已经很是小心，可开到半路的时候还是不幸中招了，陷入了一个中型雪坑，车身也随之剧烈的颠簸。

"唔……"这一颠簸，才终于把梁雪给晃醒了。

"这是在哪儿？"睡过一觉后，她显然已经清醒了许多，"快到农舍了呀？其他同事呢？严迦南，你是特意先送我回来的吗？"

答案很显然，专心开车的严迦南并没有第一时间回答她的问题。

看着窗外缓缓向后退去的树影，梁雪忽而觉得这画面有些眼熟。

"严迦南，你记不记得，我们第一次见面你送我回宿舍那次，你的车，也是开得超慢，为什么呀？"

"五年前那次，是因为导师的关照。"此时车子终于开到了小路的尽头，严迦南终于有空分心回答她的问题了。

他只回答了一半，因着好奇心，梁雪忍不住继续追问道："你这么听话的呀。那今天呢？"

"今天不一样。"

严迦南说到这里喉结轻轻顿了一下，然后才接着道："今天是因为你。"

"……嗯？你再说一遍？"

短短的一句话，于梁雪来说，却是胜过千万句情话。刚钻进她的耳朵，就立刻把她的耳朵烫到发红。

她迫切地仰起小脸，灼灼地盯着严迦南，特别希望他能复述一遍。

"我知道你听见了。"

严迦南才没有这么好骗，立刻戳穿了她的小心思。

"你怎么这样！"被戳穿心思的梁雪，皱起小脸，很有些恼羞成怒，"你不讲武德。"

"那怎么才算讲武德？缠着别人乱亲吗？"

这会儿严迦南已经成功将车子停进了农舍旁的车位里。不用再分心在路况上的他，终于有了与梁雪算旧账的时间。

"你在说什么啊？"

对于自己醉酒时做过的事情，梁雪已经大半记不起来了。便是记起来，她也是不会承认的。

哪承想严迦南竟拿出手机，给她展示了一段录像视频。

视频虽然有些摇晃模糊，但梁雪还是一眼从中认出了自己嘟起的唇。

"你……你竟然还录像了。"太无耻了吧！

"嗯。"严迦南听出了她话中的意思，并且还大方承认了，"如果没有一点证据，我又怎么要到赔偿呢？"

说着，他再度向着梁雪倾身过去。从梁雪的角度看来，就看见他那条性感的下颌线在空中划出了一个漂亮的弧度。等她再抬眼的时候，他就已压到了她的面前。

她的大脑觉得她不该同意得这么轻易，然而她的身体，却显然要比她的大脑诚实许多。

未等严迦南凑近，她的眼睑就缓缓垂了下去，小手则轻轻下滑，攀上他的腰。当她做完这些的时候，严迦南的唇恰好贴了上来。

不同于先前的事急从权，这个吻，吻得更轻缓、更缠绵，也更放肆冗长。

到最后，梁雪不止身体酸软，连脑袋都有些晕晕的。直到被严迦南轻弹了一下额头，她才恍然回神。

她羞红着小脸，再不用严迦南帮扶，就自己拉开车门跳了下去，向着女生住的那一排农舍跑去。

梁雪原以为自己会因为这个吻许久都睡不着，然而她这一晚却是出乎意料的好眠。都未等到其他同事回来，她就已经沉沉睡了过去。

第二日的早晨，梁雪是被同宿舍的女同事陈姐给叫起来的。

陈姐是记录组的组长，除了工作，最大的特长就是八卦。与陈姐同住的这几天，梁雪每天都能听到一个新的八卦故事。

今日，她自己也成为陈姐故事里的女主角。而最令梁雪吃惊的是，陈姐口中的故事，似乎和她本人认知的还不一样。

"小梁，你昨天和小严总先走了吧？你家小严总可真会玩啊，才刚出门呢，就迫不及待地与你亲上了。"

"有这样一个男朋友，应该感觉不错吧。"

听陈姐的意思，是严迦南先亲的她吗？

可昨天严迦南对她可不是这么说的，还有他偷偷录的那些羞耻小视频……

梁雪拥着被子坐在床上，不自觉地睁圆了眼睛。一觉醒来，她本觉得自己是彻底清醒了，可听完陈姐的话，她又觉得自己好像压根没醒。脑袋里有关昨晚的记忆，依旧是乱糟糟的。

除了最后的那个吻，其他的记忆仍如碎片一般，杂乱地散着。想要将其拼合，只能一块块费力地去找寻。

许久之后，梁雪才终于将这些碎片按顺序串了起来。

老王、老张与饭馆老板娘的对话，端上桌的烧刀子酒，她喝下酒后满身灼热的感觉……

随后不久严迦南就带她回去了，冷风中他似乎先哄她上车去，但她仗着酒意并没有听话，反是絮絮叨叨地在那儿说着什么，再然后，才终于想起了陈姐所说的画面。

那一刻，屋外的寒风虽盛，但她的世界却突然安静极了。

无他，只因被某人封印了而已。

"严迦南！"

想起前因后果后，梁雪立刻就从床上弹跳了起来，冲到严迦南面前，对他兴师问罪道："你骗我，昨晚明明是你先动的手。"

此时严迦南刚接完陈老一大早打来的工作电话。工作状态下的严迦南一贯是严肃的模样，听到梁雪愤慨的控诉，他甚至连眼皮都没抬："所以？"

梁雪显然没料到他会是这个反应，气势汹汹的怒火突然被浇灭，声音也跟着卡了壳。

最后还是严迦南替她说的："如果你不想唇瓣被这寒风吹裂太久的话，就少说废话，赶紧干活去。"

"我当然知道。"

"陈老刚才找你，应该是询问EBD制动力、行驶性能稳定性、强化路面行驶这三项试验安排吧。"

"虽然这三者的试验难度确实不小，但我已经都安排好了，今天就会开始这三项的联合试验。"

"联合试验？"

听到梁雪这么说，严迦南的眼底终是露出一丝惊讶。

无他，只因联合试验也正是刚才陈老那通电话的意思。陈老一直都认为，真正的性能检测光针对一项进行，根本无法模拟出最真实的车辆性能数据。

就像人体需要多个器官同时工作才能维持生命体征一样，车子也是由许多个功能部件结合在一起的整体机械。

只有让它们同时一起运转到极限，才是车辆真正的极限。

没想到，梁雪年纪轻轻，思维逻辑却十分老到，竟是与陈老想到一块儿去了。

她口中的联合试验，便是对车辆整体性能进行的一次极限测试。

既是极限测试，自是收益与风险并存。

若是成功，他们将会获得一次十分完美的实验数据；可若是失败的话，不止取不到想要的实验数据，实验人员的人身安全都可能会无法保障。

"既然你已经和陈老通过电话，你也应该清楚这次联合试验的危险性了吧。"

梁雪虽然早已制定好了试验计划，但在人员选择方面，她直到此刻都没能下决断。

"虽说你们试车员团队的这几位都十分优秀，但我还是希望由你来完成这个试验。"

"巧了，我也正有此意。"

听了梁雪的话，严迦南的嘴角悠悠上扬。一双黑眸亦是沉沉地望着她，梁雪能从他的眼瞳中清楚看到自己的倒影。

好似那不只是映在他的眼中，更是烙在了他的心里。

天气预报显示，漠河冰冷的清晨虽然风力已达到八级，但梁雪的心却是暖融融的。甚至连她那抹稍稍被风吹得有些干裂的嘴角，片刻之后，都渐渐有些发烫……

可惜两人独处的时间总是短暂。很快，所有同事都起床了，偏远的农家院舍也变得热闹起来。

厨房的炊烟袅袅，院舍之外，很快有司机们调度车辆的马达轰鸣声传来。

简单用过早饭后，大家便先后走出院舍，排队上车，奔赴试验场。

准备小组都是每日最早到位的。他们到位后，会按照梁雪前一日发给他们的试验准备清单，进行器材与车辆的准备。

工作不止烦琐，并且对安全性的要求极高。

平时的单一项试验便是如此，今日的联合试验对准备小组来说，无疑也是一场重大挑战。

梁雪一到达试验场，就听到了张组长熟悉的大嗓门。

"试验车辆准备到位了吗？到位后立刻对车辆进行仔细的检测，确保在稍后的试验过程中不出疏漏。"

"冰面厚度是哪位负责的？鉴于今日试验的重要性，我命令你进行二次检测，速度执行。"

全部确认无误后，老张才返回试验指挥中心，向梁雪汇报道："梁博，今日的试验准备，我组成员已全部完成了。"

"好。"

签完准备组提交的准备清单后，梁雪这才转头，认真望向严迦南道："既然准备工作已经全部完成，那就轮到我们了。"

听到梁雪说要一起做联合试验，严迦南的面上不禁露出了些许惊讶之意。

"你也要和我一起？"

毕竟梁雪作为这一次实验的总负责人，除特殊情况，是不会轻易离开指挥中心的。显然这一次的联合试验，被梁雪定义为了特殊情况。

"这次实验不论是重要性还是难度都很特殊，不是吗？"

前一句，梁雪是说给所有人听的；后一句，则是说给严迦南一个人听的。

走出指挥中心后，她悄悄地在严迦南的身后又补充了一句："这也是我自己的意愿，这次试验，我想和你共同完成。"

轻柔的耳语，在这一瞬，成了最甜蜜的情话。

走在前方的严迦南不自觉胸膛微震，不可抑制地悄悄向后伸出手去，勾住了梁雪的指尖。

梁雪心领神会，手指收紧，手掌轻轻平移，紧贴住他的衣襟后摆。

通往试验点的那一段路程，两人就这样手牵着手，一路前行。即便是四周凛冽的寒风，也未能将他们分开。

梁雪亲自下场后，指挥调度的任务就移交给了陈姐。他们上车之后，车载的对讲机里很快传来了陈姐的声音。

"准备好了吗？"

因为本次试验具有一定的危险性，两人上车后，被后勤组各塞了一顶头盔。头盔以安全性为主，材质用得十分厚实，以至于戴上之后会让人稍有些行动不便之感。

后勤组长生怕他们会觉得不适，还特意做了解释。谁想到梁雪不止半点都没有介意头盔的沉重，戴上之后，还挺高兴，她笑嘻嘻地转头向严迦南道："有没有觉得，戴上头盔后，就很有那味了？"

"虽然这只是一条试验道，但我却终于有机会当一次你的领航员了。"

预定试验路线是梁雪设计的，因而此刻她自称一声领航员，还真是合适。

听到她的话，严迦南不禁笑了起来，从善如流地应道："那待会儿，还请梁领航员多照顾了。"

"放心吧。"梁雪心情愉悦地连连点头。

他们团队的后勤组效率很高，梁雪与严迦南插科打诨的工夫他们就已然完成了最终的安全性调试，飞速向不远处的车辆调度组打出了"OK"的手势。

收到"OK"的手势后，调度组也开始了行动，向指挥中心汇报，并同时点亮了试验准备灯。

在梁雪和严迦南先后同陈姐应声后，联合试验便正式开始了。

试验分四段路程进行，分别是普通公路道路、普通非公路道路、普通盘山公路道路、盘山非公路道路。

试验的难度，亦是如这四段路程的排列顺序一般，从易到难。

今天试验的是，普通公路道路，虽说难度是最低的，但测试工作也并不轻松。

百米加速、加速后急停、高速掉头……

这一系列的动作做下来，旁边的后勤人员们单单看着都觉得有些头晕，驾驶员所背负的压力可想而知。

要知道,冬日漠河的普通公路虽说每日都会有铲雪车定时清理,但铲雪的速度终归是比不上积雪的速度。

轮胎打滑,是必然会发生的事情。燃油车或许还能靠着排气管排出的热气,在一定程度上融化路面最后的那一层积雪。

没有排气管的新能源车,显然是连这一点都做不到的,完全只能靠着本身的性能与技术行驶。

即便后勤组已经事先换上了专用的雪胎,但在越积越厚的雪地中,打滑仍是在所难免。

梁雪制定的试验清单还极为严苛,几乎所有项目都是压着车辆的极限性能来制定的。稍有不慎,就很可能会发生打滑至侧翻的事故。

便是梁雪自己,在事先都没有百分之百能完成的把握。

好在她还有严迦南。

急停的那一刻,车辆终还是发生了十分危险的打滑。此时恰又碰上一场暴雪来临,数不清的雪花在空中聚成了一块厚厚的雪毯,几乎让可见度归零。

在视线完全受影响的情况下,唯一能依靠的只有对讲机里传来的指令,以及车载屏幕上的导航系统。

危险,车辆已经极靠近道路边缘!

"梁雪,你们的车离马路边缘已经很近了,再这样下去会有危险!"

"严迦南,我们现在该怎么办?"在车辆面临侧翻危险的那一刻,梁雪也有一瞬的紧张和无措。

好在很快,她就被严迦南的话给安抚了下来:"你要相信自己,更何况,你还有我。我也相信你,我相信你知道此刻该怎么做。"

他轻柔淡然的声音,在这一刻胜过任何药物强心剂,让梁雪在一瞬就恢复了信心。

作为这辆试验车的设计参与者之一,她自然是比谁都了解它的。

即便视线受损,这辆测试车也还拥有红外感应系统。当初设计的时候,便是用来应对此刻这般的极端天气。

这一刻,这个红外感应系统也总算是有了用武之地。

梁雪很快将之打开在大屏幕上显示了,虽然红外的显示不及目力清晰,但该有的障碍物与边缘标注它也都做到了。

梁雪很快就读取了其上的最关键信息,向严迦南发布口头命令指挥道:"现正前方50米有障碍,需要掉转5度以上的车头避开。"

50 米的距离，就高速行驶的车辆来说只是一瞬，虽然有些勉强，但最终严迦南还是做到了。

擦着障碍物而过，逃离的瞬间，梁雪能清晰听见那块大雪团擦过车身的轻响。

避开障碍物后，就是想办法让车停下了。

这一点，梁雪没法帮忙，唯一能做的，只有不断向严迦南播报距离道路边缘的距离。

"距离道路尽头还有 500 米。

"400 米。

"200 米。

"50 米！再不停下就要撞了。"

"呼……"

千钧一发之际，严迦南拉起手刹，在雪地上转了一个大圈后，终于靠着转圈后的惯性让车身停了下来。

"停下了！"

这一刻，不止梁雪与严迦南，对讲机里也同时传来了许多同事的欢呼声。

"你们竟然还真的做到了！"

"测试组赶紧汇报记录的数据结果。"

"测试组现向指挥中心汇报，所有数据都已记录完毕。并且从初步的数据分析看来，本次试验记录到的极限数据已超出预期。"

"那可真是太好了。"

听到这样的结果，梁雪忍不住笑了起来，转头望向严迦南。

"你看，我就说，只要我和你一起，就一定能做到！"

虽说第一次联合试验获得了圆满成功，但大家的神情未有半点放松。因为所有人都知道，这第一场联合试验，是最简单的。之后，还有三场更困难的挑战等着他们。

当天试验结束后，按理大家都该下班了。但今日，除了数据组的同事照例准点登车，其余的同事全都自愿留在了试验场，谁都没有想下班的意思。

特别是后勤小组与准备小组，车才刚停下，他们就迫不及待地冲了上来。

一组熟练地拆卸零部件，另一组则围在车的四周，仔细检查着撞痕与车辆磨损程度。两组的组长，更是都在那里喋喋不休。

"雪地行驶真的是太难了，即便用了雪胎，也不是绝对的安全。"

"这条划痕倒是还算浅，看来车体的防护程度还算可以。"

"明天的试验，配置肯定得变。怎么配置才更合理呢？"

梁雪在旁边听了一会儿，很快就忍不住加入到讨论的队伍中。

"那得结合今天的测量数据来看。"

"没错。"老张被她打通了思路后,立刻去给数据组的组长拨通了电话,"老秦,你今天的数据什么时候能给我啊?我明天的配置还等着你的数据出呢。"

"老张你是催命的吗?我们才刚上车,你这电话就来了,你能不能讲点道理?"

话虽这么说,但老秦身边的组员们,此刻个个都开着电脑,争分夺秒地整理着数据,连坐车回宿舍的这点时间都没有放过。

功夫不负有心人。经过全体成员的不懈努力,之后的两次联合试验都很成功。特别是在换上抓地性能更高的雪胎后,再没有发生第一次那般的危险事故。

直到最后一次,盘山非公路道路测试。

本次的测试点选在了一处林场之中。林场之中,地形复杂,既有直线平稳道路,也有山体矗立其中。再加上冬日雪厚,普通车辆想在其中行驶,可谓是极其危险的挑战。

为了这最后一场试验,各小组在事前都有做充分的准备。

后勤组甚至还专门去林场借调了一些人手,站在各个路段之中,以应对临时可能发生的危险情况。

即便如此,意想不到的危险还是发生了。

彼时梁雪与严迦南几乎完成了所有测试任务,驶过大片的林海,翻过林场最中间的山体,到达了海拔最高处。

按理说,这场试验到这里,已算是圆满完成,接下来,只需要听取陈姐的指令,按令下山返回即可了。

谁也没想到,恰恰在大家松了一口气之时,一场雪崩突然来临了。

最初,梁雪听到"轰隆"一声巨响之时,以为只是普通暴风雪前的雷声,还笑着同严迦南玩笑说他们今天运气还挺好,可以赶在暴风雪来临前收工。

哪想到她话还未说完,对讲机里就传来了陈姐的嘶吼声。

"梁雪、严迦南,赶紧离开,危险,有雪崩!"

"雪崩?"

梁雪骤然抬头,远处更高的山脉上已是黑压压的一片。无数的雪沫裹着碎石,正朝着他们的方向呼啸而来。

见此状况,严迦南当机立断,不等指挥中心的指令了,直接一脚油门踩到了底,以最快的速度驶离了山巅。

几息之后,雪崩就到了。

梁雪闻声回头,瞬息之内,他们刚才所在的位置,就已被厚厚的雪层覆盖。不论是庞大的山石,还是高挺的树木,都未能在如此庞大的自然力量下幸免,尽数碎裂、折断。

"好险，如果刚才你没有反应得没这么及时，那现在被埋葬的，就是我们了。"

梁雪一边说着，一边捂上心脏的位置。她那颗小心脏此刻实在是"怦怦"跳得厉害，这是她从未有过的恐惧。

车仍在不断加速前行，然而雪崩的速度更快。

没几分钟，白色的死神就已经到了他们的身后。雪沫横飞，整个世界都变成了一片惨白。

在这片惨白的世界里，梁雪的声音都再控制不住地染上了哭腔，捂着胸口的手也在不断颤抖。

"严迦南……怎么办，雪崩就要追上我们了？"

好在很快，她那只颤抖的手被另外一只大手给握住了。

"别怕。"

严迦南的掌心很烫，烫到不断有汗水渗出。他整个人的状态，此刻亦是如此。

虽说从重新启动车子到现在，时间才过去了几分钟。但于他们二人来说，这几分钟却是如几年般冗长。

不只是掌心，严迦南的后背和脖颈，此刻都已被汗水湿透。

即便对于身经百战的他来说，与死神赛跑的次数，也实在是屈指可数。

曾经有过的一次经历，便是魏启身死的那一次。那一次后，他便在病床上暗暗发过誓，若是还有第二次，他绝对不会再重蹈覆辙。

"有我在，你不会有事的。"

片刻之后，严迦南再度沉沉开口。

大约是被他的温度与话语激励，死亡威胁虽未解除，但梁雪的状态，总算是好了一些。

不止冰冷的小手回升了些许温度，她的大脑也总算能重新思考起来。

她很快就找到了严迦南话语中的漏洞。

"你说我不会有事，那你呢？"

"我……"严迦南明显顿了一下，随后才道，"我当然也会尽力而为的。"

只是尽力而为吗？

听到他这么说，梁雪当场就不乐意了。

"我不要你尽力而为，我要你和我一起活下去，哪怕是为了我。"

漫天惨白的颜色中，此刻只有梁雪的那双眼睛是晶亮的，好似茫茫雪雾中的明灯，忽而就把严迦南的求生欲给点亮了。

有这样美好的女朋友，他也一点都不想死。

如果可以，他当然也想活下去。和梁雪结婚、重新在世界赛车场上夺回冠军的宝座……

"好。"

虽说带着些许自我安慰的成分，严迦南终究还是给了梁雪想要的承诺。

"那就听你的话，我们一起活下去。"

"那就这么说定了。"

有了严迦南的承诺，梁雪的面上重新露出了些许笑容。

然而她的笑容还未及眼底，意外又再次发生。

低气温对于新能源车来说，向来是严峻的考验。在长久的极低气温里，能耗率也会不断提高。即便本次试验车所装载的磷酸铁锂电池在储能方面已是现有新能源车的好几倍，可也经不住今日的这般磋磨。

经过先前的一系列极限试验，电量已经被耗掉了近七成。此刻又在温度极低的雪崩影响范围中全速疾驰这么长时间，便是磷酸铁锂的电池储能也再坚持不住了。

一分多钟前，仪表盘上的电池黄灯就已经开始闪烁。严迦南无暇理会它，依旧死死踩着油门，半点都不敢放松。

即便这样，电量耗尽的那一刻也依旧会到来。

梁雪只觉得座下的车身狠狠一顿，颠得她心脏都差点从胸腔里跳了出来。等她再回过神来时，车速已经在肉眼可见地飞速下降。

可雪崩的速度，不会因为他们的车速变慢而自动放缓。排山倒海的雪浪，依旧在他们的车后疯狂奔腾。

车速每下降一分，他们两人离死神的距离便近上一分。

梁雪先前才稍稍放松的心情，立刻一下子又紧张了起来。手指紧抠着椅背，她频频向后看去。

"怎么办？我们就要被雪浪卷上了！"

她的声音虽已提到极高，可在天崩地裂的雪崩声中，她的声音却渺小到才刚出口，就被尽数吞噬。

她很快意识到了这一点，生怕严迦南听不见她的后视播报，甚至想要抬起手，打开头盔，凑到他的耳边去说。

幸亏严迦南反应及时，余光注意到她的动作后，立刻出手制止了她的危险动作。

"别摘头盔，你想说的，我都知道。"

"可是你知道又有什么用呢？我们车的电池能源已经耗尽了啊。"

当雪浪越靠越近，梁雪的声音也不禁越发急躁，更多的，则是无能为力的绝望。

不是她不相信严迦南，而是巧妇难为无米之炊。即便他有再好的技术，在这般情况下，也是再无办法了吧。

恐惧到极致之时，梁雪的眼泪不受控制地从眼眶中涌了出来。在雪崩即将追上他们的前一刻,她更是下意识地闭上了眼睛,呜咽着唤道:"严迦南……"

"坐好了!"

她原以为下一秒他们的车窗玻璃就会被暴风雪冲破,陷入刺骨的冰寒之中。可事实上,她坠入的却是一个极温暖的怀抱。

若是让车子正常顺着山坡下滑,他们必然会被雪崩追上。因此,早在第二次启动之时,严迦南就已经做好了最坏的打算。

幸亏此车最新配备的卫星导航系统,让严迦南在绝路中找到了一条些微的生路。利用车子最后的那一点加速度,驶出山路,冲下了悬崖。

自半山腰的高度坠下,若是在平常季节,他们定是很难生还。可冬季不同,漠河林场的冬季,向来积雪极厚,再加上雪崩的关系,地面上又增加了许多落雪。

严迦南大致估计此刻山底的积雪应该有平常量的两倍,俨然形成了一片天然的缓冲带。

因而这掉转车头的最后一冲,冒险之余他也有着一定的自信。

相信自己的分析没错,厚厚的雪层足以抵消他们下坠的重力加速度。或许会受一点轻伤,但绝对性命无虞。

更何况,梁雪有他抱着,更比他自己多上一层防护。

事实上,有这般想法的并不止他一人。

聪明如梁雪,在他带着她冲出山崖的那一刻便已经猜透了他的意图。

"严迦南……"

严迦南的怀抱很暖,是这一瞬他所能给予她的最重要的东西。可于梁雪来说,他的安全也是与她自己生命一样重要的存在。

梁雪能感觉到,他的这个拥抱很强势,几乎是拿全部的力气在保护她。可她同他一样,她也很希望自己可以保护到他。

毕竟在这场试验之后,还有更重要的比赛等着他。

如果她今天在这里摔断了腿脚,最多也就是因公负伤,在医院里躺上几周而已。可若是受伤的人换成了他,错过的则很可能是极重要的人生。

梁雪很贪心,她既享受着他的保护,同时也不想他的人生因为她而蒙上阴霾。

于是很快,梁雪的手脚就偷偷地从严迦南的怀抱中挣脱了出来。虽然相较于他的手臂有些细弱,但她却是用上了自己全部的力量环住了他的手脚。

"梁雪!"

等这些小动作被严迦南发现的时候,时间上已是来不及了。

急速坠落的车头眨眼间就坠到了底,冲进了厚厚的雪层之中。剧烈的撞击之后,两人都陷入了短暂的昏厥之中。

直到其他同事循着车辆装载的卫星定位找来，他们才在阵阵呼唤声中缓缓睁开了眼，下意识地唤着对方的名字。

"严迦南……"

"梁雪。"

"你怎么样了？"

"你有事吗？"

严迦南除了受了点轻微脑震荡与擦伤，并无大碍。

倒是梁雪，很快就觉察出了自己身体的不对劲。

"我……我好像骨折了。"

二人急急被送到医院，还好梁雪的检查结果是左手手臂轻微骨裂。虽说还是不幸负伤，但从伤情结果来看，已是不幸中的万幸。

就连来看望她的同事都忍不住笑道："你们最初失联的时候，我们还以为你们已经被雪崩吞没了呢，老张还因此当场流了眼泪，没想到最后你们绝处逢生。真是太好了。"

"我也是这么觉得的。"

梁雪躺在留院观察病房里，吹着暖气，啃着鸭脖，大难不死后的心情亦是大好。

一片欢声笑语中，唯有严迦南全程黑着脸。等探望的同事离开后，他忍不住动手戳上梁雪的脑门，发作起来。

"梁雪，你是怎么想的，还真以为你这细胳膊细腿能护住我不成？"

梁雪虚心接受了他的教育，但拒不改正。

"或许你说得没错，即便再来一次，我也依旧会这么做的。"

说完，她还胆大包天地朝着严迦南做了一个"你又能奈我何"的鬼脸。

严迦南还能怎么样呢？自己的女朋友，便是再生气，也得宠着啊。

虽说他的面上整晚未见笑意，但出去了一圈后，梁雪的床上便多了一大袋零食。

"既然你喜欢啃鸭脖，那就多吃点吧。虽然没有营养，但有助于分散骨折的疼痛。"

"噗！"看到那袋鼓鼓的零食，梁雪忍不住笑出声来。

瞧着她这嬉皮笑脸，没有半点悔改的模样，严迦南忍不住伸手，在她的脸颊上狠狠戳了戳："别没事傻笑了，零食吃得差不多了给我早点睡觉。"

说完，他便转身欲走，但还没来得及挪步，就被梁雪从后面一把抱住了："严迦南，你买一包零食就想打发我了吗？"

"那你想怎样？"

严迦南虽是背着身，可被梁雪这一抱，他的声音便不由自主地发紧。

"陪护的话，是陈姐说的，我不方便，由她留下来陪你更好。"

听到严迦南这么说，梁雪越发忍不住偷笑了起来。

213

"啧——男人呀，果然脑子里都不纯洁。我说的是陪护的事吗？我说的是你敷衍的态度。

"严迦南，我告诉你，想要哄好你女朋友，一包零食可是远远不够的。除了零食，我还想吃火锅、小龙虾、串串香、寿司刺身……"

梁雪这是在教男朋友哄自己的方法吗？

她这明明只是一个吃货在报菜单。

这些食物当然都是美味的，可惜她忘了自己刚骨折，而这些辛辣生冷食品全是医生所不容的。

要不然，严迦南也不会连鸭脖都只买五香口味的了。

好在她骨折的问题不严重，在医院观察了两天，就被放出院自行休养了。

出院当日，梁雪就与严迦南一道离开了漠河，踏上了归途。

虽说这段现场试验的日子又苦又累，在试验场上加班受冻的时候，梁雪总会暗暗倒数着日子，期待着结束归家的那一天。

可真到了这一天，她又突然有些不舍得了。

随着飞机飞行的高度逐渐上升，地面上宽阔的公路很快只剩下了黑线粗细，高楼大厦也变成了火柴盒大小。唯有这一片大地上的皑皑积雪，依旧连绵不绝。

梁雪趴在飞机舱看着那广袤的洁白雪地，忍不住循着方向悄悄寻找她曾经洒过汗和泪的那一片雪原。

可惜未等她分辨出来，飞机就一头冲入了云霄，底下的风景也很快被厚厚的云层遮挡，再也看不见了。

"唉……"

不得不收回目光的梁雪，忍不住轻轻叹了口气。

坐在她身边的严迦南自飞机起飞后，就进入了闭目眼神的状态。梁雪原以为他睡着了，未想到他的耳朵这般灵，一听到她叹气，就立刻睁开了眼睛，关切地望了过来："怎么了？是身体不舒服吗？"

"没有。"梁雪摇头，"大约是之前的工作太刺激了吧，这突然闲下来，突然觉得心里有些空空的。"

"是吗？"

梁雪难得伤春悲秋一下，可传到严迦南耳朵里却莫名变了味儿。听到她说"空空的"这三个字的时候，严迦南的脑海中莫名就浮现出了那日梁雪在病房里报的一溜菜单，关切的眼神很快就变成了狐疑。

"你确定是心空，而不是胃空？"

严迦南不提还好，一提她还真觉得有些饿了。她的胃更是不争气极了，很快就应声发出了一阵不容忽视的响声。

"咕噜！"

这一阵声响之后，梁雪那点儿伤春悲秋的小心思也如同被消化的食物般，全部消散了，只留下她原形毕露的恼羞成怒。

"你再这样，我真的不理你了。"

"这样，那真是可惜了我昨晚特意订的川香楼位置了。"

"你说什么？川香楼！"

川香楼是他们市一家超火的火锅店，也是梁雪的挚爱。因为味道极好，平时去都要排上一两个小时的队才能吃上。

谁承想严迦南竟然这么神通广大，不声不响地订好了位置。

有了川香楼在，小情绪什么的立刻被梁雪统统抛之脑后，改口得飞快："去！川香楼当然要去。"

梁雪这会儿简直堪比川剧变脸，面上来回变换的表情更是可爱极了。看得严迦南忍不住笑了起来。

笑过之后，他才缓声应道："嗯，带你去。"

"不过这川香楼，我是托一位朋友订的。他说吃火锅只有两个人不带劲，所以今晚他也会带着他的女朋友来。"

"好啊。"

不过等几个小时后，梁雪真见到了严迦南的那位朋友与他的女朋友时，还是有一点点被惊到。

"唐铭，你怎么在这里？"

不同于梁雪的一惊一乍，唐铭显然一早就知道梁雪会来了。她抚了抚头发后，才不紧不慢地笑答道："我是应男朋友邀约，来吃饭的，怎么，你不欢迎我？"

唐铭惯常是优雅端庄的，也就和梁雪说话的时候会这般直接。

两人的对话乍听上去像是在较劲，却何尝不是她们间特有的熟稔。

自那一日在向阖的酒吧冰释前嫌后，两人就成了好友，常有联系。特别是梁雪，常会就感情方面的事情来咨询唐铭。

诸如：突然发现喜欢了很多年的男神就在自己身边该怎么办？男朋友太直男该如何应对？

唐铭每每在嘲笑她没用之余，都会给出不错的解决建议。

忙于恋爱的梁雪总觉得唐铭在男性中属于高岭之花那一类的，应该还会在山巅上蹲一会儿，挑到真正合心意的男性后，再下山去。

哪想到她完全估计错误，唐铭早就有男朋友了。她的男朋友好巧不巧的，正是严迦南的好朋友。

理清四人的关系后，梁雪忍不住感叹道："这个世界也太小了吧！"

向阚向来是个能说会道的，梁雪才起了个话头，他就立刻接上了。

"这世界吧，大的时候很大。不然，老严也不会在外面转了那么多年，仍是一条光棍呢。说小又很小，在我们都以为老严要'注孤生'的时候，嘿，他就突然找着了，你说小不小？"

"你说得好有道理哦。"

几句话下来，向阚就成功把梁雪与唐铭给逗乐了。

唯有严迦南冷着一张脸瞪他："向阚，你是不是又皮痒了？"

即便知道严迦南是佯怒，但余威犹存，向阚还是怕的，脖子立刻不由自主地缩了缩。

饭店服务员来得挺是时候，这会儿正好端着锅推门走了进来。

热腾腾泛着香气的火锅，一上桌就把大家的食欲给勾了起来。

紧接着火锅涮菜也被一道道端了上来。向阚出手向来极是豪迈，今天严迦南第一次带女朋友来和他吃饭，令他兴奋极了。

刚点菜的时候，他大手一挥，几乎将整本菜单都给点了一遍。

点的时候还不觉得什么，如今一道道端上来，众人才发觉向阚点的菜实在是太多了。小山包一般堆了整整两个小推车，哪是他们四人能够吃完的？

"要不把林知晓和魏则也叫来吧？"点了这么多菜，退不了又吃不掉，实在是怪可惜。梁雪很快就提出了添人建议。

"可以啊。"向阚向来喜欢人多热闹，自然是欣然同意。

"梁雪你说的魏则，就是老严的那位新搭档吧？"

向阚这位好朋友可不是白当的，私下，他一直有关心严迦南赛车事业的近况。严迦南有意组建新车队那会儿，知道严迦南因为他父亲强令禁止他再碰赛车的事情，向阚也有帮忙出资。

不然光靠严迦南那点零花钱，显然是不够整个车队花销的。

向阚如今既算是车队的股东之一，当然是知道魏则的。严迦南亲自邀请来的领航员，同时还是他曾经的搭档魏启的弟弟。

了解了魏则这么多事，向阚早就想见见他了。

"我刚就说这么大个包厢，就我们四人吃饭也太空了吧。梁雪，赶紧打电话，把他们两位叫来。"

梁雪邀请，又恰是晚饭时间，魏则和林知晓当然不会拒绝，立刻就在电话那头答应了下来。

林知晓的健身中心离川香楼不远，二十分钟后，她就带着魏则过来了。

一段时间未见，魏则身上的变化简直是肉眼可见。小伙子的身体明显壮了、结实了，就连原本苍白的皮肤都变了，透出了健康的红润。

惊艳得梁雪都不禁瞪大了眼睛："魏则，才几天不见，你变化好大啊！"

还未等魏则开口说话，林知晓就急急替他道："我培养出的人，需要你说？当然是指哪儿练哪儿，成果斐然。"

梁雪赞同地点了点头，又仔细地端详了会儿好友的表情，又忍不住笑道："可我刚才问的是魏则哎，林知晓，你这都要插话，是不是太过神经紧张了一点。"

不过一句话，林知晓这位女汉子竟然破天荒脸红了。

"梁雪你不要胡说，我哪……哪有神经紧张。"她这话是对梁雪说的，可目光却向着魏则的方向在飘。

魏则也立马开口帮林知晓说话道："梁雪姐，我哪懂健身的事情啊。这些天，我都是跟着知晓姐，她说干吗，我就干吗。所以你刚才那个问题，自然是让知晓姐来回答更合适。"

见他俩如此一唱一和，梁雪笑得越发灿烂了："嗯，我也觉得知晓姐说得很对，人也特别厉害。"

"梁雪，你够了哈。"

林知晓哪受得了这种调调，当即给梁雪的胸口来了一拳，顺便坐到了她旁边的那个空位上，给她的碗里夹了一大块毛肚。

"这么大一锅火锅难道都堵不住你的嘴吗？"

自然是堵得住的，可谁叫梁雪不仅贪吃还八卦呢。尝了一口毛肚后，她就歪着脑袋蹭到林知晓身边道："大林子，我俩是啥关系啊？你的感情生活有了新篇章不该第一个对我说吗？"

惹得林知晓又想打她了："梁雪，你不要胡说八道，我和魏则只是——"

她本想说她和魏则只是普通朋友而已，哪承想未等她将后面那四个字说出口，一旁的魏则就开口袒露了心迹。

"梁雪姐，你的感觉没错，我确实喜欢知晓姐。"

"魏则你——"

平时跟在林知晓身边的魏则一直是羞涩略带点内向的大男生模样。谁想到今天他竟然这么勇，把林知晓都给吓得一激灵。半晌后，她才勉强笑道："魏则，你不要乱开玩笑。"

此时魏则已直直站到了她的面前，望着她的目光专注又真挚，压根没有半点开玩笑的意思："知晓姐，我刚才说的每一个字都是认真的。"

"可是我……"

这一刻，林知晓定定地望着魏则的眼眸出神。说她此刻没有半点心动，绝对是骗人的。只不过，当年的那位实在是伤她太深，以至于她到现在都迟迟迈不出开始新恋情的脚步。

即便魏则这般的表白，她也如惊弓之鸟，些微动容后，仍是下意识地想要拒绝。

聪明如魏则很快就看懂了她眼底的踟躇。

"知晓姐，我刚才的那番话，是代表我自己的独白。"

身边的向阙和唐铭忍不住借着气氛起哄道：

"答应他吧！"

"你俩很配。"

…………

梁雪第一个站了起来，举起饮料杯，激动地说："我家大林子历史性的一刻，众位见证者都得来给我干一杯。"

"干杯，这种好事，当然要庆祝啊。"向阙第一个响应。

然后是第三只杯子、第四只杯子……

林知晓看了看魏则，死鸭子嘴硬地说："我干杯全是祝贺我朋友的联合试验成功，还有她顺利出院，以及车队……"

"好啦，反正干杯就对了。"梁雪知道林知晓嘴硬，也不逼她。

不过片刻，六只杯子就稳稳地全都碰在了一起。

"干杯！"

第十章
谁才是真正的车王

原本向阚、唐铭与林知晓、魏则还有些陌生,在经过先前这些事后,很快就熟稔了起来。

特别是向阚,他话最多了。以前他总喜欢缠着严迦南瞎侃,今儿人多了,他便干脆把所有人都侃了进来。

"你们有没有发觉,朋友圈也会随着自己的感情变化而变化?以前我是单身狗的时候,我身边的朋友也都是单身狗。如今我才脱了单,还没来得及炫耀呢,往四周一看,曾经的那些单身狗竟然也都有对象了。"

"你们说奇怪不奇怪!"

最后一句落定,向阚特意向着严迦南的方向瞄了一眼,毫无悬念地收到了严迦南赏赐的大白眼和冷言回怼。

"你要当狗没人跟你抢,但我们都是正常人类,谢谢。"

厚脸皮的向阚似乎就是好这一口,被严迦南怼后不仅没生气,还越发笑嘻嘻道:"那正常人类你知道吗,我又买了一辆新车。"

严迦南依旧连眼皮都懒得抬,只随口应了一句:"是你一直想要的那辆梦幻蓝?"

向阚向来喜欢高调玩车,每次看中了哪辆,就会在朋友圈频繁发那辆车的图片。严迦南口中的梦幻蓝就是向阚朋友圈最近出镜率最高的一辆昂贵超跑。

按向阚的惯常套路,若是真出手的话,十有八九就是这辆。这也是严迦南猜得如此笃定的原因。

"车神，你这一次还真是猜错了。"

这时，知道向阒买车全过程的唐铭忍不住笑了起来。

听到这个回答，严迦南只微微愣了一下，就立刻猜出了真实答案。

"他是不是中途被人忽悠了？"

"正解。"

回想起那一日的搞笑画面，唐铭情不自禁地笑了起来："梦幻蓝被人捷足先登了，那位汽车销售执着到不行，拼命向向阒推销别的车型。最终，向阒这个憨憨被成功说动，掏钱买了一辆同样不便宜的旅行房车。"

听到女朋友提起自己的糗事，向阒赶忙冲出来给自己"挽尊"道："旅行房车也没有不好，好吗？"

唐铭不愧是他的亲女友，在拆台方面可谓是不遗余力，很快就接上了向阒的话头继续道："嗯，车内的装修确实还算不错。使用车身拓宽模式后，床铺和沙发都挺宽敞的。可惜的是，你自己有房住，完全没有使用它的机会。"

"谁说没有机会的？可以组织大家一起房车出游啊。"向阒几乎是下意思为自家爱车反驳道，"你之前不一直嚷嚷着想休年假出去玩的吗？"

他本是无心之说，没想到还真把在座各位都给听心动了。

梁雪立刻就侧身过去，眼睛亮亮地向严迦南问道："回来之前，你是不是说陈老给我们整个试验组都放了几天假？"

"陈老是有这么说过，可你的手伤……"

得到肯定的答案后，梁雪额前的刘海都跟着飞了起来。

"小伤而已，哪里影响出去玩了。"

另一边，魏则也同样用期待又憧憬的目光望着林知晓。

钢铁直女林知晓最受不了这种可怜的小眼神了，立刻心软道："那就去吧。"

答应完之后，她才重新端出了大姐大的模样，严肃地补充道："不过就算出去玩，你原定的体能训练也是一项都不会少的。"

"遵命！"魏则欣然领命。

全票通过后，房车出游计划至此达成。

第二日一早，六人就在向阒家集合出发。目的地也是向阒选的，是近郊处的一片沙滩。

据他描述，这个季节正是海鲜最肥美的季节，去赶海最合适了。而且有他的房车压阵，完全不必担心气候因素，可以放心大胆地玩。

出发前，大家都目标明确地首先在房车内部参观了一圈。不愧是大几百万的豪华房车，起居、睡卧、厨房、卫生间一应俱全。

铺着羊毛毯子的沙发椅舒服又柔软,梁雪坐下后就完全站不起来了。

车子的避震也是最高的配置,开动起来后,转了好几个弯都完全没有颠簸之感。捧着书坐在沙发椅上的梁雪甚至好半天都没察觉出它动了。

直到上了高速,望着车窗外变换的景物,这才有了一点点踏上旅途的感觉。

向阙选的那片沙滩不算远,跟着导航行驶,不到四个小时,众人就见到了逐渐映入眼帘的海平面。

"冬日的海滩,虽不如夏季那般斑斓热闹,反倒是别有一番厚重雄伟的美。"望着车窗外的沙滩,唐铭这般形容道。

"还有鲜甜的海风,那是海货丰收的味道。"向阙听后,立马紧跟着补充道。

"你就知道吃。"唐铭忍不住瞪他。

话虽如此,但实际上众人对于这次赶海都是很期待的。

天还没完全黑,大家就早早穿上了赶海装备,一手提着桶,一手拎着钻孔器朝海滩的方向进发。

他们今晚的目标是躲在沙滩里的肥美大蛏子。

抓捕过程说起来挺简单,只需在夜幕降临后,用手电筒在沙滩上寻找大颗的气孔,然后用铁制的长筒钻入这一片沙滩中,连沙子带蛏子一块挖出即可。

原理虽很简单,但真正做起来却是体力活。

沙滩的沙子被海水冲刷了一天后,紧致得很,找到气孔后需要费很大力气才能将铁制长筒插进去,插进去后还要将整块沙子一起拔出来。

"这简直比我在健身房撸铁还累。"

才刚试了一次,向阙就气喘吁吁地败下阵来。

"有这么累吗?"

手还在负伤状态的梁雪自然是无缘参加这项体力劳动的。刚才出发的时候,她就只被发了一只手电筒,用来找气孔用。

唐铭是美丽仙女,仙女自然也是不可能去亲自挖蛏子的。

再加上一号选手向阙下场就废了,最终找今晚食材的任务就全落到了严迦南、林知晓和魏则三人的头上。

"不如我们分组比试一下?"

不同于废物向阙,林知晓尝试了两次后,立马就体会到了该项捕捞运动的乐趣,整个人都变得跃跃欲试起来。

"好啊。"魏则也正好有此意。

不过他心目中的对手并非是林知晓,而是另一边的严迦南。

苦练了这么久,他与严迦南的差距总该有所缩小了吧?

此时的魏则十分迫切地想要知道这个问题的答案。

六人两两分组，梁雪自然是和严迦南一组，唐铭则很快站到了林知晓的身边，于是被分剩下来的魏则与向阙便被迫成了一组。

魏则原本踌躇满志想与严迦南一较高下，哪想到，在挑战严迦南之前，上天竟还对他砸下了向阙这么一块绊脚石。

干啥啥不行，搞事第一名。

两人组队后才刚走了几步，向阙就开始在那儿大呼小叫。

"哎呀，我的鞋子好像被什么东西夹住了。"

天真的魏则一开始还信以为真，赶忙上前去解救。走近之后，才发现夹住向阙鞋子的只是一只小拇指大小的软壳蟹。

魏则一把就将那只软壳蟹给提溜了起来。这个小东西的力道当真是小得可怜，奋力挣扎也不过如挠痒一般。

扔掉软壳蟹后，魏则颇有些无语地望向向阙："这你也怕？"

魏则被向阙耗在这里，别队可不会等他们。

就他们抓螃蟹的工夫，严迦南与林知晓已经分别起了两次沙了。

两次沙里林知晓他们找到了两个大蛏子，梁雪他们运气更好一些，找到了三个。

听着另外两边传来的胜利欢呼声，魏则立马就急了。他再没工夫等向阙给他找气孔了，直接戴上了额戴电灯，冲进了沙滩之中。

魏则不愧是严迦南看中的领航员，他和他的哥哥一样，眼神极好。一眼一个气泡孔，找得极准。

每一下插下去，就没有走空的。最多的那一下，从沙堆里足足翻出了四个大蛏王。

第一次盘点战果的时候，就连梁雪都不禁望着他的收获桶"啧啧"称奇："魏则，你也太厉害了吧，你的眼睛是自带X光吗？"

魏则向来脸皮薄，被梁雪这一夸，反倒有些不好意思了，他挠着头，谦虚地回道："运气而已。"

"不是运气。"

这一回，是严迦南发了声。

不仅如此，在对上魏则惊讶的目光后，他还破天荒又重复了一遍。

"不是运气，就是你的实力。"

说完，严迦南便重新拿起自己的赶海工具，转身走了。

他离开的背影携着海风，带着天然的冷意。可是魏则沐在这一片海风中，心口却隐隐有暖意涌动。

刚才那句话，他是不是可以理解为对他的肯定。

"那我们也继续吧。就算挖不到太多的蛏子，也是不错的硬拉锻炼。"

严迦南率先离开后,其他两队赶海小组也陆续分散开去,继续进行蛏子的挖掘活动。

林知晓那组的行动与她刚才的说法一致,完全是把它当成了硬拉运动来做的。她站在那片沙滩上,完全没有目标地一下下捶沙。

最后的结算结果自然是三队中最差的,毕竟这片海滩还没有富饶到蛏子遍地都是。

严迦南一组的最终收获不错,找到了大半桶,不过与魏则找到的一整桶相比,终究还是差了点。

"哈哈哈哈,我们组竟然是第一!"

揭晓比赛结果后,笑得最开心的自然是向阙这位躺赢选手了。

相较之下,梁雪则显得有些沮丧。

"好可惜,我后来可是拼命找气泡,一刻都没让严迦南歇着。还以为这下总可以赢你们了呢。严迦南,你说是不是?"

然而严迦南这一回却没有应她,反而轻轻抬眼,越过吵闹的向阙,落在了魏则的身上。

"你们组确实很厉害,是实至名归的第一。"

他这是……一个晚上被夸了两次吗?

魏则不自觉地勾起嘴角,眼中也尽是不可遏制的喜悦神色。

可明明在数月前,魏则对于面前这个男人还尽是恨意与抗拒。可现今,他与严迦南的关系,却好像渐渐变得不一样了。

是因为哥哥留给他的那个笔记本吗?

魏启的那本笔记本说是领航员的工作心得,可在某种程度上也很像是他的随笔日记。特别是严迦南这位好友的名字,几乎在每一页里都会出现。

魏则与严迦南真正见面认识的时间,细数起来,也不过几个月而已。

可在看过哥哥的那本笔记本后,他好似在某种程度上将自己代入了哥哥的心灵视角。每每见到严迦南,都会不由自主地去特意关注他。

关注得越多,哥哥笔记本里描述的那位好友形象便渐渐与他的实际认知交汇在了一起。虽是仅过去了数月的时间,但两人的关系早已在不知不觉间拉近了许多。

"魏则,你还愣在那里做什么?快跟上!"

"走啦!"

"我们要回房车做大餐吃了!"

魏则怔怔出神之际,耳边突然传来了好几道呼唤声。

他这才发现,这几月的时间,改变的不仅仅是他与严迦南的关系,而是他的整个人生。

自从他学着从哥哥离世的阴霾中走出后，他苦痛的世界也渐渐被更多的感情所代替。这其中有崇拜追逐，也有友谊与爱情。

不管是哪一种，他都很喜欢。

于是此刻，他也很快迎着海风大声同他的朋友们应道："来了！

"你们就这么走了吗？我的桶最重，你们难道不该留个人帮帮我吗？"

"不帮！你要是连这个桶都提不回去，以后出去可别说是我林知晓教出的学员。"

他的求助声很快就遭到了林知晓的否决。

话虽如此，但走在最前面的林知晓还是肉眼可见地放慢了脚步。

口是心非，不过如是。

等林知晓与魏则走回房车跟前的时候，先到的三位，已经在房车外支起了清洗水龙头，开始准备晚餐了。

他们的战利品大蛏子们自然是必定要上餐桌的一道菜。

除此之外，其他食物向阙也事先准备了不少。

最终的掌勺人也是向阙。看着他熟练地在颠锅煎牛排，众人都不禁有些惊奇。

"向阙你竟然会做饭？"

尝过味道后，众人的胃更是尽数被向阙给俘获了。梁雪更是第一时间对他吹起了彩虹屁。

"我要即刻宣布，你不再是我们车队的咸鱼担当，而是厨艺担当。"

"咸鱼担当，什么鬼？"

在吵吵闹闹中，六人第一天的房车旅行也就此拉下了帷幕。

第二天几人又去海边钓鱼，但向阙钓了几次都一无所获，干脆拉着严迦南说："老严，钓一天鱼多没劲啊，要不我们去玩玩水上摩托，比赛的那种。"

严迦南轻轻瞥了他一眼："你确定？"

鄙视的意思着实有些过于明显了，激得向阙当场炸了。

"我确定！水上可不是你的陆地主场，谁输谁赢，可不一定。"

说着，向阙就拽着严迦南往停放水上摩托的地方拖。

他很快租来了两辆水上摩托。

"看见远处渔民扔的那个浮漂了吗，我们以那个浮漂为终点开一个来回，先回到沙滩者为胜。"

这么简单的规则，严迦南听完后自是一口答应："可以。"

"那我来做裁判可以吗？"

梁雪自告奋勇地接了裁判一职，她不知从哪儿搞了一面小红旗，煞有介事地挥了挥。然后她站到海浪之中，一本正经地面向他们二人喊道："都准备好了吗？下面听我倒计时口令。

"三、二、一——开始!"

小红旗落下的那一刻,严迦南与向阚第一时间发动了摩托,向着海面急速冲去,激起的浪花瞬间如烟火般在他们四周猛烈绽开。

比赛之前,向阚就说过自己水上摩托的技术不错。大家一开始都以为他是吹的,没想到他倒还真有两把刷子。

站立起步,在将水上摩托的马力拉到极致之时,依然将前行的直线保持得极稳,几乎是笔直向着终点线冲去。

严迦南虽没有像向阚那样以完全站立的姿态发车,但半压的动作,亦是将水上摩托的重心处理得极稳。在初始速度上,与向阚不相伯仲。

原本随着午后的日头渐大,像唐铭这般注重保养的精致女性是不愿意继续待在沙滩上晒的。现下,她似是改变了主意,迎风捏着遮阳帽的帽檐,饶有兴致地望向海面上正在激烈角逐的二人,不自觉地驻足笑道:"好像还有点意思。"

"确实算得上是一场比赛。"

"嗯。"她的评价也很快得到了林知晓的肯定。

听见林知晓的声音,魏则立刻跟着点头。

至于梁雪,她原本就是严迦南的头号粉丝外加各项运动比赛的积极分子,这会儿在得到其他小伙伴的正面肯定后,她自是越发来劲了。

"要不我们来为这场比赛下个赌注吧,猜一猜谁会赢。输的那几个,包括选手在内,要承担起今晚的做饭和洗碗任务。"

提议完后,她率先举手站队道:"我当然押严迦南。"

"那我押向阚好了。"

随后回答的是唐铭,作为向阚的女友,在这种事情上怎么说都该支持一下自己男朋友的。

"我也押向阚。"林知晓接着道。

如此一来,就剩魏则没有表态了。

"魏则你呢?"

其余三人的目光自然都聚到了他的身上。

"我觉得——"

"向阚吗?"

梁雪原以为他这次也会和先前一样,与林知晓保持同步。然而这一次,魏则说出的却是截然不同的答案。

"我觉得严迦南会赢。"

听到这个回答,不止梁雪,连林知晓亦有些意外,几乎是下意识问道:"你不

225

是不喜欢严迦南吗?"

其实林知晓刚才之所以押向阙,便是考虑到了这个原因。哪想到,魏则的选择与她预想的很不一样。

魏则显然没料到自己的选择会令他们这么意外,羞涩少年被三双眼睛盯得好不自在,缓了半晌才道:"我……我只是觉得他会赢而已。"

比赛到这时只进行了一半,但立在沙滩上的魏则却已经对两人的胜负做出了宣判。

"向阙输了。"

"为什么?"

梁雪转头狐疑地望向他。虽然她也是赌的严迦南赢,可现在就定下胜负,会不会太早了点。再说以两人现在的返程进度来看,向阙依旧还是与严迦南并驾齐驱,并未落后啊。

"虽然现在他们的速度还算是不分伯仲,但在油量控制上,在转向的那一刻起,已经有了明显的差距。"

"能说得简单易懂点吗?"

"简单来说,现在已经是向阙所能达到的极限速度,而严迦南还没有。因为向阙在刚才转向的时候,没有处理好海浪的阻力,完全是靠着拼命燃油来获取的速度。这样的状态坚持不了太久,他的车子迟早会因为超负荷,而进入被迫减速状态。"

"不是吧,我觉得……"

梁雪刚想反驳,就见海面上两人的差距突然被拉开了。

严迦南一个飞跃,就足足领先了向阙半个车身的长度。而这一次,向阙迟迟都没有再追上,反而随着时间的推移,被严迦南越发甩在了后面。

果然是严迦南完胜。

"魏则你神了哎!隔着这么远的距离,还能做出这么准确的油量分析。"

"这不是神,这是一位合格的领航员需要具备的基本素质。"

这一次,回应梁雪的不再是魏则,而是严迦南。聪明如严迦南,自岸上几人的只言片语间便已猜到了他们谈话的大概。

其实对他来说,赢了向阙,是他预料之中的事情。反倒是魏则这一次选择站在他这一边的态度,令他有些许惊讶。

"听说你一开始就赌了我赢?"

很快,严迦南便带着一身的水汽,走到了魏则面前。

"没错。"

这次面对严迦南,魏则一改往日的羞涩大男生模样,答得格外爽快,甚至还迎着他的目光,颇有些无畏地笑了起来。

"不只是水上摩托,早在我答应做你领航员的那一刻,我就已经做出了选择,不是吗?"

接着,严迦南缓缓向他伸出了手。

"愿我们的第一场比赛,一如今日,旗开得胜!"

魏则很快回握住了严迦南的手,重重地重复道:"旗开得胜!"

刚才输掉水上摩托比赛的时候,向阙是有一点点沮丧的,不过很快他就释然了。输给车神,不亏。

上岸后,他很快乐颠颠地加入了话题。

"很快就是你们预选赛的日子了吧?兄弟我到时候一定会去给你们加油的,记得给我留个好位置。"

"那你得找我,我现在可是车队经理呢。"

梁雪紧跟着凑了过来。就在这时,她口袋里的手机"嗡嗡"振动了一下。原以为只是一条无关的通知信息,她打开手机一看,才发现竟是一封极重要的邮件。

"是预选赛主办方发来的邮件!"

一看见那封邮件的标题抬头,梁雪忍不住激动得叫出了声,引得她身旁的几位也不由得跟着急了起来。

"邮件说什么了?你快说呀!"

"唔……邮件说主办方已经定下了预选赛的比赛赛道,是位于张家界的天门山赛道。"

"天门山赛道!"

听到这条赛道的名字严迦南与魏则都有些微的吃惊,而向阙则是兴奋。

"竟然是天门山赛道,这可是著名的魔鬼赛道啊。"

天门山赛道,又名九十九弯通天赛道,通天二字,足以说明其赛道的困难与险峻。

虽说这条赛道一直很受国内拉力赛主办方的喜爱,几乎年年都会被选用。但被用在预选赛上,还是有史以来第一次。

"我们……可以吗?"

第一次正式上场就遇上了这般高难度的赛道,魏则免不了有些内心打鼓。

"不该是好事吗?"严迦南的手很快搭在了忐忑的魏则的肩膀上,黑眸微垂,向着他自信浅笑。

"你是不是太低估自己的实力了?在绝对的实力下,困难的赛道只会是优势而不是劣势。"

"我的……实力吗?"

自加入车队以来,因着他的身体素质弱,严迦南一直是对他颇有微词的,这般直接的褒奖还是第一次。

魏则的目光不自觉地颤了颤，一度以为是自己的耳朵出了问题，听错了。

好在严迦南很快再次开口道："我还没有蠢到去选一位无能者做队友。魏则，相信自己，你很有潜力。"

林知晓虽然并不懂赛车，但是打气激励是她的强项。

"老话说虎父无犬子，青出于蓝而胜于蓝，这两句话，我觉得在兄弟间也一样适用。

"魏则，你不是一个人在战斗，你还有我们大家。"

"可不是嘛。"最会活跃气氛的向阙在这会儿也再度冒了出来，"等今晚吃过我的海鲜大餐，便算是你们提前吃上预选赛的庆功宴了！"

"嗯，我也希望我可以像我哥那样，一战成名！"

在大家的鼓励下，魏则也很快重拾回了信心。

转眼，就到了预选赛的当日。

比赛在即，严迦南却突然折返，握住了梁雪的手。

宽厚的掌心散发着温润的暖意，刚好将她微凉的手掌尽数包裹。

"严迦南你干吗？"

梁雪试图将手抽回来，然而严迦南并未第一时间放开，反而用他那双黑眸定定望着她，片刻后才轻声道："你在紧张。"

不然，她的手不会这样凉，脉搏也不会这样快。

"……是吗？"

梁雪有些心虚地回望他。她也不想这样，可她控制不住。

"这个给你。"

突然有什么东西落到了她的手心里，布的质地，还带着被他体温焐热的温暖感觉。

"这是什么？"

梁雪低头看去，瞬间就认出了它的来历，眼中亦有晶亮的光彩闪现。

"送你的礼物。"

梁雪这才想起她曾开口，想要 Can 神的那张面罩作为定情信物。

原是随口一提，哪想到他竟一直记在心中。

梁雪捧着面罩，整颗心都被掌心中的礼物给焐得暖融融的。

怔忡之时，她整个人坠入了一个温暖的怀抱。清新的雪松味道萦绕在鼻尖，令梁雪不由自主地贪恋着。

就连原先紧绷的肩膀都在这个怀抱中放松了下来，两条手臂轻轻张开，下意识地回抱住了他。

见到她如此,严迦南总算是放心了下来。他微笑着凑到梁雪的耳边,用只有他们两人能听见的声音轻声道:"这也是我送你的胜利礼物。礼尚往来,等预选赛结束后,你也要记得给我回礼。"

严迦南捧起她的额头,又印下了一个轻吻。

"放心,我会赢的。"

"嗯。"

既是他的承诺,她自然相信。

比赛很快开始。

这一次严迦南他们的车位排名是第八位。

只参加了一场业余赛,就排到了第八?确认过原始记录后,工作人员都有些吃惊。这也侧面反映了他们在预选赛中的优异。

轻松夺冠不说,甚至还打破了那条赛道的最快纪录,并且比原本的最快纪录提高了整整五分钟。

赛车场上,时间就是生命。一般打破纪录,提高上几十秒就已经是极好的成绩了。可这一次,却是整整五分钟。

这样的速度到底是什么概念?那位工作人员简直都有些不敢想象了。

转眼间,二十辆参赛车辆齐齐飞驰出了起跑线。

按常理,起步之争应该会是很激烈的。

然而天门山赛道与普通赛道有所不同,它的弯道实在是太多了。

稍有不慎,就有可能与前车发生摩擦与碰撞。

因此这场预选赛,可以说从一开始就呈现出了胶着的状态。

唯有一辆车例外,那就是8号。

资深的赛车爱好者很快发现严迦南所属的这支车队,以 CAN 和 WIN 两个单词首字母缩写组成的 CW 车队很快成为大家所看好的冠军队伍。

自号令枪响起的刹那,8号宛若鬼魅一般,用三个角度极夸张的漂移,"嗖嗖"超过了前面的五辆车。眨眼间,就从第八位爬到第三的位置。

"他怎么敢在天门山赛道上这么用漂移!"

观众们望着那风驰电掣的车影,都忍不住心惊。

哪想到第一轮惊呼都还未结束,漂移就在第二个弯道上再次出现。8号再如红色闪电般轻松超过前车,排到了第二位,直逼第一名的位置。

"这家伙,是疯了吗?"

观众嘴里的疯子,此刻却是出奇的冷静。

严迦南紧紧咬着1号,许久都不再有新的动作,直到把1号逼出了破绽。

"就是现在。"

魏则观察到破绽之时,严迦南脚下的油门同时发力。

急弯上的红色车影宛如神来之笔,迅速就越过了前车,成为新的第一。

"哇哦!"全场惊呼。

所有人都以为严迦南的目标是预选赛第一,只有他和魏则知道,预选赛第一只是其次,他们真正的对手,是自己。

他要打破自己曾经在天门山赛道上创造的纪录。

一个弯道接着一个弯道,每过一个弯道,他们距山巅就更近了一步。很快就到达了70弯的分水岭。

他们车的轮胎差不多在这时达到了极限。

过完70弯后,严迦南终于第一次减速了。

"是要换胎了吗?"

懂行的观众很快就猜到了严迦南的意图。赛场的直播大屏幕上也很快给了严迦南他们一个特写镜头。

同时在屏幕边角的地方,打上了一行解说的数字:"第70弯。"

看到屏幕上打出的数字,换胎的猜想得到了确认。

"果然是要换胎了。"

众所周知,山路漂移不止操作难度很高,对轮胎造成的磨损也十分厉害。就是再好的轮胎被如此频繁地使用漂移,撑到80弯已是极限。

一旦越过了这个极限,很有可能会发生爆胎的危险。

理论上来说,70弯换胎,是最佳的。

这其中,便需要领航员的配合了。

天门山足足一百道弯道,每一次弯道漂移都需要耗费驾驶员极多的心力,想要他再分心记下每一道弯道的数字,几乎是不可能完成的工作。

这件驾驶员不可能完成的事情,领航员却可以。

卓越的记忆力,向来是优秀领航员必备的素质之一。

普通的路况,在赛前踩点的时候,领航员便能将比赛路线记住九成。不过天门山赛道有些特殊,弯道实在太多,实在无法通过记忆将这些弯道全部记住。

因而70这个数,是魏则从比赛开始起,一道道死记下来的。

前70弯,严迦南对魏则的表现没什么可担心的,可70弯后,就不同了。

过了70弯,就意味着有了千米的海拔落差。突然拔高的海拔再加上车辆急速飞驰的加速度,以及头盔中的闷热温度,身体素质稍不好人很有可能会承受不住。

换好胎又过了几个弯道后,严迦南忍不住问魏则道:"你的身体还能承受吗?"

"没问题。"

闷在头盔中的魏则微微皱眉。此时他确实已感受到了些许不舒服，但好在还能承受。

这个时候，前两个月的训练成果就体现出来了。

要知道，天门山赛道之所以被誉为国内难度系数最难的赛道之一，可不单单只是因为它的弯道多，更是因为它的险。

一百道弯中，难度极大的发卡弯就有三十个，处于悬崖边缘的急弯有十三个。最疯狂的是，在接近终点六百米内，竟然有三十个急弯。

如此多的急弯，也就意味着选手根本无法熟记路况，成竹在胸地应对每一个弯卡。只能在进入弯道后，在保证安全的情况下，及时进行调整。

这个时候，领航员的作用就变得举足轻重起来。

很快，严迦南他们就进入了最后冲刺的六百米，驾驶室里两人的神经也越发紧绷了起来。还未到最后六百米的时候，魏则就已将目力与脑力用到了极致。

"最后六百米准备，过完这个普通弯道后紧接着是一个发卡弯，之后是一个急弯。我建议稍微控制一下速度。"

"明白。"

说是控制速度，但在观众眼中，他们的车速依旧极快。冲刺阶段的第一个悬崖急弯，他们几乎是贴着悬崖边缘过去的。

看得准备室里的梁雪与林知晓的心都吊了起来。

观众台上的观众们亦随着比赛的尾声，纷纷激动得站起了身。

"来了！天门山登顶最经典的弯卡，三连发卡弯。"

"过完这个，8号就赢了！"

此时他们已经将第二名甩出了好几个弯卡的位置，乍看上去，胜利已是他们的囊中之物。最后这个三连发卡弯，便是他们过得再慢，都是能赢的。

他们不知道的是，此时的严迦南与魏则却遇到了有史以来最大的危险。

先前在过最后一道急弯的时候，他们的轮胎被一枚尖锐的石子划破了！

感受到那一下车体轻微震动的时候，严迦南就察觉出不对来。很快，仪表盘上不正常跳动的数据就证明了他的猜测。

"严迦南，车胎系统显示，右后轮发生了一定程度的漏气！"

一直有关注仪表盘的魏则立刻向严迦南做了播报反馈。

"需要立刻停车换胎吗？"

正常情况下，发生这样的事故时，为了安全起见，车手应该立刻停车，再次换胎后再重新发动行驶的。

但严迦南并不愿意这么做："再坚持一下！"

虽说魏则的想法与严迦南相似，但作为一名合格的领航员他还是有必要再度提醒严迦南。

"虽然漏气程度不严重，但是先前那样的漂移动作，建议还是不要再做了，不然很有可能会发生爆胎危险。"

无法做高摩擦的漂移，然而三连发卡弯已近在眼前。

魏则心中没底。如此困难重重下，严迦南该如何过弯？

好在很快，身旁的严迦南就给出了有效的回答。

"不过是一个轮胎发生些微故障而已，只要控制重力，让它的受力保持在极限范围内就可以了。"

理论上，这个方案自然是可行的。

可真要做起来，却是千难万难。

严迦南将要做的事情实在是太超乎寻常了，饶是一贯信任他的魏则，此刻的声音都不禁有些忐忑的颤音。

"你准备怎么做？需要我为你做什么吗？"

"你帮我看着路就行，盯紧每一枚可能会造成行驶偏差的石子。"

"好！"

给他们准备的时间实在是太短了，不过两句话的工夫三连发卡弯已到了眼前。

第一个弯道还比较容易，左侧弯道，急转的时候重力自然而然就偏向了左侧，那个受损的右胎并不会承受多少压力。

可下一个弯道就不同了，右侧弯道，若是还像先前一样过弯的话，那简直就是去送命。

严迦南自然不会干这样的蠢事。

过完第一个左侧弯后，他就立刻踩刹车降速，同时借用刹车所产生的前向性惯性调整车辆的重心，缓缓将那个受损的轮胎轻抬了起来。

"是我眼睛出了问题吗？我怎么感觉他的右后轮离地了？"

"不只是你，我觉得我的眼睛也好像出现了问题。"

当然不是观众的眼睛出了问题。眼下再不可置信的事情，也是事实。

众人惊叹间，严迦南他们已经来到了第二个右侧弯道。

"要过弯了！"观众席上，有人忍不住低吼道。

这一刻，几乎所有的观众，都将视线聚焦在了8号车的身上。见证着它以三轮着地，一轮几乎悬空离地的姿势，跑过了那个发卡急弯。

更令人匪夷所思的是，在这样的情况下，车辆的速度也并没有降低多少，依旧是一路飞驰过弯。

严迦南的这一波操作，当真是太秀了。

过完三连发卡弯后,整个观众席都为他沸腾了起来。

"太厉害了!"

"他刚才使出的那个,到底是赛车还是杂技?"

俗话说外行看热闹,内行看门道。

主办方的 VIP 观众席上,现任亚裔车王 Mik 也被邀请来观赛了。原本像这样的国内预选赛,于他来说压根没有什么可看性。

因而他虽是坐在 VIP 观众席的 C 位,却全程懒懒散散的,完全未被比赛吸引到。

直到他看见严迦南以一轮悬空的姿势过完三连发卡弯,他这才突然严肃了起来。他轻眯的黑眸陡然睁开,紧紧盯着即将到达终点的那辆 8 号车,整个人都散发着骇人的气场。

身体紧绷了许久之后,他才重新放松下来,倒回自己的沙发椅上,仰望着天,轻蔑地自言自语道:"刚才那是重力平移吧?Can,你终究还是回来了。"

重力平移,亦是当年 Can 神的独门绝技之一,其难度甚至在他最出名的穿针引线之上。

曾经的那场世界级决赛中,Can 神便是凭借着这项绝技,扭转劣势,捧回了他五连胜的奖杯。

同一场比赛中,Mik 也因此与世界奖杯失之交臂。

认出它的刹那,Mik 几乎是本能地感受到了恐惧,不过很快,他就淡定了下来。

Can 神虽被粉丝们尊称为神,但毕竟不是真的神。

当年受了那么重的伤,再加上整整五年的空白期,他根本不可能还能保持着当年的巅峰状态。

一个状态下滑、旧伤缠身的旧神,他又有什么好怕的呢?

如今车坛,早已是他的世界,他才是统御天下的新王。

好在 Mik 一人的轻蔑并不会抵消全场的热烈。驶过最后三十道急弯后,严迦南还是在众望所归中获得了预选赛压倒性的胜利。

他们到达终点后不久,梁雪她们也乘坐缆车到达了天门山的山顶。一见面,梁雪就飞奔着扑向严迦南的怀中。

"严迦南,恭喜你。你做到了!预选赛第一!"

她仰起的小脸也是红通通的,明媚的色泽映在严迦南的眼中,比之天边的骄阳还要灿烂上几分。

于严迦南来说,能有这样一个姑娘陪在自己的身边,已是这五年来上天赐予他的最好的礼物。

说起礼物,梁雪也同样惦念着呢。

谁叫他临赛前的那个拥抱实在是太温柔，令她根本无法拒绝。

坐缆车上来的时候，她思考了很久，最后干脆决定大胆一回。

因而她此刻双颊上化不开的红晕里，除了因严迦南获胜而激动的原因，还有几分礼物的影响。

"严迦南……"

梁雪再度低唤严迦南的时候，她的两只脚已经偷偷在这之前踮了起来。

当"回礼"二字随着清风钻入严迦南耳中时，梁雪的吻已经先一步烙了上去。

这是梁雪第一次主动吻他，在这之前她可谓是做足了准备。吃了一把薄荷糖，还在嘴唇上抹了一层甜甜草莓味的唇膏。

严迦南乍抿上去，差点以为自己吮上的不是少女的唇瓣，而是清甜味道的棉花糖。

为此，他虽有一瞬的愣神，但一想到这是她专程送给他的礼物，他的心与眼便立马软了下来。

唯有环住她的双臂用起了力气，他下意识地将她拥紧。而后才随着她的节奏，双唇相叠，在独属于她的清甜味道中辗转缠绵。

直到周围渐渐有越来越多的人声响起，两人才终于恋恋不舍地分开。

后来聚集的人，除了其他选手，不外乎是一些主办方的工作人员与记者。

媒体人一到，就全都向严迦南他们队的方向拥了过来，举着话筒，争先恐后地向他们问问题。

"恭喜两位赢得本次预选赛的胜利。我们刚才也在观众席上观看了两位的比赛，实在是太精彩了！两位先生现在有空接受一下我们的采访吗？"

"你们赢得预选赛后有什么话想对广大车迷与观众们说的吗？"

"特别是最后冲刺的那个一轮悬空的动作，实在是太令人震惊了，能给我们稍稍透露一下其中的原理吗？"

赛后采访是主办方设置好的环节，严迦南与魏则自是无法拒绝的。好在这些记者也很懂配合，问的都是一些中规中矩的官方问题。

直到最后一个问题。

"据我们了解，你们的车队是在半年前才刚刚成立。这么年轻的车队，能一扫预选赛群雄，摘得桂冠，这其中是有什么特殊的训练秘诀吗？"

将车队问题作为采访的收尾，本是新闻界的常规操作，并没有什么问题。有问题的是那个喧宾夺主，替他们回答了这个问题的人。

"哪有什么特殊的训练秘诀，不过是一代车王自己成立了个车队复出而已。Can 神，我说得对吗？"

Mik 的话可谓是一石激起千层浪。听到 Can 神这个名字后，在场的所有人都被惊到了。

"Can 神？他说的是五年前因伤退役的那位 Can 神吗？"

"废话！除了那位，还有谁敢称为 Can 神？"

"等等，我的脑子有点转不过来了，所以 Mik 车王的意思是，这位预选赛获胜的严迦南选手便是 Can 神本人？"

"他是 Can 神的话，还需要参加预选赛吗？"

但凡他告知一声主办方自己的真实身份，哪还需要参加什么预选赛？主办方肯定会激动地将他一路捧进决赛的啊。

大家对这个重磅消息很有些消化不良，但转念一想，之前的许多不可置信却也说得通了。

连续漂移超车对于普通车手来说是绝对的高风险、高难度模式，可如果是 Can 神的话，显然就没么困难了。

还有最后的那个甩杂技般的炫酷操作，放在 Can 神身上，同样也就没那么惊讶了。

甚至还有几位年轻的记者在听到这个消息后，立刻掏出了手机，在线搜索起了 Can 神的相关资料。

当他的视线落到资料上 Can 神绝技的那一行时，心中的疑问很快就有了肯定的答案。

"穿针引线、弯道急速漂移、重力平移……都是 Can 神常用的绝技。"

默念完这一行介绍后，那位小记者立刻兴奋地大声道："我知道了！原来最后那个炫酷操作是有名字的，叫作重力平移，是 Can 神的特有绝技！"

他这一声直接将严迦南的身份给实锤了。

Mik 听后，不由得笑得更欢了。

"看来这位记者朋友学习能力很强，很会举一反三啊。在我们赛车界，最不会骗人的，就是技术了。"

说话间，他的目光又再度转回了严迦南的身上。

"Can 神，你觉得我的解释对吗？"

他那双潋滟的桃花眼中，乍看起来似满是和煦的笑，可笑纹深处藏着的，却是讥讽。

特别是他之后自告奋勇要给严迦南授予预选赛奖杯的时候。

这个预选赛奖杯在其他人眼里是荣耀，可在 Mik 看来，却是绝佳的讽刺。毕竟他此刻授予奖杯的对象可是 Can 神啊。

当年 Can 神还是全盛时期的时候是多么风光无限。

年少成名，短短几年间，就摘得了几乎所有的拉力赛奖杯。他站在世界拉力赛领奖台上的时候，简直如太阳般光芒万丈。

在他统治车坛的时代，再出色的新星与他相比，也会立刻自惭形秽、黯然失色。比如当年的Mik。

一开始被Can神所在车队邀请的时候，他也曾激动窃喜过。以为和Can神同车队，多多少少都能沾点大神的光。遇到技术上不足的问题，也有最佳对象可以请教。

可几场比赛下来，他才发现他最初的想法实在是太天真了。

悬殊天赋下，只要Can神存在一日，他就永远无法出头。

也是那个时候，Mik身上逐渐滋生出了阴暗与仇恨的情绪。每次Can神夺冠后的庆功宴上，他都会坐在角落，暗暗诅咒。

诅咒Can神下一次比赛倒霉、失误，甚至是天降横祸，直接将他的赛车生涯终结。

万万没想到的是，他的诅咒竟然真的在萨丁岛一役中灵验了。Can神遭遇事故，被送往医院紧急救治，再无缘于本场比赛。

而他作为原定的车队替补选手，则是理所当然地继承了Can神的一切。甚至还包括了Can神曾经战无不胜的好运气。

在那年的比赛中超常发挥，摘得了第二的成绩。

第三年，上两届冠军Sam同样因伤退役，于是乎，在车队的力捧下，他几乎是轻而易举地就坐上了冠军的宝座。

到现在，冠军拿得多了，他已渐渐忘记了曾经的屈辱，直到今日再度见到了严迦南。

刹那间，Mik感到了莫大的慌乱与危机感。

不过很快，这股潜意识的情绪就被Mik给压了下去，变为了纯粹的恶意。

"你应该没想到会在这里见到我吧？"递奖杯的时候，Mik笑得很是得意。

"Can神，获得预选赛冠军的感觉怎么样？"

"哦，你现在不是Can神了，或许，我该改口称你为小严？"

Mik说完，还真抬起了手，如拍后辈般企图去拍严迦南的肩膀："继续努力啊，小——"

可惜，他的手还未落下，严迦南凌厉的眼风便扫了过来，硬生生让他把话咽了下去。

不等他再说话，严迦南就自己伸手将奖杯接了过来，嘴角微勾，朝他扬起了一抹熟稔的笑意。

"不管我叫什么，你不都该尊称我一声前辈吗？"顿了顿，严迦南依旧保持着无波无澜的笑容，"还是说，想让我重新教你学做人？"

那还是多年前Mik刚进车队时候的事情，年少轻狂的他和严迦南比过一次1V1。一次弯道的时候，他试图兵行险招，在弯道上先发制人将严迦南逼停。然而结局却是他反被严迦南逼得侧翻出了赛道，险些丧命。

当时的经历，如今回想起来，仍令 Mik 不自觉感到后怕。

即便他很快将这些负面情绪压了下去，再抬眼与严迦南对视时还是免不了气虚了许多，很快就败下了阵。

这还不算，那日之后，被勾起的那段记忆依旧如阴霾般，在他的脑海中挥之不去。在某种程度上，甚至都影响到了他的赛事发挥。连续发生了好几次失误，害他输掉了一场本该稳赢的比赛。

引得汽车杂志的嘲讽：《当代车王或将再次易主？》

当 Mik 本人看到这篇头条文章的时候，忍不住恶狠狠地喊出了那个被他藏在心里的名字。

"严、迦、南！这下你满意了？"

Mik 不知道的是，预选赛之后，严迦南过得也并没有太顺利。

严迦南重拾赛车事业本就是瞒着他家里人偷偷进行的，可如今被 Mik 如此高调曝光，自然是瞒不住了。

当晚，他的父亲就乘着航班，从首都赶了过来。

第二日梁雪起床准备去找严迦南一起吃早饭的时候，就见严迦南的房门口立着一位气度不凡的老者。

"我就知道那个臭小子不会乖乖听话，自己不顾身体硬是要继续玩车还不够，竟然还找了个女朋友来陪他一起疯！"

大约是听到了门外的声音，很快严迦南也开门走了出来。他还未来得及开口，就收到了两道怒气冲冲的视线。

"严迦南，这篇报道是什么意思？你不是答应我不玩赛车了吗？"

"严迦南，你是瞒着你爸复出的吗？为什么呀？"

整件事情解释起来有些复杂，并非是三言两语能说得清的。

"咳咳……"被两人逼问得急了，严迦南忍不住轻咳了两声。

谁承想一听到他咳嗽，他爸瞬间就紧张了起来，三两步跨到了他的身边，急急问道："你这是怎么了？感冒了？还是旧伤复发？"

严迦南根本不是旧伤复发，只是一时不知怎么解释。他不想错过这个好机会，很快就顺着他爸的话头特意压低了声音答道："或许是水土不服，有些感冒吧。"

他顺便还趁着他爸不注意，悄悄朝梁雪使了个眼色。梁雪却只想对他朝天翻白眼。

水土不服？

水土不服的人，能在天门山赛道上做那么多连续漂移？能在高海拔的山巅上做重力平移？

骗鬼去吧！这么拙劣的演技，谁会信啊？

偏生他爸还就真信了，甚至还一度想打电话，把自己熟识的一位专家给叫过来。

"请专家就不必了吧，感冒而已，我休息两天就好了。"严迦南又咳嗽了两声。

"那你注意身体，有关你那车队的事情，我下次再找你算账。"

严迦南的父亲似乎也是一个大忙人。今日他专程来见严迦南，但在接了一通电话后，便重新提起行李，急着离开了。

从头至尾，只在这间酒店里待了一个小时都不到，看得梁雪越发搞不懂了。他爸走后，她忍不住问严迦南道："你爸他……就这么走了吗？有什么事，比看自己儿子还重要的啊？"

"有啊。"

严迦南显然早就料到了结局，把玩着手里的手机，答得从善如流。

"陪老婆。"

"所以刚才那通电话，是你干的？"

这个问题就不好正面回答了。严迦南轻轻勾唇，只顾左右而言他道："我爸妈的感情一直很好。"

答案却是显而易见。他虽搞不定他爸，但他妈可以。他早料到这一次他爸必然会亲自过来找他兴师问罪，所以他也一早就和他妈通过了电话。

他妈出手，自然是轻而易举就把他爸给搞定了。

这后一层意思，梁雪是不知道的，反而还有些羡慕。她不加掩饰的表情实在是太好懂了，严迦南一眼就看穿了，注视着她的黑眸不禁笑容愈浓："你也想我们和我爸妈一样吗？"

"一样……什么？"

未等梁雪反应过来，严迦南的长臂就先一步伸了过来，将她拉入了一个温暖的怀抱。

这之后，他才用下颌抵着她的头顶，轻声答道："一样的恩爱。"

话音刚落，他的唇就紧跟着压了过来。显然比之语言上的答复，他更倾向于亲自去她的身上寻找答案。

突如其来的吻，在这一刻意外的甜。

梁雪更是第一次在双唇相触时没有闭上眼睛，睁大着双瞳，定定地望着他，好似想将他的容颜刻进心里一般。

严迦南不禁越发动容，免不了又将这个吻加深了好几分。

正当他想在这良辰美景中更进一步时，梁雪揣在口袋里的手机突然响了。

梁雪刚想去接，她的手就被严迦南给按住了："别理他。"

"万一是重要电话呢？"

"能是什么重要电话？"

严迦南企图继续说，可手机却自己从口袋里滑了出来。屏幕上显示的"林知晓"三个字特别显眼。

"知晓打来的，我得接一下。"

"你是说正式比赛的赛道通知已经出来了吗？"

一接到林知晓的电话，梁雪便激动得从地毯上跳了起来，直冲向摆在吧台上的笔记本电脑。

严迦南试图伸手将梁雪捞回怀里，可惜她跑得太快，他便是伸出手去，还是捞了个空。

重新走到梁雪身边的时候，他更是忍不住叹着气问道："不过是赛道安排而已，难道它比我还重要吗？"

谁知梁雪想都不想地回道："当然啊，事业第一位，其他都得靠边站！"

她说完又扎进赛道研究之中去了，一边研究，她还一边感慨道："我还以为主办方这次也要将赛道安排藏到最后呢。"

没想到主办方这次竟是格外爽快，预选赛刚结束，就立刻公布了正式赛的赛道、赛程安排。

"总体安排和往年差别不大，我感觉我们只需按原计划继续训练即可。"

看完赛程安排后，梁雪才刚松了一口气，他们的车队邮箱便又弹出了一条新邮件提醒。

梁雪原以为只是一条普通的广告邮件，随意点开后突然就惊了："天哪！竟然是勇敢者游戏发来的邀请函。"

业内人士都喜欢将达喀尔拉力赛称为勇敢者游戏。虽对车手是否是职业选手并无限制，但赛事难度却一直是相当大的，不然也不会被誉为世界上最艰苦的拉力赛。可看性与观众热爱程度都极高。

对于严迦南来说，答应勇敢者游戏的邀约自是对他的复出十分有利的。

梁雪更是一见到这封邀请函就心动得不行，立刻转头向着严迦南问道："这么好的机会，你会答应参加的吧？"

严迦南知道这是绝好的机会。不过勇敢者游戏的比赛时间是在总赛程的中段期，同时参加两项拉力赛，不论是对车队还是车手都是极大的挑战。他一人说了不算，得召集全车队成员一起来决定。

哪想到还没等他们商议出结果，Mik那里就作起了妖。

明明是他自己连输了几场比赛，可在近几次采访中，他却是厚颜无耻地反复把严迦南作为挡箭牌。

什么再好的车手也会有状态不稳定的时候啦，就像曾经的Can神也会出事故一样。

什么安全最重要啦，毕竟他不希望一味图快而再度酿成Can神当年的惨剧。

…………

一口一个Can神，这样的拉踩实在是太刻意了，让人想不注意都难。

当Can神当年的车祸惨剧被Mik再度翻出，魏启这个名字，也很快和Can神的名字一起上了热搜。

三人成虎，在Mik那些粉丝的恶意推动下，CW车队的官微惨遭屠版。

然而于严迦南来说，他自己被骂倒是没什么。看到他们车队的官微惨状后，他反倒是更担心魏则的情况。

这些粉丝殊不知自己以为的正义行为也可以成为杀人的刀。稍有不慎，就会戳中魏则堪堪愈合的心窝。

他本想请林知晓帮助，尽量不要让魏则碰手机。

然而该来的，终究还是躲不过去。

等他来到健身中心的时候，魏则已经苍白着一张脸，站在训练室中等他了。

"严迦南，我们官微上的那些谩骂留言你应该也看见了吧？

"你们当年的事故是被专家团队判定为意外的，怎么如今到他们嘴里，就变成你故意杀人了？

"他们也不动动脑子，有人会蠢到以自己的命与事业为赌注去杀人吗？图什么啊？"

听完魏则的这一番话，反倒是轮到严迦南愣神了。

半晌之后，他才勉强找回了声音，低哑着嗓音问道："魏则……你已经不怪我了吗？"

"怪不怪你是我的事，可他们这般诋毁，是对你和我哥，乃至我们整个车队的侮辱！"

"嗯，你说得没错。"

虽然魏则并没有正面回答严迦南的问题，严迦南还是忍不住笑了起来："那你准备如何？"

"当然是对那位罪魁祸首Mik发起应战。"魏则想也不想地立刻答道，态度是前所未有的坚决。

"不过，我们可不能用像他那样下三烂的手段，我们要正大光明、坦坦荡荡地赢他！

"严迦南，我记得勇敢者游戏的受邀者是有向任何车手发出挑战的权利的吧？"

"是。"

虽然这项权利很少被使用，但它确实存在。

听到严迦南的回答，魏则的眼神越发坚定了。

"那就请你择日代表我们车队，向 Mik 发出勇敢者游戏的挑战邀请吧！"

第十一章
首战告捷

"你们向 Mik 发出了勇敢者游戏的挑战邀请？"梁雪得知这件事后很是惊讶。"这个想法还是魏则先提出来的？"

魏则抿了会儿唇，才轻声答道："嗯，我就是有些气不过而已。冲动决定，让你们见笑了。"

他话还没说完，林知晓就一巴掌呼上了他的后背，大大咧咧地笑道："我觉得很好啊，这样的冲动，我还希望你能多来几次呢！"

虽说他们对 Mik 的公开宣战在舆论方面效果斐然，分分钟就将那群无知粉丝的嘴给堵住了。不过相应的，他们整个车队的压力也增加了许多。

既然发出了约战邀约，那就必须要赢。而 Mik 作为现任车王，自是不能轻视的存在。

加大严迦南与魏则的训练负荷是肯定的，除此之外，其他需要做的工作也不少。招收车队新成员的事情亦是迫在眉睫。

全国拉力赛是一场持久战，所需要的后勤辅助与技术支持与预选赛完全不可同日而语。光靠他们车队如今的四位成员，人手显然是远远不够的。

还有他们的比赛用车，也是一个大问题。之前一直使用王锴的那一辆，在专业性能上终究还是差了一点。在天门山一役，报废了不少重要零件，急需重新调整改装。

因而近几天，面试新人成了他们训练之余最主要的工作。

预选赛夺冠后，CW 车队的名字很快在圈内传了开来。再加上 Can 神的名头，招聘通知一经发布，就收到了不少简历。

不过这些简历中以刚参加工作的应届生居多，资深人员，特别是严迦南最想要的资深修理师面试了好几轮,都仍旧没有着落。

"要不我去问问马师傅？"

可惜,马师傅虽然很想支持他们的工作,但他毕竟自己也有厂子需要经营。光做完他今年接下的订单就已经满负荷,实在是抽不出空去给他们车队做技术支持。

"连马师傅都不行啊。"

从马师傅那里回来后,梁雪有些惆怅,忍不住打开手机发了一条同款朋友圈:5555 我家 Can 神急缺一位资深赛车维修工程师!

本不过是沮丧发泄而已,哪想到当晚还真有毛遂自荐者找上门来了。令梁雪吃惊的是,那位毛遂自荐者竟然是严迦南的父亲。

要说清这件事的缘由,还需回到他父亲突然找上门的那一日。

虽然他与梁雪最初的见面并不算愉悦,但临走的时候,他还是傲娇地把自己的二维码递到了梁雪面前,要求她扫一扫,加好友。

于是在那之后,梁雪隔三岔五就会收到他父亲的询问短信。

诸如1:我家那臭小子今天在干吗？

诸如2:看你朋友圈才发现原来你的主业是搞新能源研发的,这个工作不比他那破车队经理有前途？

一来二去,两人竟在潜移默化中成了关系还不错的网友。

因此今日被严父问询后,梁雪也如往常一般,实话实说。告诉他资深赛车维修工程师的招聘真对他们车队很重要,这关系着之后两场重大赛事。

她顺便把之前发生的舆论事件同严父说了。虽然严父一直都固执地反对着严迦南的赛车事业,以至于父子俩的关系至今如履薄冰。但梁雪还是希望能说服改变严父对赛车的看法。

固然严父作为家人的关心并没有错,但赛车事业一直以来都是严迦南全部的野心与梦想。如果他真有一天听了严父的话,放弃了赛车事业,那岂不如同折断翅膀被养在笼子里的鹰？

大约是梁雪今日讲述的事情有些多,严父那边沉默了许久,直到临睡前梁雪才收到了他姗姗来迟的回复信息:我知道了。

哪想着,一天之后,严父本人便直接出现在了他们车队的招聘办公室门口。

这一回,严迦南都忍不住有些惊讶:"爸,你怎么来了？"

"怎么,你的地方我不能来？"

严父如上次那般皱着眉头,言语中也尽是浓浓的火药味。然而他的身体显然要诚实许多,梁雪刚拉开门,他就立刻从门缝里挤了进来。

随后他朝门后招了招手,又叫了两个陌生人进来。

"这两位是？"

"你们不是缺维修工程师吗？我和他们，都是来应聘的。"

严父带来的那两位虽然看着面生，可写在简历上的那两个名字，在圈内却是如雷贯耳。

"安建国老师和沈南山老师？两位怎么会来我们这边应聘，你们不是一直只任职于首都圈的大俱乐部吗？"

"咳！"听到这个问题，一旁的严父立刻重重地咳嗽了一声。

严迦南也不客气，立刻就站起来同两位工程师握手寒暄道："欢迎二位的加入，不论是薪资条件，还是日常住宿问题，两位尽管提，我们都会尽可能满足的……"

哪想到他话还没说完，就遭到了严父的再次拆台。

"说得轻巧，就你们这小车队，能满足他们的需求吗？你们知道他们原来的年薪是多少吗？"

严父一边说着，一边用手指比了一个数。

梁雪他们三人见了，都不禁倒抽了一口凉气。这么高的工资，显然不是王锴的零花钱能支撑得了的。

唯有严迦南早看出了他爸的心思，转而望向他爸道："你是不是想说，让你成为我们车队的老板之一，这两位的薪资问题就迎刃而解了。"

他猜得一丝不差，这正是严父想要说的话，哪想到竟早被严迦南看穿了。

"臭小子！"他忍不住骂道。

语气似有些埋怨，可眼神里却是掩不住的得意。

其实在来之前，严父就已经想通了，不准备再继续拦着儿子喜欢的赛车事业。可另一方面，他还是有些放心不下。

于是在和妻子商量后，他干脆借着送人的名头，直接把自己也捎过来了。

在严父看来，以后的比赛必定还是惊险重重，放飞孩子的梦想之余，他得亲自盯着，才能真正放心。

他爸都自己送上门来了，严迦南哪有拒绝的道理，当然是顺水推舟地同意了。

有了两位资深维修工程师的加入，赛车的改装与性能提升都很快得到了很好的解决。

时间飞逝，眨眼间就到了中国汽车拉力锦标赛第一回合龙游小城赛的时间。

龙游小城于普通人来说是一座风景秀美的山地小城，于拉力赛车手来说却意味着一场艰苦卓绝的硬仗。

龙游小城赛道是著名的魔鬼赛道，特别是遇到雨天，第一段水泥路的社阳赛段就已让车手们叫苦不迭。

除此之外，不同高低差的地势也相当考验赛车的性能与车手的准备。

因此，早在比赛开始前的一周，严迦南就带着魏则前往实地考察了。梁雪原本也想请假与他们同去，奈何工作不允许。

她与严迦南作为陈老手下的左膀右臂，如今缺了一个，自然需要另一个加班加点地补上。

幸亏陈老大发善心，在比赛开始的前两天给梁雪派了一个出差任务，才让她勉强赶上了龙游小城赛的现场。

"你们准备得如何了？实地勘察好了吗？"

第一次参加正式比赛，准备室里整个车队的气氛都显得有些紧张。

他们提前了这么久过来，自然是有认真做好实地勘察工作的。不过比之赛道场地本身，这一届的参赛选手显然更值得他们关注。

就连安建国与沈南山老师在看过本届比赛的车手资料后，都不禁感叹："这一届的车手可不得了啊，前有复出车王，后有新起之秀。啧啧，可真是卧虎藏龙。"

其他人都赞同地连连点头，唯有后来的梁雪有些搞不清楚状况，小声发问道："有哪几位是需要特别关注一下的吗？"

比赛在即，严迦南也没时间与她详细解释了，只在戴上比赛头盔之前摸了摸她的头顶，轻轻笑道："你看了就知道了。"

半个小时后，比赛正式开始。

昨晚下了一夜的雨，今晨好不容易有了些许放晴的意思，谁知到了比赛之时，乌云聚拢，整个天空又瞬间阴了下来。片刻后，绵绵的细雨便又落了下来。

"这雨下得可真不是时候。"

社阳赛段的水泥路本就以泥泞著称，有雨水加成，难度更是被大大提高。

离梁雪他们不远处的另一边 VIP 看台里，Mik 望着眼前的雨幕，笑得极是满意。

"看来老天还挺站在我这边的。"

"你应该有把我的雨胎好好交给胡俊峰吧。"

Mik 口中的这位胡俊峰便是之前两位老师口中的那位新起之秀。年仅十九岁，成为正式车手不到一年，就斩获了业余赛与省内拉力赛两座冠军奖杯。

他的车风惯常以大胆著称，在省内拉力赛中，他为了打破比赛纪录，竟是做出了前无古人的断崖飞跃动作。

自此一招封神，被国内最大的赛车俱乐部疾风签约招揽，成为他们今年的头号种子选手，实力不容小觑。

本次 Mik 启用胡俊峰，最大的目的便是以胡俊峰为参照物，试水严迦南的现有实力。

为此，他在赛前可谓是花了不少心思。

严迦南号称操作水平的顶点又如何？如今的世道，金钱为王，便是胡俊峰的操作水平还稍有欠缺,他也能用装备来凑。

特意从美国带来的顶级雨胎,便是再泥泞的道路也能够如履平地。

事实也确实如此,从起步开始,胡俊峰的优势便表现得十分明显。反观严迦南他们,就有些运气不佳了。

虽说他们在预选赛上表现极佳,但按综合排名,本场的出场顺序并不靠前。原本按照严迦南的实力,应该能在比赛开始后不久就上升到中位的。

奈何他今日开局不利,比赛开始不到十五分钟,就有两辆前车发生了严重的碰撞事故。激起半人高的泥泞遮挡视线不说,横位事故车辆还对后车造成了极大的阻碍。

光挪到事故口,就浪费了他们足足十五分钟的时间。

这个时候胡俊峰已经完成了社阳赛段,遥遥领先。而严迦南他们还混迹在泥泞路段,只能在拥堵中艰难超车。

"这样下去可不是办法。"

一直戴着耳机收听着全场赛况的魏则很快就不淡定了。

在堵车期间他就已经假设了许多种补救的可能性,可是随着差距的越拉越大,补救成功的可能性已经几乎为零。

唯一反败为胜的可能性只剩下了——

"除非我们放弃主路,改走近道小路。你觉得呢?"

"你才是领航员。"

"好。那一百米之后,路口右转。"

短短几秒钟内,两人就做出了决定。

"严迦南他们改道了?"

观众台上,Mik 也一直监视着直播大屏幕上严迦南的动向。发现严迦南改道的那一刻,他的脸色立马就难看了起来。

站在他身后的助理忍不住出言安慰道:"改道的话,更考验领航员的素质。他如今的那位领航员,不再是当年的魏启了。"

"是呢,我怎么把这件事给忘了。"

听了助理的话,Mik 的脸色果然好了许多。

"龙游地处蜿蜒山地,想要改道,路况远远要比想象的更复杂。稍有不慎,可是会在山地中迷路的呢。"

梁雪那边,也有着相似的担忧。

"此刻换路线固然是明智的选择,可山地道路复杂,对领航员的要求极高,魏则他……可以吗?"

比赛的事情谁能说得准?魏则也是第一次面对这样的情况。

虽是第一次，却并不意味着做不到。

赛场中魏则正全神贯注地盯着前方的路况路线，适时下达路况提醒与转向指令。

"前方是落石多发路段，建议稍微减速，同时注意地面与上空，避免偶发意外。"

"过完落石多发路段，在山涧溪流前右转。"

"后面那个二岔路，两条路都可以选择，近的路会稍难走一点，你想走哪条？"

"你是领航员，今天所有的路，都由你来决定，我相信你的选择。"

"好，那就走近的那条。我也相信你的技术。"

他们临时变更路线，改成非官方小路后，两人所要面对的比赛难度可以说是增加了好几个级别。稍有失误，就有可能会导致车辆的重大抛锚，被迫中止比赛。

但严迦南与魏则二人硬是凭借着自己的精湛实力，一路过关斩将，完成了这一段非常人能跑完的路段。

即便他们在重回主路后，未能全然反败为胜，依旧还落后第一名胡俊峰好长一段距离，可他们的精彩表现依旧赢得了全场观众的呐喊与掌声。

这一刻，就连直播解说员的声音都忍不住带了些许个人情绪色彩。

"CW 车队也太厉害了吧！如果这不是奇迹，那这两位的专业水平当真是可以封神了！CW 给我冲！"

忘我地喊过之后，解说员才恍然发现自己有点儿过头了，赶忙找补了一句。

"当然，除了 CW 车队，其他车队的表现也都很不错。比如疾风的年轻车手胡俊峰，希望他能再接再厉，为疾风再创佳绩。"

后面那一句，多少有点敷衍的意思，听得 Mik 很是不高兴，当即重重地冷哼了一声。

"哼，就算他真创造出奇迹又如何？这个世界上，只有真正的胜者才能在历史上留下名字。"

无独有偶，在赛场上，严迦南也与魏则说了类似的话："你刚才表现不错，但还需继续保持住紧张感，不能掉以轻心。这场比赛，唯有胜利才是我们追求的最终目标。"

"我明白。"魏则坐在副驾上重重点头。

"不过是第一段赛程暂时落后而已，属于我们的比赛现在才刚刚开始！"

本次龙游小城赛道全程 106 公里，社阳门为起始赛段。虽然这最初的一段泥泞道路已经足够艰难，仅一段赛程就淘汰掉了小部分的车手。但想要真正征服龙游小城赛道，还差得远呢。

社阳门之后的三源门才是真正让顶级车手都头大的魔鬼赛道。

始于龙游石佛乡三门源，穿越大力山，终于公平村，全长二十余公里，海拔起伏七百余米，赛段全部为砂石路面，坡度陡峭，盘山曲折。乍看起来风景秀丽，但赛道里面布满了石头与暗沟，极具挑战性和刺激性。

"今天的雨下得这么大，这三门源可不容易过啊！

"虽然我很看好 CW，他们刚才抄的那段小路也很精彩，但损耗肯定不小吧。距离下一个大维修站还有好长一段距离，我怕雨再这样下下去，会对他们越发不利。"

直播解说员的话音刚落，雨就渐渐停了。

当他们的车到达大力山山脚的时候，天气更是奇迹般地突然由雨转晴了。

天晴后，胡俊峰雨胎的优势就越来越小。这一点，从他不断被后车们缩短的领先优势方面就能看出来。

后车中，追他追得最凶的，就数严迦南了。

社阳门段结束的时候，他仅勉强排在了前五的吊车尾，可等穿过大力山后，他已经超过了前方三车，稳居到了第二的位置。便是与第一位的胡俊峰，也仅剩下了几百米的距离。

其实在盘山公路上，只要前车车手的心理素质与操作技术够，就算后者已经追到了他的车尾处，也是很难超车成功的。

奈何胡俊峰虽然被誉为今年度国内车坛最有潜力的新人，可在心理素质方面仍还是差了一些。严迦南的车头还没贴上他的车尾呢，他就开始急了，甚至还把自己优势缩短的错处怪到了他们队领航员的头上。

"我叫你实时关注后车情况，你怎么连这种小事都做不好？到现在他都快贴上我的车尾了，你才开口提醒我？"

"我……"

胡俊峰的领航员有一瞬都以为胡俊峰突然失忆了，十分钟前让他不要频繁出声的难道不也是胡俊峰吗？

"你觉得我们现在该怎么做，才能重新甩掉那辆该死的红车？"

最佳的办法明明是车手提高操作性，保持住现有的优势。然而这些实话，领航员此刻根本不敢同胡俊峰直言。

提高操作性，那是车手的事情，胡俊峰既然硬要把皮球踢给他，他也只能站在领航员的角度提出建议。

"如果你一定想要缩短路程的话，前面大约三百米有一个岔道，改走小路的话，路程能缩短一些，但是……"

但是他并不建议胡俊峰这么做。改走小路本就危险，再加上龙游赛道中本就危机四伏，稍有不慎，就有可能撞到石头或是暗沟。

到那时候，别说是获得胜利了，他们或许连全赛道都跑不完。

然而胡俊峰压根没有耐心听完他的后半句话，才听了一半，就武断地下达了命令。

"那就走小路。这小路他们能走得,难道我们就走不得吗?"

后面的魏则也很快发现了胡俊峰的意图,立刻同严迦南道:"他们好像想在下个路口改走小路。"

听了魏则的话,严迦南忍不住轻轻勾唇笑了一下,连声音里都染了些许明朗的快意。

"不用管他们,我们继续保持原路线前进。"

"收到。"魏则毅然回答。

真正默契的队友,根本无须多言。

胡俊峰改道的那一刻,Mik气得直接从座位上站了起来。

"他们为什么要在领先状态下改走小路?"

刚开始,胡俊峰改走小路的方案还算有些效果,可没过多久,他就爆胎了。

"龙游小镇赛道就是这样的,山道上的碎石极多,小路更甚。想要顺利走完这条小路,我们都需要打起十二分精神才是。"

虽说紧急换胎会耽误掉一点时间,但若是他们之后能配合无间,全程顺利的话,并非没有继续保持第一的机会。

只可惜,胡俊峰对领航员小吴的专业解释并不领情,依旧臭着一张脸道:"什么我们,是你!不管是这次的爆胎,还是之后的路程,都是领航员的职责所在。废话少说,上车后,你给我睁大眼睛好好看路!"

"我尽量。"

小吴虽是嘴上应着,可等他坐回副驾后,眼底隐隐浮起了一丝怨恨与懈怠的情绪。

车子重新上路后,他偷偷打开了头盔内侧的录音按钮,之后才继续开口指路道:"下一个路口右转,小心山石。

"马上就要到竹林了,胡俊峰,我有必要再次提醒你,后面那一段路,你一定要多加注意!"

"竹林是暗沟多发路段,我知道。"胡俊峰虽然嘴上答应着,可是脚下的油门一点都没少踩,甚至还有些许想要继续加速的意思。

小吴第一时间就发现了他的不配合。若是之前,他定会面露焦急,反复提醒胡俊峰减速。但是现下,他只是一言不发地坐着,面色平静得好像即将冲向暗沟的,压根不是他们的车似的。

小吴很快就发现了那个隐藏在厚厚竹叶下的暗沟,立刻出声提醒:"前方有暗沟。"

就算已知前方有暗沟,按照现在的车速,想要及时避开几乎是不可能的事情。

小吴当然也知道这一点,因此在提醒之后,他就认命般地闭上了眼睛。

"砰！"

果然不出五秒，车前轮便陷入了暗沟中。好似被绳子绊住的飞奔马蹄，结局的惨烈可想而知。

观众们只见直播屏幕中有一个轮胎突然飞上了天空，紧跟着的，是车身。虽然它没有轮胎飞得高，可这般半空中翻转的画面，依旧把观众们吓得心都吊了起来。

好在胡俊峰的运气还算不错，车子掉落下来的时候，刚好落在了竹林中最厚的那一层竹叶上。两人都只受了点轻伤，也算是不幸中的万幸。

可惜胡俊峰并不这么想，被救援人员救出后，他最关心的仍是他的车辆情况。

"你们赶紧把我的车子翻正过来，我还要继续比赛，我要赢！"

然而小吴之后的话，仿佛是从天而降的一盆冰水，直接把胡俊峰给浇了个透心凉。

"别说它现在翻不过来，就算它能翻过来继续开，你也赢不了。这是现在的实时排位，胡俊峰你好好看看吧。"

"我竟然已经被甩到第十了……"

刚才翻车的时候，胡俊峰被撞晕了一段时间，他以为只是一会儿，然而事实显然要更残酷许多。

"那现在的第一名是谁？"许久之后，胡俊峰才哑着嗓子问道。

此刻的第一名除了CW还能是谁？

真正的卫冕冠军从来不会像胡俊峰那样焦躁，稍被后车追上，就会分寸大乱。严迦南他们，自始至终只看着自己的路。

"下一个路口，是碎石多发路段，要小心。"

"正式进入后，我左你右，我们务必要做到万无一失。"

"明白！"

CW的表现不止让观众们惊艳连连，就连胡俊峰都看得忍不住吃惊。

"CW那两人是有超能力吗？他们是如何做到像这样避开每一枚碎石的？刚才他们躲开的那一块，似乎只有指甲盖大小吧？"

"大约这就是我们与CW的实力差距吧。"

小吴低声道，此刻他的声音里有着连他自己都未察觉的羡慕。

原本他以为，能加入疾风，领着远高于行业平均水平的薪水，已经是一件很幸运的事情了。可今天，他好像变得有些贪心了。

片刻之后，他悄悄用仅他自己能听到的声音说："如果可以，我也希望能拥有一位CW那样的队友。"

虽说比赛进行到这里，CW已然获得了绝对性的胜利优势。疾风的胡俊峰因事故终止比赛后，其余的车队选手中已然再没有能威胁到他们的对手了。

此刻全场都已默认 CW 会获胜，唯有 Mik 仍旧极不甘心。

"废物！胡俊峰简直就是个废物！"

随后他转头望向他的助理，凶相毕露。

"我赛前让你准备的东西和人，你准备好了吗？"

"准备是准备了，可是……"

Mik 让助理准备的是几块磨到极尖的山石，以及让几位村民蹲守在山体间。

助理一开始还以为是他自己用来极限试练的，直到现在他才知道，这些东西是 Mik 一早就准备去害人的。

意识到这一点后，助理下意识想将手里的那枚无线电通话器藏起来。可惜他最终还是失败了。

Mik 夺下那枚通话器后，第一时间就向那头发布了投掷命令。

近终点站的那一片密林中，很快传来了几声"噗噗"的轻响，几块被磨得极尖的石头从高处滚落了下来。

惊飞了几只鸟后，密林又很快恢复了最初的寂静。除了偶尔风吹动时，会有几缕晶亮的光斑在阳光下微微闪烁。

那几缕光斑便是那几块特制山石被人为磨出的尖端。

不同于天然的碎石，若是车辆不幸触到它们，再坚硬的车胎也会被尽数戳爆。在如此狭窄的山路上，轮胎失控就意味着完败。

侧翻都算是侥幸，更大概率车辆会直接因为高速失控，一头冲出山沟，直直坠入山谷，当场丧命。

被夺走对讲机后，一贯温顺的助理第一次对 Mik 怒目而视："你这样做是违法的！"

然而 Mik 却没有半点要收回命令的意思，越发有恃无恐地笑道："怎么，你是要报警举报我吗？"

"若真是被警察知晓，你也一样要坐牢。我记得，你妻子还病着吧？"

赤裸裸的威胁，无耻却有效。

为了自己的妻子，那位助理终究还是违心地闭上了嘴。

等他再抬眼朝直播大屏幕看去的时候，直播屏幕里的那辆红车已经极为接近他们投石的地方。

助理惨白的脸上，不禁又布上了一层细密的汗水。他身体无力地晃了晃，腿软得简直都要站不住。

他这是……故意杀人了吗？

几分钟后，严迦南正式进入了那段密林区。这也是全部赛程的最后一个难点路段了。

助理很快听见一墙之隔的普通观众席上爆发出了阵阵呐喊声。

"CW冲呀!"

"过完这最后一段,胜利就是属于你们的了!"

殊不知,CW每前进一步,距离致命的危险就会近上一分。

望着那抹疾驰的红色车影离他设下的陷阱越来越近,Mik忍不住狂笑起来:"哈哈哈哈,他就要输了,并且还将要彻底失去挑战我的资格!"

然而数秒之后,他张狂的笑声戛然而止,转为了一声极度不可置信的惊叹:"怎么回事?他怎么突然减速了?"

虽说这最后一段密林路段在大部分观众眼里,可以说是非常顺利。但两位当事人还是机敏地察觉出了一丝不对。

在初入密林之时,魏则就发声质疑过。

"严迦南,你不觉得这片林子安静得有些过分吗?"

雨后的山林,虽说确实会显得安静一些,但在他们这么大的马达声影响下,不可能连一只飞鸟都惊不起吧。

除非在不久之前,已经有什么东西把它们给惊动了。

"会是猛兽吗?"

这是魏则下意识想到的可能性,不过很快就被严迦南给否定了。

"应该不会,这里的山区很少有猛兽出没。更何况这条道被划为赛道之前,主办方肯定派专人检查过。"

"那会是什么?"

严迦南摇了摇头:"我暂时也不知道。"

他虽不能确定前方的危险是什么,但是立刻做出了降低车速的决断。随后两人打起了十二分精神向四面巡察,力求找出危险,小心规避。

皇天不负有心人。降低车速后,两人很快就自透下的阳光中,发现了不正常的折射端倪。

"是尖石!并且不止一块。"

车子停下后,魏则迅速下车,从刚才他认准的树叶堆里翻出了一块被打磨得极尖的山石。

以这块山石为圆心搜索,很快就被他找到了类似的第二块、第三块……

"他们在干什么?"

最初看到CW减速的时候,观众们都很不理解,可当他们看清魏则从树叶里找出来的东西后,全都大吃一惊。

"树叶底下怎么会有这种东西?"

"那到底是石头还是凶器?"

"看着像石头,可那些尖角实在不像是自然形成的。"

"这到底是怎么回事?我觉得需要主办方出来解释一下。"

主办方不瞎,观众们发现的这些,主办方也在同时关注。很快主办方就向现场工作人员下达了紧急命令。

"立刻封锁那片密林区域,并派专人小队进入,地毯式搜索,排除安全隐患!"

这片密林原是通往终点的必经之路。因为这几块石子,终点线就此前挪。这就意味着 CW 此刻已然赢得了比赛的最终胜利。

这条命令发布后,观众席上立刻爆发出了雷鸣般的掌声。

"好耶!主办方这次总算是干了次人事!"

"CW 威武!"

所有人都在笑着,唯有那间 VIP 包厢的气氛与之格格不入。

"该死!"Mik 气急败坏地吼道,"他是怎么发现的?他为什么还没有死?"

与此同时,位于密林之中的 CW 也很快收到了主办方的临时通知。

"严迦南,我们赢了!"

收到命令后,魏则立马原地欢呼了起来,转而乐颠颠地望向严迦南。他以为严迦南应该也同自己一样,心情大好。然而事实上,严迦南的神情莫名地有些反常。

他一双黑眸紧紧盯着那几块山石,面色是他从未见过的古怪与凝重:"又是山石。"

魏则有些听不明白:"什么叫又是山石?难道你之前见过类似的吗?"

严迦南何止是见过,即便是已经过了五年的时间,当年的那一幕仍如烙印般,深深刻在了他的心里。

虽说石材的体积、大小都有所不同,但表面上那道明显的人为打磨的痕迹与他今日见到的这几块,一模一样。

想到这里,严迦南不禁心跳如鼓。沉寂已久的真相,终于在这一刻,呼之欲出。

或许,当年的那场事故,根本就并非意外?

"严迦南,你怎么了?"

魏则显然也看出了严迦南的反常,正准备上前询问,突然被姗姗来迟的采访记者们给围住了。

"恭喜两位赢得了正式赛的首胜,你们有什么话想对大家说的吗?"

这是预料中的曝光环节,为了进一步提高 CW 的知名度,车队也一早给他们准备好了胜利宣言。

就在魏则准备按计划背诵原定台词的时候,严迦南突然先一步开了口:"我确实有些话，想问主办方。如果我们没有及时发现这几块人为程度极大的尖锐山石，你们是不是会眼睁睁看着人命悲剧在你们面前上演？"

没想到严迦南竟会这么不按常理出牌，围在他们身旁的记者们有一瞬的错愕。不过很快，他们争先恐后地问道：

"你怎么能肯定是人为事故呢？"

"难道你见到了投掷这些山石的犯罪嫌疑人？"

"我并未见到犯罪嫌疑人，但明眼人都能看出来，这些山石上的尖角，绝非自然形成。"

严迦南特意俯身捡起了一块山石，对着最近的直播镜头，来了个细节特写。

特写过后，他又再次开口，目光笃定道："只是一块的话，可以称为偶然。然而这么多，不论怎么看，都像是故意谋杀。我强烈建议主办方能尽快将今日的事故交由警方处理。"

这也是严迦南在记者面前说这些话的初衷。

他觉得这件事情不简单，如若由主办方调查，很可能迫于某些压力而不了了之。可上升为谋杀案的话，那就截然不同了。

有了警方的介入，即便不能立刻找出真凶，也能达到敲山震虎，让他不敢再度动手的作用。

现实也正是如此，对于这次事故，主办方原是想要低调处理的，没想到会被严迦南先发制人，一举捅到所有媒体面前。

为了展现自己的公正性，主办方不得不同意了严迦南的方案，报由当地警方介入调查。

虽说向来爱惜羽毛的主办方对严迦南的行为颇有微词，但本场比赛过后，最气急败坏的人，是 Mik。

他万万没想到严迦南竟能避开他的陷阱，化被动为主动。

采访最后严迦南举起手指对着直播镜头的那一指，好似直穿屏幕，直指上了 Mik 的眉心，令 Mik 潜意识心虚。

生怕警方查出端倪，未等比赛完全结束，Mik 就带着助理从 VIP 的后门溜了。

没想到反被刚巧上厕所回来的梁雪与林知晓给撞了个正着。

"那不是 Mik 吗？他也来看今天的比赛了？之前网上的新闻不是说，他这段日子都在国外吗？"

"是他。"

"奇怪了。名人都喜欢这么虚报行程，遮遮掩掩吗？"

两人原本没当回事，事后车队庆功会上，也是无意说起。

"祝贺你们，你俩今天的表现实在是太棒了，肯定让你们的竞争对手特有压力，要不然 Mik 今天也不会特意来观赛了。"

本不过是普通的"彩虹屁",哪想到严迦南听后却忽然脸色大变,直接站起来一把扣住了梁雪的手腕,急急追问道:"你怎么知道 Mik 今天来了?"

梁雪被他问得一愣,几乎是下意识道:"我亲眼见到的,还能有假?不信你问知晓,知晓也看到了。"

一旁的林知晓也跟着点头道:"没错,我也看到了,确实是 Mik。怎么了?"

自从见到那几块山石后,严迦南内心就一直有一种莫名的熟悉感,深觉今日的事故与五年前萨丁岛的那一场,有着千丝万缕的联系。

这两场拉力赛,一场是国内赛事,一场是世界赛事。不论是主办方还是观众,都交集甚小,乍看起来,几乎不可能出现相同的嫌疑人。

直到严迦南听到了梁雪的话,内心的谜题才终于有了答案。

"回去再和你们细说。"

庆功宴上人多眼杂,不适合说正事。等晚餐结束回酒店后,严迦南才重新将他们四人叫了来。

听完严迦南的话,最吃惊的人莫过于魏则了。他不可置信地瞪大了眼睛,整个人都傻了。

"你的意思是,五年前那场害死我哥的事故也可能和今天一样,不是意外?"

"只能说有可能。到目前为止,这些都还只是我的推测。"严迦南长叹了口气。

在没有丝毫证据的前提下,就算有再合理的推测也是枉然。

"那要怎样才能获得足够的证据?"魏则迫不及待地问道。

"或许,需要他本人再一次作案才行。"

严迦南的推测没有错。虽然当地警方在接到报案的第一时间就介入了调查,但还是晚了一步。

除了鉴定科发现了那几块山石上有明显人工打磨痕迹,其他的可以说是一无所获。

显然是罪魁祸首早在事件暴露之初,就已经销毁了其他的人证物证。即便警方之后有向附近的村民查问过口供,也未能锁定犯罪嫌疑人。

收到主办方发来的警方通报后,唯有严迦南神色淡定,其他几人都忍不住急了。

"难道我们只能任由杀害魏则哥哥的凶手逍遥法外吗?"

Mik 不是傻子,暴露过一次后,短时间内应该不会再动手了。除非有什么契机,逼得他非动手不可。

"勇敢者游戏!"几人沉默了片刻后,几乎是异口同声道。

"据说 Mik 最近几次大赛事的表现都不佳,已隐隐有些坐不住车王的位置,国外不少媒体已对他颇有微词，甚至都开始期盼你重新回归国际赛事了。

"原本他点明身份是想要侮辱你，哪想到最后竟是搬起石头砸了自己的脚。"

有关 Mik 的这些公开信息很容易就能在网上查到。不过再多的梁雪就不知道了，只能以逻辑推断："所以我们是不是可以暂时认定为你们两人之后的比赛成绩越好，对 Mik 就越不利？"

"如果之后的比赛你们表现得异常优异，再加上一定的舆论造势，Mik 一定会压力很大吧？像他这样为了胜利不择手段的人，很有可能会在勇敢者游戏中故技重施。"林知晓也有条不紊地分析道。

几人分析完，魏则已是斗志全燃。

"放心，我定会让他走投无路，露出破绽的！"

林知晓的面上反倒是越发多了许多担忧之色："我知道你为兄报仇心切，可若真是这样的话，岂不是要把你们两人都置于危险之中？"

两命换一命的决定，看似的确很不理智，但魏启于他们来说，一个是挚友，一个是骨肉兄弟。不论是哪一种，都是绝对无法轻易放下的存在。

与其一直将懊悔搁在心中，不如放手一搏。这一刻，梁雪显然要比林知晓更懂他们。她不由得轻轻拍了拍林知晓的肩膀道："你说的那是最坏的打算。"

"难道我们就不能共同努力一下，保护住他们两人的安全吗？"

"你说得没错。"被梁雪理顺思路后，林知晓很快也燃起了斗志，"之后的比赛，我们一起加油！"

距离勇敢者游戏还有两场比赛，这也就意味着，CW 在之后的两场比赛中不止要赢，还得发挥得极其出色。

说没有压力，那肯定是骗人的。

这巨大的压力，也表现在他们的日常训练中。

不说两人选择的训练赛道越来越复杂，就连在细节记忆方面，他们都计较到了令人发指的程度。

眼见两人的强迫症日益严重，已隐隐有了钻牛角尖的趋势。梁雪与林知晓终于忍无可忍，将他们拽出了练习场。

"你们要带我们去哪儿？"

高强度训练练得久了，这会儿陡然提前结束训练，两人反倒有些无所适从。

"吃饭！"

"休息！"

购物中心顶楼西餐厅，电梯才刚刚抵达，迎宾的服务生就已经站在电梯口笑着迎接他们。

"是魏先生吗？请各位随我来。"

突然被点到名字的魏则愣了一下，还未等他发问，服务生已带着他们推门而入。在门那一边迎接他的，显然是更意想不到的庆典。

无数根蜡烛在未开灯的餐厅中摇曳生辉，随后一个标注着他年岁的生日蛋糕被向阙与唐铭一道捧着，随着祝福声一起被送到了他的面前。

"魏则，生日快乐！"

"你们……"

魏则这才恍然想起今天正是他的生日。

父母早亡，他是被外婆与哥哥拉扯着长大的。外婆年纪大了，记性又不好，常常会忘了他的生日。

他上一次过生日，还是他哥哥在的时候，特意从美国赶回来，为他庆祝的。

他曾以为哥哥去世之后，就不会有人再记得自己的生日了，没想到惊喜却这般意想不到地来临了。

而且这个生日还不止一个人过，是许多位挚友围在他的身边，与他一起过的。

"谢……谢谢。"

蜡烛未熄，魏则的眼眶反倒是先湿了，泪在眼眶里打转，差一点就要夺眶而出。

幸亏林知晓眼疾手快，立刻伸手，及时将他的那滴眼泪给抹了去，同时还不忘凶凶地叮嘱他："不许哭！生日哭了不吉利。还有，你不是有一个很大的心愿未了吗？还不赶紧对着超灵的生日蜡烛许愿！"

"……嗯。"

听话的魏则赶忙用力将眼泪尽数逼了回去，然后双手合十，对着面前的烛光极虔诚地大声许愿道："我希望，我们的努力不会白费，在之后的比赛中，能再创辉煌！"

听到他的愿望，林知晓亦是满面动容，却忍不住吐槽魏则："你说这么大声做什么？你难道不知道愿望说出来就不灵了吗？"

这一次，魏则却没有听林知晓的话，反是更大声道："因为我的愿望是向我身边的大家许的。大家的齐心协力才能达成，不是吗？"

"魏则……你真是……"

他这话说得，连林知晓都不禁有些感动了。

"好了，快吹蜡烛吧。"

蜡烛吹灭后，餐厅内的灯光重新被点亮。在灯光的映衬下，大家的面容也跟着重新亮了起来，魏则向着筹办者向阙惊叹道："你这是包场了吗？"

"当然！"向阙得意地拍了拍胸脯。

"不用太感谢哥，这点小钱哥还是花得起的。"

其实向阙原本是想将这场生日宴放在自家酒吧里办的。不过考虑到赛事将近，不宜饮酒，最后还是选择了这家更具格调的餐厅。

"其他的事情你们不用管，你们只需好好享用美食，好好放松就行了。"

说起美食，众人还真觉得有些饿了。

很快，贴心的服务生就送来了开胃小菜，香槟珍珠蚝配珍宝蟹饼。

不愧是米其林餐厅，菜品的口味极佳。一口香槟珍珠蚝入肚，梁雪就忍不住享受得眯了眯眼睛。

"这么好吃吗？"严迦南瞧见她的表情，忍不住笑了。

"看来是我带你出去吃饭带得少了。"

"可不是！"梁雪连连点头，"等你和魏则正式冲出国门，走向世界后，你可得好好带着我，把全世界的美食都吃上一遍。"

"没问题，别说是全世界，就算是天荒地老，我都乐意之至。"

天荒地老吗？

说话间，有背景音乐轻声响起，正是极适合恋人的 *My Love*。

梁雪的手不知何时被严迦南牵起，向着舞池的方向走去。

"会跳舞吗？"

自然是会的。西方世界，舞会是他们最常用的交际方式。

然而此刻，不知怎的，她却频频出错，连踩了严迦南好几下。且她越是急着想要纠正，就越是出错。

眼看着自己的脚又要控制不住地踩到严迦南的鞋面，梁雪顿时急得小脸通红。

谁知严迦南不仅没有生气，反而还低低笑了起来。

"梁雪，有没有人说过你跳舞的样子很可爱？"

可爱？

一脚踩上严迦南的脚面后，梁雪忍不住抬头瞪大眼睛望着他。

"你说的是褒义词？"

"对自己这么没自信？"

虽被她全力踩了一脚，严迦南却是半分眉头未皱，勾着嘴角，笑得越发欢了。

"就算你对自己没自信，也该相信我的眼光。"

他吐露衷肠之时，这一首舞曲也终于到了最后一个旋律。

原本正常的结束动作，应该是两人牵着手，微微欠身致意。不过这次，严迦南则是将传统动作给改了。

他直接将牵手变作了拥抱，一把将梁雪给拥进了自己的怀中。

"扑通、扑通……"

极近的距离下，梁雪能够清晰听到他越跳越快的心跳声。

"你在紧张。"她下意识问道,"是因为不久后的比赛吗?"

拥抱蓦然渐紧,许久之后,他的声音才沉沉地自她耳畔传来:"是因为你。"

"我?"

"等勇敢者游戏结束后,我也有些话想对你说,你愿意听吗?"

听到这句话的刹那,梁雪就意识到严迦南要对她说些什么,"愿意"二字几乎就要脱口而出。不过最后,却被她给硬生生咽了回去,转而道:"那就要看你之后在赛场上的表现了。"

"好。"

严迦南一口应了下来。

两人相视一笑,都清楚读懂了对方眼中的未言之意。

赛事未完,血仇未报,暂不谈婚姻。

今晚短暂的放松过后,明日 CW 车队便要再次踏上新一场比赛征途。

林知晓作为他们的专属教练全程跟随。然而于梁雪来说,今晚之后,她即将要面对短暂的别离。

"有一件事我得告诉你,近期我负责的几项实验都比较紧急,下一场比赛,我大约是请不出假陪你一起去了。"

虽说是没有办法的事情,可她的声音里还是难免带了些许愧疚,她支吾了半天,才总算将这句话给说了出来。惹得严迦南忍不住怜惜地刮了刮她的鼻子。

"傻瓜,不管赛场上你在与不在,我都会将胜利的奖杯捧回来送给你的。"

梁雪回握住他的手,忍不住笑问:"你就这么自信?"

严迦南极郑重地点头答:"嗯,君子一言,驷马难追。"

"好,那我就等着你凯旋!"

比赛当日,梁雪有一场全封闭的大型实验要做,在进实验室锁手机之前,她还是将手机打开到了赛事直播频道,在内心悄悄许愿道:"希望等我实验完成出来,第一眼就能收到你们获胜的好消息。"

梁雪这场大型封闭实验预期完成时间是五个小时,还真的同这场拉力赛事的冠军纪录时间相当。

不过对 CW 来说,国内赛事的原纪录时间从来都不是他们参考的标准,而是用来打破的。

"我希望我们能在五个小时内,完成这场比赛。"

坐上驾驶位后,严迦南便立刻给魏则下达了今日赛程的目标指令。

"收到!"

对于今日这场比赛,魏则同样做好了充分的准备,在比赛之初,就凭借着他惊

259

人的记忆力,对赛程路线做出了全面且详细的规划。

"东山赛道,有一大半程是环岛主路,这些路段更换路线的可能性不大。所以我建议,进入村落后,按我的指示,尽可能抄小路,缩短路程。"

"没问题。"严迦南当即赞同地点了点头。

海滨赛道不比山地赛道,平坦路况居多。这也就意味着,车手的操作水平在这条赛道中并不特别占优势。所以领航员在本赛程中的作用可谓格外重要。

优秀的领航员懂得提前规划路线,可若是自家的领航员没有那么优秀呢?

"今日领航员们的压力应该都会比较大,不过没关系,朋友你尽力就好。"

大部分车队的车手与领航员都是极佳的挚友关系,即便自知领航员有某些方面的欠缺,也大多以鼓励为主。

唯有疾风车队的态度,一如既往地急功近利。

早在本次比赛之前,他们就对领航员吴辛晨进行了多次记忆力训练。

吴辛晨虽在国内领航员中已算是上佳的水平,但比之魏则、魏启这样的天才终究还是要差一些。

他观察路况与随机应变的能力都不错,可在全局记忆与规划方面,却是他一直的短板。

就算疾风采用的是最先进的记忆训练方式,也不可能让吴辛晨一口吃成一个胖子。

备战会的时候,面对疾风高层的厉声拷问,小吴最终还是选择实话实说:"抱歉,全程规划的话,我想我可能做不到。"

"那如果让你全程紧跟CW的路线呢?这一点,你总能做到吧?"

起初听到这项命令的时候,吴辛晨还以为是自己的耳朵出了问题。

"您……您确定?"

所谓的紧跟CW的路线不就是想无脑抄魏则的作业吗?

"既然你做不到全局记忆,我们自然只能另想办法了。"

"你等会儿一定要好好跟紧,不然我们可就要换领航员了。"

这样的决定,对一名专业领航员来说,简直是莫大的侮辱。

他们就这么喜欢抄袭吗?好啊,那就如他们所愿。

之前为了这场比赛做的准备笔记,吴辛晨统统留在了准备室中,一样都没有带上车。

比赛开始之后,他也未对胡俊峰做任何专业建议,只是机械地指路道:

"右转。

"左转。"

期间,还一反常态,对着胡俊峰的驾驶操作指手画脚。

"前车挡住了我的视线,请你变去左边车道,谢谢。"

"他们就要进沿海村落了,赶快跟上。"

"咦?他们都已经转弯了,你怎么还在这条直路上磨叽?"

…………

事实证明,想在赛程上抄作业远没有疾风车队以为的那样简单。

其实刚开始的时候,胡俊峰是有几次超车机会的。可为了将抄作业的战略执行下去,他不得不选择放弃,甚至还害得他乱了原本的操作节奏。

操作节奏一乱,自是破绽百出。

行至赛程中途的时候,他甚至连原本第二的位置都没能保住,被原第三位弯道超车,硬生生给挤了下去。

"该死!"

胡俊峰气急败坏地低骂了一声,再不愿意听吴辛晨的意见,直接一脚油门踩到底,呼啸着重新将前车超了过去。

这才是他的赛车,他的竞速!

痛快过后,胡俊峰忍不住仰脸吹了声口哨,越发死命踩着油门,向头位严迦南的方向逼去。

他加速的瞬间,魏则立刻发现了他的变化。

"胡俊峰加速了,看那架势,似乎是想要径直超车。"

听了魏则的话,严迦南亦瞥了眼反光镜,随后轻笑道:"他终于没耐心了吗?"

知己知彼,百战百胜。疾风故作聪明,想出"抄作业"的战略。严迦南他们也早就关注到胡俊峰的动向,察觉出了他今日的不对劲。

该加速的时候不加速,只一直拖拖拉拉坠在他们的屁股后头,怎么看都不像是胡俊峰惯常的激进风格。

在严迦南有意卖了几个破绽,胡俊峰都没有接后,很容易就猜出,定是疾风下了命令,故意让胡俊峰跟在他们身后的。

"先不说他们这个计划如何。如果我是疾风的管理层,不会选择让胡俊峰执行这个计划。他太心急了,沉不住气。"

发现端倪后,魏则有小声说出自己的看法。

果真,被他说中了。

胡俊峰这边,吴辛晨也一样发现了他的状态不对,不过这一次,吴辛晨却没有出声提醒,只是坐在一旁,机械地重复了遍公司的命令。

"胡俊峰,公司这次给我们下的命令是全程跟随,到最后冲刺路段再加速超车。保二争一。"

胡俊峰这会儿已然杀红了眼,哪还记得什么公司命令?

吴辛晨话还没说完,他就又是一脚油门狠踩,再度提速。

哪想到就在他即将追上严迦南的时候,平坦道路的尽头竟会冒出个九十度急转来。

"嗯?"

胡俊峰一顿,还以为是自己眼花了,使劲眨了眨眼睛。等他再度看清前路的时候,平坦的前路上,突然冒出一栋民居。

眼看着他的车就要直直撞上民居的边墙,他本能地想要避过去,但反应过来时显然已经晚了一拍,错过了转向的最佳时间。

丢了之前勘测路况的底稿,吴辛晨也早已失去了他领航员的作用,陡然见到这栋突然冒出来的民居,他同样吓了一跳,下意识大喊道:"胡俊峰你在干什么?就要撞了,你还不踩刹车?"

"我当然踩了!"

可是这么快的速度,仅凭那两枚小小的刹车片,根本刹不住。

几秒之后,胡俊峰的车头果不其然撞上了民居的边墙。

"砰"的一声惊天动地的巨响,不止终结了胡俊峰与吴辛晨本年度的赛事生命,也把全场观众给吓呆了。

"这一下,得多疼啊!"

很快,观众们就发现,真实情况远不止疼那么简单。

五分钟后,主办方的救援车至,做了些简单急救后,立刻拨打了120。

十五分钟后,救护车呼啸而至,从破碎的赛车内抬出了两位已经伤到血肉模糊的选手。这样严重的伤势,肉眼可见地无缘本年度的任何赛事了。

"怎么会发生这种事情?"

得知胡俊峰的伤情后,疾风的高层气得直接砸了电话。

"这就是你们说的最佳策略?谁能告诉我,他是怎么跟车跟到撞墙的?"

"胡俊峰难道是个傻子吗?"

"他这样一来,让我们疾风今年的赛绩怎么办?直接交白卷吗?"

因为胡俊峰的潜质十分优秀,疾风今年可谓是把车队的所有资源与筹码都押在了他的身上。

原想着他便是不能捧个冠军奖杯来,也必定可以打一个前三,给他们车队打出个不错的好成绩。

哪想到胡俊峰竟然会阴沟里翻船,才到第二场,就给大家上演了一个车毁人重伤。把那位车队直管高层气得几乎要吐血了。

"领导,那您现在准备怎么办?便是按人道主义,您也应该代表车队去医院看望他们一下吧。"他的助理踟蹰了良久，忍不住在一旁提醒道。

"医院就你代表我去吧。我还得去见一个人。"

可惜在资本家的眼里只有利益，没有人情。

随意打发掉自己的助理，那位直管领导便一把抓起车钥匙，亲自驱车去了城内的一家五星级酒店。

"Mik，当初可是你力推他，我们车队才将今年所有的资源都赌到了他身上，现在发生了这种事故，你说该怎么办？"

这样的结局也是 Mik 没想到的。

他坐在沙发上开着平板，把胡俊峰的那段撞车视频看了好几遍。

很快他就发现，不管看几遍，事故现场都堪称惨烈。但在所有镜头里，严迦南的那辆红车也同样抢镜。

特别是在那个近景镜头，红车车尾一甩，那栋民居就突然出现了。乍看上去，就像是那辆红车诱着后车撞墙的。

看到这里，Mik 立刻点了暂停键，将视频倒退了半分钟，递到了那位高管的手上。

"你看下这段，除了撞车，你还看见了什么？"

"那辆红车……"

经 Mik 提点后，那位高管的神情立刻就变了，声音里也多了几分激动之意。

"严迦南是在这个急转弯处突然加的速，就好像是故意——"

他话还未说完，就被 Mik 给打断了，随后强势纠正道："没有好像，他就是故意的。"

"你应该有不少交好的媒体吧，立刻把这份视频给他，争取在比赛结束之前，营造出我们想要的舆论。"

听到这里，不用 Mik 再多说，那位高管已立即拿出了手机，拨通了他所有相熟媒体的电话。

资本操纵下的命题作文自然写得快，不出半个小时就被点击发送，传上了各大媒体。便是严迦南的车速再快，终究没能快过互联网的速度。

比赛还未结束，这几篇稿子就成功吸引住了车粉们的眼球。

△ CW 恶意炫技，逼得疾风不幸撞墙？这条新闻是真的吗？

△ 好像是真的，我这里还附带了疾风车祸过程的小视频呢。

△ 你看这里，CW 是不是突然提了速，然后疾风就撞上了。

未到比赛结束，这几条新闻已经靠着水军的力量传遍了整个车坛。

就连现场看台上的观众的视线都好几次从激烈的现场赛况中挪了开去，低头落到了手机屏幕上。

这之后，他们再看严迦南他们的眼神就有些不一样了。

263

一个小时后，严迦南的红色赛车在万众瞩目下冲破了终点线。用时也与他们之前预想的一样，三小时五十分钟，漂亮地打破了国内拉力赛的纪录。

正常情况下，这样漂亮的成绩定会赢得满堂喝彩，但是今天与往常有些不一样。

掌声稀稀拉拉的，怎么听都有些冷清。

随后两人就被一大群记者团团围住。

"严先生、魏先生，恭喜两位夺冠。我们这里准备了几个小问题，两位方便回答一下吗？"

记者们嘴上说着恭喜，面上的笑意却是极淡，所谓的几个小问题句句尖锐到诛心。

"两位应该也知道疾风车队的胡俊峰发生严重车祸的事情吧？"

"现在网上都说，是你们故意诱得他撞车的。有关这一点，你们能解释两句吗？"

表面上说是问题，事实上根本就是质问。

不论严迦南如何回答，都会在他们的添油加醋下，被强加上加害者的罪名，彻底坐实今日的那条热搜新闻。

幸亏他们车队的助理还算机灵，一见苗头不对，就立刻小跑了过来，挡住了记者，给了严迦南他们缓冲反应的时间。

什么叫他仗着自己技术高超，才诱得胡俊峰失控，继而造成了严重车祸？

赛车场上，向来只以成败论英雄。便是当年处于巅峰状态的他，也从未想过要把那场事故搬出来做文章。

输了，就是输了。胜者为王，败者为寇，这就是竞技赛事最基本的准则。

什么时候，车坛竟会同情心泛滥至此，搞出这套强者有罪论了？

没有无缘无故就突然兴起的风浪，这背后定然藏着一个兴风作浪的始作俑者。

"比赛期间，你们有注意到疾风车队其他人的情况吗？"

车队的准备室都在同一个位置，CW与疾风虽不算相邻，但他们那儿发生的事情，也是有所耳闻的。

"胡俊峰撞墙后，疾风车队的那位高管就带着他的助理离开了。据说是去医院探望胡俊峰去了。"

胡俊峰的这场事故闹得这么大，网络上自然也不乏他入院后的通稿新闻。助理很快就将它们一一找了出来，递到了严迦南与魏则的面前。

"你们看，图片里站在胡俊峰病床边的这位黑西装男人就是那位高管的助理。想来，传言应该是真的。"

"等等——"魏则眉头一紧，忽然发现了一丝端倪，"他的助理在是没错，可那位高管人呢？他在哪里？"

按着疾风那几位高管一贯的作风，既是专程去探望胡俊峰，那必然是要在媒体面前高调露脸的。

可是这一次，十分古怪。

相关的探望通稿发了好几条，可是每一条新闻的照片中都找不到半点这位高管的身影。只有那位黑衣助理捧着花，极显眼地站在病床旁边。

怎么看，都有些欲盖弥彰的味道。

经魏则提醒后，CW车队的助理也很快发现了这一点："对哦，那位高管呢？怎么没出现在照片里？"

严迦南环着双臂，已然有了定论："因为他没去医院，无法出现在照片里。"

"没去医院？那他去哪儿了？"

严迦南悠悠答道："只要搞清楚事故之后他去了哪里，这一系列谜题应该就都能迎刃而解了。"

"可我们要怎么知道他去了哪里？"

这个问题是魏则问的。不过此刻，严迦南倒是有了些许思路："我记得没错的话，Mik应该有不少粉丝吧？"

"是。"

"这些粉丝里，有没有喜欢追踪偶像行踪的那种？"

"你是说那种包机追星的'脑残粉'吗？"

助理原本有些不确定，搜索了一下发现还真有。这些"脑残粉"在一片独立的超话中，实时播报着Mik的行踪，规模竟然还不小。

严迦南略有些惊喜地挑了挑眉。他显然也没想到今日的运气这么好，头一个推测就给他撞对了："上面有播报Mik最近的行踪吗？"

"最近的播报有些少，不过有个人说，他目前就在我们这个城市，连酒店名字都说了。不过看其他粉丝的意思，似乎是不大相信。"

"说他住哪家酒店？"

"天润酒店。"

报出名字后，助理亦觉得有些耳熟，很快惊呼道："这不就是离赛场最近的那家五星级酒店吗？这也太巧了吧！"

国内拉力锦标赛，在粉丝们看来，应是入不了Mik这位顶级车手的眼的。

然而事实真是如此吗？

上一次赛道中突然出现人为制造的尖利石头的时候，Mik就在。想来这一次的舆论施压应该也不只是巧合。

"巧不巧，你去看看不就知道了吗？"

半个小时后，助理坐进了天润酒店的大堂。按照严迦南的吩咐，选了一张最靠近酒店前台的座位，然后点了一杯咖啡。

他原以为今晚都要干坐度过了，想不到未到半个小时，他就在大堂内见到了一个熟悉的身影。

黑色西装，身形瘦削，正是疾风那位高管的助理。

眼见那位高管的助理来到酒店前台，随后从公文包里拿出了一个牛皮纸文件袋，递到了服务生的手中。

"请将这个文件袋转交给顶层总统套房的 Mik 先生。若是他问起，就说是李先生给他的。"

"竟然都被严先生给猜对了！"

CW 车队的助理一边竖起耳朵听着，一边不住地心惊。

Mik 竟然还真住在这间酒店里，而且他口中的那位李先生，不正是疾风那位执行高管的姓氏吗？

听完助理打来的回报电话，严迦南不禁缓缓笑了起来。

"看来我猜对了，Mik 和疾风，果然是一路的。"

与此同时，他拜托向阕去查的疾风持股与投资情况也有了消息。Mik 的名字，赫然就在疾风的股东名单之列。

两边的消息契合在一起，答案顿时清晰了。

"那你现在准备怎么办？"发完传真后，向阕紧跟着就打来了电话。

"那个家伙真的是太阴险了，被他这么用舆论一搅和，你们靠实力赢来的冠军立刻就变质了。"

此时严迦南心中亦有怒气涌动："事情到了这个地步，看来只有以其人之道还治其人之身这一条路了。"

他们 CW 的声誉既然可以被 Mik 抹黑，自然也能用相同的办法自白。

"你也准备搞舆论了？"

向阕不愧是严迦南的好朋友，立刻就听懂了严迦南的意思，立刻来劲，追问道："那你准备怎么办？"

"这方面，你的未婚妻不是专家吗？"

第十二章
他的软肋

今日发生的事情，唐铭早有耳闻。一接到电话，她立刻笑着应道："我这里还真有一档节目挺适合你们的。"

严迦南刚开始以为唐铭口中的你们是他和魏则。事后看到唐铭传来的节目签约合同才发现自己压根理解错了。

刚从实验室出来的梁雪得知要和严迦南一起参加节目，也是大吃了一惊。身上的白大褂都忘记脱，她就拿着手机向门外走去。

"你要我和严迦南一起上节目？我能做什么呀？"

严迦南与Mik的这场战争既是顶级车手的水准较量，也是一场心理素质的暗斗，她并不觉得自己有插手的资格。

但唐铭却告诉梁雪，她很重要。

"你能做的事情可多了。我建议你先看一下我们这档节目的具体内容与合同细节，就会了解我的用意"

"《心动职场》？"

《心动职场》是唐铭所在集团与省卫视联手打造的一档职场综艺节目。

每一季都会选择四位当红明星与四位不同职业的职场人共同参与，至今已经播出了两季。

因为节目的职场内容真实性佳，网络风评一直很不错，但是热度相较那些大红综艺，还是欠缺了一些。

为了提高热度，唐铭在第三季的筹划期设想过许多个改进方案，可惜依旧没有一个方案能令她真正满意。直到今天接到了严迦南的电话，她才突获灵感，茅塞顿开。

提高节目热度，需要的不仅是最专业的职场镜头，还需要人物间有故事的互动。

可以是事业方面的角逐，也可以是工作之余的亲情与爱情。

梁雪与严迦南，刚巧两者兼得，简直是送上门来的嘉宾人选。

"相信我，经过这一期节目后，公众一定会对你家 Can 神的车品与人品都有一个全新的了解。"

唐铭不愧是顶尖媒体人，三两句就把梁雪给哄得晕头转向，稀里糊涂地把节目合约给签了，甚至都忘了取得公司的拍摄许可。

幸亏节目组够给力，第一时间与乔迦高层达成了宣传战略协议。

转眼就到了节目正式拍摄的日子。梁雪穿着白大褂站在实验准备室里，望着眼前的拍摄镜头，一时竟有些反应不过来。

"这就开始了吗？我……我觉得我还有些没准备好呢。"

"已经开始了哦，而且我们这一季，还采用了部分直播模式。"

幸亏有拍摄人员及时提醒，梁雪才终于回神，转身向实验室走去。白色的实验服在镜头中衣袂翻飞，梁雪的资深实验员形象立刻立了起来。

因为有了前两季的观众基础，这一期的网络直播刚开，就有不少观众点了进来。

△这是新一期的嘉宾吗？是做什么工作的？

△新能源汽车研发工程师？听着好像还挺高大上的。

为了提高节目拍摄后的行业宣传效果，乔迦方面也有给梁雪最近的工作做一些调整。暂时去掉了高难度与保密性高的实验，换成了一些容易理解、可看性高的实验。

"我们今天要做的第一个实验，是整车模拟碰撞实验。"

一般碰撞实验，都是由实验室内的牵引系统控制，让车辆在一定的速度下发生碰撞，以检测车辆结构的安全性。

而梁雪今日做的这个实验，与观众预想的有些不一样。

空旷的实验室中，未见牵引机械臂，观众只见梁雪在手中的平板上轻轻点了一下，停靠在实验道上的汽车就自己动了起来。

△有没有人能告诉我车为什么会自己动起来？

△这真的是实验吗？我怎么觉得更像是魔法？

"因为我们在乔迦最新的实验车上装载了自动驾驶模块。"第一次实验做完后，梁雪才开口为观众答疑解惑，"目前我们的自动驾驶虽不能做到真正意义上的无人驾驶，但是在简单指令上，容错率已经达到了我们期望的标准。"

随后，她便在直播镜头下演示了自动倒车、自动转向、障碍物避让提醒等指令实验。

观众们看得"啧啧"称奇，本期《心动职场》的序幕才刚刚拉开。

梁雪站在实验室极亮的白光下，徐徐说出了《心动职场》嘉宾宣言。

"大家好，我是本期《心动职场》的特约嘉宾梁雪，职业是新能源汽车研发工程师，请多指教。"

"刚才我给大家演示的是最基本的参数记录实验。但真正想要获得全部的有效数据，光靠实验机器远远不够，还需要专业试车员的配合。"

与此同时，被安排和她一起工作一周的嘉宾亦在节目组的安排下登场。

"大家好，我是本期将要与梁博一道工作的明星嘉宾何剑，观众朋友们，好久不见呀。"

何剑是近两年事业上升十分不错的网络歌手。理工科大学毕业的他，在前两季《心动职场》中也有不俗的表现，是很受观众喜欢的人气嘉宾之一。

此刻，他出现在这里，很快自告奋勇担任起试车员一职。直播间中的实验场地，也很快从室内实验室，换成了室外的综合性试验场。

不愧是乔迦花巨资打造的综合性试验场，刚出现在直播间里，恢宏的场地与弯曲绵延的赛道就一下子吸引住了观众们的眼球。

△哇，这个试验场也太厉害了吧。

△不愧是大厂乔迦，感觉本期的节目十分硬核。

观众兴高采烈地发弹幕间，梁雪与何剑也已准备完毕，开始了第一场实地测试。

这是一个车辆全性能评测实验，包括坐感体验、加速、弯道、刹车测试等一系列实验，难度不算大，因此何剑做起来也还算轻松。

第一圈开下来，礼貌起见，梁雪也给了不错的正面评价。但真正试车员的工作显然不止这些。熟悉环节结束后，实验难度立马加大。

"下面，我们进行防抱死系统的实验。"

防抱死系统检测，顾名思义就是检测在高速急停时 ABS 系统能否及时启动。相较于室内试验时单一路径，试车员的室外试验路径要复杂许多。

除基本直道，还需要做弯道、下坡、急转等多次试验。即便是在线直播，今日的试验任务也并不轻松。

稍作休息后，两人便再度出发。

"加速到一百二十迈后立刻急刹减速。"

"你不用害怕，这几条赛道周围的墙体都做了气垫缓冲，即便 ABS 没能启动，这些防护措施也完全能保障我们两人的人身安全。"

"我知道了。"何剑缓缓点头。

但明白是一回事，实际操作又是另一回事了。

他并非专业试车员，进行极限测试时，难免会害怕。第一次速度还没提到一百二十迈，他就忍不住踩下了刹车。第二回速度虽然勉强达到标准，可他踩刹车的脚又不听使唤了。下踩得极轻，愣是把急刹踩成了缓慢点刹。

"要不，我找个专业试车员同事先给你示范一下？你第一次做这类试验，不熟悉也是正常的。"

梁雪为何剑找了台阶下，直播间的观众们也都看出来了，何剑那份工作做得不够理想。唯有他的粉丝们，还在那儿给他辩解。

△术业有专攻，我家哥哥又不是真的试车员，做得不好也正常吧。

△我觉得阿剑刚才已经开得很棒了。或许是这位梁博要求过高，故意刁难我们也说不准？

△没错，我听说这种大公司，是很喜欢"卷"的。

抱歉，梁雪并没有给自己没事找事的爱好。

他们乔迦的试车员都是很忙的。求人过来给何剑示范，用的也都是她自己的人情。

梁雪微微皱着眉头，刚准备拿起手机，手机就自己响了起来。是严迦南打来的。

"听说你在找试车员？有空回头看一眼吗？"

严迦南今日穿着一袭黑色风衣，站在蓝天白云之下，格外显眼。

"你怎么来了？"

"陈老说找我有点事，刚巧听说你急需试车员，我就先来你这儿了。"

"ABS试验？"说话间，严迦南已经迅速走到了试验车旁，光这效率，就引得了直播间弹幕的阵阵好评。

△这就是专业试车员吗？看上去真的好专业。

△还很帅，帅到我觉得眼熟是怎么回事？

△你们没认出他吗？他就是CW车队的驾驶员，今年全国拉力赛最热门的冠军选手，传说中的Can神严迦南啊！

听完严迦南的介绍，何剑的粉丝们立刻就不干了。

△这是啥意思？找职业车手来故意打我们家阿剑的脸吗？

他们发弹幕的工夫，严迦南已经跨步上车，极速起步。他选的是ABS弯道试验，试验车以一百二十迈的高速一连穿过三个弯道，观众们已然有些看呆了。

这是赤裸裸的炫技啊！

这还不算，当到达指定划线区域后，高速行驶的试验车立刻执行了急停的指令。

"刺啦——"

他踩下刹车的下一秒，ABS系统即刻启动，发出了好长一声尖锐的刹车声。即便是隔着屏幕，依旧能看到汽车轮胎与地面摩擦后产生的火花。

△真不愧是专业试车员，这样的操作也太飒、太刺激了吧。

仅仅这一个急速刹车操作，普通观众们便已经看呆了，甚至连那些黑粉的弹幕都硬生生停了好几秒。直到严迦南完成示范，下车后，他们才再度嚷嚷了起来。

△呵，专业赛车手来当试车员，这是故意恶心人吗？

△就是，不过个四肢发达的家伙而已，有本事和我们家阿剑比比脑子啊。

最后这条弹幕原是何剑的粉丝一时气话，谁承想，竟还真是被他给言中了。

严迦南刚结束示范，就有实验室的同事闻讯赶了过来，捧着一台笔记本电脑，急吼吼地塞到他面前请教道："严总，我们等您好久了。这是我们之前按您给的计算方法，录入公式后得出的实验结果。不知为何，总是与实际数据存在偏差，十万火急，您赶紧给我们看一下。"

难得能涉猎乔迦的核心实验工作，一旁的节目组拍摄人员自然不会放过这个好机会，立马将摄像机镜头对准了那台笔记本。

可真当那满屏的繁复数学公式出现在直播屏幕中的时候，不只是观众们，连拍摄的摄影师自己都被惊到了。

△这是什么？传说中的天书吗？

△本科毕业的我，勉强能看出这些是高等数学用的计算公式，但具体算的是什么，我就突然有些汗颜。

△前面这位大兄弟你不是一个人，数学系毕业的我，也一样没有看懂。

他们看不懂，镜头下的严迦南却看得极为认真，并且很快发现了实验室同事所列算法中的错误。

"你这里的逻辑处理，会不会有些不够全面？"

他修长的指尖轻轻划过屏幕后，便抚向了键盘，十指飞速轻点，眨眼间的工夫，就调整好了那个错误的逻辑公式，随后将电脑递回到那位同事手里。

"现在你再重新运算一下试试。"

几分钟后，就听那位同事惊喜地叫道："这下对了！我试了几组数据，都与实际实验数据高度匹配了。"

期间何剑的粉丝们有试图出来争辩，给自家偶像找补说他的艺术气质更好一点。可惜依旧惨遭翻车，以至于在口水战中，反而又让严迦南圈了好大一拨粉。

△现在是体能和脑力都比不过，所以开始比脸了吗？

△严大神，爱了爱了！

势利的节目组很快迎合大众口味，掐着点推出了下一期的预告。

"喜欢严迦南的观众们注意了，下一期直播，是严大神的职业赛车手首秀！亲们可千万不要错过哟！"

"什么！你说严迦南参加了综艺？"

《心动职业》节目组的热闹推广很快也传到了 Mik 的耳朵里，令他有些不可置信。

"不可能，他以前最反感媒体社交了，你确定你的消息没错？"

助理直接把平板电脑推到了他的眼前。此刻，正值《心动职业》第二次直播开启。Mik 微微垂眼，就与直播镜头中的严迦南对了个正着。

镜头下的严迦南黑衣黑眸，嘴角轻抿，依旧是那副寡言少语的模样，然而手下的实操动作极是流畅漂亮。配上他言简意赅的解释说明，没一会儿就帅得整个弹幕都"嗷嗷"叫了起来。

△这就是专业赛车手吗？也太帅了吧！

△配上严大神这张超能打的脸，漫画奔现也不过如此了。

△突然想问一个问题，严大神有女朋友吗？

…………

在铺天盖地的好评弹幕下，Mik 很快就看不下去了。他忍不住点击评论功能，亲自动手抹黑道：人品有问题的车手，就算水平再好，长得再好看又有什么用？

△刚才飘过的那句弹幕是什么意思？

清一色的好评弹幕中，Mik 的那条质疑言论显得格外显眼，很快就被不少观众注意到了。

△有知情人能科普一下吗？

网络世界中向来没有秘密可言。随便在搜索引擎上一搜索，东山赛道事件就立刻跳了出来。

△好像说之前拉力锦标赛上发生的一场事故是因严大神而起。

原本普通的一句原因科普，可在 Mik 安排的水军作用下，弹幕的画风很快就变了味。

△真的只是事故而已吗？

△他断送的可是那位年轻车手一整年的赛车生涯。

△有这么严重吗？虽然我不了解赛车，但极速竞技，本就是存在风险的吧。为何绝口不提当事人，从头至尾都把责任归咎在严迦南的身上？

期间曾有普通观众提出质疑。不过这个问题才刚冒头，就马上被 Mik 雇的水军给按了下去。

△既然你不懂赛车，就请不要妄加评论，谢谢。

△公平竞争当然没问题，但诱人撞车，就是品德有问题了。

…………

引导舆论的网友们说得热火朝天时，殊不知螳螂捕蝉，黄雀在后。节目演播大厅内，唐铭一早就打开了大数据监控，等的就是 Mik 雇佣的这一拨人无脑喷。

与此同时，严迦南戴的蓝牙耳机内亦传来了唐铭的招呼声。

"果然不出你所料，鱼儿已经上钩了。"

严迦南轻轻勾唇。他暂时看不到那些弹幕信息，但 Mik 的那点儿伎俩，他已是再熟悉不过了。不就是仗着惯常同情弱者的舆论导向，趁机卖惨吗？

既如此，那他就来陈述一下赛车的规则好了。

刚巧今日与他配合的明星正是一位赛车小白。规则讲解，不论是在屏幕内还是屏幕外都显得很有必要。

"职业拉力赛的规则其实很简单，训练的时候主要训练体能，真正比赛的时候除了体能，更需要用脑。因为在目前的新规下，赛场上的每一位车手都基本处在盲开的状态。"

所谓盲开，指的是只有在比赛结束后，主办方才会向车手公开其他车手的成绩。这也就意味着，在比赛途中，单个车手很难判断自己在正常比赛中的位置，因此也无法在比赛中做战术调整。

简单的规则，信息量却是极大。无须严迦南再多解释什么，就有不少聪明的观众抓到重点了。

△既然是盲开，那是不是意味着，在事故之前，严迦南也并不会知晓那位事故车手的动态？

△没错，既然不知晓，又谈何故意诱导啊？

自从得知严迦南将参加这档综艺后，也有不少车粉闻讯前来围观，其中亦不乏看过东山赛道那场比赛的观众。

当初因为疾风车队的先发制人，以及那段很有唬人效果的赛程视频，场内的观众们有不少被疾风车队给说动的。

再加上事后 CW 车队一直未对这场事故做出辩解，Mik 便也渐渐放松了警惕，以为严迦南默认了那几条舆论新闻的说辞。

哪想到，严迦南是在这里等着他呢。

短短几句规则讲解，就成功戳破了他处心积虑设下的大半攻击舆论。这让 Mik 怎么受得了，当场控制不住地怒骂道："什么狗屁盲开？那是对别人，对严迦南压根就不适用。"

"这群愚蠢的观众，都被他给骗了。"

虽是气话，但 Mik 说的也并非没有道理。

盲开的规则，虽说对所有选手一视同仁，其中却有一位例外，那就是清楚知道自己排在第一的选手。

以严迦南那超高的智商，显然早在比赛前，已经把各车队的预期成绩计算过了，误差基本都在五分钟以内。

胡俊峰确实技术和潜力都不错，可他的战略头脑实在是太欠佳了一些。就他们疾风想出来的那点儿战略招数，在严迦南眼中，几乎如过家家一般幼稚。早在头两个弯道中，就被他完全看透了。

即便是事实，便是 Mik 借网友之口说了出来，又有谁会信呢？反是引得观众又一阵惊叹。

△楼上到底是严大神的黑子还是粉啊？说严大神完全预判到了胡俊峰的战略和动作，这真的是正常人类能做到的事情吗？

△别人我肯定不信，但若是严大神的话，我愿意选择相信。

弹幕弹跳间，直播屏幕中的严迦南已然讲解完了规则，带着明星嘉宾整装出发。车子刚一启动，就是一个极帅的摆尾过弯动作。

两个多小时的直播时间，在严迦南身上过得格外快，转眼间就到了尾声。

△这期直播也太好看了吧，没看够！

这样真实的职场综艺，观众们看得直呼过瘾。认可之后，自然也就愿意接受节目传导的逻辑了。

医生的职责是治病救人，律师的职责是遵守法律，研发工程师的指责是创新创造，赛车手的职责则是以赢为目的。

以这样的前提条件再重新去审视东山赛道的那场比赛，舆论自也渐渐不一样了起来。

无须唐铭有意造势，舆论便已自觉分成了两派。

这两派事后被戏称为"圣母党"与"进击党"。

"圣母党"自然指的是 Mik 水军的那一列，完全站在胡俊峰伤情的那一边，稍有机会，就对严迦南进行疯狂指责。

相比之下，"进击党"的脑子显然要理智清醒许多，与"圣母党"争论起来也是有理有据。

△职业拉力赛中的事故，如果真是严迦南的责任，为什么惩罚他的不是赛事主办方，而是舆论？

△假设严迦南真可以在盲开的情况下达到诱使胡俊峰撞车的结果。这不也从侧面证明，严迦南的赛车技术要比胡俊峰高超好几倍？赢他不更是分分钟的事情，何必要耍这种阴招？

在完全无死角的逻辑体系下，"圣母党"的哭唧唧只会显得越发愚蠢。

很快，舆论的风向就转了。

甚至连国内影响力最大的汽车杂志，都在后一期期刊上重新复盘了东山事故。

文章开头虽有对胡俊峰的事故遭遇表达了惋惜，但总体论点完全是站在严迦南那一边的。

最后，还引用了主办方的官方核定意见：本事故，未见双车碰擦痕迹，故一致认定为单车意外事故。

有了主办方的这句话，东山事故算是彻底被盖棺定论了。

于 CW 车队来说，这是理所当然的结果。可 Mik 那一边，见到这篇杂志文章后，却是气得风度尽失，第一时间给疾风车队的那位高管打去了电话。

"你不是跟我说，主办方不会将核定事故的文件公之于众吗？"

这一次，疾风的那位高管没有再听 Mik 的话，反是怒而反问道："不公之于众，难道就任凭舆论将脏水泼到我家车手的身上吗？"

胡俊峰本赛季的表现再不佳，也依旧是疾风重点培养的车手，是真正能为疾风争光的存在。

而 Mik 呢？便是他身上的光环再多，和疾风车队并没有太大关系。更何况，他这两年的赛绩已明显有了走下坡路的趋势。

朝阳与落日，这两者孰轻孰重，疾风车队还是能分清的。

与疾风谈崩后没多久，Mik 就接到了来自他自家俱乐部经理人的越洋电话。

"两日之内，我必须在训练场中见到你，否则你就永远不要再上场了。别说我没有提醒你，早在半年前，董事会就已经考虑过用 Kayden 替代你的可能性了。"

"该死！"挂断电话后，Mik 忍不住低咒了一声。

董事会的态度他早该料到的。

外人眼中世界排名第一的赛车俱乐部，之所以能保持着它的荣耀经久不衰，乃是因为它无与伦比的势利与残酷。

当年的车神严迦南在失去利用价值后，都一样被董事会无情出名。更妄论如今的他？

一想到严迦南，Mik 的面上忍不住浮现出极浓重的憎恨与嫉妒。

换作其他任何一位车手经历像严迦南那般经历五年空白期，早就是废人一个了。为何独独他与众不同？

不仅在五年后重回了赛场，还如当年一样，每一场都赢得格外轻松高调。

严迦南就算再厉害，总该有致命软肋。如果不方便直接在他身上下手的话，那就……

Mik 在黑暗的房间里独自思忖了半宿，忽而低低笑了起来。

次日，他被迫踏上了回国的班机。但计划的齿轮，已然在徐徐转动。

节目录制刚结束，梁雪就接到陈老的电话，同严迦南匆匆赶回实验室。

刚踏入会议室大门，就听见陈老格外严肃地向所有相关人员宣布："虽然目前还没有搞清楚事情的全部状况，但可以肯定的是，我们的实验成果出现了泄密。"

"什么？"

听到这个消息，所有人都被吓了一跳。

"我们乔源实验室拥有最严密的数据保密系统，怎么可能会泄密。"

"具体原因目前还在调查中。"

话虽如此，集体会议之后，陈老还是悄悄将梁雪与严迦南二人叫去了自己的办公室。

"梁雪，现有的调查证据显示，泄露数据是从你办公室的那台专用电脑中流出的。"

"我？"梁雪不可置信地瞪大了眼睛，"怎么可能？我……"

好在陈老是站在她这一边的。

"我是相信你的，但国资委的调查组极看重证据的。三天后，他们就将亲临现场，就本次泄密事件展开彻查。"

"调查组亲临现场？"

听到这里，严迦南忍不住皱起了眉头。

调查组向来铁面无私，只看证据。若是真被他们盯上了，真是一件麻烦的事情。最坏的结局，失业都是轻的。

短短三天的时间想要找出解决之法，确实是有些难了。

梁雪向来是个极守规矩的人，可在今日还是忍不住向陈老开口求道："我知道这不合规矩，但您能暂时将这几页调查证据借我保管一下吗？"

若是什么信息都掌握不了，那这三天，她就真只有抓瞎与等死的命运了。

"不能。"

公司的保密章程严苛，便是陈老，也不敢轻易挑战。今日给梁雪看上一眼，已是最大的破例了。

"丫头，你这是什么表情？很失望？"

拒绝过后，陈老反是向着严迦南轻轻笑了起来。

"这些资料虽不能让你带走，可我不是帮你把严迦南小子叫来了吗？凭这小子的记忆力，这点儿时间应该够记全了吧。"

"陈老，严迦南，你们……"

"这一次，多谢陈老了。"

简短的交谈结束后，严迦南很快带着梁雪离开了陈老的办公室。

"这就结束了？"

梁雪人虽跟着严迦南走了出来，思维却依旧没能跟上。

"嗯，结束了。我们回家吧。"

严迦南牵过她的手。

此时,已到了春末夏初,气温燥热之际。此刻梁雪手掌温度却是凉得惊人,严迦南捂许久都没能焐热。

一路牵着她走向地下室,她全程低着头,直到车子到达了她的家门口,她还是一言不发,仿佛是失了灵魂的人偶。

许久之后才低低开口说了第一句话:"我不想回家。"

她现在心很乱。

领域核心机密泄露。只是国内竞争对手下的黑手的话也就罢了,若是泄露去了国外,那她可是要背上通敌叛国的罪名了。

这个罪名,哪怕只是想想,都令梁雪害怕不已。她蜷着的身子,不禁跟着微微颤抖了起来,低哑地答道:"我不知道……"

她只知道她不想回家,可要去哪里,她也说不出来。

她如今这样的状态,严迦南是不放心她独自住酒店的。最后,严迦南只能将她暂时带回了自己家中。

严迦南的公寓位于郊区的新开发区,南面临湖,是一片极安静的地域。他给梁雪安排的客房也是窗户正对着湖。

"今天先休息吧。等明天你头脑清醒了,我们再一起考虑之后的事情。"

星光配着阵阵湖水声,应是很适合现在的梁雪才对。

哪想等严迦南从卫生间出来的时候,他的床上却是莫名多了一块凸起。微微撩开,便见一团毛茸茸的脑袋可怜巴巴地瞅着他。

"我不想一个人待着,今晚我可以和你一起睡吗?"

对上这般模样的梁雪,严迦南哪还能说出"不"字来。

这一晚,两人虽是睡在同一张床上,严迦南却准备了两条被子,两人隔着两层被子躺在一起,纯睡觉。

然而就在严迦南好不容易平心静气成功,即将睡着的时候,他的臂弯上,突然多了一只小手,柔软却冰凉。大约是听出了他逐渐加快的呼吸声,黑暗里很快又传来了一声试探性的轻唤。

"严迦南,你睡着了吗?"

"啪!"

床头灯很快重新亮了起来,暖黄色的灯光,映出两道身影。高且宽的那一道紧贴着床沿,纤细的那一道则徐徐向着另一道身影贴近。直到她的脑袋,再次触上他的胸膛,他才听得她齇声道:"我睡不着。"

仅是轻微两个动作,于严迦南却是极险峻的挑战。别看他此刻好似面色如常,声音则早已染上了难以抑制的喑哑。

277

"那你想如何？"

"我想……"

就在梁雪的薄唇即将贴上严迦南唇瓣的时候，她终于有了答案。

"我睡不着，所以我也不想睡了。"

"……所以？"严迦南的气息急促得简直要化成白雾，喷薄而出。

好在下一秒，他心中那不可言说的热意就被梁雪给浇灭了。

"所以……我希望我们现在就开始行动，寻找解决的办法。"

只是一起寻找解决办法吗？

严迦南松了口气："当然可以。"

虽是如此，可他那双黑眸却在灯光下泛起了几分不甘的情绪。

好在最终，他还是忍住了，拿来了笔和纸。他斜靠在床上，将先前陈老给他看的那份资料中的重点内容一行行写了下来。

复写的时间同样也是严迦南思考的过程。

"信息是在5月3日晚上八点三十四分泄露的，你在办公室内吗？"

"应该是在的，这一个月，我都是白天做实验，晚上回办公室整理实验数据。"

"期间没有什么突发状况？"

"乔源实验室保密设施那么完善，能有什么突发状况？"

这也正是问题的关键之处。乔源实验室保密严格，每一道门，都只有内部人员刷指纹才能进入。而梁雪的办公室又位于乔源实验室内部的位置。

若是有闲杂人等混入梁雪的办公室偷偷使用了她的电脑传输泄密，实在是不合逻辑。

"那就只能先从网络端口上查查了，看看是不是有人远程黑入你的电脑，盗取了机密信息。"

乔源实验室的内网和公司安保一样，都是上了重重保险的。便是顶级的黑客侵入，也不可能不留一点痕迹。

事实上，乔源的内网数据和它的门禁记录一样，一整个月的时间内都是干干净净，没有发生过半点出错记录。

"怎么会这样？"

梁雪的脸上掩不住地露出了颓然之态。

她一直是个坚强的姑娘，可是这一次，她却是忍不住地想哭："我这是百口莫辩了吗？"

这样的证据落到调查组的手里，她泄密的罪名必定会被坐实。

若真到了这个地步，便也意味着梁雪今后再无缘她喜爱的新能源领域了。

明明是无妄之灾，却要落得个声名狼藉的下场，谁能甘心？

这副样子的梁雪，实在是看得严迦南心疼。

"梁雪……"严迦南想要安慰，可这样绝望的死路，哪是三言两语能够安慰的。他沉默片刻后，只能退而求其次道，"还有三天时间，不到最后，我们都不要放弃。暂时休息一下，吃个早饭再继续吧。"

说完，严迦南便率先离开了房间，向厨房走去。他本想简单做两份早餐，却忘了这一个多月的时间不止梁雪日日在实验室忙碌，他也是日日高强度训练，好久都没在家做过饭了。

打开冰箱门，仅有两根完全干瘪的葱孤零零地躺在那里，整个冰箱里连一颗能吃的鸡蛋都找不出来。

严迦南飞速关上了冰箱门，点了外卖。

为了刺激梁雪的味蕾，这一餐严迦南点得极丰盛。不仅有沙拉、果汁，甚至连比萨都被点了过来，而且选的还是味道最大的榴梿味。

一拆开包装袋，严迦南就立刻切了块比萨放进了梁雪碗中。

"梁雪，你不是一直都很喜欢吃榴梿吗？这是我特意给你点的，你快尝尝。"

本是极平常的一句话，可传入梁雪的耳中，却如炸雷般，突然就将她记忆的开关给冲开了，惊得她蓦然瞪大了眼睛，急急望向严迦南。

"你刚才说什么？"

"我说这是你喜欢的榴梿比萨，有什么问题吗？"

榴梿比萨本身自然没问题，有问题的是这句话。

梁雪突然想起来了，5月3日那一日，她也听过同样的话。

"梁博，我订了你喜欢的榴梿比萨，你要不暂时把工作放一放，出来和大家一起吃点吧。"

可如今再度回想起来，梁雪突然发觉了好几丝不正常的端倪。

她的爱好有不少交好的同事知道，可跟她说话的那位，并不是她熟悉的同事，是公司一个月前才招来的新人，负责的是外围实验数据处理，与她根本就是两个组的人。

这一个月来，与梁雪的交集也不过是点头之交，连正经话都没说过几句，他又是怎么知道她喜欢榴梿的？

如若是平常，她或许会同别的同事闲聊中与他说起，但这一个月绝对没有这种可能性。

这一个月来，为了达成陈老的实验进度，他们忙得几乎连睡觉的时间都没有了，一日三餐也多是囫囵吞的。便是有时间，也只会用来多做几组实验，哪舍得用来闲聊？

唯一一顿像模像样的聚餐，便是5月3日晚上那一顿。

说是陈老看在是节假日，大家又都忙了许久的份上，特意自掏腰包请他们吃的那顿外卖夜宵。

彼时不觉得有什么不对,现在再回想当日的事情,这顿聚餐是不是太突兀了一点?

而在吃了榴梿比萨之后,她衣服上莫名就沾了团辣椒油,在洗漱台前耽误了好长一段时间才清理干净。

原本这点小事根本不值一提,此时此刻它契合着八点三十四分的时间,梁雪突然细思极恐。

难道那位真正泄露机密的嫌犯,就是在这段时间内动的手?

"严迦南,我好像想起来了一件重要的事情。"

听完梁雪的讲述后,严迦南严肃地问道:"你是说你可能在这个时间段被人叫出过办公室?"

事情终于有了突破口,两人再顾不得吃早餐了。回到书房,重新梳理了一遍当日聚餐的细节。

听完梁雪的复述,严迦南第一时间连上了乔源实验室的内网。

"先调监控看一下吧。"

多亏了陈老给他们开绿灯,他们才拿到了调取实验室监控的权限。

从监控来看,梁雪的记忆没有错。八点钟的时候,确实在公司茶吧间有一场聚餐。

同事们大约是连轴转了好几天都饿得很了,这顿聚餐几乎把大部分人都给吸引来了。其中也包括梁雪。

监控显示,梁雪在八点零五分出现在茶吧间,吃完两块榴梿比萨后离开。

"然后我去了卫生间。"

可惜卫生间门口没有监控,通往卫生间和梁雪办公室的走廊也基本重叠。单从监控来看,更像是她顺着走廊走回了自己的办公室。

"我的办公室门口应该也有监控吧?"

按照乔源的保密级别,梁雪办公室门口也有监控的。但好巧不巧,她门口那个监控似是在当日下午的时候出了一点小故障,直到当晚九点才重新恢复。

得知这个消息后,梁雪不禁再度沮丧:"我就这么倒霉吗?"

严迦南拍了拍她垂着的脑袋,反倒徐徐笑了起来。

"我倒觉得这是件好事。"

事出反常必有妖。

乔源实验室的保密系统向来极严格,便是监控短时间发生了故障,维修工程师也会在第一时间进行维修。正常来说,根本不会发生一台监控器故障好几个小时的事情。

而且这次故障还是刚好发生在信息重大泄露的时间段内。这会是巧合吗？单纯如梁雪或许会相信，严迦南却是半点都不相信。

"梁雪，你知道那位请你去吃比萨的新同事叫什么名字吗？"

"知道，他叫夏中谦。"

知道突破口的名字，之后的事情就好办多了。

利用他在乔源内的高职级，严迦南很快就从公司系统内调出了夏中谦的个人资料。

夏中谦，毕业于A市大学汽车工程专业，老家C城，父母已退休，有一位哥哥，就职于美国MC俱乐部。

"MC俱乐部？"

看到这几个字，两人皆瞳孔微震，梁雪更是惊得微微张开了嘴。

"这不是你以前待的那个俱乐部吗？"

"也是Mik现役的俱乐部。"严迦南补充道。

当事情再度与Mik联系在了一起，事情就变得越发不简单了。聪明如梁雪，自然也很快从他的话里听出了隐藏的端倪。

"你是觉得泄密这件事或许也会与Mik有关？"

"不是或许，是一定。"

"你就这么确定？"

对于严迦南的话，梁雪显然存有质疑。

"仅夏中谦的哥哥就职于MC俱乐部这一项，并不能说明我遇到的这件事一定与Mik有关吧？"

在注视了这个名字半响后，严迦南黑眸微眯："那我们就找出进一步的证据。"

"你又把刚才那段监控调出来做什么？"

"再仔细看看，应该会发现先前被忽视的有用细节。"

虽是同一段监控视频，但严迦南第一时间做了截取，只取了梁雪进入聚餐会的十分钟时间。

梁雪坐下来吃比萨，一共吃了两块。吃完第一块的时候，她与一位男同事聊了两句。男同事手上捧着一个串串香的纸筒，两人说到尽兴时，他手里的桶似是轻轻晃了一下。

交谈完后，男同事离开，梁雪又伸手拿了第二块榴梿比萨。吃完第二块后，她就从座位上站了起来，离开了茶吧间。

这个时候，她站的位置离监控探头极近，暂停放大，正好能清楚看到她的全身。

正如梁雪之前说的那般，这时她的衣服上确实沾染上了一团油污。位置十分明显，就在衣领下，胸口处，稍微一低头就能发现。

"这块油污应该是刚才那位男同事不小心沾我身上的。后来，我去卫生间清洗了一下。"

定格的时候，梁雪下意识解释了一下。严迦南却迟迟未说话，仅是将这张放大的照片保存了下来。他又将视频倒退，退到了那位男同事来找她说话之前。

"再看这里。"

这张截图照片中梁雪坐在座位上，虽然角度不算特别清楚，无法照全她的全身，但是胸口处那一团显眼的油渍，却还是能看见的。

注意到那团油渍的时候，梁雪忍不住吃惊，声音里亦是溢满了不可置信。

"怎么会这样？"

"虽然这与你的记忆有些相悖，但显然，这才是事实。"

严迦南一边说着，一边将视频退到了梁雪刚进来的时候。那时候监控镜头下站了很多人，梁雪被围在人群中，动态版确实很难注意到她胸口处的不同。

但仔细看这张静态截图，却能清楚发现，梁雪胸口上的那团污渍，竟是早在她刚进入茶吧间的时候就已经有了。

"梁雪，现在你应该相信我刚才说的话了吧。"

事实摆在面前，梁雪自然再说不出反驳的话了。只是她仍是有些想不通。

"可是他为什么要这么做呢？"

梁雪知道 Mik 极看重比赛胜负，为了赢过严迦南，更是在前几场比赛中暗中施加了许多极不光彩的手段。

可乔源与拉力赛，根本没有任何关系啊。

"就算他把我从乔源技术岗的位置上拉了下来，你也不会退出勇敢者游戏啊。"

梁雪忍不住喃喃自语。殊不知，这样近的距离下，即便是她的低喃，严迦南也听得清清楚楚。

听到后，他几乎是立刻回答道："可是我会分心。"

"严迦南……"

梁雪闻声抬眼，那一双黑眸便直直撞入了她的瞳孔之中，占据了她所有的视线。

书房一下子就安静了下来，隐隐能听见窗外流水的声音，不过很快，水浪的声音就被两人一声高过一声的心跳声给压了下去。

交往这么久，严迦南也曾对梁雪说过不少情话，但今日这一句，却远胜过曾经的一切。

"可是我不想自己成为你的拖累。"

甜蜜的愉悦感之后，认清事实的梁雪又难免有些沮丧。

"傻瓜，停止你的胡思乱想，"不过未等她自怨自艾，她的额头就被严迦南重重弹了一下，"这一次，就算有错，那也是我的错。"

"你哪里有错了？"

梁雪下意识地反问，哪知下一秒，她就被拥入了一个极温暖的怀抱。

"你说呢？"

他的唇紧贴着她的耳垂，还未开口，就已将梁雪的耳垂烫得微微发红。

余下的话自是不用再说了，一切都含在了她桃粉色的红晕之中。

半响后，梁雪勉强从严迦南的怀抱里挣了出来，重新正经道："时间紧迫，我们还是先干正事吧。"

谜题一旦有了头绪，解开便仅是时间问题了。

那位夏中谦自以为将事情做得滴水不漏，实际上依旧是漏洞百出。

梁雪办公室门口的监视器虽是被他毁了，但他自己工位上方的那个却是全程运行流畅，将他全天的活动都录得清清楚楚。

5月3日晚上七点半的时候听到陈老要请他们吃夜宵的消息，他立刻打开手机，点了一份榴梿比萨。等其他外卖到达后，他殷勤地帮忙，趁机将自己点的那份比萨混在了其他外卖一起。

八点多离开茶吧间，看他离开的方向，应该就是去找梁雪了。

这一回，梁雪看监控比刚才看得认真仔细了许多，不等严迦南暂停截屏，就已然在夏中谦身上发生了不正常的端倪。

"他手上拿着的那团纸巾，似乎浸满了油渍。"

原来他早就准备好了作案工具，并且一路都攥在手里。趁着梁雪不备，洒几滴油污在她身上，自然是轻而易举的事情。

"原来如此。"

此刻一切真相大白，梁雪的心情自然也好了许多，不过仍免不了些许担忧。

"可就算有了这些证据，也不能向调查组证明泄密这件事一定是夏中谦做的啊。我们终究是没有实证。"

这一点，严迦南自然也考虑到了："所以我们还需要去搜集一样关键证物。"

"关键证物？是什么？"

"监控视频里夏中谦用来点榴梿比萨的那部手机。"

"若我没猜错的话，他应该也是用这部手机，与他哥进行联系的。而这部手机应该还躺在他办公桌的抽屉里呢。"

说到这里，严迦南侧目望了梁雪一眼，轻轻勾唇一笑："不信？不如我们现在就去现场验证一番。"

现场验证，必然要请动陈老。

有陈老在，现场验证自然极是顺利。保密实验期间，本就不允许私自携带手机进入实验室。有那段监控视频作为佐证，夏中谦违规使用手机这件事已是证据确凿。

就算他平时与同事关系处得还不错，陈老亲临，保卫科的同事也绝不敢偷摸放水的。没两分钟就将他的那部手机从他的私人抽屉里摸了出来，递到了陈老手里。

"你违规使用手机在先，公司现在要检查一下你手机里是否夹带了机密信息，这个要求，应该不过分吧？"

众目睽睽之下，夏中谦就算心里再不愿，也没法说出一个"不"字来。

最终他不甘不愿地伸出手指，解锁了手机密码。

有了他的指纹解锁，之后的事情就好办多了。严迦南拇指轻点了几下，就从夏中谦的私人邮箱里找出了几封没有标题却往返频繁的可疑邮件来。

传给技术部后，很快就证实，那个没有名字的收信人，便是夏中谦的哥哥。这些邮件里的内容，也大多与信息泄密有关。

其中一封邮件里，甚至包含了具体的作案时间与手段。

事情调查到这里，不用调查组出马，已然水落石出。

既然泄密的真凶另有其人，自然就没有梁雪什么事了。陈老立刻就销了梁雪的假，让她即刻回原岗位继续工作。

至于夏中谦，因为本次信息泄露事故事关重大，经高层领导开会讨论后，直接上报了公安机关处理。

公安机关立案后，不只是夏中谦，就连他那位远在美国的哥哥，都同样被列入了犯罪嫌疑人之列。

当夏中谦的哥哥 Janson 收到中国公安发来的那封调查令时，几乎第一时间就炸了。他一把推开了 Mik 助理的阻拦，直冲进了 Mik 的办公室内。

"Mik，你这是什么意思？你之前不是同我说国内的事情你早都打点好了，只要我弟弟稍微协助一下就行吗？"

"这就是你说的稍微协助？"

Janson 重重将手机扔在了 Mik 桌上，屏幕上正是夏中谦被逮捕的新闻网页。

就算 Janson 本人能借助国境线的特权暂时避过牢狱之灾，他也依旧咽不下这口气。凭什么罪魁祸首端坐在舒适的办公椅中，而他的弟弟却得承受前程尽毁的铁窗生活。

"Janson 你听我解释……"Mik 也没想到他的设计会再度落空，演变成如今这般失控的境地。

自加入俱乐部以来，他与 Janson 一直都是利益共同体。他需要 Janson 在公司高层面前为他说话，Janson 也需要一位技术上佳的选手为他巩固在俱乐部的地位。

这也是为什么 Janson 这一次会答应 Mik，替他出手。

既只是利益共同体，一旦两者利益相悖，打破那也是迟早的事情。

一想到自己的弟弟，Janson 根本忍不住心中的怒火，再度一掌拍向了桌子。

"听你什么解释？难道你能让我弟弟无罪释放吗？"

自然是不能的。

在 Janson 的熊熊怒意压迫之下，Mik 的解释一句都未能说出口，换来的是 Janson 一波更高过一波的愤怒。

"既然你无话可说，那从今以后，你就不再是我的朋友，而是我的敌人！"

Janson 向来言出必行，十个小时后，Mik 就收到了董事会签发的赛事人员名单。名单里，他从第一梯队彻底降级，竟是变成了第二梯队的候补选手。

这里面，虽有 Janson 的影响在里面，但也确实符合俱乐部的规定。

三场赛事皆未获得前三位者，便可由中层干部酌情降级。想要恢复原位，那只有一条路可走——重新取得一个能让俱乐部认可的成绩。

一个月后的勇敢者游戏，竟成为他目前唯一的出路。

"我一定要赢！"望着手中那张赛事名单，Mik 几乎是咬牙切齿道，"不论是用什么方法！"

Mik 自以为不久后的勇敢者游戏乃是他与严迦南的最终决战，严迦南那边应该也同他一样，日日精神紧绷，难以入眠。

殊不知，他压根就想错了。

严迦南这几日，确实有些缺少睡眠，却并非是为了勇敢者游戏，而是被陈老逮着，回乔迦干活去了。

这一回，最后虽抓到了泄密的罪魁祸首，但也给陈老及各位高层敲响了一记警钟。

时不我待，只有尽快完善实验数据，赶早注册上专利，才能真正将那些觊觎这项技术的豺狼虎豹驱散。

因此陈老有了梁雪还不够，当日还一块儿把严迦南给扣了下来。美其名曰，劳逸结合的训练更有助于他在今后的赛场上突破极限。

说完，他就把几项极复杂的实验算法扔到了严迦南的手里，顺便还同严迦南说了自己的期望结束日期，然后咧着他那张老脸暗搓搓地笑道："如果没法在八月前完成，我大概率就只能让梁雪继续待在公司加班喽。"

八月，是本届勇敢者游戏开始的日子。不得不说，陈老这挟美行凶的招数，于严迦南当真是百试百灵。

严迦南几乎是二话不说，就接下了算法负责人的工作。

作为现役车手，日常训练自然也是一天都不能落下的。

如此持续了约莫半个月后，便是严迦南都有些撑不住，眼下的青影明显到梁雪看着便忍不住心疼。

"你还好吧？如若身体撑不住的话，我可以去帮你找陈老请两天假。"

"你说谁身体不行？"

严迦南原本正对着电脑工作，听到梁雪的话忽然回头。他薄唇轻抿，黑眸灼灼，即便有些微青影也掩不住他周身的凌厉之意。

慑得梁雪一时间都忘了动作，捧着咖啡杯，愣愣地定在了原地。直到唇瓣上突然传来一阵温暖湿热的触感，她才眨巴着眼，终于回过神来。

"严迦南……唔……"

她微张的小嘴里才蹦出眼前人的名字，就再度被堵住了。唯剩下些许凌乱的喘息声，以及两人一声高过一声的心跳声，在安静的办公室里交叠缠绵。

许久之后，严迦南才放过了梁雪。他漾着鲜红颜色的唇瓣随后徐徐贴上她的耳垂，清冷的声音里难得多了几分志得意满的笑意。

"现在，你是不是该收回刚才的话了？"

"你怎么这么讨厌！"

被触上的那抹耳垂当场爆红，仿佛缀上了红宝石般，映在严迦南的眼里，鲜艳欲滴，勾得他突然又不想放过梁雪了。

然而梁雪在上过一次当后，这会儿已经学聪明了。一发现严迦南抬手臂的动作，她就立刻向后退了好几步。拉开了一段安全距离后，她才咬着唇开口道："你不要太过分了，现在还是工作时间呢。"

"你的意思是，非工作时间就可以了吗？"

严迦南挑眉望着她，眼底依旧涌动着压制不住的情愫。望得梁雪禁不住地动容，片刻后竟是鬼使神差地点了点头。

"嗯。"

应完之后，她才意识到自己又上当了。她红着脸颊，赶紧给自己找补道："就算……就算我答应了，但你有空余的非工作时间吗？"

"梁雪，你这是在质疑你未来老公的能力吗？"

"……嗯？"

梁雪突觉手心一空，低头看去，才发现自己捧着的那杯咖啡不知何时到了严迦南的手里。

自家女朋友亲手冲泡的爱心咖啡，严迦南一滴不剩地喝完了。喝完后，他瞥了眼桌上剩余的工作，飞快地预估出时间，再度向着梁雪勾唇笑道："那若是我说我今日便有空邀请你去我家用晚餐呢？"

"你之前不是说你很喜欢我煎的牛排？"

话都说到这个份上了，梁雪还能拒绝吗？

严迦南煎的牛排味道固然不错，但她总觉得他所图更多。一想到这里，她的脸就会止不住地泛起红晕来，恨不得立即在实验室的地上挖一个坑，将自己整个埋进去。

可真到了晚餐时分，梁雪的身体显然要比她的那张嘴巴诚实许多。不止准时出现在了严迦南的办公室门口，甚至还专程回宿舍换了一条裙子过来。

大约是因为她最近沉迷工作鲜有出门的机会，她的皮肤被焐得极白。如今配上这条浅色吊带裙，盈盈站在那里，漂亮得简直会发光。

严迦南只看了一眼，就恨不得脱下自己的实验服，罩在她的身上。

梁雪不是他肚子里的蛔虫，自然猜不到他心中此刻的真实想法。只觉得他的目光太过灼热，看得她的脸颊又快要烧起来了。

她心虚之下，只得张口问道："你干吗这么看我？"

"因为我突然发现我的女朋友认真打扮起来很漂亮。"

"难道我平时不漂亮吗？"

"自然没有现在漂亮，毕竟你这条裙子是特意为我换的，不是吗？"

明明是死亡问题，奈何严迦南这个直男却答得十分认真。诚恳的态度与语气，让梁雪都不好意思再责怪他了。

她只能红着脸，转了话题道："你不是说要煎牛排给我吃吗？还不走？"

难得两人准时下班，等到了家中，就开始忙碌了起来。

两人很快做完了准备工作，在锅中加入适量橄榄油后，严迦南一把拎起牛排，放入了煎锅之中。

"唰！"

锅与肉贴合的瞬间，立刻发出一道动静极大的声响，随后雾气蒸腾，牛肉的香味伴着蒸腾的雾气一道很快充斥了整个厨房。

梁雪瞬间就觉得饿了，下意识伸长了脖子，向着锅里的牛排又望了好几眼，看着严迦南熟练地将牛排翻面，洒上迷迭香等香料，然后出锅，浇上汤汁。她也不自觉地跟着他的动作节奏，咽了好几下口水。

大约是她表现得太明显。煎完第一块牛排后，严迦南就立刻拿出了刀叉，切了一块下来，笑着送到了她的嘴边。

"饿了吗？那先给你尝一口。"

他煎得火候刚刚好，外表焦脆，内里粉嫩。一入口，梁雪便感觉到了极分明的层次。再配着提味酱汁一道轻轻咀嚼，她的口腔里立马被浓郁多汁的牛肉香气给包围，好吃得她差点把自己的舌头咬掉。

"好吃吗？"

"好吃。"

美食当前，梁雪自然而然就放松了警惕，只顾着垂眸认真品尝牛排，丝毫未察觉到严迦南凑近的声音。

"那我也得尝一尝。"

等他的声音悠悠在她耳边响起时，两人的距离已是近在咫尺。梁雪刚抬眼，他的唇瓣便已然压了上来，在她的嘴角处轻轻浅尝了一口。

果然正如梁雪所形容的，这块牛排仔细尝来，还带了些许牛奶的味道。香甜香甜的，让他在尝过味道之后，就忍不住贪心地想要更多。

"唔……"

这个吻来得太突然，突然被封了唇，梁雪没一会儿就有些喘不过气来，忍不住低吟出声。

她的身体则是下意识后仰，想要逃。奈何厨房狭窄，还未退开半步，她的腰就被一排厨房矮柜给抵住了。

无奈之下，她只能认命。一口咽下剩余的牛肉，双臂攀住严迦南的脖颈，认真地接下这个吻。

吻过这么多次，两人吻技愈娴熟，很快就渐入佳境。再加上刚煎过牛排的厨房里还残留着不少灼热的温度，激得二人很快就不止满足于亲吻了，本能地想要更进一步。

哪想到天不遂人愿，电话铃声突然响了起来。

严迦南本不想接，奈何来电者十分执着，一通电话未接，那边很快就连着打来了第二通。

几次过后，便是严迦南依旧未动，梁雪也已经有些提不起兴致了，别扭地别过头去催他："你还是去接电话吧。打得这么急，莫不是车队找你有什么急事。"

这通电话还真是车队打来的。

严迦南刚接通电话，就听魏则在另一边急急嚷道："我们原定的零配件供应商刚拒绝了我的定制，这可怎么办啊？"

魏则口中的那些定制零件，是为了勇敢者游戏做准备的。

勇敢者游戏乃是拉力赛界世界级的艰苦赛事，严迦南他们即将参加的达喀尔拉力赛更是排头位。

该赛道远离公路，需要穿过砂石、沙漠、泥泞、草原、农田等各种严苛地形后，才能顺利通关。选手们不仅要经受住沙漠中白天四十度的高温，还要受得住夜晚零下几度的低寒以及随时而来的沙暴的肆虐。

如此反人类的设定，对于参赛车辆自然也是极严酷的挑战。

极限运动中，车辆的零配件本就很容易受损，再加上极高温与极低温的双重制约，损耗更是加倍。

平常赛事遇到这样的情况，车辆必然是要在中途进维修站大修一次的。偏偏达喀尔拉力赛中的维修补给极其稀少。

若是领航员不慎选错了路，很可能全程都遇不到一个维修补给站。

为了防止这种情况发生，车队们自然要在比赛前做好充足的准备。准备好足够的物资与常用零部件，以期在极度不幸运的情况下也能顺利完成比赛。

CW之前向国外厂商加急定制了一批零配件，两家并非是第一次合作，因为CW付钱一贯爽快，过去他们一向合作得非常愉快。

这一次发定制图稿过去的时候，本也与该厂商谈得很顺利，哪想到临近交货时对方却突然变卦了。

听见这个消息，严迦南也不禁皱起了眉头。

"那其他厂商呢，你问过了吗？"

虽然这家厂商背信弃义的做法令人十分愤怒，但当务之急，还是尽快解决问题更重要。

"问过了。"顿了一下，魏则又道，"不知道为什么，其他类似资质的厂商竟然都拒绝了定制请求。"

CW如今有一整个完整的团队，处理事情来，自然也是分得清轻重缓急的。若是能及时找到备选方案解决，魏则也不会这么急着给严迦南打电话了。

"他们都说自己目前的订单太多，没工夫给我们加急。可当我托别的朋友打电话去问的时候，他们好像又没那么忙了。"

原定的厂商突然毁约，其他备选厂商也都在接到他们的电话后一致摆手，用的还是千篇一律的拙劣借口。这么牵强的理由，怕是只有傻子才会信。

严迦南的脸上当即就浮出了一抹冷笑来："那摆明有人在背后搞鬼了。"

能说动这么多国外厂商的人，其地位与人脉必不寻常，绝不是普通之辈能够做到的。想到这里，那位与严迦南有多次过节之人的名字，已在严迦南的脑海中呼之欲出。

"你说的情况我知道了。"

很快他就结束了与魏则的通话，从通讯录中调出了一个越洋号码拨了过去。

"我让你调查的事如何了？"

"你确定？"

"好，我知道了。"

虽然梁雪听不到电话那一边的声音，但严迦南的神情却是肉眼可见地严峻了起来。

"是车队发生什么事了吗？"

"车队没事,不过是有些小人阴魂不散罢了。"

听到严迦南的话,梁雪几乎是脱口而出道:"Mik?"

果真,这家伙的手段明眼人皆是一猜就猜到了。

"你说他故意阻断了你们的零件定制?"

等听严迦南说完事情的始末后,梁雪更是当场炸了。

"这真的是专业赛车手会做出的事情吗?就算他用这种卑鄙手段赢了比赛,又能有什么意义?难不成他准备次次比赛都靠阴招取胜吗?"

说到最后一句,梁雪稍稍顿了一下,莫名有些细思极恐。

"若真是如此,这家伙也太可怕了吧。"

正常的拉力赛事危险性就已经极高,若再加上这么一个极度不安定因素,选手们的安全岂不是会受到重大威胁?稍有不慎中招,甚至还很可能会有性命之忧。

梁雪想到的,严迦南自然早考虑到了。

于他来说,单单一次勇敢者游戏的输赢其实并不重要。此刻最重要的,是肃清这股会威胁到所有人安全的邪风。

"所以这一次勇敢者游戏,我们 CW 一定要参加。"

"那是当然!"梁雪挥着小拳头重重点头。

然而嘴上说说简单,想要突破如今的困境却并不容易。

没一会儿,梁雪就又皱起小脸,惆怅了起来:"可是如今国外各大厂商都拒绝接收我们的订单,零件问题我们该怎么解决呢?"

如今国际赛场之中虽也有中国车队的影子,但毕竟资历尚浅。而许多打着国内车厂商标的赛车,真正重要的零部件依旧是从国外进口的。

之前的 CW 也是如此。

Mik 也正是因为清楚这一点,才会使出这一番封杀阴招。他以为只要彻底断掉 CW 的零件进口通路,就等于封住了他们参加勇敢者游戏的资格。

然而严迦南却似乎并不这么认为:"国外厂商不接我们的单子,不是还有国内厂商吗?"

听到严迦南的话,梁雪忍不住瞪大眼睛问道:"国内厂商?你觉得目前有哪家国内厂商能具备这些高端零件的生产资质?"

她问的明明是极严肃的问题,谁知严迦南忽而勾唇笑了起来。

"你不知道?这个问题的答案难道不是远在天边,近在眼前吗?"

近在眼前……

"难道你指的是我们乔迦?"

第十三章
勇敢者游戏

梁雪作为乔迦人，自然清楚乔迦如今的水准。虽是做平价车起家，但早在几年前，引进了好几条高端生产线，开始尝试高端车市场。

理论上，应该是能够满足 CW 车队的定制要求。想到此，梁雪不禁有些激动，几乎是立刻就掏出了手机。

"要不我现在就打电话给陈老问问？"

未等她拨出，她的手就被另一双宽厚的大手给按住了。

"这么重要的事情，还是面谈更有诚意一些。"

"你说得对。"

梁雪点头，很快接受了严迦南的建议。她正准备将手机放回去之时，突然察觉出不对味来。那只覆着她手背的手掌，怎么越发烫人了？

"严迦南？"

梁雪下意识抬头，原是想用声音驱散那不正常的灼热，反而撞入了一个更加滚烫的怀抱。甚至连从头顶传来的声音，都染上了令人无法挣脱的沉溺感。

"梁雪，你是不是忘了，我们还有一件很重要的事情没做？"

说完，他都不等梁雪回答，就径自将她打横抱了起来。

此刻窗外的夜色愈浓，倒也正是合适。

于梁雪来说，这是一场喜忧参半的生涩体验。当愉悦感过去之后，身体的疲惫感亦很快浮现，酸软得竟是连下床的力气都没有了，连晚餐都是严迦南端进卧室喂给她吃的。

虽是如此，但她的生物钟依旧极准。第二日她早早就醒了过来，顺便将身旁的严迦南也给唤了起来。

"起来啦，我们今天不是有重要的事要找陈老商量？"

她唤了好一会儿，严迦南才悠悠睁开眼睛。向来极自律的男人，难得在今晨带了些起床气。

特别是当他看见梁雪生龙活虎地在他眼前晃荡的时候，更是忍不住伸出手臂，一把将她重新压在了自己的胸口。

"你这么早就醒了，是不是说明我昨晚不够努力？"

"严迦南你——"

她明明在与他说着正事，怎么这男人却还能想歪呢。

梁雪的双颊一下子变得通红，娇丽的颜色，竟是比自窗帘缝隙里透进来的朝霞还要艳上几分。

这一幕落入严迦南的黑眸之中，这才终于让他满意了几分。他轻轻撑起身子，在她的脸颊上啄了一口。

成功收到"利息"后，严迦南才翻身起床。

他的效率极高，十多分钟后就拾掇完毕，换上了正式的三件套西装，凌乱的头发也被梳得一丝不苟。

"我准备好了，可以出门了吗？"

严迦南收腿直立在玄关处，回首间已然恢复成了平常的冷然模样。乍看起来，甚至还多了几分禁欲系的美感。

然而那张脸映入梁雪的眼中，只会让她忍不住回想起昨晚的热烈场景。

反差实在是太过强烈，梁雪下意识别过了头去。

片刻后，她才闷闷回道："走吧。"

虽说梁雪对于两人间更进一步的关系还有些不适应，但并不妨碍她对车队的关心。快到乔迦的时候，她还是忍不住担忧地问道："你说陈老等会儿真的能同意接CW的订单吗？"

从未有过的合作订单并且还事关生产线调度，这事还真不是陈老一个人能说了算的。

"方案不错，但还得问问上头的意思。"

如果能成功定制赛车的高定零件，于两方来说都是有利的。清楚这一点的陈老也有意帮他们，很快就拿起内线电话，试图替他们争取道："今天刚好是董事会开例会的日子，我给你们问问，能不能临时多加一个议题。"

"那就多谢陈老了。"

两人坐在沙发上等消息时，梁雪忍不住凑过去偷偷问他："严迦南，你是不是早就知道今天是董事会开例会的日子？"

"你不知道吗？"哪想到反而收到了来自严迦南轻飘飘的反问，"我还以为这是每一位中层都该知道的事呢。"

虽然他说得有几分道理，但梁雪依旧觉得自己的智商有被侮辱到，有点儿生气地扭过头去，气哼哼地噘嘴等严迦南哄她。

谁知今日陈老的效率竟是奇高，他们才说了两句悄悄话的工夫，陈老就成功搞定了上面，帮他们办好了插队程序。

听到这个消息，梁雪只能赶紧将她的小脑袋又给转了回来，颇有些不可置信道："这……这么快！"

下一秒他们两人就被陈老给推出了办公室。

"会议已经开始了，你们赶紧带着方案去主楼顶层会议室。"

好在即便时间不充裕，严迦南也依旧尽到了男朋友的责任。

刚走出陈老的办公室，他的手就轻轻伸了过来，勾住了梁雪的小拇指，同时在梁雪的耳边低语道："对不起，刚才是我说错了话。"

这还差不多。

单纯的梁雪立刻被哄好了，重新展颜笑了起来。

不过即便有严迦南牵着手，头一回踏入主楼顶层会议室的梁雪还是忍不住有些紧张，连手心都不自觉地冒出了一层汗。

"不用紧张。"

严迦南察觉出了她的异样，在推开门的前一瞬轻声道："等会儿进去后，你只需要看着我就好了。"

说完之后，他便松开了与梁雪相握的手，当先走入了会议室。

在向各位高管微微欠身致意后，严迦南自然地走上了会议室中间的讲解台前。言简意赅地介绍完具体方案后，他又多加了几句话：

"众所周知，达喀尔拉力赛是车界关注度极高的世界级赛事，如果乔迦愿意与我们合作，我们车队将回报以贵公司冠名的诚意。"

"另外，虽然有自夸的意思，但我的赛车水平还算不错，不说绝对能拿到冠军，但斩获前三的成绩，应该是没有问题的。"

这还真是多亏了 Mik 的宣传，如今全世界都已经知道严迦南就是曾经的 Can 神了。有 Can 神亲自担保，董事会哪还有不同意这项合作的道理。

各位股东当场就拍板道："这项合作，我们同意了。我们会尽快让有关部门的负责人对接与 CW 的合作。"

"多谢。"

得到了满意的回答，严迦南亦不禁轻轻勾唇笑了起来。

反倒是一旁的梁雪，虽然全程都有认真听，可仍有些不敢相信。

"这就成了？这么快？"

不得不说，严迦南真的是很厉害，原先与国外厂商合作，这几十万的定制零件费用，是需要 CW 自己掏的。可到了乔迦这里，竟是一转眼，就变成免费定制了。

听董事会的意思，若是本次合作成功的话，乔迦还有意继续对 CW 进行注资。想通这一点后，梁雪忍不住狂喜。

"这是不是意味着，若是我们车队能在本次勇敢者游戏中获胜，很有可能让我们乔迦这个名字彻底在国际车界中打响？"

这般双赢的事情，哪怕仅是想想，都令梁雪热血沸腾。

"陈老，董事会同意啦！"

梁雪一眼就看见了站在实验大楼门口的陈老，很快走上前去报喜道。

"那可真是个好消息。"

陈老也跟着笑了起来，随后精明的老头就将目光落在了严迦南的身上。

"这么重要的订单，肯定得你亲自把关吧。

"既然你这段时间都得来乔迦，那顺带也继续做一下乔源的工作吧。"

顺带两个字，乍听上去好似仅是举手之劳。但既是乔源的核心工作，怎么可能会真的轻松？

听到这话，严迦南的笑容不禁僵了僵，颇有些无奈道："陈老，您明明是个科学家，怎么盘算起我来，比生意人还精呢？"

"能者多劳嘛。"

得到想要的回答后，陈老拍了拍严迦南的肩膀，满意地踱步走了。走之前，他还不忘催了声梁雪。

"梁雪，记得在今天下班前将编号 3320 的实验报告交到我办公室。"

原本梁雪还想着，解决了这么个大难题，中午怎么也得出去吃顿大餐庆祝一下。现在看来，是没戏了。

严迦南这个直男还偏生要哪壶不开提哪壶。陈老走后，他就立刻转过头来问她："梁雪，你中午想吃什么？"

"三明治、黑咖啡！"梁雪愤愤答道。

编号 3320 的实验报告她一个字都还未写呢，按这情形，一杯黑咖啡都说少了。

"那你点餐的时候，给我也来一份一样的。"

严迦南微微欠身，薄唇擦过她的耳垂轻声道："三个小时后，我来食堂找你。"

说起来两人虽同在乔源工作，但这栋实验大楼非常大，光员工食堂就有三个。

三明治和黑咖啡,只在邻近梁雪部门的西式食堂有卖。严迦南这是要专程来陪她吃午餐呀。

他带着几分暖意的声音,立刻就将梁雪愤懑的情绪给哄好了。

只要能和喜欢的人在一起,就算是三明治配黑咖啡,也是极香的。

吃完最后一口三明治的时候,梁雪还很有想象力地道:"你有没有觉得今日大师傅给的料还挺足的?这厚厚的蛋烧牛肉三明治,细品的话,似乎和芝士蟹煲有些像?"

当真是傻里傻气的话,听得严迦南忍不住笑。

"傻瓜,你只是想吃蟹了吧。"

初夏时节,正是六月黄上市的时令。

梁雪全家人都很喜欢吃蟹。以往每到这个时间,她妈就会去菜场买上好几斤六月黄来,做六月黄炒年糕吃。

当软糯的年糕吸满黄澄澄的蟹黄汤汁后,鲜得能让人眉毛都掉下来。

即便这几年梁雪都在国外,每到这个季节,也总会忍不住思念这款家乡独有的时令美食。

原本她今天中午就打算带严迦南去附近餐馆尝尝这道菜的,奈何终还是被实验报告给耽误了。

一想到那份还有大半未完成的实验报告,梁雪的小脸就再度垮了下来。她迅速喝完最后两口黑咖啡,就端着餐盘从座位上站了起来。

"我得先走了,我还有许多工作没干完。"

相较于梁雪的风卷残云,严迦南吃得显然要慢条斯理许多,甚至还有空打开手机,翻看上面的美食介绍。

不过,当梁雪站起来的时候,他便立刻轻勾手指,将手机屏幕合在了桌子上,仅抬起一双黑眸微微笑着望她。

"好好干,我等着你吃晚餐。"

虽说她今日的工作着实有些繁重,但听到晚餐邀约时,梁雪还是忍不住心动。

"多晚都等吗?"

严迦南很快点头。

"嗯,多晚都等你。"

大约是受到了晚餐邀约的激励,梁雪这一下午都干劲十足,工作上也是超常发挥,不到晚上八点就将那份实验报告给赶完了。

严迦南同样言出必行。当梁雪抱着刚出炉的实验报告从办公室推门出来的时候,他已经立在门外等了她许久了。

听到梁雪开门的动静,他轻轻垂眼看了下腕表,忍不住勾唇笑道:"工作都做

295

完了吗？还挺早。"

去陈老办公室交完报告后，梁雪一路小跑冲了过来，自然地挽住他的手臂，仰起小脸，很有几分得意地回答道："那当然！你女朋友好歹也是学霸一枚，提前完成工作什么的，对我来说只是小意思。"

"哦？"严迦南挑眉，含笑的黑眸中带着几分质疑。

"你确定不是为了晚上的大餐才这么拼命的？"

相处了这么久，梁雪的吃货本性早在他这里暴露无遗。

他家小吃货也从未让他失望过。一听到大餐二字，她眼睛立刻就亮了。

"还真有大餐呀？是哪种？牛排、火锅还是五星级自助？"

瞧着她急切的模样，严迦南就忍不住卖起了关子。

"我订了位置，等会儿去了你就知道了。"

积攒了一路的好奇，当看到目的地的店名时，梁雪的快乐陡然翻了倍。

"哇，你竟然订到了松礼楼的位置！你怎么知道我想吃六月黄了？"

松礼楼是一家高端老字号私房餐厅。这里没有菜单，每日菜品皆为当季最新鲜的本地时令菜品，由主厨精心搭配后呈上。

此时这个季节的本地时令菜品自然非六月黄莫属。

不同于家常炒年糕的吃法，私房餐厅对蟹的处理显然要更考究精致。特意雇了许多本地阿姨每日过来现拆蟹肉，然后将之融于各样菜品之中。

小到冷菜豆腐，大到压轴的肉丸、馄饨，都有蟹肉鲜甜的身影。这一顿饭吃下来，梁雪可谓是大大的满足。

"好吃吗？"

严迦南问她的时候，她刚往嘴里塞了一大个蟹粉狮子头，压根没嘴巴回他，只含糊着连连点头。

这模样像极了贪吃的小猪猪，腮帮子鼓鼓，小脸蛋也被食物的热气熏得越发粉嫩。哪怕严迦南平常并非是看重口腹之欲的人，这会儿也不禁被她勾起了不小的食欲。

他很快就学着她，也向着那道蟹粉狮子头伸出了筷子。

当天现拆的蟹肉配上肥瘦相间的猪肉，味道自然是极佳的。尽管如此，严迦南总觉得还是要比梁雪反馈过来的美味笑容差上一些。

咽下第一口后，他就把自己筷子上的那个蟹粉狮子头扔进了碗里，抬眼向梁雪的饭碗看去，随后轻声道："味道确实还不错。可我怎么觉得我吃的这个，味道不如你的好呢？"

他说得认真，梁雪一开始真被他一本正经的表情给骗到了。她有些想不明白地歪了歪头:"怎么会?"

然后她下意识地举起筷子,又夹了一个来尝。

她尝得认真,哪想到严迦南会起歪念。在她咬上去的同时,他亦有意压低了下巴,凑到了与她相同的水平线上。随后他稍稍扭头,就将她含着食物还未来得及合上的嘴唇给吞进了自己的口中。

这突如其来的吻,可把梁雪给吓了一跳,她陡然睁大了眼睛,被咬住的唇瓣也跟着一道颤了颤,呜咽了一声,示意他赶紧放开。

好不容易尝到甜头的严迦南,怎么可能就这么将她放开?

在咽下从梁雪那儿夺来的半个肉圆后,严迦南轻眯了眯眼,很快用另一个更灼热的吻回应了她。

直到将梁雪整张小脸都折腾成了绯红色,他才终于放开了她,满意道:"果然,还是你的那个比较好吃。"

热恋中的吻,梁雪其实也很受用。这会儿她倚在椅背上,整个人都有些轻飘飘发软。那感觉,简直就像是一口气吃下好几个蟹粉狮子头般满足。甚至于,她还有点想再来一次。

不过很快聪明的梁雪就将这点儿小心思给压了下去,转而用另一种略委屈的眼神望向严迦南道:"其实你今天请我吃饭是假,预谋欺负我才是真吧?"

直男就是这点好,梁雪不过稍一控诉,他就立刻投降了。

"嗯,刚才确实是我的错。"

"那我得要补偿。"

"你说。"

"你这周还得再请我吃三次饭。"

说到最后,两人都绷不住笑了。严迦南更是大方极了,当即自动加码道:"放心,就算天天请你吃饭,我也不嫌多。"

如果可以,他只恨不得立刻就将梁雪抱回去,一日三餐地养着。

可惜,现实与理想的差距总是巨大的。

第二日,随着实验项目与合作协议的快速推进,两人的时间再次被工作给堆满了。别说是一起吃饭了,就连回家躺床上睡觉都一度成了奢侈。

好在如此强度的加班加点下,成绩也是显著的。

半个月后,乔源最新型电池的研发终于成功经受住了所有论证实验的考验,被正式批准进入专利申报的程序。

CW定制零件方面,在经过最初的几次检验失败后,也终于有好消息传来,第一套零件总算是生产成功了。

赛车定制方面，随着该项运动的社会普及化，车队运营模式也同样受到了不少大资本的青睐。

有这些大资本做后盾，高定零件方面的利润也是十分可观的。

在既得利益的推动下，高层自然立马给严迦南开起了绿灯。不止专门调度了一条车间生产线供 CW 使用，几次失败后，甚至还专门给 CW 配了一个实验室，供他们驱使。

可随着勇敢者游戏日益临近，能留给他实验改造的时间不多了。

严迦南知道时间有限，然而对于即将到来的勇敢者游戏，他总有一种不大好的预感，特别是天气方面。

虽说达喀尔拉力赛历年的时间都比较固定，大部分选手在做零件定制准备的时候，都会按照往年的气温数据来定。

CW 这次的定制初稿，也同样如此。但严迦南之后在查阅今年的全球环境后，却发现了些许不寻常的端倪。

今年的全球温度，大约是受温室效应的影响，似乎比历年的温度都要高。

一两度的温差在现下这个宜居环境中或许感觉不到，但在达喀尔却很可能被数倍放大。若不能提前做好准备，轻则输掉比赛，重则或许连选手的生命都会受到威胁。

因此明知时间紧迫，严迦南也依旧决定要将这款耐热零件重新设计。

在严迦南眼中，生命远比输赢要重要得多。

此刻在世界另一端的 Mik，已然被输赢遮蔽了双眼。他的团队先前给他准备了三个设计方案，其中两个都更倾向于安全性，他最后却硬是选了第三个。

"速度，速度，速度！我说了，本次赛程所有的一切都要优先为速度服务，我必须要赢！"

用他的话来说，为了这场比赛，他已然押上了自己的一切。

财富、名誉，甚至还包括了他自己都未察觉的——生命。

备战的几个月时间过得格外快，秋去冬来间，比赛的日子悄然临近。

梁雪原想跟着车队一起去的，然而乔源的整车实验正进行到关键时刻，短时间内她实在抽不开身。无奈之下，她只能在机场与严迦南作别。

说来也奇怪，前一天晚上严迦南整理行李的时候，她跟在后面明明有说不完的叮嘱，可真到了离别当日，她反而找不到要说的话了。

去机场的路上，她更是咬着唇，全程沉默。最后在安检口离别时，还是严迦南轻轻环住她的肩膀先开的口。

"梁雪，你就没有什么话想对我说？"

这虚虚拥抱的动作，好似突然打开了梁雪情绪的开关，忽而就令她湿了眼眶。

随后她迅速转身，重重搂住了严迦南的腰身，缓声道："我最近做了许多有关达喀尔拉力赛的功课，发现……稍稍有些超出我的认知。"

众所周知，达喀尔拉力赛是全世界最刺激的拉力赛之一，它的死亡率也是高得惊人。

就算知道严迦南有为这场比赛做了充足的准备，梁雪还是忍不住担忧。不过此刻她只低声道："比赛的这段时间，我准许你可以不想我，但比赛结束后，你一定要平安回到我身边。"

"好。"严迦南郑重点头。

既是他给她的承诺，她便愿意相信。

经过十多个小时的飞行后，车队抵达达喀尔。

虽说临出发前，梁雪曾特赦严迦南在比赛期间可以不用想她，全力以赴便好。但在比赛前一晚，他还是忍不住给梁雪打了一通电话。

时差关系，赛场这边的晚上是国内的凌晨，正常情况下梁雪应该还在熟睡中。拨出电话的时候，严迦南本只是抱着试一试的心情。未想到电话才刚拨通，就立刻被接了起来。

"严迦南。"

梁雪的声音清明，唯有尾音被稍稍拖长，带了些许撒娇的意味。仿佛她这一刻，只是在等他的电话。

严迦南听着这一声唤，却是没来由地心疼，忍不住问道："你这是醒得早，还是一夜没睡？"

"最近开了好几个大实验，得二十四小时有人看着，这会儿我刚值完大夜。"

解释完，梁雪稍稍顿了一下，声音忽而放低。

"不过就算我今晚不来公司加班，应该也一样睡不着吧。毕竟还有不到十小时，你的比赛就要开始了。"

直白的真心话，往往比最漂亮的情话还要令人动容。

"你在替我紧张？"

听到这里，严迦南的声音亦不禁多了几分动情的喑哑。

"勇敢者游戏，就算是你，也是第一次参加吧。难道你不紧张吗？"

"还好。"

什么叫还好？

严迦南很快听见电话那头传来了一声重重的吸气声，显然是对他的回答并不满意。

梁雪原本怕他分心，是不想多问比赛之事的。但这通电话既是严迦南自己打来的，话匣子一打开，她便忍不住想多说几句。

"你得紧张起来！适度的紧张有利于集中精神。

"还有你那里时间已经不早了，比起和我打电话，你更应该立刻睡觉！"

听着熟悉的絮叨声，严迦南不自觉地笑了起来。许久之后，他才缓声应道："你说的我都懂，你先前在机场对我说的话我也都记得，可是，我还是忍不住想你了。"

最后的三个字，好似咒语，突然就让梁雪噤了声，好半天她才重新找回了声音。

"其实……我也是。"

梁雪这几天之所以这么拼命加班，就是想攒够调休时间去赛场的终点迎接他。

原本她是打算在多日后给严迦南一个惊喜的，可谁叫她家男朋友今天这么会呢？动容间，让她忍不住就把藏着的惊喜给直接说了出来。

"严迦南，你一定要平安归来，因为……因为我会在终点线等着你的。"

"好。"

达喀尔拉力赛的赛程本是地狱般的可怕，可有了梁雪的承诺，暗黑的地狱里也好似突然有了光，竟是令严迦南有些期待了起来。

"那我去睡了。"

"嗯，晚安。"

聊了这么多，这通电话也该结束了。可很长一段时间，两人都没能按下结束通话键。

直到梁雪听见严迦南绵长的呼吸声自电话那一端传来，她才恋恋不舍地挂断了电话。

当天边冉冉升起的朝阳再度西垂之时，地球另一端的达喀尔拉力赛终于拉开了序幕。今晚梁雪没有加班，时间一到就守在了直播的电脑前。

因为达喀尔拉力赛基本没有现成道路，车手和领航员除了依靠组委会的路线图，还需要丰富的野外经验，辨别方位和天气，才能通过每一个集结点。

本次比赛自然也不例外，当所有选手驶过短暂的平路，进入沙漠地区后，就很快在跟拍的摄像机镜头里消失了。

跟拍车辆也一样会在这里止步，改换乘直升机进行之后的拍摄与报道。

茫茫沙漠，一眼望去，就如一片黄色的海洋，无边无际。单用肉眼的话，根本分不清方向。四散在其中的比赛车辆，也如漂浮在海面上的小船，能捕捉到哪一家车队的镜头，全靠运气。

刚进入沙漠地域的时候，CW 的车速不算快，再加上亮红色的车漆于黄色沙海之中十分显眼，刚开始四个小时内，它在直播频道的出镜率还算高。

可当车辆正式驶入魏则的私定路线后，他们的行踪就很少被直播直升机发现了。

为此，跟拍的解说员显然也有些沮丧。毕竟因为严迦南的关系，CW 车队乃是本届比赛的夺冠热门之一。

在之后的解说里，他忍不住多次提到 CW。

"虽然同样是红车，但这位的操作走位明显没有严迦南流畅。还有他家的领航员似乎也有些经验不足，这么大一个沙坑都没有看见，竟是让车子直直坠了进去啊。

"观众朋友们，这片沙漠真的是太大了，就连我们的直升机都有些迷路了。而 CW 就是在穿过这片沙丘后不见的。"

白天的沙漠十分炎热，尽管机舱内开着空调，解说员也依旧被灼烈的太阳晒得有些气喘。切回的近景中，他额头上一滴滴豆大的汗珠在镜头下也是清晰可见。

"观众朋友们，你们看我就知道这片沙漠的气候有多可怕了，而选手们所面临的环境挑战比我还要严峻数倍。所以在我看来，想要顺利渡过这片沙漠区域，身体素质或许比操作技能还要更重要一些。"

受温室效应的影响，近年来非洲沙漠的温度也在不断升高。据气象局报道，赛程中沙漠腹地的温度更是达到了历年最高温。

比赛进行到第三天，梁雪就收到了好几个车队选手中暑后严重脱水，不得不退出比赛的消息。

勇敢者游戏，比赛一开始竟就如此艰难。

就目前的赛况来看，没有传出 CW 车队的坏消息，便算是好消息了。

距离直升机约莫百公里的地方，一座小山高的沙丘突然发生剧烈震动，紧接着便有一辆赛车擦着喷涌的沙土跃了出来。

在他们跃出后数十秒，小山高的沙丘便在剧烈震动中倒塌，化作了一大摊足以将车体掩埋的流沙海。

见到这样的景象，饶是严迦南的鬓边也不禁滴落了一滴冷汗。

"好险！"

当劫后余生的紧张感慢慢散去后，难熬的灼热感很快再度袭来。他们已经接近沙漠腹地，铁皮车又极易吸热。此刻待在车厢中的严迦南与魏则，就像是被摆在高温烤箱里的烤肉，眼见着就要烤熟了。

这般难耐的温度，严迦南还勉强可以坚持，魏则却是有些受不住了，忍不住喘着粗气道："严迦南，呼……我们能停车休息会儿吗？我……有些难受。"

如果可以的话，严迦南也很想停车休息一下，但现下的状况，绝对不行。

"再坚持一下，我们必须在天黑前走出这片腹地。"

沙漠腹地，乃是沙漠中最危险的存在，长时间徘徊其中，很有可能发生迷路的危险。并且照今日他们路过的绿洲湖泊中的水位来看，今夜很有可能会迎来一场雨。

沙漠中的雨，乍看上去是上天恩赐，实际上这恩赐之中却是暗藏着危机。大量吸水的沙子会变得非常泥泞黏稠，一旦轮胎陷入其中，将会很难继续行驶，耽误行程不算，还很可能会引发更多的危险。

"对不起……"

"你这声对不起是对我说的，还是对你哥哥魏启说的？"

普通的一句话，却如醍醐灌顶，突然令魏则清醒了过来。

是了，他们之所以会来这里，不只是为了自己的梦想，更是为了他逝去的哥哥。

"Mik他现在到哪儿了？"

尽管魏则身上的汗液仍在不断涌出，但他的身体却突然有了力气。他不止睁开了眼睛，还有了划开手中GPS定位电脑的力气。

"之前他们队准备训练的时候，我有派小陈去偷偷看过。Mik这次的车辆配置，应该是主攻速度系的，他现在的位置应该在我们前面。

"如果我们能在天黑之前穿过这片腹地，应该能缩短不少差距。"

"嗯。"

听到魏则这些话，严迦南这才算是松了口气，重新将注意力集中在了车辆操纵上。

一个急转漂移，他们的红色赛车便轻松避过了突然跃入视线的一丛仙人掌，稍稍稳住车身后，严迦南就再度扬声问道："现在该你了，我们该往哪里走？"

"向西四十五度方向转向，然后保持直线再前进一百公里，我们应该就能到达腹地的边沿。"

"好，如果中间我偏离了路线，你记得提醒我。"

"放心。"

此时魏则的声音依旧有些虚弱，但他的眼神却是从未有过的坚定且有力。

"这也是我的比赛，不论如何，我都会坚持到最后！"

在魏则的领航下，他们在太阳落山之前顺利到达了腹地边沿。穿过腹地后，他们还幸运地找到了一小块绿洲。

"我们今晚就在这里露宿。"

"我去附近找些食物与水源，你在车里小睡一会儿，尽快恢复体力。"

"好。"

魏则乖顺地点头。一路坚持到现在，他的体力已经几乎耗尽。若是再坚持前进，便如竭泽而渔，不会有半点益处。

等魏则再醒来的时候，天空已经完全黑了，没有星光的沙漠之夜，是伸手不见五指的黑。还好严迦南及时在不远处的岩石下面点燃了一丛篝火，给静谧的世界带来了几丝光亮。

"滴答，滴答……"

突然，有几滴雨丝从空中落了下来，打湿了车窗。

"这雨，竟然还真的被你给说中了。"

严迦南在他身旁端着水杯，适时补充道："这一夜，若是在沙漠里，可是不好度过。"

"希望其他车队也能像我们一样幸运，能及时找到避雨的绿洲吧。"

此刻的大雨，于参赛车手们的生存能力乃是极大的考验。

比如 Mik。

他一路领先，按道理他是有最多时间来应对这突发的恶劣天气的，奈何他实在是太想赢了。

雨刚下的时候，他其实遇到过一小片绿洲，但在稍作休息后，他却下了继续前进的命令。

"沙漠的雨持续不了太多时间，趁着夜间凉快，我们再开上两百公里，争取明日就离开这片沙漠，到达草原地带。"

刚做出这个决定的时候，Mik 盘算得很好，只要他能在明日之前抵达草原地带，那他就会有将近两百公里的优势距离。如此一来，只要不出意外，他冠军的宝座便算是稳了。

哪想到再次出发后没过多长时间雨就下大了。

吸饱水的沙漠，整个质量都变得极重，光沾在轮胎上的那些沙粒，就给他们的车体造成了极大的负荷。

巨大降水后，沙漠中的河流走向也会很快发生改变。这也就意味着，这一场雨后，他们手里原有的河流地图基本就不能用了。

没有地图，黑夜中的视野又那样差，稍不留意，他们就很可能会陷入新形成的暗流河滩之中。

大雨中，Mik 的领航员没坚持上多久，就紧张到冷汗涔涔，忍不住建议道："Mik，我们还是先返回绿洲吧。再这样下去，我们很可能会在夜路中遇到危险。"

他们才驶离绿洲没多久，现在回去，还是来得及的。

可惜 Mik 并没有采纳领航员的建议。浪费一整个晚上的时间，他实在是不甘心。

"都开出这么久了，现在回去，我们之前的努力岂不都白费了？"说完，Mik 还将车灯的亮度扭到了最大挡。

加强的灯光下，让领航员 Abel 眼前的路一瞬变得敞亮起来。作为能被 Mik 高价请来的领航员，他的专业水平自然是不差的。

曾参加过三届达喀尔拉力赛，可谓是经验丰富。

如果雨量不再变大，他应该还能勉强维持住基本精准的路判。奈何天有不测风云，半个小时后，雨越发大了起来。

随着气温同步降低，不少雨水在落到地面之前就结成了冰珠，"啪嗒啪嗒"敲打在车窗上，瞬间就在车窗上结了一层薄冰。

看到第一滴薄冰的时候，Abel 内心就暗道了一声不好，赶紧扭头向 Mik 急道："快打开除冰键。"

Mik 作为老车手，反应也算迅速。在 Abel 出声的第一时间，他就按下了除冰键。可终究还是慢了一步。

便是效能最高的除冰装置，也不是一瞬就能将冰层清除掉的，哪怕仅是耽误了他们几秒的时间。

当挡风玻璃重归清晰时，一个巨大的暗潭突然出现在了他们眼前，吓得 Abel 几乎惊叫出声："危险！快转向避开！"

他们的动作还是慢了一步！

虽然避开了绝大部分的深潭，赛车的后轮还是不幸陷进了边缘的流沙之中。即使 Mik 立刻将马达功率开到了最大，也依旧没能将后轮拔出。

储备的燃油有限，尝试几次后，Mik 就不愿再继续耗油了，转头对 Abel 道："看来光靠车子自己的动力是不行了。"

"你的意思是，让我下去给你推车？"

虽说 Abel 也知道他们不能就这么停留在这里，在特殊情况下去执行一些辅助工作也是他身为领航员的分内工作。可此刻他听着 Mik 这般理所应当的命令态度，心中就是莫名有些不舒服。

这种不舒服，更是在他下车迎上狂风暴雨后，进一步发酵。

他们车的后轮本就在沙坑中陷得极深，再加上风雨阻力，即便 Abel 费了极大的力气，仍是收效甚微。

接连试了几次之后 Mik 就不高兴了，在对讲机那边吼道："你怎么回事？你就不能多花点力气吗？"

大约是被 Mik 激起了火气，这一次 Abel 倒还真把车子给推动了。原以为这下他总可以回车上了，哪想到这个暗潭附近的流沙坑极多，后轮拔出后没开出几米，前轮就不幸再度中了招。

Mik 再度理所当然地下达了相似的命令。

"Abel，你再推一下。"

然而这一次，Abel 却不乐意了。他狠狠抹了把脸上的雨水，再没去听 Mik 之后的话，就直接将对讲机放进了口袋里，拉开车门上了车。

外面的风雨极大，即便他下车前穿了雨衣，这会儿也已经从里到外完全湿透了。夹着冰雹的雨点从脖颈钻入身体，每一滴都是透心的凉。

再加上刚才最后一下后轮溅出的泥点，此刻 Abel 极是狼狈。回到车上之后，他喘息了许久才稍稍缓过劲来。

Mik 见到这样的 Abel 不仅没有一句关心，反而还责怪了起来。

"我刚让你再推一下，你没听到我说的话吗？"

这一次，Abel 显然听见了，他却依旧没动。

"Abel！"

Mik 忍不住又唤了他一次。

"我推不动了。"

"什么叫推不动了？"

谁也不是谁的奴隶，Abel 这会儿显然是被 Mik 使唤得生了火气，立时别过头去，强硬地回道："就是字面的意思。"

Mik 原本还想继续对 Abel 发作，但此时情况紧急，为了冠军的宝座，他最终还是妥协换上雨衣下了车。

车外狂风暴雨依旧，气温更是随着时间的推移，越发低了。刚打开车门，Mik 就禁不住打了个寒战。

其实这一次前轮陷得并不深，正常情况是可以一个人搞定的。

可惜他当上车王后养尊处优惯了，在风雨里走了没几步，就受不住退回了车上。

听见车门的动静，Abel 挑衅般地朝他挑眉道："怎么，这就不行了？"

极端环境，往往最考验人心。

零下二十度的沙漠暗潭，谁知道还会有什么潜藏的危险。这之后，便是 Mik 再如何强制命令，Abel 也不愿下车帮忙了。

Mik 自己也是一样。虽然他看重胜利，但真到关键时刻，他显然更惜命。

"那我们就等雨停后，再做打算吧。"

雨停后，Mik 他们的处境仍不容乐观，一夜过后，前轮陷得越发深了。

两人合力刨沙，最短也需要再花上一个小时才能脱困。

严迦南与魏则那一边，睡过一夜之后，则是神清气爽。

虽说一夜的暴雨让沙漠中原有的地形发生了巨大改变，但这点麻烦难不倒魏则。作为专业领航员，他很快就选定了最佳的前进路线。

大约是路线顺利，清晨温度又舒适的缘故，重新出发后，严迦南很快进入高速行驶状态。

不到一个小时的时间，他们就追上了 Mik。

说来也巧，在这么大的沙漠里，他们两队竟还路线重叠了。

这一次，是魏则先发现了 Mik 他们。

"咦？那里好像还停了一辆车，是抛锚了吗？"

一夜之后，多数参赛车辆都覆满了沙土，失了车身本来的颜色。

饶是视力上佳如魏则，也是在很久后，才看清了对方车队的标志。

"M……严迦南，那一边抛锚的车队好像是Mik的。"

听到Mik的名字，严迦南也不禁露出一抹惊讶之色："可真是巧。"

"我们还帮吗？"提到Mik，魏则的声音里明显多了几分踟蹰。

"帮吧。"

他们与Mik之间虽是隔着他哥哥的一段血仇，但若是他们这一次因为个人关系选择了见死不救，那和曾经的Mik又有什么区别呢？

安静的沙漠中，由远极近的马达轰鸣声格外明显，很快就引起了Mik他们的注意。

"看来我们运气不错，还遇到了个能帮忙的车队。"

不过等他看清来车的时候，他就笑不出来了："严迦南，你们怎么会在这里？"

相较于Mik的如临大敌，严迦南却是十分自然地笑道："不是你们在招手求助吗？"

有一瞬，他真想直接开口拒了严迦南所谓的帮助，可惜现实不允许。

Mik的这辆车本就是全力倾向速度的配置，再度出发后，优势很快就显了出来。

重新出发不到十分钟，Mik就追平了差距。看着已经追到齐平位置的蓝色赛车，魏则忍不住出声道："他们就要超过我们了。"

"那就让他们超过好了。"

"今天才是比赛的第二天，到底谁能笑到最后，还未可知呢。"

果真，严迦南话音刚落，Mik的笑容就沉了下去。

主攻速度的配置，在耐受方面是短板。经过昨日一整晚恶劣天气的磋磨后，损耗程度已是不容小觑。

Abel也很快发现了这一点，当即出声提醒道："Mik，你刚才出发得有些急了，我们应该先更换一下必要零件的。"

Mik也有想过停车更换，但因为严迦南的关系，在车辆零部件的磨损度已经接近临界点的时候，Mik仍然坚持踩住油门，没有让疲惫的车子有半点喘息。

他迫切地想赢！

为了能够百分之百赢下这场比赛，他付出了巨大的代价，才终于在赛程中留下了些许暗手。条件之一，便是他得第一个到达中继补给站。

达喀尔拉力赛赛程极长，中继补给站却是极少。因此每一处中继补给站，都会是车手们的必去之处。

在Mik的盘算中，这第一个中继站，是他对严迦南最佳的下手之地。

想到这里，Mik不禁暗暗勾起了唇，阴暗地想道："严迦南，既然你执意想来我手上送死，那我就却之不恭了。"

然而 Mik 不知道的是，严迦南的那辆红车在被他超过之后，不仅没有奋起直追，反而还松开油门，悠悠降了速度，半点都没有着急的意思。

片刻之后，还是魏则先忍不住开口催的他："Mik 他们已经都快要看不见了，我们不追吗？"

"那家伙实在碍眼，看不见才好呢。"

"什么意思？"

"单论速度的话，我们的车子确实比不过 Mik 的那一辆。可你应该知道，两点之间直线最短吧？"

点开平板，调出赛程的大地图来查看的魏则这才恍然大悟。

"如果我们不去第一个中继站的话，从现在这里出发，直达第二个中继站，路程可以比普通车队缩短近四百公里。"

"嗯。"

严迦南笑了起来。这四百公里，才是他胜利规划中真正的伊始。

"所以现在，重新为我们车队规划路线吧。"

规划路线容易，可当他们的车子朝着第二个中继站掉转方向后，魏则还是稍稍有些担忧。

"你的这个方案固然很好，可是直接去第二个中继站的话，路线会变得超级长，我们的车真的能耐受住这样的考验吗？"

严迦南自信一笑："能不能经受住考验，试试不就知道了吗？"

又一个两百公里后，他们终于驶出了第一片沙漠，进入了一小片草原区域。

草原的地质要比沙地坚硬许多，若是选手沉沦于阵阵清风之中，反而会在这片区域内中招。

好在严迦南向来是个极严谨的人，刚到草原地带，他就立刻停车调整。

"更换轮胎，调整底盘高度。"

"换越野胎吗？"

草原植被茂盛，坚硬的地质上还常会夹杂许多大颗粒砂石，一般来讲，在这个地域内车手都会选择更换越野胎。

不过严迦南没有立刻做决定，而是蹲在地上，拣了几处土质，仔细观察了半晌。很快他就发现了不寻常之处。

"土壤非常湿润，中间沙土的比例也相当高，看来昨晚的那场大雨，也下到了这里。如果是这样的话，这一片草原应该会相当泥泞。"

分析完毕，严迦南才重新转头向魏则道："把越野胎收起来，换泥地胎。"

果真，换上泥地胎不久，他们就遇上了一片泥沼。

"严迦南,还真被你说中了。"

草原的空气温暖又湿润,比干燥炎热的沙漠气候要舒适得多。魏则此刻轻吸了一口气,却莫名有些后怕。

另一边,Mik 也到达了第一中继站。

"怎么就让 Mik 抢先了呢?"

盯着直播的林知晓与梁雪有些丧气。

"按照我们车队的实力,应该也不会比 Mik 晚太久吧,再等等应该也要过来了。"

然而一个小时后,CW 仍未出现。

"奇怪,严迦南他们人呢?"

不止林知晓与梁雪,Mik 也一样不淡定。

原以为他设下的暗招必定已成功加诸在了 CW 车队上,可在当晚休息的时候,他却仍未收到暗算成功的消息。

即便有夜幕隐藏,他的神情仍是狰狞极了。

"不可能!第一中继站是所有选手的必经之路,他怎么可能没来?

"难不成严迦南还能给他们的车子加上翅膀,飞过第一中继站不成?"

严迦南没有翅膀,但第一中继站却并非选手们的必经之点。

当沙漠再度被夕阳笼罩,那辆奔驰的红色赛车终于再度跃入观众们的眼中,瞬间就让大家再移不开目光去。

与 CW 车队一道成为关注焦点的,还有车身上喷的"乔迦"二字。

乔迦作为本次 CW 车队的零件供应商,此时此刻,知名度正在呈几何倍数上涨。

若是 CW 这次当真能越过第一中继站,直接到达第二中继站,那乔迦的实力甚至有可能超越那些老牌大厂。

不过现实情况显然并没有这么顺利。

很快就有一条紧急天气预报插播进来:"受突发冷空气的影响,今日赛区部分地区仍会有持续暴雨,赛程难度或许将进一步加大!"

预报后没多久,降水就到来了。

好在他们所选的泥胎足够应付。因此在大雨中,严迦南的那辆红车依旧在镜头下继续向前疾驰。

不过渐渐地,他却觉察出不对劲来了。

"魏则,你有没有觉得周围的环境太过安静了?"

这片草原作为沙漠地区难得的广袤绿洲,栖息着数量极多的动植物。白日里他们开车奔驰的时候,经常能看到动物们的身影。然而最近的这一个小时内,一只都不见了。

"会不会和太阳落山有关?"

有关动物学的知识魏则了解得不多,只大概知道不少自然界的动物,都是跟着太阳起落作息的。

他的回答也还算有些道理,但严迦南听后仍是忍不住皱眉道:"就算它们活动的频率会有明显降低,但不至于一点也看不到。"

这片草原乃是一片完整的自然体系。既有大规模活动的日行动物,也同样会有不少夜行动物的存在。

除非——

严迦南脑海中突然有一道亮光闪过。

"我们应该是忽视了什么重要的东西。"

疾驰的车速也很快慢了下来。

"这片区域应该并非没有动物栖息,而是它们早就在我们来之前都迁徙走了,才会这么安静。"

"那……它们迁徙的原因呢?"

魏则显然有些不信严迦南的推断。

"除了雨大一点,我看周围的环境没什么不正常啊,应该不会对我们的夜间行路造成太大影响。"

"我建议你再仔细看一下地图,确定周围没有大河流。"

"应该没有吧,我之前有看过……"

打开地图前,魏则如是说着,可真等他打开卫星地图再次确认的时候,他的声音却突然卡住了,甚至于还很快带了些许慌乱之色。

"似乎……似乎是昨夜的大雨更改了地形,这里还真多了一条大河。"

就卫星图像与现在的雨势来看,这条河流很有可能会在不久后引发一场大面积的洪水。

"嘘——"

未等魏则说完,严迦南突然朝他做了一个噤声的手势。凑到窗边倾听片刻后,他才重新发声道:"你听见什么不寻常的声音了吗?"

窗外滂沱的大雨在车身上溅起极响的雨声,几乎盖住了其他所有的声音。但仔细听的话,魏则也很快发现了不寻常之处,远处似乎有不同于雨声的轰鸣声传来。

"那是……什么?"

并没有打雷,却有地动山摇的雷鸣之声。

两人迅速相视一眼,几乎是异口同声道:"不好!是洪水!"

第十四章
无畏

"轰——"

黑暗中的洪水就如一头张着血盆大口的巨兽,瞬间将草原内的植被、砂石尽数吞噬殆尽。如果不是严迦南反应足够迅速,当机立断掉转了车头,此刻他们大约已被黑色的水浪吞噬。

疾驰了约莫半个小时,他们才暂时将身后的洪水甩开,喘着气交换了一个眼神。

"严迦南,现在怎么办?原路返回吗?"

洪水泛滥的那条河流正位于他们的前行之路上。目前这个情况,想要继续原路前进显然是不可能的事情,若是原路返回的话,便也意味着严迦南之前的筹谋都做了白工。

片刻的沉默后,严迦南才缓声开口:"想要直接到达第二中继站,除了之前那条路线,还有其他选择吗?"

"有。"

魏则很快点头答道,不过再开口时,他的声音里却带了些许踟蹰。

"是还有一条路线,单论直线距离的话,和先前那条出入不大,只是……只是这条路线的环境要更糟糕。"

到目前为止,他们已曾横穿过沙漠,渡过沼泽,甚至还一度与恐怖的洪水较量过速度。即便遇到了如此多糟糕的境遇,可魏则却说出了更糟糕三个字。

然而严迦南却只是稍稍思考了一会儿,就应下了魏则的提议。

"那就换这条路走。"

"好。"

魏则跟着点了下头。两人的声音虽不大，但此刻他们的眼神中却是前所未有的坚定。

并非不能输掉这场比赛，而是绝不能输给Mik！

既是还有希望，他们便不能放弃。

"隆隆"的洪水声，依旧在他们身后发出阵阵恐怖咆哮，似是随时都会再度卷起滔天浪潮，将他们两人一车给吞没。

然而车内，魏则的指路声却是沉着有序，丝毫没有被他们身后的巨大阴影所影响。

"继续向前三十公里，应该就能避开洪水的前锋浪了，然后向西转向。"

严迦南亦是如此。

大雨之中，地面已经变得十分泥泞难走，稍有不慎，就有可能会陷入坑洼之中。他双眼紧紧注视着眼前的路况，即便在坑洼极多的地方，手中的操作速度也没有半点放缓。

在迅速的左右微调下，他们的车子保持着一百四十迈以上的速度，如一道红影，在暴雨中疾驰。

这不算什么，等他们退了三十公里，重新掉头直面洪水的那一刻，才是真正的危险。

哪怕确实如魏则所言，他们已算是避开了这股洪水最凶猛的前锋浪，但临于他们面前的深沉水浪的威力依旧不容小觑。

它就像是卧于这整片草原中的一条巨蟒，即使避开了它大嘴中的尖牙，稍有不慎，依旧会被巨蟒的腹部分分钟碾碎。

"小心！"

掉头后没多久，就有一股水浪在他们身边漫开来了。若不是严迦南随机应变的能力足够强，那一股水浪很可能就会直接冲击在他们的车身上。

这一刻，坐在副驾的魏则不自觉地握紧了车顶的把手，即便他在这之前已经做了足够的心理建设，可在见到水浪涌来的那一刻，还是不自觉地紧紧闭上了眼睛。

许久之后，他才缓缓睁开眼睛，颇有些后怕道："我们这是成功避过了吧？"

严迦南没有立即回答，只伸出一根手指，指了指车后窗的方向。

魏则下意识扭头向后看去，刚回头，就有一道浪花伴着沉沉的轰鸣声向着后车镜的方向拍来。

虽然没有拍中，但还是令魏则禁不住后怕地缩了缩脖子。随后，就听见身旁的严迦南轻笑了一声。

"不用怕，有我在，你还死不了。"

大雨中，车内的气温依旧微寒，但严迦南的这句话，听得魏则忽而眼眶一热。

甚至连心脏都跟着跳快了好几下。

半响之后,他才微仰起脸,用略带鼻音的声音应道:"没错,我们不止要活下去,还要赢!"

虽说避开洪水的经历已是惊险万分,但等待他们的前路,依旧是危险重重。

那一小片草原,基本已经全遭了洪水的毒手,想要完全避开,自然只能重回沙漠。

沙漠中广袤的沙地虽能暂时阻隔洪水的侵袭,但令人头疼的是,天上的雨幕依旧没有半点要停的意思。

这一晚,没有了绿洲的庇护,严迦南的脸上也不禁露出了难色。

"这样的天气实在不适合继续前行,我们必须尽快找到一个相对安全的地方,暂做休息。"

不然,他们很可能会同昨晚的 Mik 一样,陷入超出控制的尴尬险地。

可是茫茫沙漠中的安全之所又哪是这么好找的?

除了能被车灯照亮的那几十米距离,其余的地方皆隐没在黑暗之中。而魏则手里的卫星地图虽能显示实时的地域变化,但也仅适用于广域范围。

"你有办法找到吗?"

至于就近的安全点,就算是魏则这位王牌领航员也是有些无措。

做了许多分析后,魏则终还是沮丧地摇了摇头。

"抱歉,能见度与已知环境信息都实在是太少了,我做不到。除非我下车实地勘探,或许还有些机会。"

然而后面这一条方案很快就被严迦南给否了。

"不行!现在这种情况,下车实在是太危险了。"

雨夜的沙地,危险重重。于汽车的轮胎深陷,换到人身上,很可能就是整个人身陷流沙,一命呜呼了。

魏则虽然知道严迦南是为了他的人身安全考虑,可此刻他的情绪仍是免不了被焦躁占据。

"那你说,我们该怎么办?"

这个问题,严迦南一时间亦没能回答上来。车厢中的空气随着两人的先后沉默,渐渐变得越发冷凝,直到一阵类似马蹄的声音自雨幕中隐隐传来。

竟是不知从何处来了一群野骆驼。

按理骆驼一般不会在天黑后进行活动,但从这一群野骆驼慌乱的动作来看,应也是被洪水惊扰,不得不离开栖息地。

落入严迦南眼中,则是立刻让他的黑眸重新亮了起来。

"跟上它们,我们应该就能找到安全的休息地了。"

野骆驼群十分敏感，严迦南生怕惊扰到它们。在它们走远后，他才重新启动车子跟了上去。一路缓缓坠在骆驼群的后面，约莫半个小时后，在骆驼群停下的地方发现了一块地质还算坚硬的休息地。

"我们今晚就在这里稍作休息吧。"

在休息地停下车后，严迦南紧绷了一整晚的神经在这一刻才终于稍稍放松了下来。先前积蓄的疲惫感亦在这一刻如潮水般涌了过来，令他控制不住地露出倦意。

魏则也是一样。

两人稍稍给车做好固定后，只草草啃了几口干粮，就昏沉沉地睡了过去。

而在这一片休息地之外，依旧是暴雨如注，洪水滔天。

暴雨对直升机拍摄的影响同样很大。雨刚下没多久，驾驶员就收到了塔台要求立即返航的通知。直播信号在这之后也断了。

直到雨势转小，直播信号才重新恢复。

此时仍是半夜时分，天光未亮，仅靠着直升机机首的那盏探照灯照亮前路，能见度并不高。只依稀能看出原本漂亮的草原，此刻皆被暴雨打得七零八落，化作一片汪洋。

"大自然的力量真是令人敬畏！"

饶是那位解说过好几届勇敢者游戏的解说员，在见到这般景象时也不由得如是感慨。

"经过我们直升机上工作人员的初步勘测，水面上并没有发现车辆残骸。想来在洪水来之前，CW的队员已经离开了此地。"

至于他们离开去了何方，就只能沿着洪水漫开的方向慢慢寻找了。好在运气不错，沿着水域重新进入沙漠地区后，他们就在不远的一处沙地中发现了一抹熟悉的红色。

"是严迦南！"

坐在直播电脑前的梁雪未等解说员开口，就激动得从凳子上跳了起来。

"我就知道他们会没事的！"

下了一整晚雨的大自然也终于在此刻稍稍配合了下人类。不知不觉中，雨已经停了，太阳透过云层自地平线的那一边冉冉升起，很快将整个世界重新照亮。

有了阳光照射，直播画面中的那辆红车也越发清晰了起来。

拉下近景的时候，梁雪甚至还看到了车内两人一左一右倚着车门的睡颜。

不过没维持多久，严迦南与魏则就被轰鸣的螺旋桨声音吵得睁开了眼睛。

昨晚的洪水暴雨和紧急路线更改虽是有惊无险，却耽误了不少时间。因此今日严迦南从一开始就火力全开，以最快的速度向着第二中继站的方向前进。

烈日笼罩下，不到一个小时，两人的内衣就已被汗水浸湿。正常这种情况，需

313

要人们立刻大量补水。多了约莫一天的时间耽搁，饮用水的储备已有些不足了。

原本该一人一瓶的矿泉水，魏则踟蹰了片刻后，最终只拿出了一瓶。

接过矿泉水的严迦南显然也猜出了他的心思。严迦南打开水瓶后，只喝了小半瓶，便递回给了魏则。

魏则也不和他客气，仰起头，一口气将那剩下的半瓶水喝了个光。

可即便是这样，他面上被烈日晒出的潮红也未褪去半分，胸膛的喘息声更是隐隐有越发剧烈的趋势。随着时间的推移，便是轰鸣的马达声，都有些盖不住了。

再度穿过一片沙丘地段后，严迦南终是不得不放缓了车速，转头望向他："还撑得住吗？"

"我……我没问题的。"

虽然魏则此刻确实已经很不舒服，但为了比赛，他还撑得住。

"不过是有些中暑而已，我知道该怎么办。"

趁着车速减慢的空隙，他拧开了一瓶水，直接从头盔里往脸上灌。即便如此，他的大脑也仍旧没有停止运转。

"从地形来看，前方大概率会出现沙河，注意流沙危险。"

"明白。"

听了魏则的话，严迦南也不再踟蹰，再次重踩了一脚油门，以更快的速度向前冲去。从直播镜头的角度看去，红色赛车好似突然化作了一道红光，在土黄的沙漠中极速穿梭。

即便梁雪的眼睛一直一眨不眨地盯着直播屏幕，此刻都有些跟不上了。而严迦南那一边，在维持如此高速下还得时刻关注沙面状况，其困难程度可见一斑。

事实也正如魏则一开始推测的那般，这一段长沙河中果然有流沙，隐藏在一块比较厚的沙土之下。乍看起来依旧是平坦的沙面，只有仔细分辨，才能发现从沙底汩汩冒出沙泡。

好在，它并未能瞒过严迦南与魏则的眼睛。

一发现流沙，魏则就立刻出声提醒："注意避让。"

"好。"

严迦南很快应了一声。实际上，他手下的转向操作远比应声的时间更快、更早。这一点，魏则自然也发现了。

成功绕过流沙范围后，他忍不住转头望向严迦南道："原来你早就看出那里有流沙。"

"你也一样。"严迦南闻声轻轻颔首，声音里有难掩的笑意。

"多亏了你，我们才能这么快过了那片沙河。"

似是大自然也应了他的话，沙漠尽头的土黄色竟也在这一刻奇迹般地褪去，露出了星点的绿意。

看见那一片绿色的时候，魏则的嗓子虽已被灼热的空气烫到干裂，还是忍不住低哑地笑了起来。

"不只是沙河，我们很快就要渡过这片沙漠了。"

更换路线后，最危险的就是这一片沙漠了。绿洲稀少，流沙暗藏。渡过之后，虽也还要行驶一长段路才能到达第二中继站，路程难度却是大大降低了。

所以从另一种角度来说，渡过这段沙漠，便意味着 CW 的直穿计划已然成功了大半。

相较之下，另一队的状态可就没这么好了。

"你说什么？严迦南到现在都还没去过第一中继站？"

晚上休息的时候，Mik 忍不住摸出了他偷带的卫星电话，给第一中继站里的他那位朋友打了一通电话。

打完电话他再没心情睡觉了，甚至还急吼吼地冲回车内，将刚入睡不久的 Abel 给叫了起来。

"Abel，我有一件重要的事情问你。若是有车队不去第一中继站，直接奔赴第二中继站的话，会不会在距离方面，比我们更有利？"

"不去第一中继站，怎么可能？"

听到 Mik 的问题，Abel 一开始的反应是不可置信，过了好一会儿，他才拿出了地图，不大确定地在上面画道："如果直接去第二中继站的话，自然是两点之间直线最短了。假如是我，应该会选这两条线路中的一条吧。"

"距离能缩短多少？"

大约是被突然叫醒的缘故，Abel 的脑子还有些迷糊，压根没听出 Mik 声音里的紧张，只机械性地回答道："距离的话，应该能比正常路线少四百公里吧。"

听到 Abel 的回答，Mik 当即变了脸色。

"四百公里！"

那不就意味着严迦南现在早已经超过他们了。

"Abel，我现在决定立刻取消休息，趁着今晚天气晴朗，继续前进。"

听到这一句，Abel 终于彻底清醒了，非常不理解地睁大了眼睛。

"继续前进？现在？"

这几天来，他们日夜奔袭，体力早已严重透支。好不容易 Mik 在今晚终于松口，找了块还算不错的绿洲营地，答应好好休息一晚，恢复下体力再走。

怎么还没休息够一个小时，他就又改口了？

有一瞬，Abel 真想直接开口问他是不是有病。

奈何他们间还有着一层雇佣关系在，看在 Mik 开出的那笔巨额报酬的份上，Abel 最终还是忍了。

"那就如你所愿，继续前进吧。"

十分钟后，两人再度重新出发。今晚月色明朗，相比前几日的暴雨天气，天气确实还不错。然而深夜的荒漠，依然充满着四伏的危机。

如果 Abel 足够专注的话，应该能有效规避大部分的危险。然而他此刻的精神状态实在算不上好。

这么多日的高强度工作，已经令他的体能严重透支。再次出发后，不到三个小时，Abel 就渐渐感到力不从心了起来。

他的脑袋隐隐作痛，视线也逐渐出现了重影。偏偏这会儿，他们还进入到一段堪称危险的地域。

沙丘环伺，暗流密布，稍有不慎，就会将自己置于险地。

"我状态有些不好，这一段路危险性极高，你能稍微开慢一点吗？"Abel 按着太阳穴，在进入危险路段之前，有提醒过 Mik。

然而 Mik 此刻满脑子只有输赢，听到 Abel 的提醒后，速度丝毫未降，仍旧脚踩着油门，以最高速向前猛冲。

他言语上也没有半点顾念队友的意思，尽是强硬的命令口吻。

"我们的速度不能慢，你就算是再累，也得给我撑着！

"前面又是一条岔路，快告诉我，应该往哪个方向？"

这一段沙丘地段，地形实在是复杂，需要提前预判的岔路口在 Mik 的超高速下几乎是一个接着一个，丝毫不给 Abel 喘息的机会。即便他强撑着睁大眼睛，死死盯着前路，大脑的运转速度也渐渐有些跟不上。

有一瞬间，他的大脑几乎是进入了宕机状态，虽然眼睛望着前路，可是思绪和声音，却还停留在上个岔路口上。

"往……往右。"

说完好半晌后，他才发觉自己说错了。往右的是上个岔路口，这个岔路实际应该向左才对。

"不……不对。"

当他想纠正的时候，已为时已晚。Mik 早在他发声的瞬间就扭转了方向盘，向右转了过去。

别的岔路口走错了，及时掉头回来就行。可这个岔路口不同，向右转向后不过百米，就是峡谷悬崖。

若是白日里，见到悬崖，Mik 自会立刻踩下刹车。偏偏此刻正值深夜，漆黑的沙漠中能见度极低，当车灯照到峡谷边缘的时候，早已错失了最佳的减速时间。

"快停车！前方可能有悬崖！"

Abel 的警告声也是一样，在他出声预警的时候，车子早已到了悬崖的边缘。再强劲的刹车片，都已无法止住高速滑向深渊的车身。空旷的峡谷内，唯有 Mik 无能狂怒的声音仿佛在回荡。

"你早干吗去了？停不下来了！赶紧给我停下啊！"

…………

"严迦南？你有没有听到什么声音？"

正如 Mik 推算的那般，严迦南他们改变路线后，已然领先了他们，此刻正在那一处峡谷对面的草原高地上休息。

野外露营不可能像在家里那般熟睡，稍有点风吹草动，就能将让人吵醒。更何况，Mik 在峡谷中大声咒骂的声音还那么响，严迦南和魏则便是不想听到都难。

"好像是峡谷那里传来的声音。"

此刻的时间已近黎明，被吵醒之后，严迦南与魏则干脆直接从睡袋里起身，洗漱休息后，便驱车重新出发。

"不安心？那就去看看吧。"

虽说他们应该继续向前走，但峡谷那边传来的声音实在是让人不踏实。最终两人还是决定稍稍绕一点路，去峡谷边缘看上一眼。

声音是从草原的边界区域传来的。以一条天然峡谷相隔，一边是绿油油的草原，另一边则是昏黄沙漠。

此刻峡谷中除了深褐色的岩石与谷间浅黄色的河水，似乎还多了些什么。

"我们昨晚没有听错，果然是有人坠崖了。"

"坠落的时间应该不久，就在黎明前夕。"

沙漠中的沙土变化极快，如果不是时间尚短，对面的沙地上不可能还留着那么明显的刹车痕迹。

"能看得清是哪个车队的吗？"

严迦南问着问题的同时，大脑也在同步思考。

他自认采取直达第二中继站的方案后他们车队现今应该处在绝对领先的状态，而能与他们离得这么近的车队，必定也是夺冠热门之一。

就那明显的刹车痕迹来看，这次坠崖事故多半是夜间行车加疲劳驾驶导致的。

沙漠路段，夜间赶路向来是安全大忌。什么车队会这么想赢？

几个条件相加后，严迦南的脑中几乎立刻浮现出了一个人的名字。而未等他将这个名字说出口，就听一旁的魏则喊了出来："我看清是哪个车队了？是 Mik！"

听到那个阴魂不散的名字，严迦南微微眯了下眼睛，心道了声果然。

有一瞬，他真希望 Mik 能直接死在这片峡谷中才好。不过下一秒，他作为人的良知还是让他再度抬头，压过了那道阴暗的想法。

"车里的那两个人呢？你能看见他们的情况吗？"

"好像还行。他们两人这会儿正在车顶坐着呢，看样子是有受伤，但应该没有致命危险。"

这也多亏了前两日连续的降雨，才让这条本已几近干涸的峡谷重新回到了正常的水深。而他们坠崖的地方，刚好是水最深的地方。

他们的车沿着水流向前漂了数十米，在沉车之前漂到了浅滩处。靠着如此多次的侥幸，才有了如今的侥幸保命。

"我们这次，还管他们吗？"

认出 Mik 后，魏则也与严迦南一样皱起了眉头。

第二中继站已经近在眼前，他可不想因为这两个麻烦人物而耽误了他们自己的比赛正事。

虽说如此，但 Abel 胳膊上那条长长的伤口实在是太过触目惊心，实在令魏则难以忽视。即便他故作嘴硬，心还是不自觉地软了。

"那就把他俩带上，也算是人道主义救援了。"

说完，他就自后备箱里取出了救援绳，精准地扔到了峡底的那两人面前。

Mik 其实也一早听到了汽车引擎的声音，见到那条绳子的时候，还以为是主办方派来的救援队。等他攀着上来见到来人后，才真的愣住了。

Mik 死死盯着严迦南，不可置信地道："怎么会是你？"声音里，甚至带了些许咬牙切齿之意。

"怎么就不能是我了呢？"

严迦南："你应该知道的吧？现下赛场上，位于你之前的，只有我们 CW 车队。换言之，这也正是你昨晚不管不顾也要开夜路的原因吧？"他接着拍了拍 Mik 的肩膀，"可惜，你最终还是没能追上我。"

"你——"

自己的计划竟然全被严迦南给猜中了，Mik 瞪大了眼睛，瞳孔不自觉地缩了缩，心中更是有一股极不甘的怒意在蔓延。

就算他的车不小心坠进了峡谷又如何？

他的这辆赛车可是花重金定制的，性能极佳。区区一点浸水，还不足以让它的发动机报废。

更何况第二中继站已是近在眼前。他只需坚持到那里，维修过后，依然有超越严迦南、夺取冠军的希望。

只需要那架主办方的直升机稍稍帮下忙，帮他把车子吊出峡谷就行了。

可就在 Mik 准备向直升机呼救的时候，严迦南却突然从他的面前退开，先他一步对着直播镜头开口道："为了彰显比赛的公平性，我记得非参赛人员是不得干涉比赛的吧？"

道理自然是这个道理。

但这场比赛，与其说是体育竞技，更像是一场严酷的生存挑战，偶尔有车队在复杂的地形中遭遇故障，稍微求助一下主办方的救援车辆，在一般情况下也是可以通融的。

便是有被直播镜头扫到，观众们也大多会选择宽容。

Mik 此刻的情况也是一样，帮他把车子从峡谷中吊出这件事，只要他开口，主办方一般不会拒绝。

可是现在，最有效的方式却被严迦南的一句话给堵死了。

这让 Mik 如何能不恨他？

"严迦南！"

此刻，Mik 盯在严迦南身上的目光极凶，仿佛恨不得能将他的衣服烧出火来。然而严迦南却好似无知无觉，勾着嘴角，依旧笑得如三月春风般和煦。

"你不用担心，虽然不能麻烦主办方，但我 CW 车队还是很乐于助人的。"

说完这句后，严迦南压根不给 Mik 拒绝的机会，便转头吩咐魏则道："魏则，还不赶紧帮忙。"

两人视线交会之际，魏则当下心领神会。他绑好安全绳后，麻溜下到了峡谷底部。

"你们想干吗？"

Mik 下意识想要阻止他们的行动，奈何前有严迦南阻挡，后有直升机上的直播镜头碍事，实在是不方便。

在他踟蹰之际，魏则已经成功下到了峡谷底部，然后换上防水服进入到 Mik 的车内，一件一件往外掏东西。

没一会儿，就搬出了好几大件行李。

最开始几样都是 Abel 的，魏则只看了一眼行李箱上的名字，就将它们丢在了一旁，然后继续潜入车内，去搜寻属于 Mik 的那只行李箱。

当 Mik 看见自己的行李箱浮出水面后，他面上的表情终是再绷不住了，几乎是立刻冲向严迦南道："严迦南，你到底想干吗？"

"减轻重量，才好帮你拖车。难道你看不出来吗？"

直播间的留言之中很快有许多观众表达了对 Mik 态度的不理解。

△ Mik 这是在发脾气吗？为什么？CW 的两位明明在帮他啊。

△ 这难道就是中国人所说的恩将仇报？

△ 我觉得不能吧，Mik 一直是我很喜欢的车手。或许只是因为坠车耽误比赛，

319

急了？

△那也是他自己坠的车啊，关CW的两位什么事？

△不知道我是不是有些阴谋论了。总觉得Mik在害怕着什么？难道他的行李箱内当真装了赛事违禁品？

最后这条弹幕刚弹出，魏则那里便有了收获。

他不过稍稍颤了下胳膊，便有一部卫星电话"啪"的一声，掉在了全世界观众的眼前。

跟了严迦南这么久，魏则也已然学会了几分腹黑。

其实他刚才在水下偷偷打开Mik行李箱的时候，就已经发现了这部卫星通话手机，此刻，他像是全程未有察觉般望着掉落在他脚边的东西。

"这是什么？是手机吗？那进水可就不好了。"

他嘴上这么说，手指却是一把按在了开机键上。

若是普通手机，泡了这么长时间的水，自然是开不了机了。可谁叫Mik的这部卫星电话的质量就是这么好呢，不止很快开机成功，还被魏则三两下就翻找到了最近的通话记录。

直升机上的那位摄影师在这一刻也很是配合，一看见那部卫星电话，就立刻拉长焦距，给它来了个特写。

互联网时代，不出五分钟，Mik私自携带卫星电话进入赛场这件事便在整个车界掀起了轩然大波。

"通知CW车队立即停止援救行为，Mik及他的队友将立刻被带回主办方营地接受调查！"

当Mik私自携带卫星电话事件迅速发酵后，主办方也很快采取了应对行动。第一时间对那架跟拍直升机内的工作人员下达了指示。

"问题这么严重吗？"

听到主办方的最新指示，严迦南极自然地露出了一抹错愕的情绪，俯身向峡谷下的魏则喊道："魏则，停手上来吧。"

其实在找到那部卫星电话之后，魏则的打捞效率就已经放慢了许多，早就等着严迦南的收工命令了。

不过演戏演全套，在听到严迦南的呼喊声后，他还是表现出了惊诧，又从善如流地抖了抖防水服上的水渍，扯住安全绳重新回到了峡顶地面。

他们两人这一唱一和的架势明显是早就计划好的。Mik在一旁看得牙龈都差点咬碎，却偏偏拿他们无可奈何。

否则，他大约分分钟将再多上一条恩将仇报的罪名。

看着直播镜头里气得额上青筋凸起却始终不敢向严迦南更近一步的 Mik，梁雪忍不住畅快笑道："哈哈哈，这个坏家伙是不是做梦都没想到他也会有今天。"

林知晓高兴之余，还有些担忧。

"可现在仅仅只是实锤了一部卫星电话而已，真的能将 Mik 的伪善面目彻底撕开吗？"

"放心，这一次 Mik 休想轻易善了。"

事发之后，梁雪立刻打开车界赛事论坛，以骨灰级粉丝的身份连发了好几个与本次事件相关的探讨帖子，很快就在论坛上引发了热议。

此时，已渐渐从车界论坛发酵到了整个互联网。

梁雪打开电脑，将之推到了林知晓的面前。

"惹出这样大的动静，就算 Mik 身后那人的背景再硬，也是没法轻易大事化小的了。"

直女如林知晓也是懂得二十一世纪网络舆论重要性的。看完网络上的那些热议新闻，她不由得向梁雪露出了赞许的笑容。

"没想到你还把唐铭的那套公关手法给学了去。"

主办方也同样不是吃素的，调查组很快发现了 Mik 的阴谋，并将 Mik 隔离在了专用房间，以配合进行下一步的详细调查。

房间门合上的那一刻，Mik 几近暴怒："你们凭什么这么对我，你们这是非法禁锢！"

在他的怒吼声中，调查员仅是微微转头，面无表情地望了他一眼，然后无情地锁上房门。

做完这一切后，他才再度开口道："抱歉，Mik 先生，你所涉及的事情十分严重，主办方已经上报给了当地警方，在警方来之前，你只能待在这里。这也是警方的意思。"

霍地从座椅上站起来，Mik 如困兽般向门外吼道："我需要见我的律师。这是我作为公民的基本权利，你们没资格剥夺！"

"是的，先生。"

门外的看守人员并未反驳他的意思。

"但是您的律师还在美国，便是坐上最快的飞机，也需要十个小时才能到达。在此之前，还请您耐心等待。"

漫长的等待时间向来是最熬人的，没过多久 Mik 就忍不住再度作起妖来。

"你们不觉得这间房的环境太差了吗？一点娱乐设施都没有。"

这会儿，门外的看守人员都懒得理他了，不过随着一声电流的轻响，房间里的那台电视机终还是被远程遥控打开了。

电视机屏幕亮起的刹那，Mik 的心情终是稍稍畅快了些许。可当他看清电视机里的内容时，情绪却瞬间低落了下来。

熟悉的碧绿草原，一道红色车影在其上迅速穿梭，只在隐约间能分辨出车身上印的"乔迦"二字。

如此熟悉的场景，不是勇敢者游戏的现场直播还能是什么？

放给观众看的直播自是与车手视角有所不同。不论屏幕中的画面如何变化，右上角都打上了一条车队名次栏。

Mik仅微微抬了下头，列在名次栏顶端的"CW"便立刻映入了他的眼中，气得他差点暴走。

"他们今天在我身上浪费了这么多时间，怎么能还是第一？"

此刻严迦南他们距离第二中继站仅剩十公里了。中继站需要经常性输送物资，附近道路都会在输送前进行人为清扫。

从某种意义上来说，自然也就成了一片难得的坦途。

全速前进下，眨眼间严迦南就到达了第二中继站门口的一片水域。那是一条漂亮的溪流，不深，以赛事车辆的轮胎高度，完全可以直接通过。

轮胎跨过溪流的瞬间，晶亮的水花在赛车周围漫开，再被阳光一照，很快化作了一条瑰丽的彩虹，漂亮得惊人。

引得直播镜头另一边的梁雪都忍不住欢呼出声。

也就在此时，严迦南他们终于迎着彩虹，在全世界观众的见证之下，成功到达了第二中继站。

有了Mik的前车之鉴，第二中继站中自然再不可能有人敢为难CW车队。严迦南他们一进去，就立刻有维修人员迎了出来。

车辆经过那般恐怖路途的长途跋涉到达这里，磨损程度大概率已是达到了极限，必定要在这里进行一场大修。再加上达喀尔拉力赛修理站是全开放的，车辆进入后，会有直升机与地面镜头以不同的视角，同时直播维修全过程。这一环节也向来是达喀尔拉力赛的看点之一。

特别是对那些痴迷赛车内部结构与设计的车粉来说，这难得的维修先现场，乃是与竞速截然不同的另一番狂欢盛宴。

参赛车辆的内部结构与定制零件方面，自然也有排行榜单。

原本CW作为刚成立的车队，除了严迦南本人名声，车队的车辆配置本身并没有受到太多关注。

赛前他们被各大厂拒接订单的事情，在Mik的故意宣传下，也一度在车界吵得沸沸扬扬，给CW车队本身增加了不少负面影响，导致CW车队的配置排名在排行榜上一降再降。

到比赛开始之前,甚至一度变成了吊车尾的存在。被不少国外车粉群嘲为就算拥有车神也是一样无用。

可谁又能想到,便是这么一辆纯中国配件的赛车,竟是在这场比赛中展现出了出乎所有人意料的高水准。

在严迦南他们成功驶入第二中继站的那一刻,CW 早已升到了车配榜的首位。对车配极感兴趣的那一拨车粉更是早早就蹲在了直播屏幕前,等待着维修组开盖修车的那一刻。

赛事维修组自然不会让观众失望,车辆一到达修理处,他们就以最快的速度展开了修理工作。

不到五分钟的时间,就将受损车板与四个轮胎给拆得干干净净。

外钢板被卸开后,内里的发动机与配置零件自然也就落入了所有观众的眼中。

"这就是 CW 的发动机与零件配置?怎么看上去灰扑扑的,好像也并没有很厉害的样子。"

俗话说外行看热闹,内行看门道。

开了这么长路,此时所有车辆都已磨损严重,CW 自然也不例外。内件配置必然是看上去灰扑扑的。林知晓对着车辆特写镜头看了好久,都没看出个所以然来。

最终她忍不住偏过头去,捅了捅一旁梁雪的胳膊,求教道:"你是这方面的专家,能给我稍微科普下吗?"

虽说 CW 的定制零件乃是乔迦制造,但那条生产线全程都是严迦南亲自负责的,梁雪忙于乔源实验室,了解得并不多。

这会儿她其实和大部分技术粉一样,看到此处才对这一批特制零件有了初步了解。即便是初步,已足以让她眼前一亮了。

"知晓,你知道吗?就算那些车上的零件都是灰扑扑的颜色,也是不一样的。"

梁雪看得热血澎湃,就算林知晓对汽车制造一窍不通,也忍不住拉着她絮叨上几句。

"看见中间那个大号齿轮了吗?它连通轴承,在汽车行驶过程中它的磨损程度向来是最大的。若是普通汽车齿轮,应该早就中途磨秃到断裂了,但你觉得我们车队的这款齿轮现下状态如何?"

"只看磨损程度的话,好像并没有多少磨损痕迹?"

林知晓说得没错。镜头下的那个齿轮每个卡口的线条都还极流畅,咬合的地方也依旧尖利,便是老师傅来看,也担得上一句几近无磨损。

有关这个零件的改良,正是严迦南在那几个月中面临的最大难关。

"我还以为那么短的时间,他完不成最终的设计改良呢。没想到,他还真的做到了!"

进入正式修理程序后，就见严迦南从车子后备箱内掏出了一个零件盒子。盒子里装着的正是一排崭新的备用零件和一张全车图纸。

这下子不仅是解说员，连原本埋头苦干的修理工程师都不自觉停下手中的工作，瞪大着眼睛，被彻底惊到了。之后好半天，他们才勉强挤出了句类似的话来。

"不愧是 Can 神！"

有了严迦南的这些专精技术辅助，修理工作自然是事半功倍。原计划需要一个小时以上的修理工作，不到半个小时，就已修理完毕。

车辆从修理位移下后，那辆闪亮的红车很快带着充足的补给，再度冲向赛场。

这个时候，第二名距离第二中继站还差着一百多公里的路程。

如此大的优势，便是在整个勇敢者游戏的历史上，都是史无前例的。

"严迦南！你该死！"

正在房间看实况转播的 Mik 捂着胸口，一双眼睛死死盯着屏幕中的那道红色车影，只恨不得将眼中的怒意化为实质，击穿严迦南的车身。

胸腔处刚传来阵阵痛意，Mik 还以为是自己按在胸口处的手用力过猛了。然而在他松开手后，疼痛的感觉也没有任何好转，反而还越发加剧。

疼痛加重后，他竟是连呼吸都变得无力，腿脚随之抽搐，接着就见他整个身体都从椅子上坠了下去，发出了"哐当"一声闷响。

"救……救命！"

这是突发心梗的极典型症状，幸亏门外的看守反应及时，第一时间将他送去了医疗站抢救。

当 Mik 自急诊病床上重新醒来时，眩晕间隐约听到了两个人的交谈声。

"他现在情况如何？"

"命算是救回来了。不过刚才抢救的时候，他的心脏有长达五分钟的停跳，估计会对大脑与脏器都造成不小的损伤。就算是能侥幸康复，也大概率当不了赛车手了。"

听到最后这一句，Mik 不可置信地瞪大了眼睛。

不能再当赛车手了？怎么会。

他突然激动的情绪也很快反映在生命监测仪上，心速与血压几乎是立刻呈直线上升。

"嘀嘀嘀嘀——"

过载的监测仪器亦在同时发出了急促的警报声，吓得那位谈话医生立刻冲回了病床边。

"怎么回事？怎么突然响起警报？"

Mik 睁着眼睛望着面前的人，明明心中有许多话想说，偏偏发现此刻的自己竟是一句话都说不出来，就算是强行张开了嘴，也只会如一条失了水的鱼般，在氧气面罩下沉重喘息。

"你不要激动，放平情绪。对，就这样，然后深呼吸……"

这一刻，一切事情都远远超出了 Mik 的预期。二次打击下，他的精神再度被击溃，两眼一黑，很快又陷入了昏谜之中。

不幸中的万幸是，Mik 的失语症只是暂时的，休息了一晚后，已有明显好转。即便他的声音仍有些不正常的低哑，他还是强行坐起了身，努力朝着身边的看护发声道："把……把电视机打开，我……我要看勇敢者游戏的实况转播。"

显然到了此刻他仍不死心，总觉得严迦南即便甩脱了他，也不一定能捧得最终的冠军奖杯。

可惜现实注定是要令他失望了。

比赛进行到现在，头部选手的距离早已互相拉开，除非车辆发生重大故障，否则很难改变排名。

CW 作为首位到达第二中继站的车队，早已占据了头位领先优势。再加上之后的赛程以草原环境居多，自然更是难不倒严迦南了。

从第二中继站出来后，他便将车速提到了最大。广阔的草原上，CW 的车影如坠入碧绿荷叶的红色珍珠，在全世界观众的见证下划出了一条极长、极瑰丽的曲线。

直到夜幕降临，将红色车影淹没于黑暗之中，这一日的赛事直播才算是告一段落。

其他车队自然也有熬夜抢跑的，但是 GPS 的卫星定位却是骗不了人的。当第二日朝阳升起之时，名次排行榜上，CW 依旧以领先第二名两百公里的绝对优势位列第一。

此刻，他们距离终点站已不到五百公里。

虽然还没有决出最后的胜负，但他们已然是全世界眼中的冠军预定。

不说车坛上铺天盖地的喝彩声，便是主办方都特意给 CW 开了一条专属直播通道。派了一队直播人员过去，在此后二十四小时内全程只跟拍他们这一队的赛程实况。

这样的专属安排可谓是勇敢者游戏历史上从未有过的殊荣。

巧的是被派往跟拍的那位解说员竟然就是昨日维修站的那位，先前他做了带有个人感情色彩的讲解后还稍有心虚。如今被派往专跟后，则是彻底收到了主办方的免死金牌，可不得趁着机会好好将 CW 车队夸上一番。

Mik 要求打开病房电视机的时候，正是那位专属解说员刚上任之时。正巧 CW 的车队也开到了一个陡坡的地方。

陡坡之下，是一条狭长且幽深的峡谷。如若选择绕道到对面，目测需要多开十几公里的路程。

不过严迦南显然对自己的车技十分有自信,在即将到达陡坡边沿时,他就已经重重踩下油门,提前加速。随后在到达边沿处迅速拉下手刹,令车头翘起,眨眼间,他们就成功越过了那道狭长峡谷。

从上方直升机的位置看去,这一跃,仿若红色蝴蝶蹁跹,灵活且轻盈,就连那道在空中残留的弧度,都是极美的。

回神过来后的解说员当即发出了一声激动的低吟。

"刚才那个峡谷飞跃大家都看到了吗?真的是太经典,太漂亮了!

"错失刚才那一幕的观众也不要着急——"

后一句急急说到一半时,他很快低头,去狠戳机舱内的现场剪辑。

"一分钟后,我们直播间的剪辑小窗会正式上线。会有我们摄影机记录下的所有 CW 车队的精彩瞬间。"

在 CW 车队本身的高人气推动下,专属直播自然是反响极好。特别是在小窗口上播出的精彩剪辑,网络下载量更是分分钟都在飙升,并且在赛事论坛上获得了进一步的舆论发酵与热议。

梁雪就是这其中的一员。当天下班后,她就直冲林知晓家,正对着直播电视盘膝而坐,手里还不忘捧着笔记本。

她的眼睛盯着直播屏幕,双手则在笔记本键盘上疯狂输出,小嘴还会时不时张开,激动地喊上两句。

"今天的直播很棒哎,竟然还特意给我们车队加了精彩回放内容。我刚才做成了小视频传上论坛后,反响超级热烈的!"

"嗯,我都看见了!"

一旁的林知晓的动作也几乎与梁雪一模一样。便是她那张向来清冷的脸上,此刻都浮现出了掩不住的激动神情。

赛车竞技,越是到最后,越是激动人心。

勇敢者游戏更是不会例外。当严迦南他们驶入最后的一百公里时,几乎全世界观众的视线都集中在了他们的身上,即便隔着屏幕,都隐隐能听见观众们狂热的加油欢呼声。

在这个全世界欢腾的氛围中,唯有一人格格不入。

"他怎么就要赢了呢?

"我明明已经阻断了他所有大厂的定制单,他明明应该无法参加比赛才对。

"还有那个乔迦算什么东西?国内的无名小车厂罢了。在那种地方做出来的零件,怎么可能比知名大厂的还要厉害?

"没错……这是绝对不可能的事情!一定是弄错了!还是说这个世界就是错误

的，我现下不过是陷入了一场噩梦里？"

Mik 瘫坐在病床上，四肢无力，唯有他脸上的神情，抽动得厉害。

时而颓废，时而激动，时而愤怒，时而又突然流泪。

"你在说什么？"

那古怪的模样，看得护工十分不解，下意识走近 Mik 的床边关怀了两句，却发现沉浸在自己世界中的 Mik 压根听不见他说话。

Mik 所见的世界并没有错，便是他曾给严迦南设下过重重阻碍又如何？

没有解决不了的困难，只有不努力的人。

国际大厂又如何？国内小车厂又如何？

不说经过这些年的努力发展，乔迦的产能与规模都已十分接近那些知名大厂。便是那些世界知名大厂，不也是从曾经的小厂发展起来的吗？

世界在不断前进，中华民族更是这时代洪流中的佼佼者，注定会在现下与未来的历史上留下浓重的色彩。

乔迦有一天一定会站在国际的舞台上，熠熠发光，这是严迦南一直笃定相信的。

而对于 Mik 的惩罚，现在还只是刚刚开始。

第十五章
因爱而生

"别看了,胜负已定,你还是赶紧收拾东西吧。"

地球的另一边,当晚的直播开始没多久,林知晓就开始催促梁雪整理行李。

"这是你好不容易求来的假期,难道你想错过飞机?"

"当然不能。"

言语攻击有效,立刻就让梁雪从地板上弹跳了起来,慌慌张张地冲回房间,开始整理行李箱。

乔源的实验进程极为紧张,这段时间里,梁雪每日加班加点都差点没能赶上陈老定下的进度目标。

就连现下的这三天假期,都是她费了好大的劲从陈老那儿求来的。

虽说是三天时间,但对于跨国行程来说极赶。午夜航班坐过去,稍稍看上严迦南一眼,她就得踏上返程的飞机。

可即便辛苦,也架不住梁雪乐意啊。

上飞机的时候还是寒冬,下飞机后却是一秒入夏。即便坐在带空调的出租车里,滚滚热浪依旧透过车玻璃扑上梁雪的脸颊。没一会儿,她就忍不住掏出纸巾开始擦汗。

"这就是赛地气候的真实感觉吗?突然觉得我们家两位选手有点了不起有没有?"

城市都如此炎热,那赛程中那些无人的空旷沙漠又该是怎样的酷暑?

还未见到人,梁雪就忍不住开始心疼起来。

"再热也是他自己的选择。"

林知晓嘴上虽是如此说，可她的身体比她那张嘴诚实多了。出租车刚抵达，她就一头扎进了路边的小卖部，买了满满一大包冰块和冰棍。

　　她美其名曰是给全车队人员准备的，但瞒不过梁雪的眼睛，她放在最上面的那款超甜的冰糖水明明就是魏则的最爱。

　　她们来时的行程有些赶，运气却是不错。刚到达终点站的看台，就见地平线的那一端突然跃出了一道红色车影。转眼间，车子就到了眼前，向着终点线疾驰而来。划过的轨迹，仿佛席卷的狂风，映照着灼热的光，点燃了那片土地。

　　下一瞬，观众席便爆发出了一阵巨大的欢呼声。

　　"CW！"

　　"果然是CW赢了！"

　　"CW威武！"

　　越过终点线后，严迦南立刻猛踩了一脚刹车，在终点线后的沙地道路上扬起了一场浅黄色的沙雨。

　　沙雨落完之际，车内的两位已跨出了车门，摘下头盔，完全出现在了观众们的视野之中。

　　"严迦南！"

　　"魏则！"

　　经过这一场勇敢者游戏，他们两人的卓越表现早已受到了整个车坛的肯定，收获的粉丝量更是可以用千万计数。

　　特别是严迦南的粉丝团，不乏从Can神时期就粉上的老粉。在人数优势下，向着严迦南的呼喊声自然要比魏则响亮几分。其中更是有不少被他那张俊脸吸引来的女性粉丝，一见他摘下头盔，就不禁激动得"嗷嗷"叫。

　　"幸福来得太突然，有生之年竟然还能亲眼见证Can神回归赛场，大杀四方！"

　　"还有，他真的好帅啊！"

　　"我Can神向来都是颜值天花板！"

　　"天哪！他是在朝我们这边看吗？我觉得我好像和Can神对上了目光，突然有点晕！"

　　严迦南此刻确实在看观众台的方向，不过他看的却并非是那些粉丝，而是坐在人群中那位独属于他的姑娘。

　　当两人四目相对时，他的薄唇亦随之微动。

　　"梁雪，我很想你。"

　　隔着这么远的距离，梁雪听不清严迦南的声音，可这一瞬，她却心有灵犀般轻松读懂了他的唇语。

　　随后她的小脸瞬间就红了起来。荒漠草原中的烈日极晒，不过就算是再厉害的太阳此刻也红不过梁雪的脸颊。

通红的颜色,好似通红的草莓,可爱诱人得仿佛能滴出水来。看得严迦南真想立刻拨开身前的人群,不管不顾地跨步向前,直接将她拥入怀中。

可惜,他并不能。

此刻,他们才刚到达目的地,车队的相关事宜,主办方的寒暄,记者们的采访……实在有太多的事情等着他们去做。

严迦南虽过不来,梁雪好歹也还算是车队的经理,掏出车队成员提前给她们准备的通行证后,很快就被工作人员放了进去,走到了严迦南的身边。

见她过来,严迦南立马顺势牵住了她的手。

"这位是?"

等候已久的记者们仗着人多势众,很快就挤到了最前面,递出话筒开始对严迦南与魏则进行采访。

他们身后的摄影机与照相机更是在同时疯狂拍摄,恨不得将他们两人的每一寸微表情变化都拍进去。

刚才严迦南那么明显的牵手动作,自然逃不过记者们的火眼金睛。在问完必要的专业问题后,他们立马就将视线转到了梁雪身上。

严迦南正等着他们问呢。他当即就将他们交握的手举了起来,在全世界面前大大方方地回答道:"她是我的女朋友。"

听到他的回答,看台上的粉丝们立刻发出了一片哗然之声。

"哎呀,我的少女心啊,才刚萌动就要赴死了吗?"

"果然男神都是别人家的!"

虽说严迦南有女朋友这件事在车坛不是什么秘密,但作为女粉亲眼见证这官宣时刻,总是有那么一点点心碎的,随后则是被狗粮塞到撑的饱腹感。

严迦南发声后,一旁的林知晓很快也不甘示弱地伸手,握住了魏则垂在身旁的手掌,然后转头郑重问他:"他们官宣了,那我们呢?"

她突如其来的告白宣言,令魏则很有些猝不及防,被吓得连声音都连贯不起来了:"我们……"

短暂的震惊之后,则是狂喜。

回过神来后的魏则立马也学着严迦南的样子,当着全世界观众的面将林知晓的手重重握紧,随后才激动回答道:"我们也和他们一样!"

"这还差不多。"

听到魏则的回答,林知晓这才算是满意了,抿着唇轻轻笑了起来,眼眸之中,还带着几分得逞的味道。

相较起来,一旁魏则的笑容就有些憨了。

赛场上睿智精明的顶尖领航员，此刻望向女朋友的眼神却像极了金毛大狗。

看得连那些受到双重打击的女粉都有些忍俊不禁。

这一段采访直播极其成功。没几分钟，就爆出了两个大瓜，很快引得全网热议。特别是广大女粉，被塞下满口狗粮后，心情激动得差点没把评论区给炸了。

△魏则也太可爱了吧！这是被他女朋友给吃得死死的啊！

△不觉得他这种忠犬风很萌吗？

△这倒是。虽然我失去了做他女朋友的机会，但我还是愿意以姐姐的身份认下他这个弟弟，抚摸他毛茸茸的狗头！

△虽然很同意楼上，但花痴如我更喜欢严大神的脸。

△即便他已有主！

△有主也不影响我审美的进步。

…………

监护病房中，Mik 面前的小桌板上也摆着一台正在播放直播采访的笔记本。弹幕区里，这些评论在不断更替变换。可即便如此，他的病房依旧静得可怕。

青黄的光晕随着屏幕的变化不断在他脸上闪烁，好似鬼火交叠，衬得他没有血色的面容，阴沉苍白得简直恐怖。

如此持续了许久之后，他僵尸一般的面容上终于有了些许表情变化。他眉心蹙起，双唇紧抿，似是很有些不耐烦。

"护工。"

这时他才总算开口说了今日第一句话。

病后苏醒的 Mik 极难伺候，一整天都没个好脸色，还动不动就拒绝进食。刚开始护工还会好言相劝他两句，多次无果后便也懒得再理他了，下意识坐得离他远远的。

Mik 垂下的目光很快又落回到了面前的电脑屏幕上。此时镜头一转，已然又切回到严迦南的身上。

他的面前密密麻麻摆了一大片话筒，问的问题也是层出不穷。可惜严迦南只长了一张嘴，一次只能回答其中一个问题，于是提问环节很快就被主持人切换成了由严迦南来选记者提问。

"下面就请这位记者朋友发言吧。"

被点到的记者崇拜地看着严迦南，开口道："我……我想问问 Can 神你回归赛场的最大初衷是什么？"

"初衷吗？"

这个词听上去有些许久远，可当严迦南侧头望见梁雪那白皙温柔的侧脸时，又突然觉得时光好似没有过得太快。

虽是一年多前的事情，但因为有了她，现下想来依旧如昨日般历历在目。

本是普通的问题，严迦南却回答得极为郑重。

他停顿思考了片刻后，才缓声回答道："我原以为重回赛场，是为了完成我的老搭档，也就是我挚友魏启的遗愿。原来我以为这是我的责任，后来，我才发现，我回归的初衷并非是责任，而是对赛车的喜爱。"

喜爱加速时的刺激感，喜爱赛场上不断角逐的挑战感。

为不断冒险而生，这才是他刻在骨子里的初衷。

甚至于当初与挚友魏启的相遇，不过是因为他们两人那份精神上的契合罢了。

而这一点，在那五年的蹉跎时光内，不知怎的就被他给遗忘了。直到他遇到了梁雪，才终于将被他遗忘许久的初衷与热情捡了回来，成就了如今的严迦南。

既然有记者问到初衷，自然也会有记者发问未来。

"这个问题我是想问你们CW车队的。虽然CW只是一支才组建的新车队，但不论是国内大赛还是本次挑战者游戏，你们的表现都非常优异亮眼。眼看着明年的WRC世界拉力锦标赛报名在即，你们会借此契机，重新登上世界舞台吗？"

这个问题，也是广大车粉此刻最想知道的问题。可惜虽有记者提问，最终却没能等到CW车队的回答，就被主办方以时间为由给中断了。

毕竟这个问题事关CW整个车队的规划与安排，实在不是三言两语就能说得清的。

不知是不是Mik的错觉，他总觉得在听到这个问题的时候，严迦南的眉头似是微微蹙起，有些为难。

他在为难什么？

这么好的局面，难道不是他重新登上WRC的最好机会吗？

就赛车界的角度来看，确实如此。然而对于严迦南如今的人生来说，重要的工作已远不止赛车这一件事。

许久之后，记者与各路工作人员陆续离开，给四人留下了短暂的私人时间。严迦南立刻将梁雪拖入了自己的休息室内，柔声关怀道："累吗？"

连夜坐十几个小时的红眼航班过来，中途还要转两次机的旅途自然不轻松。不过那些疲累，远抵不过这些天她对他的想念。

"本来是有些累的，被你牵过手后，我突然就不累了。"

梁雪窝在他的怀里，弯着眼睛，俏皮回道。

相较她的好心情，她的身体有些不争气。话音刚落，她的肚子就发出了一声极响的"咕噜"声。听得严迦南禁不住发笑了起来："嗯，你不累，你只是肚子饿了。"

"那你要带我去餐厅吃饭吗？"

此刻，他们已经离开比赛终点线，跟随主办方的摆渡车来到了主办方的大本营内。

大本营内有食堂,附近的小城镇内也有不少当地的餐厅。

"好啊。"

听到自家女朋友的这小小要求,严迦南立刻就答应了下来。

不过不能就这样出门。毕竟他还穿着赛事服,尽管他们CW的物资储备一直十分到位,但他的个人卫生情况有些不容乐观。

十多天没有洗过澡了,他身上的那股汗臭味就算梁雪不嫌弃,严迦南自己也是接受不能了。

"不过你得稍微等我一下。"

拿起毛巾,严迦南几乎是立刻就冲进了浴室。没一会儿,梁雪就听见了浴室中传来的流水声。

这不是两人第一次共处一室,可如此听着浴室内传来的水声,梁雪的脸颊还是止不住地微微发红。

等梁雪和严迦南从休息室出来,正好遇到魏则。

魏则一脸严肃地对严迦南说:"Mik想要见你。"

病床上的Mik虽已近昏迷,但还是一眼就认出了严迦南。在严迦南与魏则一道走进病房后,他甚至还有了些许回光返照之势。

"你终于来见我了……我等了你好久。"

他虽已病入膏肓,可严迦南望着他,并无半点怜悯,黑眸里只有浓重的讥讽。

"你做的那些事情,事实已成定局,就算见到了我,又有什么用呢?"

"我……我不甘心!"

到了这个地步,Mik也没有什么不敢说的了。他当即挣扎着从床上半撑起来,仰着枯槁的脸,朝着严迦南怒道:"你不过是运气比我稍好些罢了。若我这一次没有中你的圈套,我……我一定可以重新夺回属于我的荣耀!"

"你的荣耀?你有什么荣耀可言?"

果然,像Mik这样的人,便是到了死,都不会有丝毫悔改。

进入病房后一直无言的魏则,听到这里再忍不住了。性子善良如他,此刻终于被激起了汹涌的怒意。

"踩着我哥哥尸骨上位的你,也配提'荣耀'二字?"

"胜者为王,败者为寇。不论……我……我用的是何手段,五年前的那次,都是我赢!"

想到五年前,Mik忽然畅快地大笑了起来,眼神癫狂迷离,好似再次看到了他所谓的荣光。

不过下一秒,他就被严迦南狠狠泼上了一盆冷水。

"可惜这一次,是你输了,而且输得彻底!五年前,我虽也被迫躺在病床上,但好在还能爬起来。现在的你,能吗?"

"我……"

Mik 很想说能,可他的身体实在是垮得厉害,此刻他甚至连一个伸手去触碰严迦南的简单动作,都做不到。

他用尽力气,不过让手掌抬起了一寸,然后就脱力般重重垂了下去。

这一幕落入严迦南的眼中,很快回以了他一声冷笑:"看来很可惜,你并不能。

"说来也是有趣,其实我对你还准备了不少后手,谁想到你竟然如此不堪一击。

"看来,我还是高估了你,你根本不配做我的对手。"

严迦南想要问的话已经问完了,到此便也再没有留在此处的必要了,当即毫不犹豫地转身。

"魏则,走了。"

想放的狠话一句都没用上,反倒被严迦南给狠狠地将了一军,这让 Mik 如何能甘心?

面前这人,是他自始至终的执念,就算是到了死,都仍无法放开。

"你……你以为没了我,你就真的可以重新称霸赛车界了吗?"

听到这最后一个问题,严迦南终是微微驻足,轻笑着回道:"Mik,看来你真的是一点都不了解我。"

他的野心,从来不只是赛车界而已。

不过,这之后的话,他却是不想再与 Mik 言说了。

他之所以同意来见 Mik 最后一面,不过是为了魏则而已。

这一瞬仿佛有无数回忆的片段在他眼眸中闪过,许久之后化作一声叹息。

他们纠缠数年的恩怨,终在这一刻彻底终结了。

"现在你见到他的报应了,你怎么想?"

出病房后,严迦南就立刻转头向魏则问道。

"在我看来,我哥哥的生命比他那条无耻的性命要高贵得多。"魏则长叹了口气,继续道,"如今,我不想再钻这样的牛角尖了。逝者已矣,我早已从过去走出来,学会向前看了。"

听到魏则的这番回答,严迦南很欣慰。

"你说得没错,新一年度的 WRC 很适合你。"

可魏则在读懂他话中更深的一层意思后,面上却是忍不住浮现出错愕的神情。

"我?难道不该是我们吗?你不准备和我一起参加新一年度的 WRC?这难道不也是你最大的梦想吗?"

"曾经是。"

曾经的严迦南，少年轻狂，以为捧着奖杯站在WRC的最高领奖台上，就能成为这个世界上最酷最帅的人了。

他压根没有发现，所谓的比赛冠军，不过是那些大车厂选出来的代言人罢了。

不论站在冠军奖台上的人是他还是Mik，对背后那些资本来说，都没有任何区别。所以他们才会任由Mik在眼皮子底下耍阴招。

真正能动摇到他们的，只有创造出一个与他们同级别的竞争对手。比如现在的乔迦。

本次勇敢者游戏一役后，随着CW车队的夺冠，背后的冠名厂商乔迦终于借着这个机会，走入了全世界的眼中。

特别是高端车定制零件那一块业务，可谓是订单暴增。

这样的成绩，对严迦南来说，还远远不够。

那些大车厂之所以能在车界中屹立这么多年不倒，靠的可不仅仅是定制零件那点蝇头小利，而是更强的综合实力。

与之相比，乔迦显然还有所欠缺。

不过没关系，事在人为。

今日之后，他愿意重回汽车制造业，彻底成为一块推动乔迦进步的阶梯砖。

"严迦南你……"

严迦南的回答显然有些出乎魏则的预料，他下意识想要劝说两句，可在即将开口之时，终还是踟蹰了一下，改了话题。

"那你的决定……梁雪知道吗？"

提到梁雪，严迦南不自觉地笑了起来。

"我还没来得及告诉她。不过她应该很快就会知道了。"

十五分钟前，梁雪接到了陈老的催促电话。他希望她能尽快回去，亲自跟进实验进度。

于梁雪私人情感来说，她希望能陪着严迦南一道在这里多待几天。然而，此刻是乔迦新能源车上市前的最紧要关头。

若是能够顺利完成所有实验，在半年内上市，那未来的乔迦便能成为新能源车领域绝对的领军者。

可若是在实验期间出现了什么纰漏，耽误甚至是导致无法上市，那乔迦在新能源车领域这么多年的努力，就有可能全部付之东流了。

作为核心技术人员，这款新能源车亦是如梁雪的亲生孩子般。如果结局当真不好，她大约会后悔一辈子。

因此，刚才她接到陈老电话的时候，想都不想地应了下来。

"明白。我会立刻搭乘最近的航班返航。"

答应陈老是一回事，当要把这个决定告知严迦南的时候，梁雪就再没有先前那般洒脱了。

走到严迦南面前，她支支吾吾了好久，仍没能切入正题，依旧在含糊地顾左右而言他。

"你们见到Mik了？他……怎么样？"

"他的情况很不好。奇怪的是，见到这副模样的他，我倒是没有半点报复成功的愉悦感觉了。只是觉得作为一个赛车手，有了这样的结局，很是可悲。"

严迦南眸光黯了片刻，又笑了笑："好在，经过这一场比赛后，我与魏则也算是彻底从过去中走出来了。不论是Mik，还是魏启，我们都有了交代。

"顺便再告诉你一个好消息，魏则已经决定要去报名参加新一年度的WRC了。"

如果是平常梁雪听到严迦南这一番话，一定会发自内心地替他们开心。而此刻有着心事的她，虽面上也一样在笑，却多少有些心不在焉。

就连说的话，都多少有些含混。

"那……那很好啊。"

"魏则去的话，你也一定会去的吧？"

毕竟他们可是最好的搭档呢。

WRC，多么令人怀念的赛事。

若是五年前的梁雪，一定会义无反顾地跟着他们，踏遍每一条WRC的赛道。可自从进入乔迦以后，她便再无法拥有曾经的那种自由了。

可即便如此，梁雪也一点都没有后悔自己做出加入乔迦的决定。她只是有些语言组织困难，没想好要如何开口与严迦南说。

好在她的男朋友极是聪明，她未开口，他便已从她的反常模样中猜到了大半。

说完魏则加入WRC的事后，他就没有再继续话题了，反是轻抬黑眸，将全部视线都落到了梁雪的身上。

"那你呢？你就没有什么话，要对我说的吗？"

"我……"

该来的总是会来，该说的话也总是要说。既然严迦南发问了，梁雪也不准备再逃避，稍稍咬了下嘴角后，便决定实话实说。

"虽然我依旧很支持你们的赛车事业，但车队经理一职，我大约是无法胜任了。

"还有，我刚答应了陈老，一个小时后，就回机场，搭乘最近的航班回国。所以，之前答应你陪你一起回去的约定，我大约也只能爽约了。抱歉。"

说这番话的时候，梁雪的脑袋越垂越低，到最后她的整张小脸都几乎要被垂落的发丝遮盖了。

"你有什么可抱歉的？"

她原以为严迦南听完，一定会生气。作为他曾经的铁粉，如今却要辞掉车队经理一职，这样的行为简直如同背叛。就算是女朋友，也不能被轻易原谅。

然而，此刻严迦南的声音出乎意料的温柔。他轻缓的声音里，甚至还带着些许哄人意味。

与此同时，她垂下的脑袋也被他有力的手掌给托了回来，捧进了他坚实的怀抱中，正对上他沉沉的黑眸。

四目相对许久后，严迦南才再次出声道："如今的乔迦是你最重要的事情，那就放心大胆地去做吧。不论是作为你的偶像还是男朋友，我都支持你的决定。"

严迦南还记得初遇的时候，面前的这个姑娘还只是一个咋咋呼呼的青涩少女。哪想到短短一年多的事情，她竟成长得这样快。

转眼间，青涩少女就已长成了能够独当一面的技术大牛。

能与这样的姑娘相遇相知，他是何其有幸？

而此刻的梁雪，也正被他的那番话感动。

"严迦南。"

再次唤他名字的时候，她漂亮的眼角中都隐隐带了些许泪光。映入他眼中，仿若细碎钻石，温柔且瑰丽。

随后而来的，则是一个极用力的拥抱。这个拥抱里，还萦绕着少女美好的香气以及贴着他耳垂的温柔耳语。

"谢谢你！"

严迦南还有很多话想和梁雪说，可惜，这会儿留给他俩的私人时间实在是太少了。很快主办方就又有工作人员过来，有些赛后的事宜需要严迦南他们处理。

梁雪忙着收拾行李，去赶最近的航班。

可惜，她的运气不大好，因为中转城市天气原因，不少航班都延误了。她虽是第一时间赶到了机场，却还要再等上三个小时才能登机。

"请问你旁边有人吗？"

等飞机等到瞌睡时，她好似听到了一个极熟悉的声音。

"没……"

她下意识地回答，迷迷瞪瞪间，却被那张突然在她眼前放大的俊脸吓了一跳。

"严迦南！你……你怎么会在这里？"

在梁雪身边坐下后，严迦南笑容依旧，不答反问道："你不知道这是哪里吗？"

这里是机场候机室，严迦南能进来这里，自然买了机票，即将搭乘飞机。

"我当然知道。"

梁雪定定地望着他，先前的睡意早已褪去，一双大眼睛里尽是惊讶。

"我问的是你为什么会在这里？"

"陪你一起回国。"严迦南说完，还不忘抬起手，向梁雪展示了一下自己的登机牌。同样的航班，相邻的座次。

看到这些，梁雪便是再宕机，此刻也终于明白过来是怎么一回事了。

"难道你……也是被陈老催回去的？"

虽然事实正是如此，但梁雪的眼中仍是缀满了不可置信，就差把"你若是被陈老威胁的，就朝我眨眨眼"这句话贴在额头上了。

她那副既惊喜又震惊的模样，在严迦南看来，着实可爱极了，让他忍不住想要逗逗她。于是他干脆顺着梁雪的心思道："嗯，确实是陈老，他以你来威胁我，所以我就屈服了。答应暂时放弃赛车事业，回国为他效力。"

梁雪把心头的担忧说出："可是……赛车事业一直是你的生命啊，怎么能因为我……"

可惜，她的话还未说完，就被严迦南给斩钉截铁地打断了。

"不是因为你，自始至终，这都是我自己的决定。

"职业拉力赛固然是一项影响力很大的比赛。顶级职业赛车手，在登上各大赛事领奖台的那一刻也确实能获得全世界的关注与巨大的满足感。但你应该没有忘记吧，我们车队在勇敢者游戏开始之前遇到的事情。

"虽曾退圈五年，我自认为在圈内还是有一定影响力，勉强还能算个影响力较大的车手。可即便如此，我也曾坠入过无零件可用的困境。

"如果后来不是有了乔迦的帮助，我很可能最后连上赛场的资格都会失去。这样的制衡，不只是对我，对任何一位职业赛车手都同样有效。"

那次定制零件被拒事件梁雪亦是与严迦南一道经历的。最初她只是觉得 Mik 的手段太阴险，之后百般交涉未果，才渐渐觉得那些大厂实在太过仗势欺人，竟然为了区区一个阴谋协定，连送上门的生意都可以不做。

况且，就车手水准方面，她家严迦南怎么看也比 Mik 有前途啊！那些大厂怕不是脑子被糊了？

如今听完严迦南的一番话，她才发现那时的自己终究还是太过年轻了。

那些大厂看中的，压根不是区区一个潜力车手，而是资本本身。哪怕 Mik 在个人水平上不如严迦南，但只要他还背靠着那家世界级的俱乐部，那他便仍是大厂眼中的香饽饽。

这些年来，成绩出彩的华人车手不少，可真正能在国际赛车界说得上话的，却依然是个零。其中也包括曾经的车神，严迦南。

如果继续走职业赛车的道路,他的个人成绩或许也还能回到五年前的水准。可如今他想要的,不仅仅只是那个车神称号了。
　　当梁雪想明白这一点后,亦是不自觉地变得热血沸腾了起来。
　　"所以你的意思是……你想走出一条与五年前不同的路?"
　　"没错。"
　　严迦南缓缓点头。说起他新选择的道路,他的语气也变得格外郑重。
　　"既然我们缺少国际承认的汽车大厂,那不如就由我们来创造一个。"
　　此刻,梁雪心中的顾虑尽消,只剩下了满腔的壮志酬筹。
　　登机的前一刻,她忍不住抓着严迦南的手,在宽阔的停机坪上大喊道:
　　"好!从今天开始,我们一起努力!"

番外
幸福在延续

1. 订婚仪式

达喀尔拉力赛后,严迦南的名字再度响彻整个国际赛车圈。之后一周,严迦南那张英俊的东方脸更是占据了全球赛车网的封面,风头无两。

如此顶流,自是引得不少车界评论家跟风。眼看着新一轮 WRC 即将拉开序幕,围绕严迦南最终会入主哪家车队的话题自是火热非凡。

各知名车队都在背后暗暗较劲,争先恐后地向严迦南抛出橄榄枝。哪知半个月后,最终传来的却是严迦南决定彻底退役的消息,再度引发车界巨震。

自此 WRC 赛道上再也见不到那道熟悉的亮红色车影。有关 Can 神的故事彻底成为赛车界的一段传说,但严迦南的名字却依然在世人眼前不断活跃。

一个月后,乔迦特别实验室成立,同时发布了最新概念车型。该车型不论是设计理念还是工业技术都走在了世界前列,直接对标世界顶级电动汽车制造商 T 家的 S 系列。仅是一个概念车发布会就给足了期待值。

为了无愧这份期待,加诸在研发团队身上的压力自然也不会小。发布会过后,以陈老、严迦南、梁雪为核心的研发团队就立刻开启了攻坚模式,以力保在预期时间内,完成新概念车的生产上市工作。

空前压力下,加班成了家常便饭。作为负责人之一的梁雪更是工作繁多,自那日回国后,她就再没有了假期,通宵达旦地埋头在实验室内,便是这次部门聚餐,都是被同事们硬拽着去的。

甚至在出门前一秒,梁雪仍面露犹豫:"要不还是你们去吃吧?我还想把之前算出的那组结果数据再复核一遍。"

主角不肯动身,这可怎么行?

收到某重要工作指示的实验室众人立马一人一只手,齐齐将梁雪从实验室内给拽了出来。

"别啊,梁工!就吃顿饭的时间而已,绝对不会耽误您工作进度的!"

"就是,就是,你要是不去,万一吃超了,我们也不好报销啊。"

"没错,就算是看在我们最近加班加点的份上犒劳一下我们吧!"

"是啊,梁工你就行行好吧!"

"好吧……"

这么多同事都开口了,梁雪不好意思再拒绝,乖乖脱下实验服,跟上大部队的脚步。直到被再度簇拥着下车,她才后知后觉地察觉到不对。

"不是部门聚餐吗?来这个五星级酒店的宴会厅是不是有些过头了?"

"砰——"

她话未说完,周边的灯光陡暗。

当光线随着一条柔光小路再度亮起的时候,回答她的再不是实验室同事们叽叽喳喳的声音,而是一道低沉且熟悉的男音告白。

"是我拜托他们带你来这里的。"

"梁雪,我知道你最喜欢的求婚地点是棕榈树下的白沙滩,可惜这一年你都没有假期,所以我退而求其次,选了这里。"

随着严迦南的徐徐嗓音,眼前那条蜿蜒小路的灯光被依次点亮,小路的尽头竟真是一片白沙滩。

沙滩虽不大,诚意却是十足。未等梁雪踏足上去,就见头顶有树影婆娑。

"你还真搬了棵棕榈树过来?"

单这棵棕榈树已让梁雪非常惊喜,而严迦南准备的,显然要更多。

小路尽头的严迦南徐徐向她伸手:"愿意跟我走吗?"

答案不言而喻,梁雪欣然伸出手,任由他十指相扣,带着自己前行。

柔光终结之时,一扇大门徐徐打开。

大门的另一端是一片宽阔的高尔夫草坪,清一色的绿意中那一辆火红的赛车尤为扎眼。

聪明如梁雪,见到那辆车的瞬间,便已心领神会。

"看来你还要再带我走一段路。"

"不是走,是飞。"

严迦南是这么回答她的,也确实是这么做的。

专程包下的场地,开起车来自是一片坦途。那辆红色的赛车,依然是梁雪熟悉且热爱的样子。快且稳,时而在绿色草坪中飞奔,时而轻越过小小溪流。

阳光映着绿意，美好得令梁雪忍不住打开车窗迎风深呼了一口气。这种飞驰的推背感实在是太美好了，好似这一刻整个世界都是他们的。

一直到广阔草地的尽头，车速才终于慢了下来，停在了另一片更广阔的白沙滩前。显然这才是严迦南准备的真正惊喜。

沙滩两边，是一排碧绿的棕榈树，慵懒的树叶随意勾勒出线条，恰好将天空分割成一片片不规则的蔚蓝色图案，漂亮得仿佛置身于童话世界中。

梁雪站在那扇耀眼的大门前，沉默了好几秒才回神道："这一切……竟然不是幻灯片投影吗？"

身着白西装自沙滩那一端缓缓走来的严迦南听得再端不住正经表情，忍不住笑道："喂，这是什么直女发言？"

旁边的围观群众亦是一片哗然，就连梁雪自己都忍不住笑了，赶紧又补了一句："总之是感动的意思。"

"只是感动吗？"

这一次与声音一道而来的是一枚璀璨的求婚钻戒。不用言说，严迦南的意图已是昭然若揭。

当那抹璀璨的白光将梁雪漆黑的瞳仁点亮，她的眼睛里亦不禁溢出了些许星点泪光，就连她面颊上的红晕都染上了几缕湿润之意，只等着严迦南问出那句她期待已久的话——

"梁雪，你愿意嫁给我吗？"

当那滴晶莹的泪滴沾着浓浓喜悦之意划过梁雪眼睑时，她的回答亦是脱口而出："我愿意！"

"谢谢你愿意成为我的妻子。"

也谢谢这个世界，在他最无助最彷徨的时刻，将她送到了他的身边。

戴上戒指后，严迦南仍旧心弦意动，忍不住顺着十指相扣的姿势将梁雪整个拽进了自己的怀中。随后微微俯身，在棕榈树的婆娑光影中，向着梁雪的粉色樱唇印上了一个深情的吻。

见证了这一幕的同事们亦不禁发出了齐齐呼喊。

"哇哦！"

欢呼声后，是阵阵热闹的掌声。天空中，还有准备已久的花瓣徐徐落下。

漂亮的白沙滩上自此有了更瑰丽的色彩，一如那二人的人生。

新的幸福篇章，在这一日，徐徐翻开。

2. 新生命的极速接力

又一年的乔迦新车发布会，期待已久的最新款电动车不负众望，顺利上市。刚一上市,就惊艳了整个汽车制造界。

不止之前概念车的理念全部达成,还额外增加了不少自动驾驶方面的黑科技。还未正式发售,预约订单量就已满负荷。期待了这么久的发布会自然也是高朋满座,业内关注度极高。

梁雪团队作为今日发布会的主讲人之一,自然早早在后台忙碌。

工作方面,梁雪"拼命女郎"的称号可不是白叫的。对于本次检验他们实验组多年努力的发布会,她自是尤为看重。

一大早就在现场盯着准备组的进度,遇到同事没做到位的,恨不得立马冲上前去,亲力亲为。

奈何现下的梁雪情况特殊,便是她想亲力亲为,别人也是绝不敢的。此刻她刚有冲上前的趋势,就被另一位同事给挡了回来。

"梁工,你忘了严工的叮嘱了?现下你们的宝宝比工作更重要!"

听到"宝宝"二字,梁雪吓人的大幅度动作总算稍稍收敛,低头下意识轻轻抚了抚高高隆起的腹部。肚子里的宝宝也似有所感,在肚子里欢乐地翻了个身,用一阵轻快的胎动回应着自己的妈妈。

新的生命总是如此的充满魅力,这一瞬就连梁雪都短暂忘记了工作,下意识地嘴角上扬道:"这周就是预产期了,也不知道这个小家伙准备何时出来与我们见面?"

见到如此温馨的一幕,一旁的同事也忍不住笑道:"我们乔迦的小天使这么有灵性,肯定会挑最好的日子出来。"

哪想到无意中的一句话,竟是一语中的。

因为梁雪的身体原因,发布会现场交由严迦南主持。历史性的发布会,即便是在后台观看,也足够令人心神振奋的了。

当听到严迦南宣布发布会结束,五分钟后官网将开启正式发售的时候,后台的同事们更是忍不住鼓起掌来,异口同声地感叹道:"太棒了!"

"能见证这么厉害的时刻,我们这一年多的努力总算是没有白费。"

欢呼鼓掌的同时,大家亦是默契地向梁雪的方向看去。梁雪作为核心负责人之一,自然成了大家首位祝贺的对象。

"祝贺你梁工!"

"祝贺你的设想终成现实!"

"发布会圆满成功后,想来庆功大餐应该是免不了的吧?"

一年多她紧绷的心弦松弛下来后,大家面上的神情皆是轻松了很多,很快嘻嘻哈哈地讨论起了吃喝玩乐的放松项目。

之前领导们鞭策他们时开下的口头支票,自然也被提了起来。

"单单吃一顿公司的庆功宴哪够,梁工可是多次许诺过的,项目成功后会自掏腰包,请我们所有人大吃三天的。梁工,我记得没错吧?"

"你是没记错,只不过今天情况可能会有些特殊……"梁雪回答的声音虽也带着笑,但尾音却是染上了几分难得的无措。

"我家宝宝,似乎想要出来了。

"在庆功宴之前,我似乎得先请你们吃满月酒了。"

梁雪此话一出,整个发布会后台都慌了。

"天哪,梁工你破水了!"

"救护车呢?快叫救护车!"

"还有严工,赶紧通知严工过来!"

发布会的盛况空前导致的道路拥堵,使得救护车的到达时间难以确定。情急之下,严迦南径直将梁雪抱到了自己的车上。他为她摆好软枕,系好安全带后,就一脚油门,飙出了发布厅的大门。

临时被拉来坐后座陪护梁雪的同事不小心扫到汽车仪表盘上的速度值时,忍不住挺直后背,声音发怵:"严工你这速度,会不会……有安全隐患啊?"

"你以为我是谁?"

即便已经退出车坛一整年了,Can 神也依旧是当年的那个 Can 神。

一问一答间,车子已然又漂移着滑过了第一个拥堵的弯道,驶入了一条仅容一车通过的小路。

小路蜿蜒,时不时就会有几道让人意向不到的刁钻转弯,光是看着,那位同事就已觉得反应不过来了。可对 Can 神来说,不过是小菜一碟,全程保持着高速通过的同时,车身却是稳得惊人。梁雪半躺在那里,竟是半点颠簸感都感觉不到。

原以为要堵许久的路程,在严迦南的手下竟是不到十五分钟就结束了。当他们的车辆到达医院门口时,便是已提前等候在门口的医护人员都被惊讶到。

"这速度,你们是坐直升机来的吗?"

当昔日狂热追逐的时光在这一刻被再次唤起,梁雪忍不住扬起嘴角,颇为自豪地答道:"不,我们是坐车神的车来的。"

可惜笑容只维持了一秒,下一秒她就被她家急着出来的宝宝一脚踹回了原形。

"呜……严迦南,我肚子好痛!"

看到梁雪呜咽着皱起的小脸,严迦南赶紧从驾驶座上冲了出来,一把将她抱进了怀里。曾经面对悬崖、湍流都不带慌的车神,此刻终是彻底慌了。

"医生,医生您快给她看看,她已经疼了好久了!"

在一声高过一声的呼喊里,场面一度有些混乱。最后还是赶来的妇产科主任镇的场子。

"慌什么？生孩子哪有不痛的。"

"也请这位准爸爸放心，进了我们医院，我保证你母子平安。"

主任的话，确实是最佳的定心丸没错。不过梁雪肚子里那个宝宝也着实是个调皮的，一直从中午折腾到午夜，才姗姗来迟地从妈妈肚子里钻了出来。

生产的时候，严迦南本已对这个不孝子颇有怨言，可当真正抱住他襁褓的那一刻，初为人父的他整颗心都被那个小小人儿给萌化了。

"梁雪，我们的儿子怎么会这么可爱。"

软软热热的一团，像一朵温热的小白云，直到出院严迦南都仍有些不敢抱他，生怕自己稍一个用力，就把他给弄疼了。

开车带他们回家的时候亦是同理。即便知道安全座椅能将孩子保护得很安全，严迦南的车速也依旧慢得让梁雪忍不住吐槽。

"严迦南，你车神的尊严呢？"

"车神的尊严是什么？过去式无须再提，我现在只是你的丈夫，我儿子的父亲。你们的安全，才是最重要的。"

春日的晌午，微风徐徐，阳光正好。路边的花坛里有蝴蝶蹁跹，只见它轻轻扇动了一下翅膀，就将严迦南的车子给超了过去。

更远处的道路，亦是一片瑰丽坦途，一如严迦南与梁雪的人生故事。

3. 长江后浪推前浪

十五年后，新一届意大利方程式青少年杯再度爆冷，一名首次参赛的中国小将如一阵小旋风，以破纪录的惊人赛绩夺得冠军。这位年轻的少年冠军，首登领奖台就引得了世界车坛的瞩目。不过他的名字倒是令人并不陌生，因为他是当年Can神的儿子。

虽然时间的转轮已经走过了十五年的光阴岁月，但有关Can神的神话仍还在赛车界不少铁粉心中流转。

此刻的领奖台下，更是还坐着不少Can神的老粉，在惦记着那个与他们的青春融到一起的名字。

果真，在进入观众交流环节不久，台下就有人出声问道："小严，你父亲今天来看你的比赛了吗？"

"我爸爸啊……"

预料中的问题，不过年轻的少年冠军却并不是很想回答。并非是不爽父亲曾经留下的光环，而是自打青春期后，他就对自家那位糟老头十分有意见。

什么叫孩子大了，就应该少插足父母的二人世界？

青少年杯确实很重要，但也要排在他爸和他妈结婚纪念日的后面？

——"去意大利的飞机票已经帮你订好了,你好好参加比赛,等我带你妈去欧洲玩上一圈后自会去看你的决赛。"

听听,这都是什么"茶言茶语",好似他妈是他一个人的似的。

别以为他年纪小就好欺负,他可是一直记得的,从记事起他妈妈就一直对他说,他才是她最爱的宝宝,糟老头什么的只能靠边站!

不过既然别人问了,懂礼貌少年如他自然得好好回答。

只见漂亮的少年在大屏幕镜头的注视下轻轻抬手一指,就立刻将严迦南好不容易找到的隐蔽位置给出卖了。

"看见最后一排低头压帽檐的人了吗?那就是你们要找的人。"

严迦南的位置一经暴露,立刻被现场的记者们团团围住。狡黠的少年则恰好趁着这一波混乱悄然退场,心满意足地接过妈妈特意为他准备的庆祝花束,然后仗着身高优势轻而易举地搭上了妈妈的肩膀。

他炫耀似的在严迦南前两排的地方路过:"妈,你之前和我说好的,若我成功夺冠就答应我一个小心愿。

"我的心愿就是和你单独吃上一顿庆功宴。"

糟老头什么的,就给我靠边站吧。

两父子诸如今日般的相爱相杀,梁雪这些年早看惯了。本着一碗水端平的态度,她欣然点头。

"行,地方你挑,这顿妈妈请你。"

奸计得逞,少年面上的笑容多了几分嘚瑟。

而他的身后,则隐隐传来熟悉的咆哮声:"臭小子,你就是故意的,看我待会儿怎么收拾你!"

还能怎么收拾?

他悉心养大的儿子,最终还不是得宠着。

吵吵闹闹的声音,从某种角度来说,亦是严迦南与梁雪幸福家庭中的和谐音符。

全文完